*Gli Invisibili*

*Il volume è realizzato nel massimo rispetto dell'ambiente, utilizzando carta riciclata con trattamento ecologico della cartiera Cariolaro.*

Giovanni Del Ponte partecipa alla campagna «Scrittori per le foreste» lanciata da Greenpeace. Per maggiori informazioni visitate il sito www.greenpeace.it/scrittori

*Progetto e realizzazione editoriale:* Dreamfarm s.r.l.
*Editing:* Anna Lazzeri

Edizione riveduta e corretta dall'autore

*Gli Invisibili - L'enigma di Gaia* è stato pubblicato da Sperling & Kupfer Editori nel 2005



www.deagostini.it
Redazione: corso della Vittoria 91 - 28100 Novara



Registrazione presso il Tribunale di Novara n. 458 del 17/06/2010

Stampa: La Tipografica Varese S.p.A., Varese - 2010

Giovanni Del Ponte

# GLI INVISIBILI

## L'enigma di Gaia

DeAGOSTINI

# Personaggi

**Douglas**
È un po' sovrappeso, goffo e non molto coraggioso, ma ha un cuore d'oro. Inoltre possiede un gran senso dell'umorismo e ama le battute caustiche. Il suo passatempo preferito sono i fumetti. Sua madre è morta quando era piccolo, perciò Douglas vive con il padre che è costretto a cambiare spesso città per lavoro. Il suo potere consiste nell'essere una *porta*: può involontariamente aprire delle brecce fra le dimensioni temporali, spaziali o fra la vita e la morte.

**Crystal**
È il capo della banda ed è molto matura per la sua età. Orfana di entrambi i genitori, è stata allevata dalla nonna, ex componente della banda originale degli Invisibili, che le ha insegnato a controllare il proprio potere: la telepatia, ovvero percepire le emozioni e i pensieri delle persone. Con un certo sforzo riesce anche a controllare le menti altrui.

**Peter**
Timido e occhialuto, non ha poteri, ma è dotato di una grande intelligenza deduttiva. I suoi genitori sono rigidi e severi e lo costringono a vestirsi in modo formale e ciò, insieme al suo parlare forbito, lo rende impopolare tra gli altri ragazzi di Misty Bay. Ha la passione per gli animali, per i gatti in particolare, ma i suoi non gliene hanno mai lasciato tenere uno.

**Magica Però**
Di madre americana e padre italiano. In seguito all'avventura de "Il castello di Doom Rock" è entrata a far parte della banda.

**Spooky**
Gatto nero con macchia bianca sul petto, membro onorario della banda. Ufficialmente è il gatto di Peter.

**Karen Wright**
Psicologa, direttrice di una casa famiglia a San Francisco.

**Frank Claremont**
Psicologo e studioso dei poteri extrasensoriali.

**Nemo**
Fantomatico cyberattivista. Conduce i suoi attacchi via Internet contro potenti multinazionali senza scrupoli.

**Roxanne Rigby**
Ambientalista, abita in una casa su una sequoia in una foresta del Nord California.

**I ragazzi della casa famiglia**

**Adam Laserson**
Il primo che Karen ha preso sotto la propria ala protettrice.

**Pumpkin (Cheryl Lindenlaub)**
Il soprannome Pumpkin deriva dai capelli color paglia.

**Otaku (Hideo Miyazaki)**
I suoi unici interessi sono Internet e la pirateria informatica.

**HopDog (Gregor Jackson)**
È un praticante della disciplina acrobatica del parkour.

**Il Guastatore (Boston Carlyle)**
Alto e massiccio, riscuoteva crediti per uno strozzino.

*Ai popoli indigeni, che lottano*
*per salvare Gaia e il nostro futuro*

# PROLOGO

I colori scuri della foresta pluviale, cime d'albero viola e acque brune.

Nell'intreccio di piante e rampicanti, dardi di luce s'insinuano a stento sull'acqua che nasconde radici di alberi secolari, sommerge gli arbusti e riflette a specchio la metà emersa della selva. Animali misteriosi soffiano, fischiano e strepitano nel boato perenne che risuona in mille echi. La vita esplode in tutte le sue forme, respira, attraverso quel polmone verde: la foresta amazzonica.

Un lampo giallo di giaguaro che subito svanisce; una famiglia di macachi fugge volteggiando tra i rami; migliaia di uccelli si alzano in volo impazziti.

Gli alberi cadono, schiantandosi gli uni sugli altri. Enormi macchine travolgono tutto ciò che incontrano sul loro cammino. Masticano, stritolano, sputano e avanzano, avanzano inesorabili.

Una ferita profonda si apre nella foresta, una ferita via via più estesa, sempre di più...

Una radura rivela un lago e una cascata.

Uomini e donne, bambini e anziani... Si tengono per

mano sulla riva del lago. Sono così tanti che gli estremi della fila scompaiono inghiottiti dalla vegetazione.

Indios, gente della foresta. Odono le urla degli animali, lo schianto degli alberi.

Presto i colori accesi delle macchine appariranno tra i rami, si faranno largo, fino a loro e... oltre.

Ma sono determinati a restare, a proteggere quegli alberi sacri e il sangue della Terra.

A costo del loro stesso sangue.

Nella barriera di corpi due ragazzi bianchi, come gli uomini delle macchine: Crystal e Douglas. Si tengono per mano e per mano sono uniti agli indios.

Sanno di rischiare la vita, ma non c'è paura in loro. Ce n'è stata. Ora che si tengono per mano, ora che tutti si stringono per mano, si sentono sereni.

Gli occhi si incontrano e un sorriso incerto nasce sulle loro labbra.

Mentre rivivono le avventure che li hanno condotti lì, quel giorno.

E ricordano come tutto è iniziato...

# PARTE PRIMA

## *Messaggio d'aiuto*

# 1

## *Sedici mesi prima: l'attacco di Nemo*

Max Nordwood era uno *stregone*.

Così vengono chiamati gli hacker più esperti e lui esperto lo era di sicuro. Per questo si era accorto subito di un'anomalia nel funzionamento della Rete.

Max era il sistemista dei computer della Sweet Fruit, una potente azienda ortofrutticola accusata dell'intossicazione da pesticidi riscontrata negli uomini che lavoravano nei bananeti in Africa. Non c'erano prove della colpevolezza della Sweet Fruit e le cause intentate da quelle popolazioni non preoccupavano certo un'impresa multimilionaria.

A Max tutto questo non interessava. Era pagato profumatamente per occuparsi della rete informatica che gestiva i lucrosi traffici dell'azienda.

I computer avevano improvvisamente rallentato la velocità nello scambiarsi i dati. Con dita rapide, digitò sulla tastiera e in breve individuò l'origine dell'anomalia. Si trattava quasi di certo di qualche hacker che tentava di intrufolarsi nei file più riservati cercando di decriptare le password dell'amministratore.

«Cosa c'è?» domandò Will, uno dei suoi assistenti, avvicinandosi. «Dalla tua espressione si direbbe che ti sia imbattuto in qualcosa di divertente.»

«Un hacker» replicò Max. «Potrei sbatterlo fuori subito, ma ci riproverebbe...»

Will fece un cenno agli altri e tutti abbandonarono i loro terminali per godersi lo spettacolo.

Max riflettè ad alta voce: «Meglio lasciarlo divertire un po'. Nel migliore dei casi, gli ci vorrebbero ore per decifrare le mie password, mentre io in pochi minuti risalirò a lui e gli metterò il sale sulla coda».

Senza esitare caricò un programma di sua invenzione che visualizzava una mappa degli Stati Uniti. Una linea tratteggiata avanzava illuminando puntini corrispondenti ad altrettanti accessi di utenti privati sfruttati dall'hacker per far credere di essere uno di loro. Il programma però non si lasciava ingannare e proseguiva nella ricerca.

«Pivellino» commentò Max «crede di essere al sicuro...»

Finalmente il programma emise un *BIP!* fermandosi in prossimità di una località del Minnesota.

«Lo infetti con uno dei tuoi virus?» domandò Will.

«Ci puoi scommettere. E poi tronco il collegamento. D'ora in avanti ci ripenserà cento volte, prima di tentare un *hack*.»

Interrotta l'operazione, gli altri sistemisti risero e applaudirono.

«Bah, normale amministrazione» ribattè Max. Si rivolse all'assistente porgendogli uno stampato: «Per prudenza seguiamo la procedura: cambia le password».

«Sarà il caso? Forse era solo un ragazzino, inoltre è rimasto in Rete pochi minuti.»

Max gli indirizzò un'occhiata dura. «Will, ti muovi?»

L'altro obbedì senza più discutere. Meglio non contraddirlo, ormai lo sapeva per esperienza. Andò al terminale, visualizzò l'elenco delle password e le sovrascrisse a una a una con le nuove.

«Fatto.»

«Alla buonora» rispose Max infastidito. Era da un po' che Will discuteva le sue direttive. Avrebbe dovuto decidersi a levarselo dai piedi.

In quell'istante si scatenò l'inferno.

Un cicalio penetrante risuonò all'impazzata, mentre su tutti i monitor appariva l'immagine nera della silhouette di un sottomarino su uno sfondo giallo lampeggiante.

«Accidenti, è il Nautilus!» esclamò un tecnico.

«I comandi non rispondono!» urlò un altro. «È un nuovo attacco!»

«Spegnete quell'affare!» ordinò Max. Il suono dell'allarme gli impediva di concentrarsi. «Quello è il logo di Nemo, ma come...»

Si gettò sulla tastiera per disconnettere la Rete. Il sistema non reagiva. «Era lui, non un ragazzino!» disse allora, gli occhi sgranati. «Ha finto di lasciarsi buttare fuori e deve averci introdotto un *bot* che registrava tutti i caratteri digitati, password comprese!»

«È impossibile individuarlo, siamo nelle sue mani!» dichiarò Will alzandosi dalla postazione. «Cosa facciamo, adesso?»

Max fissava l'immagine del Nautilus come ipnotizzato. Per la prima volta in tanti anni, si sentiva impotente.

In un'altra ala dell'edificio, Regent Skin, il direttore della Sweet Fruit, osservava a sua volta l'immagine del Nautilus apparsa sul proprio schermo.

La porta si spalancò e il vicedirettore, la segretaria personale e la responsabile dell'ufficio stampa irruppero domandando all'unisono: «Signor Skin, ha visto?!»

«Ho visto, sì! Contattiamo immediatamente...»

Una giovane donna si precipitò nella stanza interrompendolo. «Mi scusi, ma tutte le linee telefoniche sono intasate: giornali e televisioni le chiedono un'intervista. Cosa devo rispondere?»

«Dica che sono via... In riunione, che richiamino nel pomeriggio! Ah, e contatti subito i nostri avvocati, che elaborino una linea difensiva. Ora!» Si rivolse ai suoi collaboratori. «Naturalmente negheremo tutto, non è la prima volta che ci attaccano su presunte illegalità della nostra azienda...»

«Ma prima non era stato Nemo a farlo» lo interruppe il vicedirettore. «Sai come lavora, agisce solo quando ha in mano prove schiaccianti e le getta in pasto ai media e all'opinione pubblica!»

«Al diavolo le prove! Abbiamo gli avvocati per questo, e c'è l'ufficio stampa! Signorina Flagg, come intende muoversi?»

La donna si limitò ad afferrare il telecomando dello schermo appeso alla parete. «Signor Skin, è meglio che lei veda questo.» Premette un pulsante e apparve l'immagine del telegiornale della CNN.

In un riquadro a lato dell'annunciatore era visualizzato il marchio della Sweet Fruit: «...scandalo per la nota azienda ortofrutticola sotto l'attacco del celebre cyberattivista. Come sapete, a differenza del celebre capitano Nemo di *Ventimila leghe sotto i mari*, il personaggio di fantasia da cui ha preso il nome, il Nemo del XXI secolo non sperona navi da guerra con il suo sommergibile, il *Nautilus*, ma le sue offensive sono altrettanto letali. Naviga nel vasto oceano di Internet per attaccare multinazionali che ritiene nocive per gli esseri umani, per gli animali o per l'ambiente. Anche questa volta le sue accuse sono ben documentate e ormai da parecchi minuti ha preso possesso di alcuni portali mondiali, fra cui il nostro, per rendere pubblici i misfatti che la Sweet Fruit avrebbe...»

La donna spense il televisore. «Siamo in guai seri, signor Skin.»

L'uomo non rispose. Dalla porta aperta giungevano squilli telefonici e le voci concitate delle segretarie.

L'interfono ronzò: «Signor direttore, c'è l'Ispettorato in linea. Invieranno un commissario oggi stesso per un'ispezione... Signor direttore? Signor direttore, scusi...»

Ma Regent Skin si limitò a fissare il monitor sulla sua scrivania. L'immagine del sottomarino aveva lasciato il posto a quella del logo della Sweet Fruit che s'inabissava come una nave in fiamme. Sopra di essa apparve una scritta lampeggiante:

AFFONDATA!
AFFONDATA!
AFFONDATA!
AFFONDATA!

# 2

## *Oggi.*
## *Oscuri presagi*

Deserto del Namib, Africa sudoccidentale. Ogni notte, una nebbiolina finissima lo ricopre delicatamente; i venti soffiano a modellare dune alte fino a trecento metri. Ma da qualche settimana il mare infierisce sulla costa con violenza inusuale, mentre il vento si scatena spianando le dune preesistenti, erigendone di nuove, rimodellando l'aspetto del deserto stesso.

Alaska, piana di Malaspina, una distesa ghiacciata di oltre tremila chilometri quadrati. Di recente la temperatura si è alzata. Enormi iceberg scivolano lungo le valli levigando i fianchi delle montagne. Al loro passaggio livellano il terreno e asportano detriti. La conformazione di una landa, immutata da migliaia d'anni, sta di colpo cambiando.

Catena montuosa delle Ande, fra il Cile e il Perù. Vulcani dormono da secoli, protetti da una coltre di neve e di ghiaccio. La Terra sta tremando, una fuoriuscita di magma e di lapilli infuocati scioglie quel bianco mantello; l'acqua scorre a valle carica di cenere e polveri. Il *lahar*, il fiume di fango, percorre i declivi disegnando un nuovo profilo alle montagne.

Grand Canyon, Arizona, Stati Uniti d'America. Un'estesa cicatrice, nelle cui rocce sono scolpiti un miliardo e settecentocinquanta milioni di anni di storia del pianeta. Il cielo si oscura e l'aria è densa di scariche elettriche. Mulinelli s'innalzano sempre più numerosi. In pochi minuti decine di tornado scaricano la loro furia devastante nelle gole del Marble Canyon. Le pareti di roccia prendono a sfaldarsi e a precipitare, nuove gole si formano, altre scompaiono, inghiottite dal cumulo di macigni.

Nel cuore del deserto australiano un vecchio stava risalendo un sentiero, visibile solo ai suoi occhi, su un'imponente formazione rocciosa dal caratteristico colore rossastro venerata dagli aborigeni come Uluru, il "luogo sacro dei sogni". Erano state le sue visioni a spingerlo fin lassù.

Nello stesso momento in una taiga siberiana, una donna sciamano abbracciava un albero, con apprensione crescente. La pianta stava morendo e non era un buon segno. Doveva partire alla volta del monte Argolyk, raggiungerlo al più presto.

In Nuova Zelanda uno sciamano assisteva impotente all'arenarsi sulla spiaggia di un branco di balene. Tutte le preghiere e gli sforzi della sua gente per ricacciarle in mare erano stati vani. Spossato e bagnato dalla testa ai piedi dalla gelida acqua salmastra, si sentiva inutile. Circa tre mesi prima il suo maestro gli era apparso in sogno e gli aveva rivelato di tenersi pronto: quando le balene fossero giunte, avrebbe saputo che il giorno era arrivato. Doveva mettersi in cammino.

In Tibet, in Africa, in Europa, in Messico e in America i Guardiani abbandonavano le loro occupazioni per intraprendere un viaggio che li avrebbe portati in punti prestabiliti della Terra.

Così in Amazzonia il giovane Kuwaruwa lasciava il suo villaggio. Era ancora inesperto e avrebbe voluto che fosse il suo maestro a guidarlo, a insegnargli come fare. Ma adesso era lui il Guardiano e non si sarebbe sottratto al proprio compito.

Secoli e secoli addietro si erano istruiti i primi Guardiani, in luoghi e continenti diversi, in attesa del momento in cui sarebbe stato necessario il loro intervento.

Quel momento era giunto e i Guardiani della Terra rispondevano alla chiamata.

# 3

## *Una grande famiglia*

La ragazzina si arrampicò con agilità lungo il fusto dell'imponente castagno.

Si trovava a diversi metri da terra, ma non aveva paura. Era cresciuta in campagna e fin da piccola si arrampicava sugli alberi. Aveva imparato quali fossero quelli con i rami più sicuri e affidabili, come appunto i castagni, o quelli che si spezzavano senza scricchiolii di preavviso, come i fichi e i peri.

La mamma non era contenta di questa passione, ma lavorava nei campi insieme al marito per tutto il giorno e la figlia restava sola.

Aveva dodici anni e quella su cui si trovava era una pianta del giardino di una vecchia casa a tre piani nel quartiere Tenderloin, il più malfamato di San Francisco.

In quel momento non voleva pensare al perché si trovasse lì e dove fossero i suoi genitori. Aveva individuato il ramo ideale.

Si sdraiò sulla pancia, chiuse gli occhi e cercò di rilassarsi, di fantasticare. Le dita sporche e un po' sbucciate accarezzavano la corteccia e le sembrò di percepire l'energia proveniente dal castagno, proprio come quando si trovava nel bosco dietro casa. Parlava con le piante e ascoltava le storie che le raccontavano, attraverso il lieve scricchiolio dei rami, il pungente profumo dei muschi e il sibilare del vento tra le fronde.

Adesso era di nuovo bambina, era quasi sera e presto la mamma l'avrebbe chiamata per la cena. Se si fosse sforzata un po', forse sarebbe riuscita a crederci. Strinse più forte le palpebre e una lacrima le scivolò lungo la guancia.

La psicologa Karen Wright scese i gradini della scalinata esterna, zigzagando fra i ragazzi seduti in piccoli gruppi al tiepido sole autunnale. Percepì l'interrompersi delle conversazioni al suo passaggio e indovinò i loro sguardi fissi su di lei, occhi pieni di diffidenza, se non di risentimento.

Aveva combattuto per ottenere quell'edificio, per creare la sua casa famiglia e non si era mai illusa che sarebbe stato facile.

Si era trovata dinanzi mille ostacoli, prima da parte delle istituzioni, poi di natura economica... Proveniva da una famiglia facoltosa, ma acquistare quel vecchio stabile disabitato era stata comunque una grossa spesa. Fortunatamente era in gamba nel procacciarsi finanziamenti. La sua iniziativa di aprire un centro d'accoglienza in quel quartiere degradato per dare una casa e un'istruzione a ragazzi provenienti da famiglie a rischio o in difficoltà aveva avuto grande eco sui media.

Ora che era riuscita a radunare una ventina di ospiti, l'attendeva la sfida più difficile: conquistare la fiducia dei ragazzi.

Quel Gregor Jackson, per esempio...

Il padre aveva lasciato la famiglia quando lui aveva solo un anno e la madre lo aveva cresciuto da sola, passando da un compagno all'altro senza riuscire a costruire una relazione duratura. Di questo e di altre cose dava colpa proprio a Gregor, un bambino che non aveva mai voluto.

La scheda lo classificava come un ragazzo pieno di rabbia che amava alzare le mani per nulla. Ma non spiegava il perché di tutta quella violenza. Non diceva che quando Gregor Jackson picchiava, in realtà colpiva la vita.

Un giorno gli avevano proposto di spacciare droga fuori da una scuola superiore e lui aveva accettato. Dopotutto, se qualcuno di quegli studenti era così fesso da impasticcarsi, a lui cosa importava? Quel lavoro gli rendeva molti più soldi di quanto non guadagnassero quei morti di fame dei suoi insegnanti. Poteva comprarsi gli abiti e le scarpe da ginnastica che aveva sempre desiderato. Alla madre raccontava di lavoretti in giro, vendita di giornali, consegna pizze, tanto lei non gli badava.

Ma appena poteva andava al parco a guardarli volare...

Avevano circa la sua età e si libravano sui gradini o sui muretti, scivolavano sui corrimano delle scale, si arrampicavano lungo i muri e piroettavano appesi ai lampioni, sfiorando la terra solo per un attimo, prima di tornare a volare.

C'era un ragazzo, in particolare... Nessun ostacolo lo intimoriva, nessuna acrobazia era troppo difficile. Rappresentava un riferimento per tutti, quello a cui gli altri andavano a chiedere consigli per migliorare la propria tecnica. Per Gregor era quasi un angelo, che con le sue acrobazie poteva volare sopra di lui e su quello schifo di città. L'unico in cui valesse davvero la pena credere, e tuttavia irraggiungibile.

In realtà, erano tutti irraggiungibili, tutti bianchi e nemmeno uno nero come lui.

«Ehi, mi senti? Perché non ci provi anche tu?»

Gregor si riprese dai suoi sogni a occhi aperti. Si guardò intorno, ma non c'era possibilità di confondersi: l'angelo aveva parlato proprio a lui.

Si alzò e se la filò a gambe levate.

Non rimise piede al parco per un'intera settimana. Alla fine non resistette e tornò a guardarli.

L'angelo non gli rivolse la parola, ma, dopo qualche

giorno, gli parlò di nuovo e questa volta Gregor gli rispose. Scoprì che si chiamava Ian.

«La disciplina che pratichiamo è il parkour» gli spiegò. «È nato in Francia e a poco a poco sta soppiantando lo skateboard in tutto il mondo. Scale, barriere, muri, alberi, case, palazzi... devi saltarli, scavalcarli, scalarli, perché il parkour è l'arte del movimento. Non esistono ostacoli abbastanza alti da poterci fermare!»

Gli aveva mostrato qualche esercizio acrobatico e poi aveva ripreso. «Devi vincere le tue paure, superarle e andare oltre, ma non sarai solo: puoi fare uso dell'esperienza degli altri per migliorare! Allora, la volta scorsa non mi hai risposto: ti va o no di provarci?»

Gregor lo aveva ascoltato affascinato. Quello sport non seguiva nessuna delle regole che la vita gli aveva insegnato. Si condividevano le esperienze e ognuno imparava qualcosa dagli altri.

«Perché no?» rispose infine a Ian.

Iniziò a fare pratica e ben presto il parkour divenne un chiodo fisso.

Vi si dedicava per la maggior parte della giornata, poi tornava nel suo quartiere. Non frequentava nessuno dei *free runners* (i corridori liberi, come si facevano chiamare in America i praticanti del parkour) fuori dal parco, come se quello fosse un luogo magico, con norme e leggi autonome. Soprattutto nessuno di loro doveva sapere chi fosse realmente, cosa facesse e dove abitasse o quanto fosse sporca la sua vita. Cominciò a pensare di inventarsi uno pseudonimo come tutti gli altri. Un nome nuovo e pulito per quando era là al parco.

Il denaro che continuava a guadagnare con lo spaccio stava perdendo importanza per lasciare posto a qualcos'altro, ma a cosa?

Poi un giorno accadde.

Aveva seguito Ian riuscendo a ripeterne quasi alla perfezione i movimenti, finché non si era trovato davanti al vuoto. Il percorso fra panchine e muretti lo aveva portato sull'orlo di un salto di una decina di metri.

Si fermò in bilico sul precipizio, terrorizzato, la ghiaia smossa che precipitava sotto di lui.

Udì la risata di Ian. «Ma guardati, Gregor... Non pensavo fosse possibile, sei diventato quasi bianco come noi! Avanti, salta, puoi afferrare quel palo, no?» A circa un paio di metri c'era un lampione.

Gregor era incerto. «Non ce la posso fare. È troppo distante! Se cado qui m'ammazzo!»

«Era ora, complimenti!» ribatté Ian porgendogli la mano.

Gregor gliela strinse senza capire. «Perché? Cos'ho fatto?»

«Per tutti questi mesi hai imparato a velocità impressionante le tecniche più difficili. Cominciavo a credere che niente potesse spaventarti! Invece oggi ti sei finalmente imbattuto nel tuo primo grande ostacolo. Be', adesso sì che hai trovato una vera sfida.»

Quella sera Gregor stava per lasciare il parco, dopo aver lanciato un'ultima occhiata all'ostacolo che non era riuscito a superare.

*Ci rivediamo domani*, pensò fra sé.

Voltandosi si scontrò con un energumeno che lo afferrò per il polso: «Ciao, Gregor. Allora è qui che vieni quando non spacci».

Il ragazzo cercò di liberarsi, ma l'uomo non mollò. «La vuoi sapere una cosa buffa? Hai scelto di spacciare proprio nella scuola di mia figlia! Una scuola che non sarebbe poi tanto male se non la infestassero parassiti come te!»

«Ehi, che succede?» domandò Ian avvicinandosi minaccioso con gli altri *traceurs*.

L'uomo tirò fuori un distintivo. «Polizia. Salutate Gregor, perché non lo vedrete per un bel po'.»

«Cosa?» ribatté Ian incredulo. «Si sta sbagliando! Gregor non...»

«Gregor è uno spacciatore, ragazzo, e viene con noi.»

«Non è possibile, dev'esserci un errore! Diglielo, Gregor! Digli che non è vero!»

Altri tre uomini in borghese sbucarono come dal nulla. L'uomo si voltò trascinando via il ragazzo che teneva lo sguardo rivolto a terra.

«Gregor!» chiamò Ian.

Lo chiamò ancora... Inutilmente. Gregor non gli rispose.

Quando qualche giorno dopo venne affidato a Karen, la ascoltò in silenzio dargli il benvenuto. Poi la fissò solo per un momento: «Tutte le tue belle parole sono inutili. Io qui non ci starò a lungo».

Anche se l'atteggiamento degli altri ospiti della casa famiglia era meno ostile nei confronti di Karen, nessuno era particolarmente entusiasta. Non avevano chiesto loro di finire lì! La tensione nell'aria era palpabile e i litigi o le risse non si contavano.

La vita in quella specie di famiglia allargata e il metodo di Karen, basato sull'arte-terapia, con laboratori di vario tipo, non toglieva ai ragazzi l'idea di trovarsi in una specie di prigione.

Camminando verso il giardino sul retro, Karen rifletteva su come trovare un appiglio, una strada per entrare in "contatto" con quelli meno motivati: conquistare la loro fiducia, far loro dimenticare le tragedie che ne avevano costellato la vita e aiutarli a guardare avanti.

All'improvviso scorse Adam, un ragazzo sui diciotto anni che si trovava con lei fin dalle prime attività di recupero.

Quando lo aveva conosciuto lui frequentava ancora le medie, e in un certo senso erano cresciuti insieme. Con il suo aiuto Adam aveva superato molti dei traumi di un'infanzia infelice, mentre lei aveva imparato a parlare con i ragazzi in maniera più autentica di quanto non insegnassero i libri.

L'aveva accompagnata con entusiasmo e fiducia in tutti

quegli anni in cui Karen aveva lavorato alla realizzazione di quel rifugio: Adam s'impegnava in prima persona per legare con i nuovi arrivati ed era il responsabile del laboratorio di arti audiovisive.

Quando la riconobbe, la salutò con un sorriso.

«Ehi, tutto bene?» le domandò.

La donna sospirò. «Posso risponderti fra qualche settimana? Domani finalmente inizieranno i laboratori... Sono proprio curiosa di vedere come andrà.»

«Come al solito, immagino. All'inizio sarà dura, però alla fine li conquisterai, ne sono certo.»

Karen sorrise. Stava per ribattere qualcosa. Cambiò idea. «Adam, ti ho mai detto quanto ti sono grata?»

«Non nell'ultima mezz'ora.»

«Che vuoi farci? Sono la solita distratta!» Si avviò verso il boschetto e Adam la seguì. «Come va con il nuovo arrivato? Quel ragazzo giapponese, Hideo?»

«Non potrebbe andare meglio, direi. Dovevi vedere come si è illuminato quando gli ho fatto vedere il laboratorio di informatica! Sembrava una lampadina!»

Karen si rannuvolò. «Mmm... è Pumpkin, quella che mi preoccupa.»

«Chi, Cheryl?»

«Sì, i suoi la chiamano Pumpkin.»

Adam ci pensò su. «Indubbiamente è molto giù di corda. Ho provato a scambiarci due parole, ma si esprime a monosillabi. Ormai è qui da una settimana e non mi risulta abbia familiarizzato con qualcuno. Credo che ti darà del filo da torcere, come quel Gregor...»

«Ah, lo hai conosciuto?» Karen si sedette all'ombra di una pianta e Adam fece altrettanto.

«Più o meno, si è limitato a suggerirmi di girare al largo... Se ne sta sempre là a rimirare la scala antincendio. Secondo me, medita una fuga notturna. Senti, immagino tu abbia provato a proporre a Pumpkin i laboratori.»

«Glieli ho proposti tutti. Le ho presentato anche gli educatori, ma finora nessuna reazione... A questo proposito, volevo chiederti un favore...»

«Cosa ti fa pensare che con me andrà meglio?»

La psicologa raccolse i lunghi capelli neri e li legò in una coda. «Pensavo che potresti proporle di accompagnarti domani, in quel centro fuori città... Sei ancora interessato a realizzare il servizio?»

Adam si tolse qualcosa da sotto una natica: una scarpa da ginnastica. «Eccome! Quel tipo sta sbandierando da un mese su radio e giornali che riuscirà a provare una volta per tutte l'esistenza dei poteri extrasensoriali! Ci riesca o no, il resoconto con tanto di filmato mi garantirà un mucchio di visite al sito! Non vedo l'ora! E vuoi saperne un'altra? Sai chi ho convinto a farmi da operatore? Ti do un indizio: faceva il picchiatore per uno strozzino...»

Karen sorrise incredula. «Boston?»

«Esatto, Boston Carlyle detto il Guastatore. Era un po' che mi ronzava attorno mentre provavo l'attrezzatura qui fuori... Gli ho fatto fare delle riprese e, secondo me, è piuttosto portato.»

«È quello che ti stavo dicendo, il tuo entusiasmo è contagioso... Allora, proverai a parlare a Pumpkin?»

«Non molli mai, eh? Non so... Sembra di rivolgersi a un muro. Anzi, con il muro hai più possibilità!... È una zuccona. Forse è per questo che la chiamano Pumpkin!»

«Adesso sei troppo severo, con lei. Mettiti nei suoi panni... Cos'hai lì in mano?»

Adam le mostrò la scarpa. «Mi ci ero seduto sopra. Sembra un numero piccolo...»

Gliela porse. Alzarono insieme lo sguardo verso i rami.

La ragazza era appollaiata quasi in cima. Adesso non aveva più gli occhi chiusi, li fissava inespressiva. Di sicuro aveva sentito tutto.

«Che figuraccia!» mormorò Adam. «Così imparo a parlare troppo.»

«Ci verrò» disse Pumpkin.

Karen alzò una mano a proteggersi dal sole. «Come?»

«Domani. Alla dimostrazione sui poteri extrasensoriali. Voglio andarci.»

«Splendido» ribatté Adam imbarazzato. «Vedrai, sarà interessante... Se scendi ci mettiamo d'accordo.»

«No, vieni su tu.»

Adam guardò la psicologa. «Be', immagino proprio di doverglielo.»

Afferrò il ramo più vicino.

Karen allora lo guardò arrampicarsi e sorrise. Posò la scarpa di Pumpkin nell'erba, si alzò e s'incamminò verso la casa famiglia.

# 4

## *Frank Claremont*

Seduto alla scrivania del suo studio, lo psicologo Frank Claremont rifletteva a occhi chiusi.

Da quasi due anni ormai si sforzava in ogni modo e investiva i suoi pochi soldi nel Centro Studi Nuova Era. Riteneva questo sacrificio indispensabile, considerando quanto stava accadendo, eppure gli pareva di essere l'unico ad accorgersene.

In base alle sue analisi, in tutto il mondo le menti dei giovanissimi stavano sviluppando facoltà parapsichiche con frequenza sempre maggiore.

La parapsicologia era una branca di studi relativamente recente. Si riconoscevano quattro categorie di abilità psichiche: telecinesi, ovvero la capacità di muovere gli oggetti con la mente; telepatia, o l'abilità di ricevere e trasmettere pensieri; chiaroveggenza, cioè la facoltà di percepire eventi, luoghi o oggetti lontani o nascosti; e prescienza, ossia l'abilità di prevedere il futuro.

Frank non conosceva ancora il perché dell'incremento di tali fenomeni, ma riteneva importante iniziare a preoccuparsi delle conseguenze.

A suo parere soprattutto i giovani telepati necessitavano di assistenza. Aveva cercato più volte d'immaginare cosa provasse un ragazzino che a un tratto si ritrovasse in testa emozioni e pensieri non suoi... senza sapere cosa gli stesse accadendo. Doveva essere terribile.

Privi di una guida, avrebbero temuto di essere pazzi, o sarebbero stati presi per tali dagli amici o dai loro genitori.

Per questo Frank Claremont aveva creato il Centro Studi Nuova Era.

Fino ad allora, tuttavia, non era riuscito a ottenere credito, né tantomeno finanziamenti, per poter ampliare la sede e per predisporre le camere che avrebbero ospitato i soggetti adatti.

Per il momento il centro constava del suo studio e di un loft, in un palazzo situato poco fuori San Francisco. Con l'aiuto della segretaria, aveva riempito la sala di poltroncine per il pubblico che avrebbe assistito all'esperimento condotto dal professor Clarence Addock e dalla sua équipe di telepati. Quello era stato l'ultimo salasso alle sue finanze. Per poterselo permettere, da qualche mese non aveva quasi più usato l'auto. Si spostava in bici anche per raggiungere San Francisco. Se non altro si teneva in forma...

Era fondamentale che gli spettatori fossero numerosi. Aveva spedito l'invito alle principali università, ma soprattutto a giornali, televisioni ed enti facoltosi da cui sperava di ricevere finanziamenti.

Qualcuno bussò.

«Sì?» rispose Frank.

La segretaria si affacciò dallo spiraglio. «Dottor Claremont, è ora di cominciare. Il professor Addock dice che lui e i suoi collaboratori sono pronti.»

«Grazie, signorina» replicò Frank ancora con gli occhi chiusi. «Faccia salire il pubblico, arrivo immediatamente.»

La porta si richiuse e lo psicologo aprì le palpebre. «E se non venisse nessuno?» Rifletté. «No, non devi nemmeno pensarlo. Cerca di essere positivo!»

Si alzò sgranchendosi le gambe e uscì dallo studio. Le poltroncine erano ancora vuote, fatta eccezione per i tre ragazzini seduti nella penultima fila.

Tipi curiosi, quelli. Soprattutto la ragazza, con quel suo sguardo penetrante... Era stata data in affidamento a un anziano bibliotecario amico di famiglia ed era stato proprio lui a chiedergli di ospitare i ragazzi per le vacanze del Ringraziamento. Erano ansiosi di assistere ai suoi esperimenti sulla telepatia.

Tuttavia si erano sistemati così lontani dalla pedana... Mah, forse erano solo un po' timidi.

«Salve, Frank! Inizia lo spettacolo?» A salutarlo dal palco improvvisato era stato il professor Clarence Addock, seduto insieme ai quattro membri della sua équipe, due maschi e due femmine sui venticinque anni.

«Avverto in te un lieve timore» proseguì Addock sorridendo. «Ma sarà un successone, vedrai.»

«Piantala di prendermi in giro, Clarence» ribatté Frank andando a stringergli la mano. «Non occorre essere telepati per capire che mi sembra di stare sui carboni ardenti!»

«Farai il tutto esaurito, ti dico. La gente è sempre più interessata a questo genere di cose.»

«Incrocio le dita.»

In realtà sapeva bene che non gli bastava riempire la sala. Si augurava che a venire fossero le persone giuste.

In strada Adam Laserson si guardò intorno. Molta gente era venuta ad assistere all'esperimento, ma con una punta d'orgoglio osservò che per il momento la sua era l'unica troupe presente.

Alzò lo sguardo: quelle nuvole non promettevano nulla di buono. Se al ritorno avessero dovuto aspettare il pullman sotto la pioggia, sarebbe stata lunga.

«Le batterie della videocamera sono cariche?» domandò al massiccio Boston.

«Grande, ce l'hai fatta!» esclamò ironico il Guastatore.

«Cosa?...»

«Da quando siamo partiti, hai passato in rassegna tutta l'attrezzatura. Ero preoccupato perché le batterie mancavano all'elenco. Stai sereno, ho portato tutto. Tu, piuttosto: hai pensato alle videocassette?»

«Cooome?» Ad Adam si rizzarono i capelli.

«Ah, già, che sbadato. Ho io pure quelle...»

«Sei un comico nato, Boston» replicò Adam tirando un sospiro di sollievo. «Perché non ti sei proposto per il laboratorio teatrale?» Ma nonostante tutto era contento di essere riuscito ad attirare anche lui nel suo progetto. Un tipo robusto faceva sempre comodo, nel caso di riprese in situazioni critiche.

Pumpkin sembrava triste e assente come al solito. Chissà se quella giornata l'avrebbe un po' distolta dai suoi pensieri.

La porta metallica dell'edificio si spalancò con un *CLANG* e tutti si fecero avanti per entrare.

«Permesso, per favore.»

Adam si voltò e vide una troupe televisiva farsi largo tra la folla. Addio esclusiva...

«Dopo di te, capo» disse il Guastatore ricaricandosi a tracolla il borsone dell'attrezzatura.

La videocamera Hdv invece aveva insistito per portarla Adam stesso. Sorrise al Guastatore lanciandogli un'occhiata di sbieco. «Molto gentile. Perché non rinunci al tuo soprannome, il Guastatore? Non mi pare molto divertente.»

«Nah! Ci sono affezionato. Mi ricorda i vecchi tempi, quando rompevo le cose...»

Adam non rispose.

«Calma, capo. Queste manone di ferro sanno fare anche i pasticcini, se è il caso!»

Adam si limitò a sospirare.

«Telepatia» esordì Frank Claremont al microfono.

I posti a sedere non erano esauriti, ma si contavano almeno una sessantina di persone, compresi un paio di suoi ex compagni di università. C'era anche una troupe televisiva. In fondo non poteva lamentarsi.

«Da tempo la scienza ha iniziato a studiarla, con esiti alterni. In questi ultimi anni, però, i risultati positivi si sono notevolmente incrementati. Ho promesso che l'esperimento di oggi avrebbe convinto anche i più scettici e manterrò la promessa.» Lanciò un'occhiata ai suoi ex compagni. «L'uomo che vedete qui sulla pedana è docente di una cattedra di parapsicologia; si chiama Clarence Addock e sostiene di essere un telepate. Non solo lui, ma anche i giovani che fanno parte della sua équipe scientifica.»

Fece una pausa studiata e, come si aspettava, un brusio si sollevò dagli spettatori.

Adam controllò ancora una volta che il Guastatore stesse riprendendo, mentre lui osservava con attenzione le persone sul palco e le reazioni della sala. Si erano sistemati nell'ultima fila, proprio alle spalle di tre ragazzi sui tredici anni: una dai lunghi capelli rossi, quasi di fronte a lui, un biondino occhialuto poco più in là e, all'estrema sinistra, un tipo grassoccio dall'aria impacciata.

«In questa prima fase dell'esperimento» aveva ripreso lo psicologo «ci serviremo degli strumenti scientifici tradizionali per valutare la presenza o meno della facoltà ESP, conosciuta come telepatia. Innanzitutto le apposite "carte zener", ciascuna contraddistinta da un diverso simbolo: una croce, un cerchio, una stella, alcune linee ondulate e un quadrato. La percentuale di successo per chi indovina a caso è del venti per cento. Se un soggetto supera costantemente quella soglia, di norma si suppone possegga abilità telepatiche.»

Altro brusio dal pubblico.

«Proveremo prima con il solo professor Addock. Pregherei una persona di raggiungerci quassù per controllare e mischiare il mazzo; poi benderà gli occhi del professore e comincerà a scoprire le carte una alla volta.»

Si fece avanti il volontario e l'esperimento ebbe inizio.

Ogni carta scoperta veniva posata su un visore e proiettata su uno schermo alle spalle di chi si trovava sulla pedana. In questo modo solo gli spettatori e il volontario potevano verificare che le risposte fossero esatte.

Adam era stupefatto: sebbene ogni tanto esitasse, il professore riusciva quasi sempre a indovinare il simbolo corretto.

Poi si accorse di qualcos'altro. La rossa seduta davanti a lui scriveva su un taccuino. Si sporse in avanti e vide che tracciava i simboli appena comparivano sullo schermo. Alzò lo sguardo sul suo viso e rimase di stucco: la ragazza teneva gli occhi chiusi!

«Ehi» le sussurrò facendola sobbalzare.

Lei si voltò a guardarlo. Pareva vagamente intimorita. Chissà, forse in realtà c'era un trucco, di cui anche lei era a conoscenza, e lui l'aveva smascherata...

«Scusami» bisbigliò Adam in tono gentile. «Ho notato cosa stavi facendo. È davvero incredibile. Sei anche tu una telepate?»

La ragazza sorrise girando con noncuranza la pagina del taccuino. «Magari! Mi farebbe comodo per le interrogazioni a scuola! No, in realtà sbirciavo con gli occhi socchiusi.»

Detto questo si voltò e si sporse in avanti appoggiando mento e braccia conserte allo schienale davanti a sé.

Adam stava per porle un'altra domanda, ma evidentemente lei riteneva chiuso il discorso. Si tirò indietro, ripromettendosi di tenerla d'occhio. La risposta e l'atteggiamento non l'avevano per niente persuaso. C'era qualcosa sotto e avrebbe fatto il possibile per scoprirlo.

# 5

## *L'esperimento*

«*Psst*, Peter» sussurrò Douglas, il ragazzo grassoccio, al biondino con gli occhiali al suo fianco. «Che voleva da Crystal quel manichino?»

«Le ha chiesto qualcosa sull'esperimento, nulla di allarmante» replicò Peter dandogli un buffetto partecipe sulla coscia.

Douglas sbirciò Crystal. Sembrava assorta.

Si odiò per il suo scatto di gelosia e cercò di sotterrarla così in profondità che nemmeno gli straordinari poteri telepatici di Crystal sarebbero riusciti a scovarla.

Crystal non riceveva o trasmetteva il pensiero sotto forma di frasi compiute. A un primo livello percepiva semplicemente le emozioni. Ma questo non tranquillizzava Douglas. Come faceva a essere certo che non le arrivasse comunque qualcuno dei suoi sentimenti più intimi?

Si accorse che la sua agitazione, invece di diminuire, era aumentata. Tentò di pensare ad altro, tipo a una bella pizza farcita fumante... Ma poi s'immaginò d'ingrassare un po' di più a ogni boccone, mentre avrebbe desiderato essere magro e prestante come il manichino lì dietro! Magari, proprio in quello stesso momento, Crystal stava sghignazzando sotto i baffi trovandolo ridicolo. Cercò di concentrarsi sull'esperimento, ma più ci provava e più ricordava perché lo stava facendo... Così fu di nuovo travolto da imbarazzo, gelosia, pizza, panico, senso d'inadeguatezza, pizza, umiliazione, pizza, pizza, pizza...

Insomma, Crystal rideva sotto i baffi o no??

Douglas la sbirciò di nuovo. Sembrava sempre concentrata sull'esperimento. Questo lo distese un po'.

*Mamma mia*, pensò. *Com'è bella!*

S'imbarazzò immediatamente per averlo pensato e si passò il dorso della mano sulla fronte sudata.

Perché doveva succedere? Fino ad allora, la banda degli Invisibili era stata davvero tosta, poi c'era stato quel bacio fra lui e Crystal... Era accaduto in un momento in cui lui si trovava in grande difficoltà e in seguito si era fatto l'idea che Crystal lo avesse baciato solo per compassione. Così aveva cercato di precederla scusandosi e tirandosi indietro. Si aspettava forse che lei avrebbe implorato, dichiarandogli apertamente il suo amore? Crystal non era tipo da implorare.

Ora temeva di avere commesso un'imperdonabile errore e avrebbe voluto saper dominare il proprio potere per tornare indietro nel tempo.

Douglas infatti possedeva una capacità che non avevano ancora compreso del tutto. Crystal lo aveva definito "potere di porta", in quanto era in grado di aprire brecce fra le dimensioni... temporali, per esempio. Ma non solo.

Il guaio era che tale potere sembrava scatenarsi senza preavviso e aveva la spiacevole tendenza a metterli in serio pericolo.

Si scoprì a invidiare ancora una volta Peter, del tutto privo di poteri. Di recente si era trovato pure una fidanzata, Magica, che insieme al gatto di Peter, Spooky, faceva ormai parte degli Invisibili... Era di certo una ragazza svitata e bizzarra, ma era pur sempre la sua ragazza! Perché lui non poteva essere come Peter: intelligente e stop?

Si riscosse al suono di un tiepido applauso: la prima fase dell'esperimento era terminata.

«Fino a qui» riprese Frank Claremont «si è trattato di un test di tipo convenzionale, ma ora vorremmo tentarne uno più significativo.»

Il professor Addock e i suoi collaboratori si presero per mano.

«Vi prego di fare il più assoluto silenzio, perché adesso, grazie alla meditazione, la squadra del professore si cimenterà in un *collegamento telepatico*. Cercheranno di creare un'unica mente telepatica molto più potente di quanto non siano i singoli soggetti. Scrivete sui foglietti che vi verranno distribuiti una domanda per una qualsiasi delle persone coinvolte nella dimostrazione, che per agevolarvi nel riconoscerle avranno un cartello appeso al collo ciascuna con il proprio nome.»

Il pubblico fece ciò che gli era stato chiesto e poco dopo Frank proiettò il contenuto del primo foglietto: "Lucas, come si chiama tuo padre?", quindi sussurrò la domanda nell'orecchio del primo soggetto della catena.

Lucas, seduto all'estremità opposta, rispose: «Mio padre si chiama Paul».

Si alzò un altro brusio dal pubblico.

"Susan, sei libera stasera?"

«Sì, se porterai al cinema mio marito e il bambino.»

Risate e un applauso.

Adam si rizzò sulla poltroncina: la domanda successiva era la sua.

"Professor Addock, cosa stringo in pugno?"

L'uomo si concentrò per circa mezzo minuto, poi rispose: «Nella mano sinistra c'è un biglietto del pullman».

«La risposta è corretta?» domandò Frank.

Il Guastatore lanciò un'occhiata furba ad Adam che dovette ammettere: «Sì... Eccolo qua».

«Benissimo. Anche il prossimo esperimento coinvolgerà il pubblico. Come vi dicevo, riteniamo che la telepatia sia più diffusa di quanto non si pensi. Ora il professor Addock e la sua équipe proveranno a individuare chi di voi, magari senza saperlo, possiede tale facoltà. Chi non desidera essere coinvolto è libero di attendere fuori il termine dell'esperimento.»

«Crys» sussurrò Peter. «Come intendi comportarti?»

Douglas si sporse in avanti per origliare.

«Voglio mantenere l'incognito. Schermerò la mia mente. Non credo siano abbastanza potenti da individuarmi...»

Otto persone abbandonarono la sala e l'esperimento prese il via.

Trascorsero quasi tre minuti di silenzio totale.

Adam fece un sorrisetto. La maggior parte degli spettatori all'inizio sembrava scettica quanto lui, ma ora la tensione in sala era notevole.

«Laggiù, verso il fondo...» dichiarò il professor Addock. «C'è una ragazza molto giovane...»

Douglas guardò Peter allarmato. Entrambi si sforzarono per non voltarsi verso Crystal.

«Si chiama Cheryl, ma preferisce essere chiamata in un altro modo...»

Tutto il pubblico si era girato verso le ultime file. Douglas, Crystal e Peter fecero altrettanto.

Adam e il Guastatore osservavano a bocca aperta la loro compagna, che aveva gli occhi abbassati.

«Pumpkin» dichiarò alla fine la ragazza. «Così mi chiamano i miei.»

Dopo una breve pausa, Frank domandò con gentilezza: «Vuoi venire qui insieme a noi, Pumpkin? Ci piacerebbe tentare qualcosa... Se sei d'accordo».

Istintivamente Adam posò la sua mano su quella della ragazza: «Lascia perdere, Pumpkin» sussurrò.

«No, voglio provare» ribatté lei alzandosi in piedi.

Adam era allibito. Non l'aveva ancora vista così risoluta. «Ma tu... non sei costretta a...»

«Voglio provare» ripeté lei stringendogli per un attimo

la mano, prima di lasciarla e incamminarsi verso la pedana.

«Pumpkin!» chiamò ancora Adam.

«Lasciala, capo» intervenne il Guastatore continuando a filmare. «Ha deciso di farlo. Lasciala provare.»

«Al diavolo, Boston. Karen mi crocifiggerà!»

Il professor Addock riprese: «Aspettate, c'è qualcun altro in sala...»

Un'ondata di trepidazione attraversò di nuovo la platea.

«Non si tratta di telepatia... Ma sento provenire una forte energia mentale da laggiù. È ancora laggiù...»

Crystal si voltò verso Douglas. Lui la vide con la coda dell'occhio e sentì un tuffo al cuore. *Pizza, pizza, pizza...* Provò a concentrarsi più intensamente di prima.

«Si tratta... di un maschio, questa volta» dichiarò il professor Addock. «E credo ami molto la pizza!»

# 6

## *Messaggio d'aiuto*

«Vuoi raggiungerci anche tu, Douglas?» domandò Frank Claremont. Era sorpreso. Quando aveva conosciuto quei tre ragazzi, qualche ora prima, non si sarebbe aspettato che uno di loro possedesse poteri ESP. Be', magari sulla ragazza aveva fatto qualche supposizione, ma su quell'individuo rotondetto dall'aria mite, no di certo!

Douglas si voltò verso Crystal e Peter. Quest'ultimo lo guardava con aria preoccupata, mentre l'amica lo scrutava con due occhi che sarebbe riuscito a vedere anche al buio, tanto ardevano, intimandogli un: "Assolutamente no!"

Il ragazzo tornò a guardare la gente sulla pedana e fu travolto da una gamma di emozioni contrastanti.

Da una parte voleva obbedire a Crystal e restarsene fuori, ma dall'altra pensava che, dopotutto, era quello il motivo per cui erano lì: indagare sulle loro facoltà... E poi come poteva sperare di conquistarsi la stima di Crystal (e anche qualcosa di più) se non dimostrava di essere capace anche lui di prendere decisioni difficili, come lei faceva di continuo?

Già, forse non avrebbe avuto la possibilità di trasformarsi d'incanto in un tipo snello e prestante, ma avrebbe potuto almeno dimostrare di avere carattere – come i supereroi dei suoi fumetti preferiti – e di saper fare delle scelte autonome rispetto ai suoi amici. Perché no? Era l'occasione di dimostrare che qualche volta anche lui riusciva a vedere più in là!

Forse fu a causa di queste considerazioni che una parte di sé, ribattezzata l'Impavido Invisibile, lo costrinse ad alzarsi in piedi e rispondere: «Certo, ci vengo», mentre un'altra strillava: *Voglio tornare a casa!*

«Doug, no!» sibilò Crystal. «Sai bene che non sei in grado di controllare...»

«Tutto a posto, piccola» rispose l'Impavido Invisibile. «Vado e torno, okay?» Avviandosi le fece l'occhiolino.

Peter li guardò entrambi talmente sorpreso che gli occhiali gli scivolarono sulla punta del naso. Cosa stava succedendo fra quei due?

Douglas ebbe la sensazione di sprofondare di più a ogni gradino che saliva per raggiungere la pedana, dove gli fu indicata una sedia.

Frank gli chiese di prendere per mano le persone sedute al suo fianco e Douglas obbedì, accorgendosi di stringere la mano di quella bizzarra ragazza con i capelli biondi sparati e con quel buffo soprannome... Pumpkin.

Lei gli rivolse un pallido sorriso.

Douglas ricambiò, ma l'altra aveva già riabbassato lo sguardo.

«Mentre i ragazzi ci raggiungevano sul palco» cominciò Frank «la mia segretaria è scesa in strada con il resto dei vostri foglietti. A un mio squillo di cellulare, lei comincerà a leggerli, concentrandosi per circa un minuto su ognuno. In questo esperimento, uno dei due nuovi arrivati dovrebbe fungere da medium al posto del professor Addock e pronunciare ad alta voce il contenuto del biglietto. Professore, quale dei due soggetti le sembra più adatto?»

Clarence Addock osservò i due ragazzi per un tempo che a Douglas parve infinito, poi domandò: «Pumpkin, avresti voglia di provare?»

La ragazza annuì.

Le luci sulla pedana si abbassarono e il professor Addock cominciò a parlare nel modo suadente che gli istruttori di yoga utilizzano per agevolare il rilassamento dei praticanti.

Pumpkin chiuse gli occhi...

Dapprima le parve di tornare bambina. Sua madre le insegnava a fare una torta di zucca, la sua preferita. Si guardava le mani impiastricciate di farina gialla e le sembrava di sentirne anche il profumo.

Poi le parve che qualcuno la chiamasse e lei lo seguì.

Stava volando sulla sala, vedeva gli spettatori e Adam e il Guastatore impegnato nella ripresa. Le piacevano. Boston era grande e grosso, ma la sua rudezza nascondeva una dolcezza altrettanto grande. E Adam... Be', Adam si prendeva cura di lei, cercava di sembrare sicuro e risoluto, pur essendo conscio di quanti timori lo assillassero. Avrebbe voluto essergli d'aiuto, saper fare o dire qualcosa per farlo stare meglio.

La voce tornò a chiamarla e questa volta le parve di attraversare la parete, di scendere lungo le scale e uscire in strada, dove vide la segretaria del dottor Claremont con in mano un foglietto e sul foglietto c'era scritto... c'era scritto...

«"Professor Addock"» mormorò Pumpkin. «"Quanti anni ha?"»

Frank le aveva avvicinato il microfono, pertanto tutta la sala poté udirla.

Dalla platea si sollevò un concitato parlottare.

«Incredibile!» esclamò Adam. «Davvero incredibile...»

«Uomo di poca fede» ribatté il Guastatore.

Peter guardò Crystal e lei ricambiò l'occhiata carica di ansia. Lei era l'unica a sapere ciò che stava realmente accadendo: l'imprevedibile potere di *porta* di Douglas stava prendendo il sopravvento ed era impossibile prevederne le conseguenze!

«Silenzio, per favore» disse allora Frank. «L'esperimento prosegue.»

Douglas aveva udito le parole di Pumpkin, ma lontane, come se venissero da un sogno.

Ormai sapeva per esperienza diretta di essere un soggetto ideale per l'ipnosi, ma, a quanto pareva, reagiva positivamente a qualsiasi tipo di training, compresa la voce vellutata del professor Addock. Gli era sembrato che le parole volteggiassero lievi come fiocchi di neve. Aveva avuto la sensazione di volare sulla platea, poi era uscito in strada e aveva visto la segretaria del dottor Claremont leggere il foglietto del pubblico. Si sentiva in preda a un'intensa euforia e gli sembrava che la sua mente si espandesse sempre più, fino ad abbracciare l'intera San Francisco, continuando a salire ancora più in alto, come su un aeroplano che sorvolava la regione – "più veloce, ancora più veloce!" – gli Stati Uniti – "più veloce, sempre più veloce!" – finché...

Peter si sentì afferrare la mano. Era Crystal, aveva gli occhi sbarrati.

«Sta succedendo qualcosa...» gli sussurrò. «Sta succedendo qualcosa a Douglas!»

Il ragazzo si aggiustò gli occhiali e aguzzò lo sguardo. Apparentemente sul palco non stava accadendo nulla di anormale, i soggetti dell'esperimento sembravano profondamente concentrati. Eppure il dottor Claremont aveva posto una domanda a Pumpkin senza ottenere risposta.

Nella mente di Douglas era apparsa una luce abbagliante, ma ora si trovava nel buio più assoluto, sospeso nello spazio. Puntini luminosi si avvicinavano ad altissima velocità, rivelandosi a poco a poco per quello che erano: immagini. C'era Crystal, aveva il labbro macchiato di sangue e lottava con uno sconosciuto in camice bianco; c'era una capanna costruita su un grande albero; c'era un uomo sulla trentina dalle lunghe basette nere che digitava velocissimo qualcosa sulla tastiera di un computer: distolse lo sguardo dal monitor e, per un momento, sembrò fissare Douglas negli occhi... Una tribù indigena... degli uomini puntavano armi su di loro, stavano per sparare! Uragani d'inaudita violenza si abbattevano su una costa e un'onda immensa travolgeva una città! Foreste in fiamme, bufere di neve, il sole oscurato da nubi color catrame... Sempre più immagini, sempre più veloci...

«AIUTO!» urlò a un tratto Pumpkin raggelando tutta la platea.

«Che succede, Cheryl?» domandò Frank allarmato. «Professor Addock, sospendiamo!»

Ma il telepate non lo sentiva. Aveva preso a tremare, travolto come gli altri soggetti dell'esperimento dal potere di Douglas.

«Aiuto! Aiutatemi!» ripeté Pumpkin.

Frank Claremont le si accovacciò di fronte, ma non osava toccarla. Temeva di peggiorare la situazione. «Cosa succede, Cheryl? Stai male?»

«Non è lei a chiamare aiuto» sussurrò Cystal a Peter, gli occhi stretti allo spasimo. «Un messaggio... Hanno intercettato un messaggio!»

«Stai male, Cheryl?» ripeté Claremont.

«NO!» rispose finalmente la ragazza. «Nemo... dov'è Nemo?»

«...Nemo? È questo Nemo a chiedere aiuto?»

«Il patto... Perché abbiamo scordato il patto, *perché*?»

«Cheryl, mi senti? Di che patto stai...»

«...Macchine... Macchine divorano la foresta... Vedo il sangue della Terra... Fermatele! Non devono arrivare alla Cascata... La Cascata di Lipa... La vita è in pericolo!!»

Frank capì che la ragazza non lo sentiva. Doveva interrompere l'esperimento, era sfuggito loro di mano!

«...La catena... La catena... C'è un anello debole nella catena!»

Peter era senza fiato. «Ma come... Cosa...» Guardò Crystal e ammutolì: l'amica stava tremando e i suoi occhi erano aperti, ma rivolti all'indietro a mostrare il bianco.

«Crys!» chiamò.

Frank era disperato. Scuoteva il professor Addock per una spalla cercando inutilmente di svegliarlo. Si rivolse di nuovo a Pumpkin: «Calmati, Cheryl! Devi cercare di tornare in te!»

«Aiuto! ...Nemo! ...Patto! ...Foresta! ...Morte! ...Catena! ...Aiuto!»

«Svegliati, Cheryl! Torna in te!»

«Aiutooo! Aiutooo! Aiu...»

L'ultima parola rimase a mezz'aria, nel silenzio. Il dottor Claremont e la platea tirarono il fiato. Era tutto finito. Non si sapeva cosa, ma l'essenziale era che tutto fosse...

Pumpkin cominciò a cantare.

Dapprima sembrava una specie di lamento, ma presto fu riconoscibile una melodia, un motivo arcano e ipnotico che a Frank pareva di avere già sentito. Molti anni prima...

Il tono della ragazza si fece più alto, più urgente, e all'improvviso...

«AIUTOOO!» riprese a urlare. Ma ora non era più solo lei a gridare, avevano cominciato anche Douglas e il professor Addock e infine, uno dopo l'altro, i suoi collaboratori.

«AIUTOOO! AIUTOOO! AIUTOOO!»

Gli spettatori scattarono in piedi, alcuni si ammassavano verso l'uscita, altri si tappavano le orecchie, come se non riuscissero a sostenere lo strazio di quelle grida.

Adam, in preda a un fortissimo mal di testa, aveva imitato il Guastatore che si era alzato per riprendere meglio, poi aveva visto la ragazza dai capelli rossi seduta davanti a lui farsi largo a gomitate per raggiungere di corsa il palco.

«Boston, riprendi lei!» ordinò istintivamente e il Guastatore obbedì.

«Cosa...» chiese Frank a Crystal quando la vide balzare sul palco, ma lei lo ignorò afferrando le mani strette di Douglas e Pumpkin che continuavano a gridare.

«Torna indietro, Doug!» urlò Crystal. «Torna indietro, sganciati, sganciati!!»

Frank fece per toccarla, ma una scossa, come una scarica elettrica, lo mandò a gambe all'aria.

«Torna indietro, Doug!» urlava Crystal. Sembrava inutile. «Svegliati, sono io! Sono Crystal!»

«...C... Cryssstal?» bofonchiò Douglas e in quell'istante Pumpkin, Addock e i suoi studenti smisero di gridare, afflosciandosi sulle sedie. Le mani si sciolsero.

Lo sguardo di Crystal corse a Pumpkin, ma in quel momento Peter prese fra le braccia la ragazzina e la distese sul palco reggendole il capo.

Crystal gli fu grata: ora poteva dedicarsi interamente a Douglas. Lo guardò con gli occhi pieni di lacrime. «Sì, testone. Sono io...» Lo abbracciò forte. «Sono io... sono io...»

«Crystal...» ripeté lui con un filo di voce.

«Dimmi, Doug.»

«Dobbiamo smetterla... d'incontrarci così.»

Suo malgrado, Crystal sorrise. «Quanto sei scemo.»

Ma lui non l'aveva sentita. Le era ricaduto fra le braccia privo di sensi.

# 7

## *All'ospedale*

«Avanti, Doug. Lo so che sei sveglio.»

In effetti Douglas lo era già da un po'. Era stato svegliato dal sonoro del telegiornale su cui Crystal e Peter si erano sintonizzati per vedere se avrebbero parlato di quanto era accaduto al centro.

Il ragazzo si era ritrovato in mutande e T-shirt nel letto di una stanza d'ospedale. Quando si era reso conto della presenza dei suoi amici, aveva immediatamente richiuso gli occhi. Non conservava un'idea precisa di quanto fosse accaduto, eppure aveva la sgradevole sensazione che il suo potere sopito avesse ancora una volta preso il sopravvento e ne avesse combinata una delle sue.

Soprattutto si vergognava a morte per l'infantile atteggiamento da Impavido Invisibile tenuto con Crystal. No, era molto meglio seguitare a fingere di dormire e prendere tempo.

«Peter, sai se Douglas soffre il solletico?» Era la voce di Crystal. Cos'aveva in mente?

«Per quanto posso rammentarmi... indiscutibilmente sì, Crys.» E questo era proprio Peter. Solo lui poteva impiegare così tante parole per rispondere semplicemente sì... Già, la risposta era sì... Ahi, ahi...

«Cosa ne dice di una controllatina, signor Peaky?»

«Mi pare un'ottima idea, signorina Cooper!»

Come pugnali, gli indici dei due amici cominciarono a tormentare costato e fianchi del povero Douglas, che non poté fare a meno di scoppiare a ridere.

«Basta, basta, sono sveglio, sono sveglio!» implorò fra i singulti.

«Ha udito qualcosa, signor Peaky?»

«Assolutamente no, signorina Cooper.»

I due amici intensificarono ancora di più il loro attacco.

«Basta... Ah! Ah! Mi arr... mi arr...»

La ragazza gli sfilò il cuscino da sotto la testa e lo colpì violentemente sulla faccia.

«Così fingevi di dormire, eh? Mentre noi stavamo qui a preoccuparci! Adesso ti faccio dormire io! Prendi questo! E quest'altro!»

Peter si tirò indietro. Di colpo gli sembrava si trattasse di una questione personale fra Douglas e Crystal.

«Okay, Crys!» esclamò Douglas cercando di proteggersi con le mani. «Okay, okay! Ti chiedo scusa!»

Crystal gli lanciò addosso il cuscino e si mise a camminare su e giù per la stanza. «Mi chiedi scusa?! Eravamo d'accordo di mantenere l'incognito o mi sbaglio? E tu vai sul palco e ti trasformi nella grande attrazione della serata!? Lo sai cos'hai combinato?»

Douglas si sentì punto sul vivo. «Quello che non ti va giù è che noi ragioniamo con la nostra testa! Te ne stai lì a dare ordini e ti aspetti che obbediamo come cagnolini, mentre tu fai sempre di testa tua! Quand'è che ti abbiamo eletta leader della nostra banda? Be', io non l'ho fatto di certo! Meglio Magica, allora. Anche lei è suonata, ma almeno sa di esserlo! Scusa, Pete...»

Crystal lanciava occhiate imbarazzate a lui e Peter. «Non sono certo io a essermi eletta leader della banda... E lo so anch'io che certe volte sono svitata come e più di Magica. Scusa, Pete. Credi sia facile convivere con i miei poteri?... Alle volte so delle cose, e sono costretta ad agire in fretta... Non posso perdere tempo a...»

«Certo, non puoi perdere tempo con noi mortali!»

Peter fece per andarsene. «Ehm, forse è meglio che io...»

«RESTA QUI!» urlarono all'unisono Douglas e Crystal.

«...per favore» si corresse Crystal.

«Massì, ho finito» aggiunse Douglas.

Calò un silenzio imbarazzato che per Douglas divenne insopportabile. Si rivolse a Peter. «Già, chissà come se la passa Magica. Che ora sarà adesso, in Africa?»

Peter guardò l'orologio. «Starà dormendo, manca ancora qualche ora all'alba.»

«Sapessi com'era in fibrillazione ultimamente, a scuola, dopo che i suoi l'avevano invitata a passare qualche giorno con loro. L'unica cosa che le dispiaceva era il saperti lontano. A te pesa non poterla sentire nemmeno per telefono?»

Peter sospirò malinconico. «Eh, sì...»

«È quello che le ho detto anch'io.»

Nel nuovo silenzio che seguì, Douglas non poté fare a meno di riflettere su come fosse stramba quella coppia: Peter era silenzioso, educato e tutto intelletto, mentre Magica... Be', Magica era un vero e proprio uragano! Proprio vero che gli opposti si attraggono...

Finalmente la porta si spalancò e comparve un giovane medico, seguito dal dottor Frank Claremont.

«Dalle grida che si sentivano dalla corsia, direi che il nostro paziente si è ripreso» scherzò il medico.

«Sì... mi scusi... Io e i miei amici discutiamo così.»

«Già» mormorò Crystal.

«Confermo» aggiunse Peter.

«Come ti senti, Douglas?» domandò Frank mentre il medico lo visitava.

«Benone. Ho solo un lieve mal di testa» ribatté lui dando un'occhiata a Crystal, che distolse lo sguardo. «Cos'è successo? Quella ragazza... Pumpkin come sta? L'esperimento...»

«Cheryl Lindenlaub è nella camera accanto. Si è appena svegliata. Con lei c'erano due compagni. Uno poi è corso via. L'altro è ancora di là.»

«Posso vederla?» domandò Crystal.

«Certo. Accomodati.»

Douglas la guardò uscire, mentre il medico proseguiva la visita auscultandogli la schiena.

Peter ne approfittò per interrogare Frank: «E gli altri partecipanti all'esperimento?»

«Gli studenti e il professor Addock si sono ripresi quasi subito e stanno bene. Sono tornati in albergo. Il professore è ancora un po' scosso, ma considera l'esperimento un successo. Vorrebbe rivedere Douglas e Cheryl nel suo studio. Porre loro qualche domanda.»

«Non vedo l'ora...» commentò Douglas sarcastico.

A un tratto l'attenzione di Peter fu catturata dalle immagini che scorrevano sullo schermo televisivo. C'erano spiagge investite da violenti uragani, tempeste di sabbia nel deserto, frammenti di ghiacciai che sprofondavano in mare. Una dissolvenza e apparvero alcune persone sedute intorno a una tavola rotonda.

Prese la parola il conduttore del programma: «Queste immagini sono state filmate le scorse settimane in varie zone del pianeta, per fortuna disabitate. La cronaca recente ci ha ormai abituato agli sconvolgimenti climatici, eppure, come avete sentito nel servizio, il climatologo argentino Alejandro Mansilla ha lanciato l'allarme, denunciando l'assoluta anomalia di questi fenomeni. Diversa è l'opinione del professor Jeffrey Nachmanoff, direttore dell'Istituto di Scienze dell'Atmosfera e del Clima di Washington, cui cedo la parola...»

Peter si avvicinò all'apparecchio per ascoltare meglio. Frank, incuriosito, fece altrettanto.

Il professor Nachmanoff esordì: «A mio parere, anche questi eventi sono da aggiungersi all'elenco dei disastri legati al cambiamento climatico ormai in atto». Assunse un'espressione grave e proseguì: «La temperatura del nostro pianeta è salita di qualche grado, così come è cresciuta la quantità di anidride carbonica nell'atmosfera. Tutto ciò è causato dallo scriteriato inquinamento prodotto dall'uomo con l'utilizzo, per esempio, di petrolio e carbone».

«Non si può nemmeno ipotizzare lo stop dello sviluppo industriale» obiettò il conduttore.

«Questo non lo pensa nessuno» replicò Nachmanoff. «Si possono però tentare risparmi energetici, utilizzi migliori, sviluppo dell'energia solare, di quella eolica, dell'idrogeno... Se non corriamo ai ripari andremo incontro a conflitti paurosi, migrazioni di popoli, città sommerse dall'acqua, desertificazione delle zone meridionali, carestie...»

«Ma perché? Che relazione c'è fra questi fenomeni?»

«L'aumento della temperatura terrestre provoca lo scioglimento dei ghiacci del Polo Nord che stanno raffreddando la Corrente del Golfo. Entro pochi anni in Portogallo si vedranno apparire gli iceberg e l'Inghilterra avrà il clima della Siberia. Contemporaneamente in Africa si verificherà un incremento del numero di persone a rischio fame per l'inaridimento dei campi coltivati. La stessa cosa accadrà in Brasile e in Asia... Siamo tutti legati gli uni agli altri. Per questo è necessaria una regia "planetaria" della situazione. È ciò che si è cercato di fare con il Protocollo di Kyoto, eppure gran parte degli Stati rifiutano di attenersi alle direttive che salverebbero il pianeta...»

«Ma se non ci pensano i Governi, chi penserà al futuro?»

«Dobbiamo farlo noi cittadini. L'opinione pubblica dei Paesi ricchi dovrebbe premere sui Governi affinché accrescano gli investimenti nella ricerca di energie alternative al petrolio e promuovano uno sviluppo sostenibile.»

Il conduttore ringraziò e annunciò la pubblicità.

Frank si accorse che Peter sembrava scosso da quanto aveva udito. «Tutto bene?» gli chiese.

Il ragazzo lo guardò con espressione dura. «Tutt'altro,

dottor Claremont. Com'è possibile? Com'è possibile che i nostri governanti abbiano chiara la situazione e nessuno si assuma la responsabilità di cambiare?»

L'uomo si passò la mano fra i capelli e sospirò. «Interessi economici, Peter. Il potere va preso a piccole dosi, altrimenti dà alla testa, immagino... In realtà rende più deboli. Così ci si fa l'idea che la propria nazione abbia il diritto di dominare sulle altre, come se non fossimo tutti sullo stesso pianeta.»

«Già, ma la nostra coscienza, dottor Claremont?» replicò Peter dirigendosi verso la porta. «Come hanno fatto ad addormentare la nostra coscienza?»

«Uàu!» esclamò Douglas. Il medico aveva terminato la visita e il ragazzo stava indicando il televisore a occhi sgranati. «Il palmare Iso 3000 con microcamera e ricezione tivù incorporata! Troppo forte!»

«Posso entrare?» domandò Crystal sulla soglia della stanza di Pumpkin. Seduto accanto a lei c'era solo Adam.

«Ehi, ciao...» la salutò il ragazzo. «Sicuro, vieni avanti. Sono contento di rivederti.»

Lei entrò e vide che Pumpkin era distesa sul letto e aveva una flebo collegata a un braccio. Gli occhi aperti, era voltata verso la finestra.

Crystal sapeva che era poco più giovane di lei e le sembrava di rivedere se stessa quando le si erano manifestati per la prima volta i poteri telepatici. Per fortuna aveva avuto accanto nonna Susan che l'aveva aiutata ad accettarli. Non poteva farla tornare una ragazza normale, come Crystal aveva implorato, ma le aveva insegnato a schermare la propria mente e a separare i pensieri degli altri isolandoli e abbassandone il volume, in una sorta di brusio costante, ma tollerabile.

La stessa cosa stava ora accadendo a questa ragazzina. Come avrebbe fatto, senza l'aiuto di una guida?

«Posso rimanere da sola con lei?» domandò Crystal.

Adam sembrò colto di sorpresa. «Be', credo di sì... Stiamo aspettando la responsabile del nostro istituto. Sarà qui a momenti...»

«Non ci vorrà molto.»

Il ragazzo guardò l'amica fissare la finestra. Un lampo le illuminò il viso di una luce azzurrina, ma lei non batté ciglio.

«Okay» disse alzandosi. «Pumpkin, ti presento Crystal. Ci siamo conosciuti oggi al centro. Se avete bisogno di me, sono... Be', lì fuori.»

«Grazie, Adam» disse Crystal.

Attese che il ragazzo fosse uscito, poi si sedette sulla sedia che aveva occupato Adam fino a poco prima. Non sapeva da dove iniziare. Perciò prese la mano della ragazzina e parlò, come se ricordasse a voce alta.

«La prima volta che sono apparsi i miei poteri telepatici ero in classe. A poco a poco s'insinuarono in me tante emozioni contrastanti, prima una alla volta, poi tutte insieme: ero spaventata, ma anche allegra, triste, arrabbiata... Mi girava la testa, sudavo...»

Lo sguardo di Crystal tornò sul viso di Pumpkin e questa volta la trovò rivolta verso di lei. Attenta.

Proseguì, guardandola negli occhi. «Le strane sensazioni si ripeterono e un giorno, durante un tema in classe, i miei compagni cominciarono a parlottare fra sé, uno dopo l'altro. C'era chi rifletteva su cosa scrivere, altri avevano già terminato e facevano considerazioni ad alta voce sui vicini di banco. Una confusione! Guardai allibita la professoressa: anche lei borbottava, senza curarsi minimamente dei miei compagni. Solo allora notai che nessuno di loro stava muovendo le labbra. Mi alzai facendo cadere la sedia e corsi via in lacrime. Di solito tornavo a casa con un pulmino, ma quel giorno mi venne a prendere la nonna. Vivevo con lei perché i miei genitori non c'erano più. Avevo paura a parlarle, ma quando provai a descriverle cosa mi era capitato non si spaventò, né pensò che fossi bugiarda o pazza. Fu lei a spiegarmi cosa mi stava accadendo.»

«Come faceva a saperlo?» chiese Pumpkin con voce quasi impercettibile.

«Non l'ho mai saputo, con certezza. Allora non glielo chiesi... È successo qualche anno fa e al momento mi sembrò quasi naturale. Mi disse che c'erano delle facoltà che tutti gli uomini possiedono quando nascono, ma la nostra società non è preparata ad aiutarci a svilupparle. Così la maggior parte di noi disimpara a utilizzarle. Ma non tutti.»

«Crystal... Adesso non sento niente. Cioè, non mi sembra di sentire i pensieri tuoi o di altre persone, forse è stato solo un caso che non si ripeterà...»

«Non ti era mai capitato nulla di simile, prima?»

Pumpkin ci pensò e ricordò di avere avuto altre volte sensazioni "strane", come quando, dal suo albero preferito, ascoltava le voci dei suoi genitori che si trovavano in casa. Cercava di convincersi che si trattasse solo d'immaginazione, perché sapeva di essere troppo lontana, ma in fondo...

«Ho paura» sussurrò sollevandosi ad abbracciare Crystal che ricambiò la stretta.

Cercò di tranquillizzarla: «Senti, può darsi che tu abbia ragione, forse i tuoi poteri non si manifesteranno più o, in caso contrario, vedrai che poco per volta li troverai naturali. Imparerai a conviverci».

«Ma io non li voglio! Voglio solo essere come tutti gli altri!»

Crystal avrebbe voluto trovare altre parole per confortarla, invece rispose semplicemente: «Lo so».

Rimasero abbracciate in silenzio.

# 8

## *La carica di Karen Wright*

«Scusami, Karen. Ho tradito la tua fiducia.»

La dottoressa Wright era appena entrata nella corsia dell'ospedale e si stava sistemando i lunghi capelli neri bagnati di pioggia. Sospirò: «Ne parliamo più tardi, Adam. Per ora mi basta sapere che Cheryl sta bene. È in questa stanza?»

«Sì, ma c'è con lei una ragazza sui tredici anni che abbiamo conosciuto oggi. Mi ha chiesto di lasciarle sole. Pumpkin era giù e quella ragazza mi sembra un tipo a posto. Credo se la sia presa a cuore, magari riesce a distrarla un po'.»

Karen si era fermata nell'atto di bussare. Era impaziente di rivedere la sua studentessa, ma preferì fidarsi dell'istinto di Adam e non disturbare le due ragazze.

«Raccontami tutto» gli disse allora. E Adam fece un resoconto il più preciso possibile, anche se era conscio di aver compreso solo una minima parte dell'accaduto.

«Karen» disse alla fine. «Mi sento in colpa. Avevo io la sua responsabilità e...»

La donna gli mise una mano su una spalla. «Non dire così. Se c'è uno veramente irresponsabile in questa storia, quello è il dottor Claremont. Dov'è? Vorrei dirgli un paio di cose.»

In quel momento Frank Claremont uscì dalla stanza di Douglas. Quando vide Karen, per un attimo il suo viso s'illuminò, poi colse la sua espressione furente e si fece serio.

«Ciao, Karen. Quanto tempo.»

«Troppo poco, evidentemente. Posso parlarti in privato?»

Sorpreso, Adam li osservò dirigersi verso la sala d'aspetto, in quel momento deserta.

Quindi quei due si conoscevano... E avevano anche l'aria di avere un conto in sospeso. Chi l'avrebbe detto?

Guardò l'orologio e si chiese se il Guastatore fosse già arrivato alla casa famiglia e stesse visionando il materiale video. Era sicuro che si trattasse di un'autentica bomba e non vedeva l'ora di poterlo esaminare con calma. C'era solo da augurarsi che Boston fosse un buon operatore.

Il ragazzo si guardò intorno alla ricerca di un telefono. Una freccia ne indicava uno, sull'altro lato del piano. S'incamminò in quella direzione.

«Karen, ascolta» stava dicendo Frank Claremont «siamo di fronte a un avvenimento senza precedenti. Come facevo a sapere che sarebbe successo un simile putiferio?»

La donna lo fulminò con lo sguardo. «Ti rendi conto di quello che dici? Prendi una ragazzina di dodici anni e di punto in bianco le sbatti in faccia i suoi presunti poteri telepatici! Sai bene che per me sono solo teorie fantascientifiche, ma adesso non è di questo che voglio discutere... Ammettiamo pure che sia vero, non è questo il punto. Ti sei preoccupato di come avrebbe reagito a questa rivelazione? Certamente no, altrimenti ci avresti pensato su non una, ma mille volte, prima di sconvolgerle la vita!»

Frank era irritato dal solito atteggiamento chiuso della sua ex compagna di università, ma allo stesso tempo sapeva che l'esperimento aveva scatenato qualcosa di cui non era in grado di prevedere le conseguenze. Parlò cercando soprattutto di convincere se stesso di avere agito a fin di bene.

«Col senno di poi, riconosco di non essere in grado di

valutare le conseguenze che l'esperimento avrà su di lei, ma, a differenza di te, io sono fermamente convinto che i poteri parapsichici siano reali. Non solo, sono in costante crescita fra i giovanissimi, e chi si prende cura di loro? Chi pensa ad aiutare un ragazzo che improvvisamente scopre di poter prevedere il futuro? O di percepire i pensieri e le emozioni della gente? Sono esperienze sconvolgenti che spesso vengono classificate come schizofrenia e curate come tali. Se tu dedicassi un po' dei tuoi finanziamenti a...»

«Ah, no! Adesso non ricominciamo a parlare delle mie scelte. Fino a prova contraria, qui quella con i piedi per terra sono io! Sono io che mi sono assunta il compito di aiutare ragazzi con problemi reali, emarginati, abusati, rifiutati dai loro stessi genitori. Sono questi i problemi concreti, Frank, che purtroppo tocchiamo con mano ogni giorno. Ti assicuro che piacerebbe anche a me limitarmi a insegnargli a volare con la scopa, ma qui non si parla di maghetti e scuole di magia, si parla di realtà! Crescere è già una cosa abbastanza difficile per i ragazzi, senza che uno psicologo esaltato gli metta delle idee assurde in testa!»

«Non sono idee assurde! Neanch'io mi occupo di magia, cosa credi. I dati accumulati riguardo a effetti di percezione extrasensoriale, come connessione telepatica e visione a distanza, negli anni '90 hanno portato l'American Institute for Research ad affermare che i futuri investimenti dovrebbero incentrarsi sulla comprensione e sull'utilizzo di tali fenomeni. Tu non c'eri oggi e non ci sei mai stata tutte le volte che ho incontrato ragazzi in cura nelle cliniche psichiatriche capitati lì solo perché si erano imbattuti in gente scettica come te, che preferiva considerarli pazzi, piuttosto di aprire la mente e capire che stiamo andando incontro a una nuova era!»

Karen si girò con un gesto d'impazienza. «Non voglio più ascoltarti. Sei completamente fuori strada.»

«Qualcosa nel pianeta sta cambiando, ti dico! Non lo vedi? Non lo senti? È finito il dominio della sola razionalità, dell'antropocentrismo! Chi è che ha costruito la bomba atomica, noi o le scimmie? La nostra razionalità è una qualità sopravvalutata. Dobbiamo rimparare a servirci dell'istinto, a considerarci parte della natura come una qualsiasi altra specie vivente. Non vedi dove ci sta portando la nostra mania di considerarci i padroni del mondo? Credi che per curare il malessere generale dei giovani possiamo limitarci a occuparci di loro solo quando compiono gesti disperati e finiscono sui giornali? O c'è qualcosa di sbagliato nel nostro modo di approcciarci ai nostri simili abusando dei più deboli, degli animali, dell'ambiente che ci circonda? Dobbiamo imparare ad aprirci, Karen. Predisporci a credere che c'è qualcos'altro per cui vivere oltre al cellulare, all'economia, alle vacanze, al calcio e a tutto quanto è materialità!»

Karen si sedette scuotendo la testa. «Salti di palo in frasca, Frank. Hai detto un mucchio di belle parole, ma sinceramente mi sembri troppo astratto. Non sono una sociologa. Preferisco occuparmi dei miei ragazzi, dei loro problemi concreti, di tutti i giorni.»

«È proprio questo il punto! La nostra è una società malata, la Terra stessa è malata. Questa è la nostra realtà quotidiana, ormai. Dobbiamo cambiare in fretta il nostro modo di guardare. Non possiamo più concederci il lusso di scaricare la responsabilità dell'iniziativa sui nostri nipoti!»

Ci fu un lungo silenzio, poi Karen guardò Frank. «Senti, mi sembra di capire che nessuno di noi intenda muoversi dalle proprie posizioni. È come ai tempi dell'università. Parliamo linguaggi differenti, non riusciamo a incontrarci.»

Frank si sedette su una poltroncina davanti a lei. «Eppure dobbiamo farlo. Per il bene di Cheryl dobbiamo trovare una strategia comune.»

Karen lo osservò incredula. «Frank, nonostante tutto, credo nella tua buona fede, ma hai già fatto abbastanza danni con Cheryl.»

«Cosa vuoi dire?»

«Che non ti permetterò più di vederla. I suoi genitori me l'hanno affidata e intendo fare il possibile per proteggerla.»

Un'infermiera fece capolino nella stanza. Dietro di lei aspettavano due uomini in impermeabili fradici.

«Dottor Claremont, dottoressa Wright» disse «la polizia desidera farvi qualche domanda.»

I due agenti interrogarono Frank che cercò, per quanto possibile, di restare sul vago minimizzando l'accaduto. Chiesero a Karen se intendesse sporgere denuncia a nome di Cheryl Lindenlaub, di cui aveva la tutela, ma lei rifiutò e così, per il momento, si congedarono.

Nel frattempo era calata la notte e l'acquazzone non accennava a diminuire.

Douglas e Peter avevano chiamato i loro genitori e lo zio Ken, che aveva Crystal in affidamento, per metterli a conoscenza degli avvenimenti e avevano ottenuto il permesso di restare a casa del dottor Claremont, finché Douglas non si fosse sentito abbastanza in forze da affrontare il viaggio di ritorno... Però basta con gli esperimenti!

In base alle regole dell'ospedale, una sola persona poteva fermarsi a dormire nelle camere dei pazienti, perciò Peter era rimasto con Douglas, mentre Crystal aveva accettato l'invito di Cheryl, con il beneplacito di Karen che sembrava appoggiare quella nuova amicizia.

Frank era tornato al suo studio per mettere ordine e Karen aveva deciso di restare ancora un po' in ospedale, nel caso ci fosse stato bisogno di lei, anche se avrebbe dovuto accontentarsi di una poltrona della sala d'aspetto. Adam si era offerto di fermarsi a tenerle compagnia. All'inizio lei aveva obiettato, ma poi si era arresa. In fondo la cosa le faceva piacere.

Insomma, il peggio sembrava passato.

Ma qualcuno aveva in serbo altri piani.

# 9

## *L'indagine ha inizio*

«Ragazzi, che ne direste se gli Invisibili convocassero una riunione straordinaria?»

A sussurrarlo affacciandosi dalla porta socchiusa era stata Crystal. Mancava poco alla mezzanotte e Pumpkin si era addormentata profondamente, per cui la ragazza aveva ritenuto di poterla lasciare sola per un po'. Si era rivestita ed era andata dagli amici, giusto per riordinare le idee che le frullavano in testa impedendole di prendere sonno.

Anche Peter si era messo in mutande e T-shirt come l'amico, perciò si tirò svelto le lenzuola fino al mento, prima di accendere la lampada fissata sulla spalliera del letto.

«Sei la benvenuta, Crys! Stavamo appunto cercando di fare un po' d'ordine, non è vero, Doug?»

«Uh, certo. Accomodati» acconsentì Douglas sulle sue, anche se in realtà era felice di poter sfruttare quell'occasione per parlare con Crystal dimenticando il loro battibecco.

«Ascoltate» fece lei prendendo una sedia. «Sono successe un sacco di cose che ci hanno sconvolto, ma non dobbiamo dimenticare l'invocazione di aiuto. Chi l'avrà lanciata? Perché? Dove si trova? Cosa possiamo fare?»

«Hai ragione, Crys» disse Peter sfogliando il taccuino. «Ho trascritto le frasi pronunciate da Cheryl durante l'esperimento.»

«Pumpkin» lo corresse Douglas.

«Come?» ribatté Peter.

«Doug ha ragione» intervenne Crystal. «Non le piace essere chiamata con il suo nome di battesimo... E cosa mi dite di quello strano canto? Non so voi, ma io ho avuto l'impressione di averla già sentita quella melodia...»

«Pure io» ammise Douglas. «Sembrava una musica new age... o mistica.»

«Anch'io l'ho già sentita» ribadì Peter. «Non lo trovate curioso? Ognuno di noi ha avuto la sensazione di avere già udito quel motivo, eppure non siamo in grado d'identificarlo. Hai chiesto a Pumpkin se lo conosce?»

«Sì, ma ne sa quanto noi. Può darsi si tratti semplicemente della musica preferita della persona in pericolo, magari una canzone molto vecchia» ipotizzò la ragazza. «Ricordiamoci di chiedere al dottor Claremont... o alla dottoressa Wright. Con lui è stata molto dura, ma non aveva tutti i torti, mentre con Pumpkin era dolcissima. Mi piace.»

«Chiedere della canzone.» Peter si segnò l'appunto sul taccuino. «E l'altro studente? Adam?»

Douglas si rabbuiò. «Non so. Ho sentito in tivù che non si può fare molto affidamento sui tipi troppo belli. Sono – come diceva? – vanesi: tutta apparenza e poca sostanza, mi spiego? Superficiali!» Sbirciò di sottecchi i due amici, ma non gli sembravano troppo convinti. «Comunque non l'ho ancora conosciuto bene... Mi sembra okay.»

«Dicevamo di Pumkin» riprese Peter. «Oltre ad "aiuto", le parole misteriose sono state: "Nemo... dov'è Nemo? Il patto... Perché abbiamo scordato il patto? ...Macchine... Macchine divorano la foresta... Vedo il sangue della Terra... Fermatele! Non devono arrivare alla Cascata... La Cascata di Lipa... La vita è in pericolo! ...La catena... La catena... C'è un anello debole nella catena!"»

«Be', potremmo cercare su Internet informazioni sulla Cascata di Lipa, ma le altre cose mi sembrano troppo vaghe» disse Douglas. «Ho anche visto immagini che secondo me riguardano il nostro futuro... Le hai viste anche tu, Crys?»

«Sì, in effetti credo anch'io che riguardino il futuro...»

La ragazza e Douglas si scambiarono un'occhiata pensierosa. A entrambi era tornata in mente l'immagine sfocata di Crystal in lotta con un uomo, le labbra e il naso imbrattati di sangue.

Peter ruppe il silenzio rivolgendosi all'amico. «Dovrai farmi un elenco dettagliato anche delle visioni.»

«E questo Nemo?» domandò Douglas. «Io conosco solo il capitano Nemo di *Ventimila leghe sotto i mari*, dell'*Isola misteriosa* e quello del cartone *Alla ricerca di Nemo*... A voi viene in mente qualcun altro?»

Peter ci pensò su. «Ricordate quell'attivista che balza occasionalmente agli onori della cronaca?»

«Sicuro!» rispose Crystal. «Ha smascherato un mucchio di multinazionali fuorilegge. Per i no-global è una specie di eroe, il paladino dell'ambiente! Avevo il suo logo come sfondo del desktop... Il sottomarino con la scritta AFFONDATO!, avete presente?»

«Un eroe duro e puro "senza SE e senza MA"» scherzò Douglas. «Potrebbe avere un senso.»

«È un po' che non dà segni di sé... Dove sarà finito?»

Peter scrisse qualcosa sul taccuino.

A un tratto Douglas si mise in ginocchio sul letto. «Ci sono! Forse è prigioniero vicino alla Cascata di Lipa e ci chiede di andare a salvarlo!» Guardò i due amici entusiasta della sua trovata e proseguì: «Sentite questa: ha cercato d'incastrare senza riuscirci qualche multinazionale che tagliava gli alberi in qualche foresta, tipo Amazzonia, e ora è nei pasticci! Magari lo costringono a lavorare in un campo di banane... Ci sono banane in Amazzonia?»

«Be', sì...» rispose Peter.

«Oppure di ananas! Ce li hanno gli ananas?»

«Credo di sì, ma...»

«Va be', mi avete capito, no?»

Peter continuò ad annotare. «Forse nella tua ipotesi c'è qualche elemento che potremmo considerare...»

«Grazie tante!»

«Intendo dire che Nemo, se si tratta proprio del cyberattivista, abbia cercato di smascherare una malefatta di qualche multinazionale... Dovremmo fare delle ricerche. Ci servirebbe Internet, una biblioteca... Entrambi, possibilmente.»

Crystal ebbe un moto d'impazienza. «Accipicchia, qui stiamo a fare congetture, mentre qualcuno è in pericolo e conta su di noi! Ma come facciamo con così pochi indizi?»

«Possiamo contare sul nostro solito asso nella manica» azzardò Peter.

Lui e la ragazza si voltarono insieme verso Douglas, che ricambiò il loro sguardo e s'illuminò. «Volete dire Pumpkin?»

Crystal si scoraggiò. «Doug, ti pare che Pumpkin sia il nostro solito asso nella manica?»

«E invece a me piacerebbe starmene fuori dai guai, una volta tanto! Perché devo sempre andarci di mezzo io? Era lei o no che faceva da medium? Per quanto mi riguarda è stato il potere di Pumpkin a scatenare le visioni!»

«Doug, Pumpkin è una semplice telepate, mentre qui l'unico che fino a oggi ha dato prova di percepire visioni del passato o del futuro sei proprio tu!»

I due ragazzi si affrontarono a muso duro.

Alla fine Crystal sospirò. «Comunque non voglio che Pumpkin si svegli e non mi trovi. Sarà meglio che vada.»

«La notte porta consiglio» sentenziò Peter.

«Soprattutto porta un sonno olimpico» ribatté Douglas. «Non so voi, ma io sono distrutto. Buonanotte, ragazzi.» Si rinfilò sotto le coperte.

«Buonanotte» rispose Peter riponendo penna e taccuino.

«Notte» bisbigliò Crystal scivolando fuori dalla stanza.

# 10

## *Crisi!*

Appena tornata nel corridoio, Crystal avvertì uno strano brivido. In giro non c'era nessuno e, dalla posizione in cui si trovava, non riusciva nemmeno a vedere l'infermiera di turno al banco accettazione, dietro l'angolo.

La ragazza si concentrò, sondando con i propri poteri le menti dei pazienti addormentati nelle altre stanze. Nulla d'insolito e il brivido non si ripeté.

Fece spallucce schiudendo silenziosamente la porta della camera di Pumpkin... e trasalì sorpresa.

Accanto al letto della ragazza addormentata c'era un medico che, assistito da un'infermiera, stava aspirando con una siringa il liquido di una fialetta. Si voltarono verso di lei.

«Oh, tu devi essere la sua amica. Ci chiedevamo dove fossi finita.»

Crystal entrò. L'unica debole fonte luminosa era quella della lampada sul suo letto: l'aveva accesa prima di uscire, rivolgendola verso la parete per non disturbare Pumpkin. «Non sta bene?»

«No, no. È solo un'endovenosa di calcio, per restituirle le forze. Dalla cartella clinica sembrava un po' giù.» Il medico estrasse l'ago dalla fialetta vuota porgendola all'infermiera.

Crystal era confusa. Come mai non aveva percepito i loro pensieri?

Pumpkin aprì gli occhi assonnata. «Oh, mi faccia indovinare... Un'altra endovenosa?»

Mentre il medico le rispondeva, Crystal provò a concentrarsi su di lui, ma ancora non riuscì a *captare* altro che un muro scuro. Idem per l'infermiera e ora anche per le persone nelle altre stanze. All'improvviso era isolata!

Lo sforzo di penetrare quel muro le procurò una fitta alle tempie e un lieve solletico al labbro superiore. Ci passò le dita ritrovandosele macchiate di sangue. Sangue dal naso...

L'infermiera se ne accorse. «Povera cara, avvicinati, ti do un'occhiata.»

Il medico si accinse a iniettare il farmaco nella cannula della flebo collegata al braccio di Pumpkin. Quando la luce della lampada lo illuminò meglio, Crystal lo riconobbe: era l'uomo con cui lottava nella visione!

La ragazza aprì la bocca per chiamare aiuto, ma all'improvviso fu come se il muro che vedeva nella mente le venisse incontro spezzandole il respiro.

«Dottore, sta male!» esclamò Pumpkin.

L'uomo minimizzò. «Penserò a lei appena avrò finito con te...» Inserì l'ago nella cannula e iniettò.

«Scappa, Pumpkin!» Le intimò Crystal con un filo di voce. Protendendo le braccia come a cercare di diminuire la pressione del muro che la soffocava, si girò verso la porta. L'infermiera l'afferrò, coprendole la bocca con una mano, mentre con l'altra le portava il polso destro dietro alla schiena. La ragazza reagì d'istinto, dandole una gomitata nel costato e girando su se stessa. Libera! E l'immagine del muro si era un po' sbiadita.

NO! Pumpkin giaceva inerte. Le era stato iniettato il sonnifero!

L'uomo le balzò addosso sibilando all'infermiera: «Riempi di nuovo la siringa!»

Crystal tirava pugni e calci alla cieca cercando di urlare. Il falso medico le teneva la bocca chiusa... come nella visione!

La ragazza gli affondò i denti nel palmo della mano e si liberò.

«AIUT...»

Un ceffone la mandò a sbattere con il fianco contro la ringhiera metallica del letto, lasciandola senza fiato.

«Maledetta strega!» La voce del medico.

Piegandosi sul letto, Crystal si preparò a essere di nuovo colpita.

Non appena Crystal era uscita dalla stanza, Douglas si era preparato a fare una bella dormita. Poco dopo, uno starnuto dietro l'altro gli aveva fatto riaprire gli occhi. Nel dormiveglia non sapeva se stesse sognando oppure no.

Il suo sguardo perlustrò la penombra della stanza e si fermò su qualcosa di nero accanto al corpo di Peter. L'amico lo stava accarezzando e, vedendo Douglas sveglio, gli sorrise.

«È abituato a dormire con me» spiegò Peter dolcemente. «Anche se siamo lontani.»

Douglas lo riconobbe: era Spooky, il gatto nero entrato ufficialmente nella banda degli Invisibili nel corso dell'ultima avventura!

«Ma...» sbottò Douglas stupito. «Spooky è rimasto a casa tua a Misty Bay!»

«Sì, è singolare, non trovi? Da quando l'ho preso con me viene sempre a dormire nel mio letto, ogni notte. Sia che io mi trovi a casa oppure no.»

Douglas allora rimase a osservarli imbambolato. Okay, decisamente doveva trattarsi di un sogno... Il gattino scavalcò Peter e con un balzo lo raggiunse strusciandogli il muso sul naso, proprio come era accaduto a Doom Rock, quando lo veniva a trovare attraverso il passaggio segreto.

Il ragazzo starnutì di nuovo e ridacchiò. «Ehi, amico, come stai? Sono felice di vederti!»

All'improvviso gli parve che le pupille del gatto luccicassero. Le osservò con maggiore attenzione e, in profondità, cominciò a distinguere un'immagine che si delineava con sempre maggiore precisione: vide Crystal che lottava, il viso imbrattato di sangue. Il ragazzo si rizzò a sedere, mentre la visione proseguiva e ne distingueva più chiaramente i dettagli: l'uomo indossava un camice bianco... Come un medico d'ospedale!

Accese la luce.

«Qualcosa non va?» chiese Peter. Di Spooky non c'era più traccia.

Douglas non rispose. Scese dal letto, gli occhi fissi come un sonnambulo a cercare la maniglia della porta.

Peter infilò occhiali e ciabatte, lo afferrò per un braccio. «Doug, cosa...»

«Va' a chiamare la dottoressa Wright.»

«Ma...»

«Corri! Crystal è nei guai!»

Uscirono nel corridoio e Peter si precipitò verso la sala d'aspetto. Quando passò davanti al banco accettazione scorse l'infermiera di turno: era riversa sul bancone con il capo sulle braccia conserte. La scosse, ma non si svegliò.

Raggiunse la sala d'aspetto e accese la luce. Trovò la dottoressa Wright adagiata scompostamente su una delle poltroncine. Di Adam nessuna traccia.

«Dio mio, fa' che non sia...» Scosse il braccio della donna e lei ruzzolò sul pavimento. «Dottoressa!» gridò.

Douglas spalancò la porta della stanza delle ragazze e vide un medico colpire Crystal sibilando: «Maledetta strega!»

«Fermo!» esclamò il ragazzo facendo un passo avanti. Notò, nell'ombra, un'infermiera con una siringa in mano. Il cuore impazzito, si guardò intorno e sollevò una sedia per lo schienale. «Sta-State indietro o sarà p-peggio per vv-voi!»

In quel momento Pumpkin si alzò di scatto. Afferrò l'asta metallica della flebo e l'abbatté violentemente sulla nuca del falso medico. Con un lamento, l'uomo cadde in ginocchio tenendosi la testa.

«Dannazione!» imprecò l'infermiera.

«Pumpkin!» farfugliò Crystal ancora senza fiato. Quel muro scuro stava ricominciando a soverchiarla. «Temevo ti avessero...»

«Mi sono sfilata l'ago della flebo! Guardava te e non se n'è accorto! Ma chi sono? Cosa vogliono da me?!»

Douglas si rivolse all'infermiera brandendo la sedia. «Bene, signora. Ora le spiacerebbe stare indietro? Pumpkin, aiuta Crystal. Po-portala fuori.»

Il medico stava cercando di rialzarsi. Quando le due ragazze uscirono, Douglas le imitò indietreggiando. Poi chiuse la porta.

«Fiùuu!» sospirò senza trovare il coraggio di lasciare la maniglia. «Ho perso dieci anni di vita! Pumpkin, tu e Crystal andate verso l'uscita. Peter sta chiamando la dottoressa Wright e Adam. Appena arrivano...» Qualcuno cercò con forza di girare la maniglia. Douglas concentrò tutte le sue energie per bloccarla.

Pumpkin si portò un braccio di Crystal intorno alle spalle per sostenerla. «Ma cosa vogliono? Dove sono gli infermieri di turno e i sorveglianti?»

«Fa'... come ha detto Douglas!» ansimò Crystal.

«Sbrigati! Non so per quanto riuscirò a impedirgli di aprire! Aiutooo! Peteeer!».

Le due ragazze corsero barcollando verso le scale. Pumpkin vide l'ascensore e lo chiamò.

Finalmente alcuni pazienti si affacciarono sulla soglia delle loro stanze. «Cosa succede?» domandò un tipo smilzo.

«Un'aggressione!» urlò Douglas, la maniglia gli girava lentamente nelle mani. «Aiutatemi!»

Con tonfi sordi, due fori comparvero sulla porta accanto alla sua testa.

«Sono armati! Via!» esclamò uno dei pazienti scomparendo nella propria stanza. Gli altri lo imitarono.

«Cavoli» fece Douglas e lasciò la maniglia lanciandosi all'inseguimento delle ragazze.

La porta si spalancò e l'uomo si affacciò sparando alla cieca. Era ancora stordito.

«Non sparare!» gli intimò l'infermiera precipitandosi dietro a Douglas. «Rischi di colpire la ragazza!»

Le porte scorrevoli dell'ascensore si aprirono e Pumpkin vi si gettò dentro con Crystal. Premette il pulsante del piano terra nel momento in cui Douglas varcava la soglia con un balzo.

Le porte non si mossero.

«Oh, no! Parti! Parti!» implorò Douglas.

L'infermiera stava arrivando. Con un *ding!* le porte cominciarono a chiudersi mentre lei allungava il braccio. Le sue dita vi si attaccarono rallentandole.

«Resisti! Eccomi!» urlò correndo il falso medico.

«Cavoli! Cavoli!» ripeteva Douglas.

Al grido del compagno, la donna moltiplicò gli sforzi.

Nel mentre le porte continuavano a scorrere, ma sempre più lentamente.

L'uomo cercò di afferrarle... troppo tardi.

Si serrarono e l'ascensore partì.

«Dottoressa! Dottoressa Wright!» stava urlando Peter.

Con un mugolio la donna socchiuse gli occhi e girò la testa. Combatteva per svegliarsi.

«Meno male!» sospirò Peter.

«Che cosa c'è?» chiese allora Adam, allarmato. Era entrato nella sala d'aspetto con un bicchiere di plastica fumante e una merendina confezionata. «Stavo... Ero...»

«Pumpkin è in pericolo!» spiegò a Peter. «Va' a vedere, la dottoressa è solo addormentata!»

Adam lasciò cadere bicchiere e merendina e uscì di corsa dalla stanza.

Giunse in cima al corridoio giusto in tempo per vedere Douglas che balzava nell'ascensore, inseguito da un'infermiera e da un medico con una pistola.

Senza fermarsi a pensare, girò su se stesso e si lanciò verso l'uscita d'emergenza all'altra estremità del piano.

Mentre l'ascensore proseguiva la discesa, Douglas si accorse per la prima volta che, a differenza di Crystal, lui e Pumpkin indossavano solo maglietta e mutande, senza nemmeno le ciabatte. E fuori diluviava!

«Cavoletti di Bruxelles!»

«Che c'è?» si allarmò Pumpkin. Poi notò che, cercando di non farsene accorgere, Douglas si copriva con le mani le parti basse. La ragazza avvampò facendosi scudo con il corpo di Crystal.

«Sei stato grande, Doug» stava dicendo quest'ultima con gli occhi sempre chiusi. «Ora... cerchiamo un taxi. Dobbiamo portare Pumpkin il più lontano possibile. Se qualche infermiere ci vede, facciamo i disinvolti!»

Douglas sospirò. In quel momento le porte dell'ascensore si aprirono su un atrio vuoto. In fondo videro un infermiere, che entrava in una stanza.

«Coraggio» mormorò Crystal. «Guidate voi. Io sono ancora fuori gioco.» Però a poco a poco i suoi sforzi stavano avendo successo e il muro mentale cominciava a sgretolarsi. Si domandò che cosa l'aspettasse al di là.

I ragazzi si diressero verso l'uscita, ma era sorvegliata dal guardiano notturno... Sempre che fosse un *vero* guardiano. Cercarono un'uscita secondaria.

Il cartello verde con l'omino in corsa li guidò a un'uscita di sicurezza.

«Aspettate» sussurrò Douglas. Su una lettiga da una parte c'erano delle coperte. Ne afferrò un paio, una per sé e una per le ragazze. «Meglio che niente...» commentò.

Coprendo se stessa e Crystal, Pumpkin lo ringraziò accennando un sorriso.

Il ragazzo spinse il maniglione antipanico. Una breve scaletta sferzata dalla pioggia dava su un vicolo. Uscirono sul gelido ripiano metallico, accolti da una folata improvvisa.

«Il mio regno per un paio di ciabatte» sospirò Douglas.

Risalirono il vicolo urtando degli scatoloni al riparo di una sporgenza: dentro ci dormivano dei senzatetto avvolti in giornali. Al loro passaggio, uno di loro aprì gli occhi.

Sbucarono su un marciapiede deserto. In strada le auto sfrecciavano indifferenti.

«C'è qualcuno!» avvertì Pumpkin.

Un uomo correva verso di loro lungo il muro dell'ospedale.

Si voltarono per scappare.

«Pumpkin! Ragazzi!» chiamò la figura. «Sono Adam, aspettate!»

«Adam!» urlarono Douglas e Pumpkin.

«Dov'è Peter?» chiese Douglas.

«Con Karen! Cerchiamo...»

«Aiutala, Pumpkin!»

I ragazzi si voltarono verso il vicolo. A parlare era stato uno dei senzatetto visti prima da Douglas.

«Cosa accidenti...» sbottò Adam sorpreso.

Altri senzatetto si unirono al primo fuoriuscendo dal vicolo. «Aiutala, Pumpkin! Aiutala, aiutala!»

Pumpkin si sentiva mancare per la paura. «Chi siete? Come sapete il mio nome?»

I senzatetto li circondarono, stringendosi su di loro, gli sguardi allucinati. «Aiutala, Pumpkin! Devi aiutarla!»

«Che sta succedendo?» domandò Crystal preoccupata, con gli occhi sempre chiusi.

Piangendo, Pumpkin si guardò intorno preoccupata. «Ma chi devo aiutare? ...Io... Io non lo so!»

Douglas e Adam cercavano di tenere lontani i barboni spintonandoli, ma il gruppo si faceva sempre più numeroso. «Per favore, Pumpkin! Devi aiutarla!»

«Lasciatemi in pace!» strillò a un tratto la ragazza.

Impressionati dalla sua reazione, i senzatetto tacquero e smisero di premere.

I ragazzi si guardarono incerti. Cominciarono a poco a poco a farsi largo e il gruppo si aprì per lasciarli passare.

Con un'ondata d'acqua sporca, un fuoristrada nero piombò su di loro urtando il marciapiede. La portiera laterale si aprì rivelando uomini con lunghi cappotti scuri. «Prendete i ragazzi!» ordinò quello al volante.

Gli uomini si fecero largo spingendo indietro con violenza i senzatetto, ma inaspettatamente... «Scappa, Pumpkin!» questi si strinsero sui nuovi arrivati ripetendo: «Scappa!»

«Venite!» urlò Adam correndo verso l'ingresso della metropolitana.

I ragazzi mollarono le coperte e lo seguirono, mentre gli uomini con i cappotti lottavano per aprirsi un varco.

Giunsero in fondo alle scale in un lampo. Crystal inciampò e cadde. Pumpkin si chinò ad aiutarla, Douglas la precedette. «Non preoccuparti, ci penso io. Andate, vi seguiamo! Crys, ci vedi, adesso?»

«Poco, ma mi basta che ci veda tu!» ribatté lei stringendogli la mano.

«Forza, allora!»

Le ombre degli uomini scendevano lungo i gradini, ma ormai i quattro ragazzi s'inoltravano nei sotterranei della metropolitana. Correvano a perdifiato, Crystal compresa, che si affidava completamente alla guida dell'amico.

«Scalino in discesa!» la avvertì e lei saltò. «Curva a sinistra! ...Scala mobile in giù! ... Piano, piano!»

Adam dava l'impressione di conoscere bene quella linea. Si muoveva rapido e con sicurezza. Sbucarono su una banchina.

«Il treno!» annunciò.

«È quello giusto?» fece Douglas.

«Che importa? Andiamo!»

Allora irruppero nel vagone, rischiando di travolgere una coppia.

Ci fu un suono prolungato, le porte si chiusero e il convoglio ripartì. In lontananza videro delle figure arrivare di corsa sulla banchina.

«Yuhùuu!» gioì Douglas. «Aspettate il prossimo!» E abbracciò Crystal schioccandole un bacio sulle labbra. «Ehm, scusa!» disse subito lasciandola andare.

Sorpresa, Crystal si aggrappò a una pertica per non perdere l'equilibrio.

Mentre il treno s'inoltrava in una galleria, un sorriso si disegnò sulle labbra della ragazza, ma Douglas non lo vide. Teneva gli occhi chiusi anche lui, per la vergogna.

# 11

## *Frank in pericolo*

«Come sarebbe che siete scappati dall'ospedale?»

Il dottor Claremont era convinto che quella fosse stata una delle giornate più sconvolgenti della sua vita. Non poteva immaginare che le emozioni non fossero ancora finite.

Rientrando a casa, si era fermato ad acquistare le ultime edizioni dei giornali, dove diversi articoli riportavano quanto era accaduto durante l'esperimento. Molti riferivano persino le parole sconnesse pronunciate da Pumpkin. Un bel disastro: aveva sperato in un po' di pubblicità, ma non di quel genere!

Sconfortato, si era messo al computer per cercare di riassumere gli eventi cui aveva assistito ed elaborare un piano per l'immediato futuro, come cercare di convincere Karen a permettergli di vedere ancora Pumpkin. In ogni caso aveva ormai capito che anche in Douglas e Crystal c'era molto di più di quanto non volessero dare a vedere.

Adesso proprio Douglas, agitatissimo, gli stava raccontando al telefono della fuga.

«Siamo scappati perché qualcuno ha cercato di rapire Pumpkin, dottor Claremont» spiegò.

«Rapire Pumpkin? Avete chiamato la polizia?»

«A dire il vero non ancora. Preferivamo aspettare fino a domani per vedere come buttava.»

«Ma... Insomma, ragazzi. Io, fra l'altro, ho promesso ai vostri genitori di badare a voi. Vi lascio soli per un paio d'ore e...»

«Sì, sì... Glielo dico!» Douglas parlava con qualcun altro.

«Cosa? Cos'altro devi dirmi? Perché non siete venuti qui? Vi avrei pagato il taxi!»

«È proprio quello che stavo per dirle. Non ci fidiamo di venire lì. Vorremmo che fosse lei a raggiungerci. Stiamo andando nel posto dov'è venuto a prenderci l'altro ieri... Potremmo nasconderci in qualche hotel fuori San Francisco.»

«Diavolo, ragazzi. Pensate di essere finiti in un film di 007? Certo che vengo a prendervi! Però poi mi fate il sacrosanto piacere di venire qui con me, ci prendiamo un bel latte caldo e chiamiamo la polizia.»

«Dottore, forse non ci siamo spiegati. Qualcuno vuole Pumpkin e il suo centro studi è il prossimo posto dove la verranno a cercare!»

Squillò il campanello. Frank guardò l'orologio: l'una e trenta.

«Scusate... Suonano alla porta.»

Dalla cornetta, la voce allarmata di Crystal. «Non apra, dottor Claremont! Fugga! Presto, fugga!»

Un altro squillo più insistente.

«Ma cosa...» mormorò Frank andando alla finestra. Scostò la tenda e nella pioggia scorse la sagoma di due fuoristrada scuri, tipo quelli usati dall'FBI.

Un rimbombo di colpi contro la porta metallica del palazzo. Be', il vantaggio di abitare in un'ex fabbrica fatiscente sta proprio nell'avere una porta di casa robusta.

Rumore di vetri infranti. Le finestre! Avevano grate in ferro, però vecchie e malandate!

Frank afferrò al volo il giubbotto, controllò di avere le chiavi dell'auto, infilò in tasca il cellulare, corse a prendere gli ultimi soldi nella scatola metallica nascosta sotto un'asse del pavimento e si precipitò fuori dallo studio, percorrendo l'ampia sala dove si era svolto l'esperimento. Scollegò l'interruttore generale della corrente facendo piombare la casa nel buio. Aprì una finestra e appoggiò un piede sulla scala antincendio. Degli uomini stavano venendo su. Si ritrasse chiudendo la finestra. Da quella parte non si passava.

Si guardò intorno, con il cuore che pulsava come un tamburo. La botola che dava sul tetto!

Riattraversò la sala e raggiunse la scala che portava alla soffitta. Salì due gradini alla volta e in un attimo fu al piano superiore.

Udì i suoi inseguitori invadere la sala correndo in tutte le direzioni. Dovevano essere almeno cinque. Lui intanto era arrivato alla botola.

Dannazione! La levetta era arrugginita. Con la forza della disperazione riuscì a smuoverla, prima di poco, poi fino in fondo e alla fine alzò lo sportello.

In un batter d'occhio si ritrovò a correre nelle pozzanghere del tetto e in breve raggiunse la rampa che portava al palazzo di fianco. Là non c'era nessuno sulle scale di sicurezza. Una volta in strada raggiunse l'angolo dell'edificio dietro il quale era parcheggiata la sua auto. Si affacciò circospetto. Proprio come temeva: due uomini la stavano perquisendo.

Il cellulare gli squillò nella tasca del giaccone. Si ritrasse nell'ombra, ringraziando mentalmente il frastuono della tempesta. Rispose con un sussurro: «Sì...»

«Dottor Claremont» lo salutò la voce di un uomo.

«Chi parla?»

«Perché non ci dice dove l'aspettano i ragazzi, dottore? Ci penseremo noi a dare loro un passaggio.»

Frank troncò la comunicazione. Spense il cellulare e lo buttò in un cassonetto. Telefono di casa e cellulare erano sotto controllo, i ragazzi avevano ragione!

Dove potevano scappare? Li avrebbero trovati ovunque. Con la recente tecnologia, era quasi impossibile far perdere le proprie tracce.

Non avrebbe proprio potuto aiutarli. Li avrebbero trovati ovunque!

Douglas, Crystal e Pumpkin se ne stavano abbracciati e tremanti di freddo sul sedile posteriore di un'auto parcheggiata. Adam aveva forzato la serratura e li aveva fatti entrare, prestando a Douglas e Pumpkin la propria felpa per coprirsi un po'. Poi era andato ad attendere il dottor Claremont, riparandosi sotto una pensilina del bus, sul lato est della stazione centrale: il luogo fissato per l'appuntamento di due giorni prima. La stazione ferroviaria non era un posto difficile da indovinare per i loro misteriosi inseguitori, perciò stava sulle spine. Prima di arrivare nel luogo concordato aveva spento il cellulare per non consumare la batteria e perché aveva visto in un film che la polizia se ne serviva per rintracciare delle persone. Era sempre più tentato di riaccenderlo. Forse Claremont stava provando a contattarli.

Aspettavano Frank da più di tre ore e cominciavano a disperare.

«Perché non proviamo a unire i fili e accendere la macchina?» propose a un tratto Douglas. «Secondo me l'hanno beccato. Ormai avrebbe dovuto essere qui. Prima ci rassegniamo a fare da soli, meglio sarà.»

Crystal sospirò. A mano a mano che si erano allontanati dall'ospedale, la sua vista era tornata, come i suoi poteri telepatici. Evidentemente era uscita dal raggio d'azione della fonte di disturbo. Ma di cosa si trattava? ...O di chi?

«Non so» replicò la ragazza. «Proporrei di concedere un'altra ora al dottor Claremont. Se non si facesse vivo, potremmo fare come ha detto Adam: proviamo a raggiungere la casa famiglia... anche se l'idea non mi va molto a genio. Sarà senz'altro sorvegliata.»

Adam batteva i piedi sul selciato umido per combattere

il freddo e, nonostante fosse protetto su tre lati dalle pareti della pensilina, aveva camicia e pantaloni fradici. Sfilò il cellulare da una tasca e lo soppesò. Forse poteva accenderlo solo per un attimo. Se fosse stato prudente, avrebbe potuto tenerlo acceso giusto il tempo necessario a vedere se...

«No!» A urlare era stato un uomo che arrivava in bicicletta. Adam aguzzò la vista e lo riconobbe sotto il cappuccio del giaccone.

«Dottor Claremont!»

Slittando sull'asfalto bagnato, Frank gli strappò di mano il cellulare e lo gettò in uno scolo per l'acqua piovana sotto il marciapiede.

«Ehi!» protestò Adam inginocchiandosi a sbirciare nell'apertura.

«Scusa, a Natale te ne regalo uno nuovo di zecca. Dove sono gli altri?»

Il ragazzo non voleva proprio rassegnarsi. «Ma... avevo un sacco di numeri in memoria! Non potevo limitarmi a non accenderlo?»

«Forse sì... Per quanto ne sappiamo!»

Adam imprecò a bassa voce. «Qui rischiamo di diventare tutti paranoici. Mi segua.»

Lo condusse all'auto parcheggiata.

«Mio Dio!» commentò Frank quando vide i ragazzi in maglietta e mutande. «Sarete mezzi assiderati!»

Dopo una breve esplosione di gioia nel vedere l'adulto, Douglas notò la bicicletta. «Ottimo piano, dottore. Pedaleremo a turno?»

Frank sorrise suo malgrado. «Volevo prendere l'auto, ma pedalare salva la vita, non lo sapevi?»

«Comunque ha rischiato di non trovarci. Stavo per provare a unire i fili.»

«Volevi darti al furto d'auto, eh?» L'uomo posò la bici a un muro e aprì lo sportello del guidatore. «Mi pare un'ottima idea.»

«Cooosa?» sbottò Crystal.

«Se ne avremo la possibilità, risarciremo il proprietario. E poi l'abbandoneremo appena usciti dalla città. Non possiamo rischiare di farci rintracciare per un'auto rubata... Dannazione, quali fili sono? L'ho visto fare in mille film e...»

«Posso provare?» chiese Adam.

«Accomodati» ribatté Frank lasciandogli il posto di guida.

Il ragazzo trafficò per una manciata di minuti e alla fine il motore rombò.

«Grande!» Crystal e Pumpkin lo tempestarono di pacche sulle spalle.

«I vantaggi di avere uno zio nel ramo! Guida lei, dottore?» fece Adam spostandosi nel sedile a fianco.

«Dammi del tu, Adam» replicò Frank ammirato. «Si parte, ragazzi!»

«Un doppio hurrà per Adam!» esultò Crystal. «Stanotte ci hai già salvati due volte!»

«*Umf!*» bofonchiò Douglas fra sé. «Comunque l'idea era mia.»

Frank diresse l'auto verso la superstrada.

«Dove andiamo?» domandò Adam. «Non è meglio trovare un telefono pubblico per tranquillizzare la dottoressa Wright? Ho il suo numero di cellulare.»

«Certo, ma prima avvertiremo il professor Addock di lasciare al più presto la città con la sua équipe, possibilmente facendo perdere le proprie tracce per qualche giorno. Meglio non rischiare. Anche noi non riveleremo a nessuno la nostra meta, nemmeno a Karen. Avrà di certo il telefono controllato.» Lanciò un'occhiata ai ragazzi nello specchietto retrovisore. «Appena aprono, faremo anche visita a un negozio di abbigliamento. Ho qualche soldo in contanti, niente carte di credito che segnalerebbero la nostra posizione... Poi un concessionario d'auto usate, dove approfitteremo di qualche offerta... che pagheremo a prezzo pieno, purché il gestore non mi chieda i documenti. Questo ci darà qualche ora di vantaggio sui nostri inseguitori, ma non troppo, se hanno le risorse che temo.»

«Chi sono?» domandò Pumpkin. «Cosa vogliono da me?»

Frank rifletté prima di rispondere. «Purtroppo non ne ho idea. Dubito si tratti di forze governative ufficiali, ma non so cosa augurarmi. Tutto ciò che possiamo fare è nasconderci e sperare di capirci qualcosa.»

«Nasconderci *dove*?» chiese Adam. «Sono riusciti a intercettare la nostra telefonata, forse hanno degli infiltrati nella polizia, posto e non concesso che non siano forze governative. Magari dispongono pure di satelliti-spia!»

Frank sorrise pensieroso. «A questo punto, non me ne meraviglierei. Non so molto di "sicurezza", ma ho letto qualcosa e ho visto il film *Nemico pubblico* con Will Smith... Potrebbero controllare tutte le immagini video delle telecamere in giro. Sapete quanto veniamo ripresi senza che ce ne accorgiamo? Non solo nelle banche o nei negozi, ma anche ai semafori, agli ingressi delle autostrade, agli autogrill; ormai ce ne sono ovunque! Piccole rinunce alla privacy che noi cittadini accettiamo in nome di maggiore protezione.»

Seguì un lunga pausa in cui ognuno rimuginò. La loro auto sfrecciava nella pioggia per le strade semideserte.

Fu Douglas a rompere il silenzio: «Allora cosa scappiamo a fare? Abbiamo appena detto che il Grande Fratello ormai è dappertutto, no?»

L'uomo lo guardò nello specchietto con uno strano luccichio negli occhi. «Be', qualche luogo dove non arriva c'è ancora. Ed è proprio lì che andremo.»

Douglas attese invano che Frank dicesse qualcosa di più, ma l'uomo sembrava essersi perso nei propri pensieri. Spazientito, il ragazzo si rivolse agli altri. «Voi ci avete capito qualcosa?»

Anche loro erano pensierosi.

«Benone. Immagino sarà un lungo viaggio.»

## 12

## *Peter solo*

Nella stanza d'ospedale il detective Bronson, sulla quarantina, tarchiato e con un completo da pochi soldi color cenere, si sedette esasperato a fissare negli occhi quel ragazzino composto e senza espressione. Non aveva molta esperienza nell'interrogare i minori, ma le rare volte in cui gli era capitato si erano dimostrati molto nervosi o erano rimasti per tutto il tempo a testa bassa sul punto di frignare. Questo invece lo guardava dritto negli occhi, ripetendo la stessa storia nello stesso modo da circa un'ora, e purtroppo la sua versione non collimava affatto con la telefonata ricevuta alla centrale. Ma ciò che più lo mandava fuori dai gangheri era il linguaggio forbito del ragazzo, da libro stampato. Mentre lo sentiva raccontare per l'ennesima volta la sua versione dei fatti, decise che tanto valeva lasciar perdere.

«...Come ho già avuto occasione di ribadirle più volte» stava dicendo Peter «mi sono sporto dall'angolo della corsia per un istante sufficiente a scorgere distintamente i due individui da me descritti inseguire i miei amici all'ascensore, senza riuscire a fermarli. Risalendo il corridoio adiacente in direzione dell'uscita di sicurezza, Adam ha urlato che avrebbe cercato di raggiungerli. Non l'ho visto tornare.»

Il detective smise di picchiettare sul tavolino con la punta della sigaretta spenta e si sporse in avanti. «Ora pensaci bene, prima di rispondere: potresti giurare che il falso medico non fosse il dottor Frank Claremont? Dopotutto lo hai visto soprattutto di schiena e forse...»

«No, ne sono matematicamente certo. Per un attimo si è voltato nella mia direzione. Sarei in grado di riconoscerlo, se lo vedessi, e non era il dottor Claremont.»

L'uomo si appoggiò stancamente allo schienale di plastica della sedia. Si alzò dirigendosi alla porta. «Va be', per il momento può bastare.»

Peter lo guardò. «È tutto? Se qualche passo della mia deposizione non le è chiaro...»

Il detective si voltò di scatto convinto che il ragazzino facesse lo spiritoso, ma s'imbatté nel suo sguardo limpido e sincero. Sospirò e disse: «Non manca molto all'alba. Torna nella tua camera a dormire».

«Detective» lo chiamò ancora Peter.

L'uomo si fermò con la mano sulla maniglia. «Sì?»

«Ho fiducia nella polizia. Ho fiducia in lei. Riporti a casa i miei amici, la prego.»

L'uomo si voltò a guardarlo un'ultima volta. «Faremo il possibile» ribatté e uscì in corridoio.

Rimasto solo, Peter cercò di analizzare gli elementi a sua disposizione. Pochi e preoccupanti: Douglas e Crystal si erano dileguati insieme a Pumpkin e ad Adam, e non c'era nulla a dimostrare che gli inseguitori misteriosi non fossero riusciti a raggiungerli fuori dall'ospedale e a rapirli. E perché quella domanda sul dottor Claremont? Cosa c'entrava? Doveva evitare congetture e concentrarsi sugli unici indizi di cui disponeva: le parole di Pumpkin durante l'esperimento. Gli occorreva decisamente un computer per consultare un motore di ricerca e vedere cosa ne avrebbe ricavato... Doveva restare incollato alla dottoressa Wright: di certo alla casa famiglia i computer non mancavano, senza contare che lei era l'unico altro adulto che conoscesse a San Francisco.

Con un sospiro ricordò quando Magica l'aveva aiutato nelle ricerche nella biblioteca di Doom Rock. La ragazza non aveva fatto altro che combinare pasticci, eppure adesso avrebbe dato qualsiasi cosa pur di averla al suo fianco. Annotò mentalmente le proprie emozioni. Evidentemente ciò che provava nei confronti di Magica aveva il potere di offuscare le sue capacità logiche, un rischio da non sottovalutare.

Seduta su una poltroncina della sala d'aspetto, in un andirivieni di agenti di polizia, Karen Wright stava sorseggiando un altro tè nel tentativo di schiarirsi le idee.

Sollevata, vide entrare nella stanza Arthur Lone, ex detective in pensione che l'aiutava quando c'era da soccorrere ragazzi in difficoltà.

«Arthur, come sono contenta di vederti!» lo salutò la donna accennando ad alzarsi, ma lui l'anticipò accomodandosi accanto a lei.

«Karen, ho appena parlato con il detective che ha interrogato Peter Peaky... In quale pasticcio ti ha messo, questo Claremont? Sai cosa si dice di lui?»

Lo guardò preoccupata. «Nessuno mi dice niente, qui. Fanno solo domande.»

«Alla centrale hanno ricevuto una telefonata. Qualcuno ha dichiarato di aver visto un uomo, che dalla descrizione corrisponderebbe al dottor Claremont, costringere i ragazzi a salire su un'auto nei pressi dell'ospedale e portarli via.»

«Una telefonata? Non so, Arthur. Non corrisponde affatto a quanto Peter Peaky ha detto di aver visto. Hai presente?»

«Sì, il detective mi ha riferito il contenuto della sua deposizione...»

«Questo ragazzo mi pare un tipo attento, potete fidarvi della sua testimonianza... Invece la "soffiata" circa il dottor

Claremont non mi pare credibile. Frank avrà pure un mucchio di teorie stravaganti su cui non concordo, ma non ce lo vedo a rapire ragazzi. E a quale scopo, poi?»

«A quanto dicono, durante l'esperimento Cheryl ha combinato un po' di trambusto. Forse Claremont voleva effettuare altri test e temeva che tu gli avresti messo il bastone fra le ruote.»

Karen ricordò il litigio con Frank di qualche ora prima. Scosse la testa. «Mmm, non nascondo di averlo avvisato che avrei cercato d'impedirgli di rivedere Cheryl, ma ti ripeto: non mi sembra il tipo da commettere una simile follia. Conosco Frank dai tempi dell'università, ci ho anche litigato in diverse occasioni, ma si è sempre dimostrato ragionevole e rispettoso delle idee altrui. Inoltre tutti i suoi sforzi sono concentrati nel tentativo di ottenere credibilità e finanziamenti per il suo centro per le facoltà parapsichiche e sarebbe assurdo che ora mettesse a repentaglio tutto quanto per un colpo di testa. No, non sta in piedi.»

Lone prendeva appunti su un blocchetto. Finito di scrivere rimase assorto e scuro in viso.

«Che altro c'è?» gli domandò Karen.

L'uomo la guardò. «Durante la perquisizione del Centro Nuova Era sono stati trovati dei documenti compromettenti. Alcuni attesterebbero un coinvolgimento di Claremont nel traffico di minori...»

«Coosa?» Karen rischiò di versarsi addosso il resto del tè. «Questa poi è l'ipotesi più assurda sentita questa notte! Frank è un inguaribile idealista, vorrebbe rendere il mondo un posto migliore! È categoricamente impossibile!»

Arthur Lone continuò a fissarla. Alla fine sospirò. «L'unica alternativa possibile è che qualcuno stia cercando d'incastrarlo.»

La donna rabbrividì. Con l'esperimento Frank era riuscito a sollevare un vespaio ben diverso da quello che s'aspettava. Si rivolse preoccupata all'amico detective.

«Sembrerebbe l'unica ipotesi attendibile, ma chi potrebbe esserci dietro a tutto questo? E perché?»

«Non lo so, Karen. Non so se Claremont sia colpevole o no, ma cercherò di fare il possibile per vederci chiaro.»

La psicologa strinse affettuosamente la mano dell'amico fra le proprie.

Dopo una rapida colazione al bar dell'ospedale, Karen e Peter stavano dirigendosi in auto alla casa famiglia. Appena Arthur Lone se n'era andato, il ragazzo aveva raggiunto la psicologa chiedendole ospitalità.

«Sentiamo però prima i tuoi» gli aveva detto lei. «Se sono d'accordo, per me va bene. Eccoti il mio biglietto da visita: c'è scritto il mio numero e l'indirizzo e-mail, così ti possono rintracciare in qualsiasi momento.»

Peter aveva chiamato subito casa con il cellulare. Sua madre non era stata contenta di conoscere i nuovi sviluppi, ma lei e il marito si erano ripromessi di concedere a Peter maggiore libertà d'azione, per cui aveva acconsentito a farlo restare, purché rimanesse sotto la tutela della dottoressa Wright.

Ormai non pioveva più e un sole caldo, più primaverile che autunnale, si stava dando da fare per asciugare le pozzanghere.

Il cellulare di Karen squillò e la donna infilò l'auricolare: «Sì?»

Peter la vide trasalire. «Frank! Dove sei? Sì, posso parlare...» Poi impallidire. «Come?! Hai con te i ragazzi? Ma la polizia crede che tu li abbia rapiti!» Arrossire. «Cosa? Non se ne parla neppure! Adesso tu li porti da me e... Non osare, sai? Non osare!...» E infine ammutolire.

«Deduco che non si tratti di buone notizie» dichiarò Peter.

«Ha... ha messo giù! Quel... quel...» con uno sforzo, Karen s'impose di riprendere l'abituale compostezza. «Il dottor Claremont ha detto che i tuoi amici insieme ad

Adam e Pumpkin sono con lui. Ha intenzione di nasconderli in un luogo sicuro fuori città e non ha voluto dirmi dove...»

La donna avrebbe voluto lasciare il ragazzo fuori da quella storia, ma i suoi amici erano coinvolti in prima persona e quindi pensò che fosse giusto riferirgli il breve racconto di Frank.

Al termine Peter tacque pensieroso. «Immagino dovrà fidarsi del dottor Claremont.»

«Non ho altra scelta.»

Peter impiegò qualche secondo prima di formulare la richiesta successiva: «Vorrei chiederle una cortesia».

«Sono tutt'orecchi.»

«Se lei mi concedesse l'uso di un computer, vorrei svolgere qualche indagine sulle parole pronunciate da Pumpkin nel corso dell'esperimento.»

Karen si fermò a un semaforo rosso e lo guardò. Non credendo ai poteri parapsichici, il tentativo di Peter le sembrava vano, tuttavia l'avrebbe tenuto impegnato, nell'attesa di altre notizie sui suoi amici. «Farò anche di più» gli disse con gentilezza. «Di recente è arrivato da noi uno studente giapponese appassionato d'informatica. Da quando Adam gli ha mostrato il laboratorio, se n'è allontanato esclusivamente per mangiare e dormire... e solo perché costretto dal regolamento della casa famiglia. Non nascondo che sarei felice se riuscissi a instaurare un rapporto con lui, perché finora non ha dimostrato grande interesse per i contatti "dal vivo", voglio dire al di fuori di Internet. Il suo nome è Hideo Miyazaki.»

«Non posso negare che un assistente simile mi risulterebbe prezioso.»

«Bene, ma... Hideo e gli altri ospiti della mia casa famiglia hanno alle spalle vite difficili e violente. Forse incontrerai qualche difficoltà. Non sono abituati a conoscere ragazzi come te... colti e con abiti eleganti. Qualcuno potrebbe essere prevenuto. Cerca comunque di evitare qualsiasi provocazione, intesi?»

Peter si augurò di non doversi pentire. Gli unici ragazzi violenti con cui aveva avuto a che fare in passato erano stati Lance e i suoi compari. Prima che Crystal li mettesse a posto con una "spedizione punitiva", rendevano un incubo le sue passeggiate per Misty Bay. Ma quei bulletti probabilmente non erano nulla in confronto agli ospiti della casa famiglia.

Karen allora accese la radio per vedere se qualche notiziario parlasse di quanto era accaduto all'ospedale. Intercettò uno speaker dal tono allarmato: «...I climatologi ammettono di trovarsi in grande difficoltà. Da anni ormai siamo a conoscenza di sconvolgimenti naturali causati dall'inquinamento, come il buco nell'ozono o l'aumento della temperatura dell'atmosfera. A destare la maggiore preoccupazione è tuttavia la violenza degli ultimi eventi atmosferici verificatisi, per esempio, nel deserto del Sahara, fra i ghiacciai del Polo Nord o sulle coste della Nuova Zelanda e del Giappone. In alcuni casi le scosse telluriche stanno rendendo irriconoscibili le zone colpite. Abbiamo in collegamento radio il climatologo Renée Simonsen da una base artica del Polo Nord. Professore, lei si trova in una delle località più martoriate da questi strani fenomeni.»

«Proprio così. Fino a ieri ero molto più vicino alla zona interessata, ma l'impeto del vento è paragonabile a quello di un tornado, perciò ho dovuto ritirarmi in questa base.»

«A cosa ha assistito?»

«A uno spettacolo impressionante: scogliere innevate che crollavano in mare, ghiacciai rimodellati dalla furia degli elementi. Quando i fenomeni saranno terminati occorrerà modificare le cartine topogr...» Le ultime parole furono sovrastate dal fragore della bufera.

«Professore, non riusciamo più a sentirla.»

«Il vento fischia tro... forte. S'insinua nei nuovi canyon creati fra i ghiacci provocando un rombo che... melodia prodotta da uno strumento a fia...»

La voce venne di nuovo coperta dall'ululato del vento.

*Il climatologo ha ragione*, rifletté Peter. *Sembra quasi il suono di mille strumenti a fiato... Un momento!*

«Cosa c'è?» domandò Karen vedendolo irrigidirsi sul sedile. «Qualcosa non va?»

Alla radio il sonoro si smorzò e tornò la voce dello speaker che si scusava per l'interruzione del collegamento a causa delle proibitive condizioni atmosferiche.

Peter osservò la dottoressa, poi tornò ad appoggiarsi allo schienale del sedile e spostò lo sguardo verso l'esterno. «Mi scusi. Temo di essere un po' teso, tutto qui.»

«Mmm. Lo credo, se vuoi quando arriviamo alla casa famiglia potrai dormire per qualche ora.»

Peter ringraziò cercando di nascondere il proprio turbamento. Non poteva parlargliene. Come faceva a spiegarle che per un attimo gli era sembrato di distinguere nel gemito del vento la melodia intonata da Pumpkin?

## 13

## *Roxanne*

«Ohi, ohi. Ora che si fa?» La voce di Douglas era inquieta.

Dopo avere acquistato un'auto di terza mano, Frank Claremont aveva guidato per ore verso il Nord della California, lasciandosi alle spalle la perturbazione che da diversi giorni interessava San Francisco.

I ragazzi avevano dormito qualche ora, recuperando le forze dopo lo stress della notte precedente. Adesso solo Pumpkin era ancora assopita. Adam aveva acceso la vecchia autoradio e al primo notiziario erano stati bruscamente riportati alla realtà: la polizia stava cercando un certo dottor Frank Claremont, accusato del rapimento di quattro ragazzi. Con grande angoscia dello psicologo, il cronista aveva aggiunto che l'uomo era anche sospettato di essere a capo di un traffico di minori, cui si temeva fossero destinati anche i giovani rapiti. Chiunque avesse riconosciuto lui o qualcuno dei ragazzi, avrebbe dovuto contattare la più vicina stazione di polizia.

A un incrocio avevano avvistato un posto di blocco, proprio sulla strada che avrebbero dovuto percorrere.

Senza rispondere a Douglas, Frank svoltò nell'altra direzione. Avrebbero allungato un po' la strada, ma senza correre rischi inutili.

«Ragazzi» disse a un tratto rompendo il silenzio «riguardo a quanto dicevano... sul traffico di minori... Ci tengo a garantirvi che io... Insomma, non so proprio di cosa...»

«Io ti credo, Frank» lo interruppe Crystal. «Ma devo ammettere di aver sbirciato un po' nella tua mente, appena sentita la notizia. Ti chiedo scusa.»

Lo psicologo tacque incerto. Da anni cercava d'incontrare soggetti che manifestassero anche solo un piccolo segno di poteri parapsichici, ma adesso di fronte a Crystal non poteva fare a meno di provare un certo timore. Si sentì mortificato.

«Sei tu che devi scusarmi, Crys. Temo di avere una mentalità molto più chiusa di quanto io non volessi ammettere.»

La ragazza gli appoggiò una mano sulla spalla. «Non essere così duro con te stesso. Se non ci fossi tu ora saremmo davvero nei guai.»

Adam ascoltava profondamente colpito. Era andato alla dimostrazione pensando di documentare la cronaca di un nuovo fallimento e si era invece imbattuto nell'esperienza più sconvolgente della sua vita... anche se spaventosa.

«Ehm, Crystal» le disse «quando tutta questa faccenda sarà finita, vorrei chiederti un'intervista. La gente deve sapere del cambiamento in atto nelle nuove generazioni. Chissà quanti altri ragazzi hanno capacità come te e Pumpkin...»

«Mi spiace, Adam, ma mi sono ripromessa di utilizzare i miei poteri per aiutare la gente e quindi non posso concedermi troppa pubblicità, mi capisci?»

«Già» intervenne risoluto Douglas «niente pubblicità è una delle prime regole della nostra squadra. Anche per questo ci facciamo chiamare Invisibili. La nostra missione è troppo importante.»

«Probabilmente avete ragione» ribatté Adam. «Comunque conoscervi per me ha già significato molto. Anche se, devo ammettere, avrei preferito incontrarvi in circostanze diverse.»

La statale si snodava attraverso una grande foresta che si estendeva fino ai lontani rilievi montuosi.

«Parte di questi boschi costituiscono un parco naturale creato da Roxanne» spiegò Frank. Aveva conosciuto Roxanne Rigby all'università, quando la scienziata aveva tenuto una serie di conferenze sull'impatto ambientale dell'uomo sull'ecosistema. Si era rivelata un'entusiasta ancora più idealista di Frank e in seguito erano rimasti in contatto. Non la sentiva da più di un anno, ma era certo che li avrebbe ospitati volentieri, nascondendoli ai loro misteriosi inseguitori. La donna non possedeva il telefono, perciò lo psicologo aveva chiamato l'emporio dove di solito lei si approvvigionava: avrebbero provveduto a contattarla via radio. Non era stato necessario, però, perché la padrona del negozio lo aveva avvertito che Roxanne in persona si trovava lì per la spesa settimanale e gliel'aveva passata. Frank allora aveva chiesto all'amica se avrebbe potuto ospitarli per qualche giorno, si sarebbe spiegato meglio a voce. La donna gli aveva dato appuntamento in un punto del bosco dove avrebbero dovuto lasciare l'auto: la sua casa era raggiungibile solo attraverso un sentiero che s'inerpicava per la montagna.

Durante il viaggio Douglas contemplava l'ombrosa selva di sequoie svettanti per decine di metri. «Cavoli, dev'essere piena di soldi, la tua amica!»

«Sì, in effetti. Lavorava a un importante progetto governativo sull'ambiente. Aveva libero accesso al telefono del presidente e non esitava a servirsene per perorare le proprie cause.»

«Vuoi dire quando l'aveva, un telefono» commentò sarcastico il ragazzo. «E perché ha poi deciso di dimettersi? ...O l'*hanno dimessa*?»

«No, se n'è andata lei. Faceva parte di un'équipe di scienziati del Pentagono incaricati dal Governo di stendere un rapporto sui mutamenti climatici che si sarebbero verificati se avessimo insistito con l'emettere nell'atmosfera gas serra e sfruttare il petrolio come oggi. Ne derivò lo scenario di un mondo ridotto alla fame e sull'orlo di decine di conflitti in ogni parte del globo, nel quale diverse nazioni si sarebbero dotate, per difesa o per offesa, di testate nucleari.»

«Ma non le diedero retta, immagino» intervenne Adam.

«Già, fu messo tutto a tacere, per non alterare il nostro stile di vita. Al rifiuto da parte degli Stati Uniti di ratificare il Protocollo di Kyoto, Roxanne reagì definendo questa una politica irresponsabile e suicida. Se ne andò sbattendo la porta, confidando che la sua azione avrebbe sollevato un bel polverone e smosso l'opinione pubblica.»

«*Fiùuu*, un caratterino, eh?» commentò Douglas. «Il rapporto del Pentagono sarà tutt'ora segreto, immagino.»

Adam intervenne scuotendo il capo. «Macché, l'ho letto anch'io: l'ha pubblicato per intero la rivista *The Observer*, e sai cos'è successo?»

«Scandali? Marce di protesta?» azzardò Douglas.

«No, non è successo un bel niente. Non ci curiamo affatto di pensare al futuro, nemmeno se è prossimo. Ci basta avere il football in tivù. Sai chi si comportava più o meno così? I cittadini dell'impero romano, quando era in piena decadenza!»

«Be'» intervenne Frank «la tua analisi purtroppo è vicina al vero. Però comincio a credere che qualcosa nella coscienza della gente stia cambiando, che ci sia insomma una nuova sensibilità nei confronti dell'ambiente. Sì, siamo agli albori di un cambiamento. Lo sento. E persone come Roxanne, in grado di farsi carico delle proprie responsabilità, per quanto gravi, saranno sempre di più.»

Seguì una nuova pausa di riflessione, interrotta da Douglas che annunciò: «Comunque, almeno per l'immediato futuro, sono ottimista. Voglio dire, siamo lontani da casa e inseguiti da misteriosi rapitori armati e senza scrupoli... ma almeno verremo ospitati nel lusso da una milionaria!

Domani tornerò a occuparmi di come salvare il mondo, ma al momento ho in testa solo una bella doccia e una cenetta abbondante. Anzi, facciamo una bella mangiata prima e la doccia dopo. Mamma mia, non vedo l'ora!»

Un paio d'ore più tardi raggiungevano il luogo concordato. Alla base della montagna le sequoie avevano lasciato il posto a un ampio spiazzo dov'erano parcheggiate un paio di jeep e tre moto di grossa cilindrata. Tuttavia Frank preferì nascondere l'auto più addentro alla foresta, sotto gli alberi. Recuperarono gli zaini con i pochi viveri e i vestiti che avevano potuto permettersi con i risparmi dello psicologo e si sedettero accanto all'unico sentiero.

Crystal osservò Pumpkin con attenzione.

Si era svegliata a fatica ed era come al solito taciturna. Dapprima aveva creduto che fosse solo stanca e preoccupata, ma sondandole la mente si era imbattuta in una zona di buio profondo, come se parte della sua coscienza si trovasse altrove... La ragazza rammentò l'esperienza vissuta da Douglas nell'ultima avventura nel collegio di Doom Rock e rabbrividì.

Notando la preoccupazione di Crystal, Adam prese Pumpkin per mano e le sorrise. Cercava di fare il possibile per incoraggiare gli altri, ma in realtà era impaurito e sentiva la mancanza di Karen. Era sempre stata l'esempio cui aspirare: raramente perdeva la calma, sembrava avere una risposta per tutto.

Guardò Douglas intento a tirare sassi a un albero. Sbagliava mira quasi sempre. Sorrise: in principio quel ragazzo gli era parso il solito tipo rotondetto, un po' tonto e pasticcione come si vede nei film, ma poi aveva iniziato a pensare che la sua goffaggine, mascherata con le battute, nascondesse una profonda sensibilità. Cominciava a piacergli. Tuttavia Doug sembrava avercela con lui per qualche motivo misterioso e non perdeva occasione per dargli contro. Perché?

Douglas fingeva di esercitare la mira contro l'albero: in realtà sbirciava di sottecchi Crystal, assorta nell'assistere Pumpkin. L'aveva proprio presa sotto la sua ala protettrice. Avrebbe voluto essere lui l'oggetto di tanta attenzione, poi si vergognò di pensare solo a sé. La sensazione di vergogna aumentò quando ricordò come l'aveva attaccata la sera prima all'ospedale, accusandola di voler sempre fare il capo. Crystal possedeva veramente le doti di un leader e si assumeva responsabilità di continuo: bel fardello per una ragazza così giovane. Come poteva sopportarlo? Era forte, ecco come, mentre lui si sentiva sempre più uno straccio inzuppato. Con rabbia scagliò un'altra pietra e stavolta fece centro. Perché aveva sempre la mania di piangersi addosso? Avrebbe voluto somigliare di più a quel manichino di Adam, prestante e sicuro di sé. Quello era il tipo giusto per Crystal. Invidiò Peter. Lui sì, era un tipo razionale ed equilibrato. Perfino durante il caso della strega di Dark Falls, la loro avventura forse più paurosa, aveva perso raramente il sangue freddo. Già, anche Peter aveva la stoffa del capo... Senz'altro più di lui. Chissà com'era preoccupato per loro. Chissà se...

Douglas era talmente perso nei suoi pensieri da non vedere cosa gli stava accadendo intorno. Aveva creduto che fosse l'ombra di una nuvola passeggera, ma all'improvviso udì la voce festosa del dottor Claremont annunciare: «Eccola!»

Il ragazzo scrutò il sentiero: nessuno. Si volse verso gli altri e li trovò con il naso all'insù, sorridenti e increduli.

«Fantastico» esclamò Crystal.

Il suo entusiasmo contagiò perfino Pumpkin, riscuotendola dal suo torpore.

Douglas sollevò gli occhi al cielo e rimase di sasso.

L'ombra che li sovrastava era quella di un pallone aerostatico in avvicinamento.

«Frank!» urlò una donna sulla sessantina in abiti sportivi. «Ti getto una cima, prendila!»

Lo psicologo corse ad afferrare la fune. «Datemi una mano, ragazzi! Aiutiamola ad atterrare!»

I primi ad alzarsi furono Adam e Crystal, subito raggiunti da Douglas e Pumpkin.

Come la cesta si fu appoggiata al suolo, Roxanne Rigby scoppiò in un'allegra risata. «Salve, gente. Vi presento *Mamy*!»

Il dottor Claremont, dimentico dei suoi pensieri, rise e si sporse oltre il bordo della cesta abbracciando la scienziata. «Accidenti, Roxanne! Questa proprio non me l'aspettavo!»

La donna ricambiò la stretta con vigore. «Molte più persone dovrebbero usare aerostati. Inquinano meno delle auto, sono più rapidi e infinitamente più divertenti!»

Frank si sciolse dall'abbraccio. «Ti presento i miei compagni d'avventura: Crystal, Pumpkin, Adam e Douglas.»

«Un vero piacere!» la salutò Crystal stringendole calorosamente la mano, subito imitata dagli altri.

Per ultimo venne il turno di Douglas. «Ehm, un'entrata spettacolare, non c'è dubbio. Ora immagino che c'indicherà la strada e noi la seguiremo *a piedi*, giusto?»

La scienziata assunse un'aria astuta. «Be', se ti piace camminare, puoi accomodarti da quella parte: ti avverto però che fra un po' farà buio e non arriverai prima di domattina. Pensavo invece di proporvi una gita in pallone, così, se il vento non fa i capricci, saremo da Tea per cena.»

«Evviva!» esclamarono tutti i ragazzi, tranne Douglas.

Adam saltò nella cesta e gli allungò la mano: «Forza, Doug! Non vorrai farti sfuggire quest'avventura!»

Douglas si accigliò. Non afferrò la mano, ma balzò dentro a sua volta ostentando il massimo dell'agilità che gli riusciva. «Scherzi? L'ho sempre pensato che l'uomo era fatto per volare. Piume a parte, certo. E il becco. Ah, sì: e le ali! Venite, ragazze?» fece a Crystal e Pumpkin porgendo loro la mano.

«Con piacere... ragazzo» gli sorrise Crystal afferrandogliela. Adam aiutò Pumpkin. Frank saltò a bordo da solo, mentre la cesta si staccava da terra, e riavvolse la cima.

«Tenetevi saldi, ciurma» li ammonì Roxanne lasciando cadere dei sacchetti di sabbia. La cesta si staccò dal suolo e il pallone cominciò ad alzarsi. «Decolliamo!»

«Yuhùuu!» urlarono i ragazzi all'unisono, mentre Douglas canticchiava a occhi chiusi immaginandosi altrove.

«Allora, chi sarebbe questa Tea? Un'altra novità?» chiese lo psicologo alla donna.

«Una grossa novità, Adam» ribatté lei enigmatica. «Una grossa novità.»

Il pallone prese quota rapidamente e, con qualche strattone, si librò nell'aria fresca della sera.

# 14

## *Una squadra unita*

Mentre Karen posteggiava l'auto nel parcheggio della casa famiglia, Peter si guardava intorno intimorito. L'elegante edificio e il giardino ben tenuto facevano somigliare quel posto a un lussuoso e accogliente luogo di residenza, non fosse stato per l'aspetto vagamente ostile dei ragazzi seduti sulle scale d'ingresso o sulle panchine. Ne contò una decina, soli o riuniti in gruppetti.

Scendendo dalla macchina, controllò l'orologio: le otto e dieci.

«Hanno la sveglia alle sette» disse con un mezzo sorriso Karen scendendo a sua volta. «Anche oggi che è sabato e non vanno a scuola. Fra l'altro siamo fortunati, perché ce n'è una qua vicino, con medie e liceo. Alle sette e mezza serviamo la colazione e poi possono decidere se partecipare alle varie attività, come teatro e pittura, o starsene per conto proprio. Per ora nessuno fa esattamente a pugni per seguire i laboratori. Fanno a pugni e basta... Vieni, mentre vado in studio ti mostro il laboratorio d'informatica, dove probabilmente Hideo è già al lavoro. Le prossime notti potrai dormire con lui, nella sua stanza c'è un letto vuoto.»

Salirono i gradini d'accesso nel silenzio generale ed entrarono nell'edificio. Peter, con il suo cappotto costoso, si sentì sotto esame. Cercò di guardare dritto avanti a sé.

Appena varcata la soglia, furono raggiunti da urla e rumori di lotta.

«Gregor! Vuoi starmi a sentire?» risuonava una voce.

Si affacciarono su un corridoio e videro un giovane educatore indaffarato a trattenere un ragazzo basso e minuto che urlava e scalciava cercando di liberarsi.

«Non capisci che in questo modo danneggi solo te stesso?» gli stava dicendo l'educatore.

«Cosa succede?» s'informò Karen.

L'educatore si voltò verso di lei. «Stanotte abbiamo sorpreso Gregor mentre scendeva per la scala antincendio... Voleva filarsela. Così l'abbiamo messo in punizione in camera sua e adesso l'ho pescato a spasso per i corridoi.»

Gregor approfittò della sua distrazione per rifilargli un pugno in pieno viso. L'educatore lasciò la presa e lui fuggì nella direzione opposta.

«Andate al diavolo!» gridava. «Non mi terrete qui per molto!»

«Sonny!» Allarmata Karen raggiunse l'educatore che si massaggiava la guancia. «Fa' vedere, sei ferito?»

«Solo nell'orgoglio» ribatté l'altro con un sorriso. «No, mi ha preso di striscio. *Fiùuu*, meno male che non ce ne sono molti altri come lui.»

«Comunque va' in cucina e fatti dare un po' di ghiaccio... Gregor a parte, è stata una notte tranquilla?»

«Abbastanza... Oh, ma avresti dovuto vedere ieri l'entusiasmo di Boston, il Guastatore!» Il giovane sembrò rianimarsi. «È arrivato qui fradicio di pioggia e tutto esaltato. Mi ha fatto vedere le riprese di Pumpkin durante l'esperimento, poi è corso di là in biblioteca a scovare tutti i libri su parapsicologia e poteri extrasensoriali. Ha voluto passare la notte nel laboratorio e... Ehi, ma Pumpkin dov'è? È rimasta in ospedale? E Adam?»

La psicologa rispose tornando verso l'atrio: «Stanno bene, credo... Potresti dire anche agli altri che fra mezz'ora faremo una riunione straordinaria nel mio studio? Vi metterò al corrente delle novità».

«Uh, okay» rispose Sonny perplesso.

Sempre seguita da Peter, Karen si fermò ai piedi delle scale dirette ai piani superiori e gli mostrò dei cartelli informativi. «Nel piano interrato ci sono i laboratori, fra cui quello d'informatica; al pianterreno la biblioteca, la sala per il tempo libero e il refettorio con la cucina; al primo piano le stanze delle ragazze; al secondo quelle dei maschi; al terzo c'è il mio studio con il mio alloggio. Vuoi iniziare subito con le ricerche in Internet?»

«Se non disturbo...»

«Assolutamente no. Come ti ho detto, la postazione è di sotto, prima porta in fondo alle scale. Ci troverai di sicuro anche Hideo, altrimenti accendi pure le macchine e fa' come se fossi a casa tua. Scusami se non ti accompagno, vorrei telefonare al più presto ai genitori di Pumpkin... e devo ancora inventarmi qualcosa per non metterli troppo in agitazione.»

«Non si preoccupi, dottoressa. Lei è già oltremodo gentile.»

Karen esitò, poi gli sorrise e s'incamminò su per le scale.

Peter rimase a osservarla pensieroso. Si voltò per scendere e sbatté contro un ragazzone che gli stava alle spalle sorridente.

«Oh, chiedo scusa» disse Peter, ma quello non si mosse e continuò a scrutarlo. Aveva un'aria bizzarra con le folte sopracciglia, la fronte spaziosa e una fitta zazzera corvina e riccia da cui sbucavano orecchie enormi.

Peter fece per allontanarsi, quando l'altro si decise a parlare: «Lo farà?»

«...Chi, la dottoressa Wright?» ribatté lui.

«Perché secondo me dovrebbe proprio farlo. Non abbiamo parlato molto, ma, anche se non sono una cima, io le persone le capisco al volo e lei è l'unica che può farlo, lo so.»

Peter era sempre più disorientato. «Be', sono certo che la dottoressa Wright farà tutto il possibile.»

«Chi?»

«La dottoressa Wright. È di lei che stavi parlando, vero?» Poi ebbe un'illuminazione: «Karen. Volevo dire che Karen farà senz'altro il possibile».

Sulle labbra del ragazzone si disegnò un sorriso enorme. «Oh, sì, Karen è proprio buona... Però cosa? Cos'è che farà?»

«...Non lo so. Io...»

Un'educatrice arrivò di corsa: «Oh, Mickey! Ecco dov'eri finito». Si rivolse a Peter: «Scusami, mi ero distratta un attimo e lui è uscito. Fa sempre così, non sta fermo due minuti».

«Sì, sono un portento!» confermò felice Mickey.

La ragazza lo prese per mano. «Vieni, portento, torniamo nella sala giochi. Ti va un partita a ping-pong? O preferisci fare un puzzle?»

Peter li guardò allontanarsi. Tornò a voltarsi verso la scala che scendeva e la imboccò, già assorto nei propri pensieri. Aveva rimandato fin troppo, ora l'indagine doveva iniziare e non sarebbe stato per niente facile. Se solo avesse potuto disporre di qualche informazione in più...

«È amico suo, sai?» stava dicendo Mickey all'educatrice mentre entravano nella sala giochi.

«Davvero?» ribatté la ragazza.

«Già e gli ho chiesto se pensava che l'aiuterà, ma non mi ha mica risposto.»

«Chissà, forse non lo sapeva.»

«Io dico che l'aiuterà. Pumpkin è buona ed è l'unica che può farlo.»

Prima di bussare alla porta con il cartello "Laboratorio d'informatica", Peter analizzò con calma la situazione. *Allora*, rifletté. *Forse non incontrerò subito un'intesa ideale con Hideo, pertanto dovrò cominciare con il trovare qualcosa per stuzzicare la sua curiosità e indurlo ad aiutarmi nelle indagini... Mmm.*

Un tonfo e un'imprecazione attirarono il suo sguardo su un libro che scivolava sul pavimento fra decine di fogli appallottolati. Lesse il titolo sulla copertina: *La mente senza confini*. Il laboratorio era quello degli audiovisivi. Dalla porta scorse la figura di un ragazzo enorme che leggeva curvo su una postazione video Hdv sui cui monitor scorrevano le immagini dell'esperimento di parapsicologia. Quest'ultimo si accorse della figura di Peter riflessa su un televisore spento e si voltò. Peter lo riconobbe: era il tipo con la videocamera insieme ad Adam. A giudicare dagli occhi segnati, doveva aver lavorato sui monitor per tutta la notte.

«Ehi, sei nuovo?» gli domandò il Guastatore. «Mi sto dannando a buttar giù il testo del commento audio per 'sto filmato. Voglio fare impressione sul mio socio, ma – per la miseria! – non credevo che scrivere fosse così difficile! Tu invece hai l'aria del secchione...» S'interruppe indicandolo con la mano grossa. «Aspetta, ma io ti ho già visto! Massì, eri l'amico della rossa e del ciccione! Dov'è Adam? Ti ha mandato lui?»

«Ehm, già... Mi ha pregato di svolgere delle indagini sul materiale video di cui sei stato artefice...»

«Eh? Ma come parli, sei straniero?»

«Straniero? Sono di Misty Bay, California, sulla costa della penisola di...»

«Va be', va be'. Cosa dobbiamo fare?»

«Posso pregarti di attendere un minuto? Dovrei chiedere l'aiuto anche di un'altra persona...»

Il Guastatore allargò le braccia. «Qua ero e qua sto.»

«Ti sono obbligato.»

Hideo Miyazaki era nato quattordici anni prima in Giappone, ma intorno ai dodici i genitori lo avevano portato con loro a San Francisco, dove avevano aperto un ristorante di cucina giapponese.

Hideo era chiuso e problematico e da quando si erano trasferiti in America le cose per lui erano ulteriormente peggiorate. I genitori, impegnatissimi con il ristorante, non avevano tempo per lui; a scuola i compagni del liceo lo prendevano di mira per i suoi tratti orientali e per la balbuzie, che lo affliggeva fin da piccolo; gli insegnanti reagivano al suo disinteresse per le materie relegandolo in fondo all'aula. Solo il professore d'informatica aveva saputo risvegliare la sua attenzione. Per interessare gli studenti, organizzava le "olimpiadi degli hacker": i ragazzi avevano cinque minuti a testa per rendere sicura una minirete, in modo che nessuno potesse violarla. Vinceva chi riusciva a spegnere i computer degli altri. A metà dell'anno, Hideo dominava ormai in tutte le competizioni.

Aveva scoperto un universo del tutto nuovo, pieno di possibilità e di luoghi da esplorare.

Cominciò a divorare qualsiasi articolo gli venisse sottomano sul mondo dei computer e di Internet, e a frequentare una chat line per esperti di sicurezza informatica. Constatato che tutti utilizzavano *nickname*, cioè pseudonimi, ricordò come in Giappone i ragazzi interessati ossessivamente a un solo argomento fossero chiamati *otaku*. Lo divertiva l'ansia degli adulti nel volere catalogare i giovani a tutti i costi, perciò decise che da allora in poi sulla Rete si sarebbe chiamato appunto Otaku.

Scambiandosi pareri e consigli con altri appassionati, fece amicizia con un certo Prozac++, il quale gli confidò di essere un hacker. Hideo si appassionò all'etica hacker, una sorta di codice cavalleresco: mai fare danni, mai rubare, mai farsi scoprire. Solo una sfida d'intelligenza senza intenti criminali. Insieme al suo nuovo amico creò una banda del Web denominata "I Cavalieri Della Rete". Il loro intento era quello di combattere i cracker, i pirati informatici responsabili della diffusione dei virus e degli attacchi ai computer dei "civili", come gli hacker chiamavano gli utenti comuni di Internet. I primi tempi furono davvero esaltanti, ma Hideo sentiva il bisogno di stimoli sempre nuovi, ancora più coinvolgenti, e a poco a poco il suo interesse andò scemando.

Un giorno s'imbatté per la prima volta nel sito di un gioco di ruolo, pieno di draghi, stregoni e cavalieri eroici pronti ad affrontarli. *Fantoms*, era il nome del gioco. Dopo un lungo periodo d'osservazione, prese coraggio e chiese se poteva partecipare. Con sua sorpresa venne accolto calorosamente e gli fu chiesto quale personaggio avrebbe voluto impersonare. Fin da piccolissimo non si perdeva un *anime* o un *manga* sul Giappone feudale. In particolare lo affascinavano i *ronin*, samurai senza padrone.

Si propose perciò con lo pseudonimo di Ronin e da quel momento trascorse molto più tempo in quel mondo, pieno di avventura e di imprese eroiche, che in quello dei Cavalieri Della Rete. Abbandonò la sua attività di hacker. Prozac++ continuava a cercarlo, ma ormai era quella di *Fantoms* la realtà dove Hideo avrebbe voluto vivere. Senza di lui, i Cavalieri Della Rete cominciarono a sciogliersi e in breve cessarono di esistere.

Una sera, il ristorante dei suoi genitori fu preso di mira dalla *yakuza*, la mafia giapponese. Fecero fuoco sui membri di un clan rivale intenti a cenare. Nella sparatoria che ne seguì, i genitori di Hideo persero la vita.

Non avendo parenti stretti, per il giovane iniziò una trafila da un istituto all'altro finché non fu affidato provvisoriamente a Karen.

Quando Peter bussò alla porta del laboratorio d'informatica, non rispose nessuno. Aprì e si affacciò dallo spiraglio. L'unica luce nella stanza proveniva dal monitor di un computer sulla cui tastiera un ragazzo esile, dai capelli lunghi e scarmigliati, stava digitando freneticamente. C'erano altre postazioni, tutte vuote.

«Hideo Miyazaki?» domandò Peter. Nessuna risposta. Allora riprovò: «Hideo?»

Il ragazzo smise di digitare e diede slancio alla sedia girevole voltandosi verso di lui. Non aprì bocca.

Peter spiegò: «Avrei bisogno della tua preziosa collaborazione per fare delle ricerche su Internet».

L'altro sembrava perplesso. «E a m-me c-cosa ne v-viene?»

«Niente, ma...»

«S-scordatelo.» Tornò a girarsi verso la console e riprese a digitare con rinnovato vigore.

«Ascolta, potrei fare da solo le ricerche, ma tu mi saresti di grande aiuto.» Peter chiuse la porta e lo raggiunse. «Riguarda Pumpkin, una ragazza che vive qui... Può essere difficile a credersi, ma nel corso di un esperimento ha rivelato delle probabili facoltà telepatiche... Ha percepito una richiesta di qualcuno in grave pericolo e ha pronunciato altre frasi sconnesse e...»

Hideo lo ignorava bellamente. Da quel che Peter poteva capire il suo interlocutore stava partecipando a un gioco fantasy.

Pensò di tentare il tutto per tutto: «Il nome di Nemo ti dice niente?»

Le dita del giovane hacker si bloccarono per un attimo, poi riprese a digitare. «N-Nemo chi?»

«Non posso esserne certo, ma credo si tratti proprio del Nemo cui stai pensando. Credo sia coinvolto in un evento di proporzioni non facilmente quantificabili. Anche lui potrebbe trovarsi in pericolo e vorrei contattarlo.»

Hideo smise di digitare, distogliendo lo sguardo dallo schermo, ma senza alzarlo fino agli occhi di Peter. Le dita sovraffaticate gli tremavano vistosamente. «P-p-pensi di p-potergli t-telefonare?» domandò sarcastico.

«Non saprei, anche per questo ho bisogno del tuo aiuto.»

L'hacker si girò di nuovo verso lo schermo. Peter temette che ritornasse al gioco, invece alzò la finestra di un browser dove si collegò al sito di Google: scrisse "Nemo + cyberattivista" nella casella per effettuare la ricerca avanzata.

Vennero istantaneamente visualizzati collegamenti a centinaia di siti dove comparivano insieme i due termini.

«V-vedi?» domandò Hideo. «P-p-parli di uno che s-sulla Rete è famoso q-quasi quanto Elvis P-Presley!»

«Ne sono al corrente, ho seguito qualche sua impresa... Una mia amica aveva anche il suo logo con il Nautilus e la scritta AFFONDATO! come sfondo del desktop. La dottoressa Wright mi ha riferito che sei un'appassionato d'informatica e di sicurezza, forse sei addirittura un hacker, perciò pensavo che tentare di metterti in contatto con Nemo potesse costituire per te una sfida interessante... Evidentemente mi sbagliavo.»

Il giovane giapponese accennò a un sorriso e scosse il capo tornando a digitare sulla tastiera.

Peter era impressionato dalla sua velocità. Quando aveva cominciato ad appassionarsi all'informatica, Hideo si era scaricato da Internet un corso freeware di dattilografia per imparare a digitare con tutte le dita, ma non ne era stato del tutto soddisfatto, perché i pollici venivano destinati alla sola spaziatura; perciò aveva apportato delle modifiche per utilizzare anche quelli in maniera più proficua.

Dopo un attimo apparve l'immagine di un sito su cui campeggiava l'immagine del sottomarino di Nemo e sotto un elenco puntato con collegamenti ai seguenti argomenti:

- Nemo, il cyberattivista
- Le imprese di Nemo
- I codici dei suoi attacchi
- L'impatto sui media
- Link correlati

«Q-questo sito l-l'ho f-fatto i-io con un m-mio a-amico, m-ma ce ne sono t-t-tantissimi. Nemo è u-un eroe p-per un sacco di g-gente. Gli hacker lo a-ammirano per c-come riesce a superare o-ogni s-sistema di sicurezza, gli e-e-ecologisti e gli a-ambientalisti p-perché si scaglia c-contro m-multinazionali dannose per le p-popolazioni, l'ambiente o gli a-animali. Ma nessuno s-sa dov'è e c-come raggiungerlo, a-altrimenti l'avrebbero g-già fatto f-fuori!»

«Uhm, uhm... Non ti sembra di essere un po' melodrammatico?»

Hideo aggrottò le sopracciglia. «Melo... che?»

«Intendevo dire se non ti pare di esagerare.»

«E-e-esagerare?? M-ma lo sai quante a-aziende ha fatto c-chiudere rivelando ai m-media le loro s-schifezze? Ditte che per un f-fracco d'anni e-erano riuscite a n-nascondersi dietro il d-denaro, il potere o la c-corruzione. Invece Nemo non lo p-puoi corrompere, se lui ti becca v-va fino in f-fondo. Il suo m-motto è: "La g-gente deve s-sapere". Ecco p-perché Nemo è p-pericoloso. Ha dichiarato g-guerra contro tutti i p-potenti corrotti del mo-mondo!»

«Bene. Ora però si dà il caso che lui potrebbe trovarsi in pericolo. Cosa intendi fare? Cercare di avvertirlo o trovarti nell'eventualità di aggiungere al tuo sito l'argomento "La sconfitta di Nemo"?»

Hideo si scostò i capelli dagli occhi per valutare meglio quello strano ragazzo occhialuto vestito come un damerino.

«Sa-sapresti ripetermi e-esattamente le parole di... di...»

«...Pumpkin? Posso fare di meglio. Posso mostrarti il filmato.»

«Nemo... dov'è Nemo? Il patto... Perché abbiamo scordato il patto? ...Macchine... Macchine divorano la foresta... Vedo il sangue della Terra... Fermatele! Non devono arrivare alla Cascata... La Cascata di Lipa... La vita è in pericolo! ...La catena... La catena... C'è un anello debole nella catena!»

Nel laboratorio audiovisivo il Guastatore osservava le reazioni sul viso di Hideo. Congelò l'inquadratura di Pumpkin che urlava rivolta alla platea e gli domandò eccitato: «Allora? Immagini forti, eh?»

«T-tutto qui?» L'hacker non sembrava colpito. La sua

mente era con loro solo in parte, il resto combatteva ancora nel mondo di *Fantoms*.

Incredulo, l'altro esclamò: «Come sarebbe "T-t-tutto qui"? Queste sono immagini uniche, la prova dell'esistenza dei poteri extrasensoriali!» Afferrò un libro. «Mi sono documentato! Con il mio video il Farsight Institute e la Transdimensional System di Prudence Calabrese possono andare a nascondersi!»

«N-non so di c-che parli, m-ma io ho v-visto solo giochi da p-prestigiatori e un'isterica che s-starnazza parole a c-caso! D-dicevate che a-avrebbe parlato di N-Nemo, ma "dov'è Nemo" è u-un po' poco, n-no?»

Con un ruggito di rabbia il Guastatore scattò in piedi e scagliò il libro in terra. «FUORI! Tutt'e due! Non mi frega niente se t'ha mandato Adam! Le indagini te le farai da solo, chiaro?!»

Hideo si alzò indietreggiando. «Tu sei pa-pazzo, amico.» E poi rivolto a Peter: «P-per questo mi hai i-interrotto proprio q-quando ero riuscito a m-mettere le mani sullo S-Scudo S-S-Salvifico??» A grandi falcate si diresse fuori dalla stanza.

Peter cercò di pensare in fretta. Non era mai stato bravo a parlare con le persone, soprattutto con individui semibestiali come il Guastatore o monomaniaci come Hideo. Rimpianse l'assenza di Crystal: lei sì che avrebbe saputo entusiasmarli e persuaderli a diventare una squadra. Almeno ci fosse stato Douglas, avrebbe detto una battuta per calmare i bollori. E Magica... No, forse era meglio che Magica non ci fosse...

Come convincerli a collaborare? Quali le parole giuste?

«Vuoi sparire o no?!» gli urlò il Guastatore scaraventando la sedia contro una parete.

«Dollari!» Dal modo in cui i due ragazzi si bloccarono, Peter si rese conto di averlo detto a voce alta.

Hideo era già uscito in corridoio, ma fece marcia indietro senza voltarsi.

Il Guastatore, che stava per abbrancare un'altra sedia, si fermò.

«Dollari?» chiese.

«Ehm, sì» ribatté Peter cercando disperatamente di escogitare qualcosa. «Il dottor Claremont...»

«Il dottor Claremont?...»

«Il dottor Claremont è... molto ricco e... mi ha promesso una lauta ricompensa se riuscirò a decifrare le parole di Pumpkin!»

Silenzio.

«Stai bluffando» disse il Guastatore.

«G-già, se no c-ce l'avresti detto p-prima» intervenne Hideo voltandosi finalmente verso di loro, ma guardando il pavimento.

«Non l'avevo detto prima perché... Volevo tenere tutti i soldi per me!»

Il Guastatore alzò le sopracciglia. «Mmm... sì, questo mi pare credibile...»

«Q-quanto?» domandò Hideo.

«Cinquecento. Dollari. A me e a chiunque mi aiuterà. E forse anche di più se facciamo presto. Ecco...» Estrasse il portafoglio dal cappotto. «...Me ne ha dati cento come anticipo.» Posò su un tavolo due biglietti da cinquanta, metà di quello che i suoi genitori gli avevano dato per il viaggio. «Allora? Siete della banda o no?» domandò cercando di darsi un tono.

Il Guastatore afferrò un biglietto da cinquanta e si sedette con un largo sorriso. «Soci carissimi, da dove iniziamo?»

# 15

## *Tea*

«Partenza a razzo, velocità dodici nodi! Come speravo, il vento è cambiato e spira nella direzione giusta, cosa molto importante, visto che *Mamy* non è direzionabile» spiegò Roxanne controllando soddisfatta il variometro. «Saremo da Tea in un lampo!»

Il pallone aerostatico aveva preso quota da una decina di minuti e puntava silenzioso verso la sommità della catena montuosa. Il cielo era terso e l'aria pulita permetteva di spingere lo sguardo fino all'orizzonte rosato dal tramonto. Quella vista sollevò Crystal dal peso dei suoi pensieri. Lanciò un'occhiata ai compagni di viaggio e notò che Adam, Pumpkin e Frank guardavano in basso come ipnotizzati, mentre Douglas se ne stava aggrappato al bordo della cesta dandole le spalle e borbottando qualcosa.

Si avvicinò per sentire meglio.

«...E fu così che cominciò. Eravamo liberi, ma in balìa della più violenta tempesta che avesse mai sperimentato l'America. Sotto di noi riuscivamo ancora a vedere, fra i rari intervalli di nuvole, le città devastate e intere foreste di alberi sradicati...»

Crystal osservò la distesa di sequoie, un placido oceano verde. Sbirciò l'amico e si accorse che teneva gli occhi serrati. Gli parlò con tenerezza: «Doug, se tieni gli occhi chiusi ti perdi tutto lo spettacolo!»

«Chi tiene gli occhi chiusi?» ribatté lui offeso. «Mi ci era solo finito dentro un moscerino!» Avvinghiandosi ancora più stretto al bordo di vimini, s'impose di aprire gli occhi. Se fosse stato più tranquillo, avrebbe apprezzato il grandioso panorama su chilometri quadrati di colline di sequoie.

«Cosa stavi mormorando, prima?» gli chiese ancora Crystal scivolandogli accanto.

«Un pezzo di un vecchio film, uno dei miei preferiti: *L'isola misteriosa*. Inizia con dei soldati nordisti in fuga da un carcere militare su un pallone proprio come questo. Fortissimo! Quanto avrei voluto essere al loro posto... "Eravamo prigionieri del vento e della furia degli elementi"...» continuò a recitare. «Incredibile le idee sceme che mi vengono quando guardo un film comodamente seduto in poltrona!»

«Lo sai tutto a memoria?»

«Be', senz'altro le parti essenziali, come di tutti i film o i fumetti che mi sono piaciuti davvero. Tipo l'*Uomo Lupo* con Lon Chaney Junior, per esempio: "Anche un uomo dal cuore puro, che la notte recita le sue preghiere, può diventare lupo, quando l'aconito fiorisce e la luna piena splende bianca nel cielo nero"... Aahh, sono queste le cose belle della vita!»

Crystal gli diede un colpetto con il gomito. «Stavolta però io non c'entro, eh...»

Lui la guardò con aria interrogativa. La ragazza proseguì: «Voglio dire, questa nuova missione non è partita da me. Non sono stata io a voler salire su quel palco».

Douglas sospirò. «Hai ragione. Dovrei decidermi ad accettare il fatto che l'avventura non possa fare a meno del sottoscritto... Tu piuttosto, come stai?»

«Perché?»

«Non so, mi sembri più taciturna del solito. È solo per quello che ci sta succedendo o c'è dell'altro?»

La ragazza impiegò un po' a rispondere. «No, no... Mi sto arrovellando sulla richiesta di aiuto. Finora non abbiamo fatto un solo passo in avanti... Non sappiamo nemmeno chi l'abbia formulata. E poi l'incontro con quei senzatetto è stato incredibile... mi ha confuso ancora di più le idee. Mi chiedo se almeno Peter abbia scoperto qualcosa.»

«Come va, ragazzi?» esclamò a un tratto Roxanne. «Emozionante, vero?»

«Fantastico!» confermò Adam. «Non avrei mai pensato di vivere una simile esperienza!» Guardò l'involucro sopra di lui e domandò: «Come funziona? Cioè, cosa fa volare la mongolfiera?»

Frank si girò verso Roxanne a sua volta incuriosito.

«Anzitutto questa non è una mongolfiera, ma un pallone» spiegò Roxanne. «Le mongolfiere utilizzano dei bruciatori alimentati a propano, un derivato del petrolio. La fiamma riscalda l'aria che si espande gonfiando l'involucro ed essendo l'aria calda più leggera di quella fredda lo fa volare. È un sistema senz'altro più manovrabile del pallone, ma non mi piace perché inquina di più e i bruciatori fanno rumore e puzzano... Invece, lo senti il respiro del vento? Ci muoviamo immersi nei suoni della natura. Sembra davvero di volare!» La donna tacque, in modo che tutti potessero sperimentare in prima persona cosa intendesse, e, poiché stava imbrunendo, ne approfittò per accendere i segnalatori lampeggianti, le luci di via. Poi riprese: «Il pallone viene riempito di idrogeno o di elio, gas più leggeri dell'aria. Come i palloncini che vendono nei luna park. Questo in particolare funziona a idrogeno, una sostanza naturale ricavata dall'acqua. È l'alternativa più ecologica. Peccato per la cattiva fama che l'idrogeno si porta dietro...»

«Cattiva fama?» s'informò Douglas guardingo.

«Be', bisogna solo stare un po' attenti perché è infiammabile. Nel 1937 il dirigibile tedesco Hindenburg venne distrutto da uno spaventoso incendio. In seguito si sono cercati sistemi alternativi per volare.»

«Ah, ecco» ribatté il ragazzo.

«Già, ma in realtà ancora adesso non si conoscono con certezza le cause dell'incendio, magari fu un sabotaggio e l'idrogeno non c'entra niente. Ah, v'informo che stiamo sorvolando il mio parco: Serendipitree!»

I passeggeri tacquero, colpiti dallo spettacolo dei declivi ammantati da sequoie secolari e abeti.

Spingendo lo sguardo più in là, Crystal notò che ad alcuni chilometri di distanza la foresta s'interrompeva in un susseguirsi di fianchi collinari spogli e cataste di legname.

«E quello cosa significa?» domandò indicando il triste spettacolo.

Roxanne si fece seria. «Quello è l'operato dell'industria del legname cui contendo la proprietà di questa foresta. Ai primi del Novecento, la segheria era a conduzione familiare e possedeva anche la piccola città e lo spaccio dove vado a fare provviste. La maggior parte degli abitanti lavorava per la segheria, perciò l'azienda faceva attenzione a non tagliare troppo, altrimenti i figli dei proprietari e quelli dei taglialegna non avrebbero più avuto un lavoro. Si limitavano ad abbattere gli alberi grandi, lasciando una diversificazione di piante, tale da permettere alla vegetazione rimasta di prosperare nell'ecosistema forestale. Ma da trent'anni a questa parte la segheria è stata acquistata come investimento da un petroliere texano, proprietario di altre decine di attività. A lui interessa solo il massimo profitto immediato, pertanto ha innalzato le percentuali di taglio, compromettendo l'equilibrio della foresta e minacciando molte specie, uomo compreso.»

«Uomo compreso?» intervenne Adam.

«Sì, perché i pendii deforestati si trasformano in muri di fango che distruggono i corsi d'acqua uccidendo i pesci, e qui molti abitanti vivevano di pesca al salmone. Oppure, nel peggiore dei casi, il fango può spazzare via anche ampie parti di città, com'è accaduto qui sotto.»

Adam era impressionato. «E gli abitanti delle case travolte non hanno fatto niente?»

«Oh, certo. Hanno intentato causa alla segheria, ma il procedimento legale è in corso da anni e intanto continuano a disboscare. Per questo ho deciso di combatterli con la stessa tattica. Sono ricca di famiglia e altri milioni di dollari li ho guadagnati con il mio lavoro per il Governo... Be', tutti i miei soldi li ho messi in questa foresta, sottraendo più ettari possibili alla segheria, e ho creato Serendipitree. Almeno queste piante le ho salvate!»

Sfiorando le cime degli alberi, il pallone si diresse verso un brullo altipiano.

«State pronti, scendiamo qui!» avvertì Roxanne afferrando una fune.

«Casa tua è qui sotto?» chiese Frank guardando in basso.

«Dovremo camminare per una ventina di minuti, ma questo è senz'altro il posto migliore per atterrare. Per nostra fortuna il vento soffiava da questa parte! Ora tenetevi perché faccio fuoriuscire il gas!»

Tirò la fune e sulla sommità del pallone una valvola liberò l'idrogeno con un sibilo. La lancetta dell'altimetro segnalava la perdita di quota mentre il pallone si abbassava lentamente.

«Si va giù, si va giù...» cominciò a canticchiare nervosamente Douglas imponendosi di non chiudere gli occhi. «Emozionante, vero?» disse poi spavaldo rivolto agli altri.

Roxanne allentò il tiraggio della fune perché stavano scendendo troppo in fretta. Il vento capriccioso mutò traiettoria, ma tornò quasi subito a soffiare nella direzione giusta. La cesta ondeggiò sfiorando con il fondo una punta rocciosa e iniziò a strisciare sull'ampio spiazzo erboso. Erano ormai a terra, ma l'involucro, ancora parzialmente gonfio, li trascinò per un buon tratto. Alla fine si adagiò al suolo.

«Ottimo atterraggio, capitano!» si complimentò Adam.

Roxanne balzò fuori dalla cesta. «Ragazzi, mi date una mano? Dobbiamo finire di far fuoriuscire il gas e poi avvinghieremo l'involucro con quelle cime, laggiù... Le ho sistemate apposta per *Mamy*.»

Messo al sicuro l'aerostato, la scienziata guidò i suoi ospiti lungo un sentiero.

«Fate attenzione a dove mettete i piedi! Ormai qui sotto è quasi buio!»

«Questi abeti sono spettacolari!» esclamò Crystal sinceramente impressionata.

«Sono abeti "Douglas"» spiegò la donna.

«Come ha detto che si chiamano??» fece Douglas.

Roxanne si voltò con un sorriso. «Abeti *Douglas*, caro Douglas. Ti piacciono?»

Il ragazzo diede una pacca sulla corteccia di quello più vicino. «Be', in effetti sono proprio dei bei... fusti, non trovate?»

Gli altri risero e ripresero la marcia. Proseguirono per poco meno di mezz'ora e finalmente...

«Amici, vi presento Tea» annunciò Roxanne.

Più in basso, dove gli abeti si diradavano, in una radura sull'orlo di uno strapiombo s'innalzava un tronco del diametro di circa sette metri.

«Ma... Tea è una sequoia!» disse Frank sorpreso.

«Proprio così» ribatté fiera la donna. «Non saprei spiegarlo razionalmente, ma dal momento in cui arrivai in questo bosco Tea ha esercitato su di me un feeling particolare. Ho avuto l'impressione che mi parlasse, dandomi il benvenuto... Per questo ho deciso di farne la mia casa.»

«La... sua casa?» sbottò Douglas. «Vuol dire che lei vive su un albero come le scimmie?»

Roxanne rise. «All'inizio quasi, poi mi sono concessa alcune comodità e un ambiente più adatto al lavoro di salvaguardia che svolgo in questo parco. Dopotutto comincio ad avere una certa età e credo che Tea non se la sia presa troppo.»

Douglas, Crystal, Pumpkin, Adam e Frank alzarono lo sguardo e, a una ventina di metri di altezza, videro una grande capanna fabbricata attorno al fusto dell'albero, sormontata da un'altra più piccola, forse una piattaforma d'osservazione.

I ragazzi si scambiarono uno sguardo d'intesa: avevano riconosciuto la capanna della loro visione.

«Salutate Tea» li invitò Roxanne.

*Non è possibile, questo è il peggiore dei miei incubi!*, pensò Douglas quando Roxanne gli mise davanti il piatto unico preparato per cena: fagioli rossi, tofu, una specie di paglia non meglio identificata e crema di ceci. Robaccia immangiabile... che suscitò una valanga di complimenti da parte di Crystal. Insistette addirittura per assaggiare anche una zuppa d'orzo e ortiche avanzata dal pranzo. *Per forza, Crys è vegetariana!*, pensò Douglas. *Mi ricorda i cosiddetti pasti cucinati dall'ex fidanzata salutista di mio padre!*

In effetti le speranze da lui nutrite erano state a poco a poco tutte disattese.

Prima il volo fuori programma, poi la capanna sull'albero e adesso la cena a prova del suo più robusto appetito. Dopo la faticaccia per arrivare a tavola!

Avevano dovuto salire una scala a chiocciola di venti metri che portava direttamente nell'unico ambiente della capanna. Avevano impiegato parecchio tempo, non solo per l'altezza, ma anche a causa di Douglas che a metà della salita aveva fatto l'errore di guardare giù, verso il precipizio oltre il pendio roccioso della montagna. Le sue gambe non avevano più voluto saperne di muoversi e il ragazzo aveva dovuto subire l'onta di essere aiutato da Adam, che gli aveva messo un braccio intorno alla vita portandolo su quasi di peso.

Erano sbucati in un locale spartano, edificato intorno al fusto dell'albero protetto da una guaina in caucciù ("E non abbiamo ferito la corteccia nemmeno con un chiodo!"

aveva precisato fiera Roxanne). Si era fatto buio e l'interno era illuminato da un lampadario in legno e tela con lampadine a basso consumo. L'arredamento consisteva in una dispensa, un divano, una branda, un tavolo e scaffalature zeppe di libri. Sulle facciate nord e ovest le finestre erano minuscole, mentre a est e a sud enormi, con triple vetrate di un cristallo particolare che, aveva spiegato Roxanne, "filtra i raggi solari meno del vetro comune, così sembra quasi di stare all'aria aperta!". Sulla parete sopra il letto spiccava in bella mostra una cornice con una copia del *Cantico delle Creature* di San Francesco d'Assisi.

«Da dove arriva l'elettricità?» domandò Adam indicando il lampadario.

«Dall'energia solare» rispose Roxanne andando a prendere una brocca d'acqua. «La immagazzino durante il giorno, così la posso sfruttare anche la sera.»

«Ehi, e quello?» chiese Crystal indicando un computer in un angolo. In realtà pareva più una bizzarra scultura, essendo fatto anch'esso di legno, a parte il monitor.

«Cavoli» fece Douglas inclinando indietro la sedia per osservarlo meglio. «Sembra il computer dei Flintstones!»

«Legno e pietra naturale» disse Roxanne con un sorriso. «L'ho ordinato da un'azienda svedese. Dovrebbe limitare al massimo l'impatto ambientale... Anche se vivo su un albero, non voglio essere completamente isolata. Faccio ampio uso di Internet nella mia battaglia per le foreste. Ho un modem a ricezione satellitare.»

Crystal lanciò a Douglas un'occhiata significativa: "Quello ci sarà utile", gli disse mentalmente.

«Di solito mangio poco» disse la donna portando in tavola la brocca dell'acqua «ma quando ho saputo che avrei avuto ospiti mi sono data da fare, anche se temo di non essere un granché come cuoca... Non ho mai dato molta importanza al cibo. Ti manca qualcosa, Douglas?»

«Mi chiedevo se ci fosse un po' di pane...»

«Oh, mi spiace, non sono riuscita a prepararlo. Però ho

tutto l'occorrente e domani, se il bel tempo tiene, potremmo far funzionare il forno solare. Vi va l'idea?»

«Eccome!» rispose Crystal di buonumore.

«Lo so fare il pane!» dichiarò a quel punto Pumpkin, che in quell'ambiente era sembrata rinascere. «Me l'ha insegnato la mamma.»

«Allora è deciso» confermò Roxanne; poi sembrò ricordarsi di qualcosa. Si alzò e corse a prendere una pentola, posandola poi in mezzo alla tavola. «Dimenticavo queste!» Pannocchie abbrustolite.

Douglas ne afferrò subito una. Le aveva assaggiate una volta in un cinema dove le vendevano insieme ai pop-corn, calde e unte di burro: squisite!

Si guardò intorno e infine si rivolse a Roxanne: «Non voglio farla alzare ancora, se mi dice dov'è il frigo vado a prendere il burro».

«Ehm... Temo di non avere burro... E nemmeno il frigo, se è per questo. Ho una ghiacciaia, però adesso è vuota. Mi spiace... A te non va molto la cucina vegana, vero?»

Crystal lo guardò con disapprovazione. «No, no!» si affrettò a giustificarsi il ragazzo. «Ne vado matto, anzi! Cioè, se devo essere sincero, vegano non so cosa vuol dire, ma questa roba ha un profumino squisito!» Impugnò la forchetta, la tuffò nel cibo e se la mise in bocca, masticando soddisfatto. Afferrò il bicchiere e ingoiò tutto con un'abbondante sorsata d'acqua che la donna gli aveva prontamente versato. Poi disse: «Buono!» e subito dopo: «In realtà non ho molta fame, però è tutto buonissimo».

Roxanne cercò di trattenersi, poi scoppiò in una risata che contagiò tutti gli altri, Douglas compreso.

«Messaggio ricevuto, Douglas» disse quando riuscì a smettere di ridere. «Facciamo così: stasera mangia quello che riesci e nei prossimi giorni troviamo un compromesso fra i nostri gusti, d'accordo?»

«D'accordo, professoressa Rigby.»

Lei lo corresse: «Roxanne, ti prego».

«D'accordo, Roxanne.» Si mise in bocca un'altra forchettata di tofu... e un altro bicchiere d'acqua. «Comunque quest'acqua sì che è straordinaria!»

Terminata la cena, Roxanne preparò una tisana digestiva, con erbe raccolte a Serendipitree.

Mentre la sorseggiavano, Frank le fece il resoconto degli avvenimenti. Quando giungeva a parti del racconto dove era stato assente, intervenivano i ragazzi. La donna ascoltò impassibile alzando un sopracciglio solo quando Frank accennò alle parole pronunciate da Pumpkin durante l'esperimento e quando Douglas e Crystal fecero del loro meglio per illustrare i loro poteri e la fuga dall'ospedale.

«Così ce l'hai fatta, eh, Frank? Hai trovato finalmente soggetti con facoltà parapsichiche» disse al termine del racconto.

«Già, ma se avessi immaginato il pasticcio in cui avrei ficcato tutti quanti avrei evitato di darmi tanto da fare.»

La donna sorrise gustando un altro sorso di tisana. «Chi può dire se è stato un male, Frank? Questa storia non è mica finita.» Si voltò verso Douglas, Crystal e Pumpkin seduti sul divano. «Sentite, io...» Esitò un istante. «...Credo sia ora di andare a dormire. Dopo tutte queste disavventure sarete distrutti!»

Douglas stava per ribattere, ma Crystal lo prevenne: «Non era quello che volevi dire. Volevi chiederci una dimostrazione dei nostri poteri, ma non hai osato per non mancare di rispetto a noi e a Frank, dico bene?»

La donna sorrise meravigliata.

«Fa venire i brividi, vero?» scherzò Douglas alludendo all'amica. «Io ormai mi ci sono abituato.»

Crystal si guardava intorno. Indicò il tavolo: «Lì sotto c'è un cassetto con un mazzo di carte con cui di solito fai il solitario. Ti spiacerebbe prenderlo e alzare le prime carte senza mostrarmele?»

La donna l'assecondò e Crystal dichiarò esattamente il seme e il tipo di ogni carta sollevata, destando nuovamente l'entusiasmo di Frank e di Adam; poi proseguì: «Certo, potrei essere solo un'abile illusionista... Vediamo, proverò ad andare sul personale...» Abbassò lo sguardo e subito dopo tornò a puntarlo negli occhi della donna. «In questi giorni sei un po' preoccupata perché hanno cercato di dare fuoco al parco, un principio d'incendio fortunatamente subito domato. Sospetti di qualcuno che lavora per la segheria... Hai richiesto un preventivo per installare una cisterna d'acqua a monte di Tea, da rovesciare in caso di un altro incendio. Per questo motivo non osi più allontanarti e stai pensando di assumere dei guardaparco. Il nome del parco, Serendipitree, l'hai preso da un'antica fiaba persiana, *I tre prìncipi di Serendip*, dove i protagonisti hanno il dono naturale di trovare cose di valore non cercate... Mi piacerebbe leggerla, so che nella libreria conservi un volume di fiabe e leggende dove c'è anche quella... Prima ne avevi un'altra copia, ma l'hai prestata e non ti è stata restituita. Ti è spiaciuto, perché te l'aveva regalata tanti anni fa un tuo collega arabo a cui eri molto affezionata e...»

«Va bene, va bene» sorrise Roxanne alzando le mani profondamente colpita. «Mi hai convinto!»

«Lo so» ribatté Crystal ricambiando il sorriso. «Ma ti prometto che d'ora in avanti schermerò la mia mente per non leggere più nella tua. Ormai riesco a farlo quasi alla perfezione, se voglio.»

A Douglas si rizzarono i capelli. «Come sarebbe "quasi alla perfezione"? Avevi garantito a me e a Peter di poterlo fare al cento per cento!»

Crystal lo guardò imbarazzata. «Be', generalmente ci riesco, giuro! Ma, se sono stanca, può succedere...»

«Okay, ho capito. Non aggiungere altro» ribatté lui piccato.

Roxanne si alzò battendo una volta le mani. «Credo davvero che adesso sia ora di andarcene tutti a nanna. Frank, tu potresti dormire qui sul divano, mentre a loro ho preparato un giaciglio nel magazzino, con delle coperte a mo' di materassi e sacchi a pelo. Purtroppo non posso offrirvi camere separate...»

«Non c'è problema!» si affrettarono a rispondere tutti alzandosi in piedi.

«Vi ringrazio. Allora voi ragazzi venite sul *treezebo*, il belvedere. Vi mostro il magazzino.»

La seguirono sul terrazzo che correva tutt'intorno alla capanna, bordato da un parapetto di tronchi. Su un lato c'era un ponte di corda, pavimentato con assicelle di legno. Conduceva a una capanna/ripostiglio costruita intorno al fusto di un abete poco distante. A tratti, folate di un vento gelido lo facevano ondeggiare.

«Splendida!» disse Pumpkin emozionata.

Douglas guardò giù. «Cavoletti, questo è troppo, non ce la posso fare. Scusa, Roxanne, ma piuttosto dormo sul tuo scendiletto.»

«Forse potremmo scambiarci la sistemazione» propose Frank.

Crystal prese le mani di Douglas. «Senti, Doug. Un sistema ci sarebbe, ed è sicuro e indolore.»

«Ne dubito» ribatté lui.

«Massì, senti: posso entrare nella tua mente e darti l'impressione di camminare a un metro da terra, basta che ti rilassi. Ti fidi di me?»

«No!»

La ragazza sorrise. «Sì, invece. Lo sai benissimo: non ti farei mai correre rischi inutili.»

Douglas esitò. In effetti si fidava, ma come faceva a dirle che non le piaceva quando lei gli entrava nella testa, perché avrebbe potuto scoprire cosa provava davvero nei suoi confronti? Uffa, non poteva vivere nel timore costante che accadesse. Stava facendo la figura del vigliacco, mentre Adam...

«Okay, ci sto.»

Lo sguardo di Crystal si fece più intenso. A poco a poco il sole tornò a riscaldarli con i suoi raggi e illuminò la passeggiata di Misty Bay, nell'aria il profumo dell'oceano e il grido dei cormorani. «Bravissimo, Doug. Lo vedi? È uscito il sole. Facciamo due passi fino alla spiaggia?»

Sulle labbra del ragazzo si disegnò un sorriso. Come avrebbe voluto che fosse tutto vero, che fosse estate e stessero camminando sul lungomare tenendosi per mano. Be', forse poteva fingere per qualche istante. Annuì.

S'incamminarono su un pontile di legno che digradava fino alla battigia. Lontano, alcuni bambini giocavano a pallanuoto fra le onde.

«Si sta bene, qui, Crys. Possiamo rimanerci per un po'?»

«Mi piacerebbe, Doug. Ma gli altri ci aspettano. Dobbiamo tornare.»

«Di già?...»

«Sai cosa? Quando quest'avventura sarà finita, la faremo davvero questa passeggiata.»

«Promesso?»

«Promesso. Ora preparati, perché torniamo indietro.»

«*Sigh*!»

La prima cosa che il ragazzo percepì fu una folata di vento freddo, poi il sole se ne andò e con lui l'oceano e la spiaggia. Erano tornati ad affacciarsi sul buio sotto la passerella, ma questa volta dall'altra parte.

«Bravissimi!» fece Pumpkin battendo le mani, subito imitata dagli altri.

Douglas sbatté le palpebre un paio di volte, poi guardò Crystal e per la prima volta dopo tanto tempo non provò alcuna vergogna a fissarla negli occhi e non abbassò lo sguardo.

Le tenne stretta la mano a lungo, anche dopo che il senso di vertigini si fu dileguato.

# 16

## *La musica dentro le montagne*

«Davvero non ci arrivo...» disse il Guastatore osservando Hideo al lavoro su Internet. Anche se non ne era stato entusiasta, il giovane giapponese aveva accettato la richiesta di Peter di trasferire il suo computer del laboratorio d'informatica in quello degli audiovisivi, per creare una sorta di quartier generale.
A quel punto avevano iniziato a inserire nei motori di ricerca parole come "cascata + Lipa", "Lipa" e nient'altro, "patto + catena", "Nemo + catena", "Nemo + patto" e via dicendo. Non erano approdati a nulla.

Peter seguitava a rileggere i suoi appunti e ne scriveva di nuovi in attesa di qualche illuminazione.

Il Guastatore scosse il capo e ripeté: «Eh, sì. Proprio non ci arrivo».

«S-scusa?» domandò Hideo.

«Voi hacker... Cosa ci provate a giocare tutto il giorno con un computer? Ve la spassate proprio tanto a spedire in giro virus per scocciare la gente?»

Hideo arrossì violentemente. «Gli hacker n-non m-mandano in giro v-virus... È solo un equivoco della s-stampa ignorante! Quelli sono i c-cracker o i lamer. Gli hacker m-mettono a disposizione la p-propria esperienza per mi-migliorare Internet. È vero che c-credono nella libertà e lo-lottano contro la c-censura e la segretezza, ma s-senza violare la p-privacy degli utenti p-privati. Q-quella degli hacker è proprio una mi-missione. Sono i n-nuovi Robin Hood!»

«Be', allora io potrei essere Little John. Quello, era un tipo tosto!»

Hideo si era infervorato per il proprio discorso, ma ora si sgonfiò come un palloncino. «G-già, tutto muscoli e p-poca materia g-grigia.»

«Vedremo se alla fine saranno stati più utili i miei muscoli o il tuo cervellino elettronico...»

«Ci sto p-per dieci d-dollari.»

Si strinsero la mano.

Peter cerchiò sul foglio l'appunto "Tutti noi abbiamo già sentito la melodia cantata da Pumpkin: sarà una vecchia canzone?"

«Ricordate» disse alzando la testa dal taccuino «il motivo intonato da Pumpkin? Avete avuto anche voi la sensazione di conoscerlo?»

«Be', sì» rispose il Guastatore. «Mi ricordava una vecchia canzone. Però non so quale.»

«V-vale anche per me» ribadì Hideo. «Ho c-cercato di ricordarmi come c-continuava. L'ho sulla p-punta della lingua...»

«Sì, io pure!» confermò il Guastatore.

«Se non erro, qui nell'interrato dovrebbe esserci anche un laboratorio di musica.»

«Sicuro» confermò il Guastatore. «Per ora ci viene sempre solo un gruppo. I Letal Cannibals, o roba simile.»

Peter andò al laboratorio di musica dove c'era solo El Chupacabra, il leader messicano del gruppo, gli Hungry Vegan Cannibals.

«Sì, l'ho sentita, ma non so cosa sia» disse El Chupacabra,

un tipo piccoletto e dall'aria mite. «Fra poco arriveranno anche gli altri. Vuoi provare con loro?»

«Già sentita...» disse poco dopo il batterista.

Si erano nuovamente spostati nel laboratorio audiovisivi. «Mi pare proprio che continui così...» Accennò a voce una melodia.

«Macché!» lo interruppe il bassista. «Fa così!» E provò anche lui.

«Siete fuori. È così che va avanti» s'intromise il primo chitarrista strimpellando un paio di accordi.

In breve litigavano tutti.

«Scusate... Scusate, per favore!» intervenne Peter quando il Guastatore cominciò a far scrocchiare le nocche. «Qualcuno di voi conosce la musica?»

Silenzio.

«Non è quella che si suona?» scherzò il secondo chitarrista. Gli altri risero e gli diedero il cinque.

«Be', io avevo preso qualche lezione...» ammise alla fine El Chupacabra.

I compagni lo guardarono malissimo.

«Ma se avevi detto che facevi tutto per puro istinto!» urlò disgustato il batterista.

«L'ho studiata poco!» si giustificò El Chupacabra. «E l'ho quasi del tutto scordata, giuro!»

«Sei tu lo scordato, altro che voce del gruppo!» fece il bassista. Altre risate e serie di cinque.

«Credi che riusciresti a trascrivere la canzone di Pumpkin su di un pentagramma?» domandò Peter.

El Chupacabra sbirciò di sottecchi i compagni. «Ehm... No, ma ho ancora il numero della mia insegnante di musica...»

«Che tenero!» starnazzò il batterista. «Ha il numero della sua maestra!»

Sul povero leader si scaricò una serie di pacche e manate.

«Ti sarei molto grato se potessi chiamarla e pregarla di trascrivere il brano su un pentagramma» disse Peter.

«Boston... il Guastatore e Hideo le spediranno una registrazione via Internet, vero amici?»

«C-certo, c-certo» confermò allora l'hacker. E poi un poco più piano: «Q-Q-Questa operazione v-vale un punto, g-giusto?»

«Guarda questo pidocchio!» tuonò allora il Guastatore. «Tieni anche il punteggio, eh? Okay, però la registrazione la prendiamo dal mio video e quindi siamo pari!»

«Ehm... Allora un punto a entrambi» dichiarò Peter. «Possiamo procedere.»

«Una cosa però la so fare» saltò su El Chupacabra. «Trasformarla in numeri.»

«Ovvero?» s'informò incuriosito Peter.

«Numeri per la suoneria dei telefonini.»

Gli altri si sbellicarono dalle risa.

Peter ci pensò. «Mi pare un'ottima idea» dichiarò alla fine. «E tu, Hideo, potresti poi metterla in Rete e vedere se trovi la corrispondenza in qualche database di suonerie!»

«G-già» rispose allora Hideo. «Q-qualcuno potrebbe aver f-fatto la stessa c-cosa e p-perciò sapremmo c-come s'intitola!»

«Però c'è un intoppo» riprese El Chupacabra.

«Quale?» domandò Peter.

«In questo momento sono piuttosto impegnato con le prove del gruppo. Non vorrei stancare troppo il mio orecchio musicale...»

«Ma è una questione di massima priorità!»

«Eeeh, lo so, ma proprio non ho tempo. Se però avessi qualche buon incentivo...»

Peter chinò il capo sconfitto ed estrasse il portafoglio. «Ho capito. Ti basterebbero dieci buoni incentivi?»

«Venti sarebbero meglio.»

Peter allora tirò fuori venti dollari e glieli mise tutti in mano.

«Okay, cinque minuti posso trovarli» dichiarò El Chupacabra.

«Adesso sì che sei il nostro leader!» urlò il batterista. Applausi e cinque dagli altri compagni.

«Allora, vogliamo procedere?» li richiamò Peter.

«U-un altro punto a mio f-favore» mormorò Hideo.

Il Guastatore sbuffò rumorosamente.

Individuato il brano del filmato dove Pumpkin cantava, il Guastatore lo passò a Hideo che lo trasformò in un file audio. Era ancora piuttosto "pesante" per spedirlo via Internet, perciò lo compresse con un programma chiamato GigaZip che, dalla sua distribuzione gratuita in Rete, aveva reso molto più rapido lo scambio d'informazioni. Inviò il file all'indirizzo e-mail dell'insegnante di musica di El Chupacabra. Subito dopo, individuò i più importanti database di suonerie e mise in linea il codice del motivo con una domanda: "Qualcuno conosce questa melodia? Firmato: Musik Maniak".

Circa un'ora dopo, arrivò la risposta dell'insegnante con il pentagramma in allegato, che Hideo si affrettò a inoltrare in alcuni newsgroup di musica contemporanea, folcloristica, classica e così via. Quindi dal Web passò a Usenet, un insieme di migliaia di newsgroup in cui gli appassionati di qualsiasi argomento possono postare messaggi, immagini e clip audio o video. Da lì passò su IRC, Internet Relay Chat, dove le persone che condividono gli stessi interessi conversano con altre in tempo reale.

Il messaggio di accompagnamento era sempre lo stesso: "Qualcuno conosce questa melodia?"

Poi Peter chiese di inviare un appello per Nemo sui siti underground di hacker, i quartieri "malfamati" della Rete.

«Aspetta!» disse, prima che l'hacker lo postasse. «C'è modo di assicurarsi se qualcuno sorveglia la nostra linea Internet?»

«T-temi ci tengano sotto c-controllo?» domandò l'altro incredulo.

«La prudenza non è mai troppa.»

Hideo, allora, gl'indirizzò un'occhiata alquanto perplessa. «N-non è mai successo che s-siano riusciti a v-violare la mia macchina s-senza che io me ne a-accorgessi.»

Gli voltò le spalle e inviò il messaggio:

Nemo, dobbiamo assolutamente metterci in contatto con te. Pensiamo che tu possa essere in pericolo!

Fece lo stesso anche su Usenet presso i siti per hacker come alt.virs e alt.2600.

«Questo però non vale nessun punto» obiettò il Guastatore. «Finché Nemo non ti risponde non vale niente.»

Il tempo passò. Improvvisamente risuonò la voce del giovane giapponese. «U-una risposta dai newsgroup di m-musica classica!»

Peter gli corse accanto, seguito dal Guastatore che strascicava ostentatamente i piedi.

«E-eccone un altro, sempre c-classica... E un altro, dalla m-musica rock... Altri d-due dalla classica e uno dalla fo-folk... Stanno a-arrivando a pacchi anche d-da Usenet!»

«E leggine uno, no?» borbottò il Guastatore.

Hideo visualizzò il contenuto di una e-mail, poi di un'altra e di un'altra ancora.

I messaggi erano diversi: "Ce l'ho in testa anch'io, quella canzone..."

"Pensavo di averla inventata io!"

Più o meno però finivano tutti con una stessa domanda: "Sapresti dirmi come continua?"

Peter si alzò e prese a camminare su e giù per la stanza. «Com'è possibile che così tanta gente la conosca e nessuno sappia come s'intitola o di chi è? È inconcepibile!»

«Ehi, calma!» disse scherzoso il Guastatore. «Vederti così furioso mi mette paura!»

I messaggi continuavano ad arrivare. Più o meno uguali.

Hideo li leggeva, cestinandoli subito dopo. Nel frattempo preparò un programmino per cercare automaticamente nei siti di suonerie la combinazione numerica fornitagli da El Chupacabra.

Peter non gli badava nemmeno più e, su un altro computer, scaricava e consultava documenti sulle imprese di Nemo.

«Toh, lo *spider* p-per suonerie s'è stoppato» buttò lì a un tratto Hideo. Peter non gli diede retta, ma subito dopo le sue orecchie si rizzarono.

L'hacker aveva semplicemente detto «Ehilà!» ma con un tono che lasciava intendere «Forse ci siamo!»

Peter gli si avvicinò. «Fa' vedere!»

L'altro gli fece posto. Sullo schermo lampeggiava quasi esattamente la stessa combinazione numerica.

«Non è proprio uguale» precisò il Guastatore da sopra le loro spalle.

«No, ma El Chupacabra potrebbe aver sbagliato qualche nota... Oppure chi ha messo in linea il proprio codice... C'è anche il titolo?»

«"La m-musica dentro le mo-montagne"» lesse Hideo indicando in alto il titolo del brano.

«Non ci aiuta molto... Lì però c'è l'indirizzo e-mail. Scrivigli un messaggio chiedendo dove l'ha sentita.»

Hideo eseguì. Insperatamente la risposta giunse poco dopo: evidentemente il destinatario era già in linea.

Salve Musik Maniak, quel brano l'ho sentito in tivù in 1 documentario su 1 scienziato italiano, un certo Collinari che ha inventato la *geomelodia*... (non ho capito bene cos'è!) Da allora mi è rimasto in testa, a me e al resto della mia famiglia, e alla fine io e mio fratello ci siamo divertiti a trasformarlo in 1 suoneria x telefonini. Spero di esserti stato utile!

«Fa' subito una ricerca su Collinari e geomelodia!» ordinò Peter.

Il Guastatore ammiccò a Hideo come se dovesse dirgli

"Guarda, non sta più nella pelle!" Comparvero una serie di pagine, ma la maggior parte erano in italiano; allora ripeté l'operazione imponendo al motore di ricerca di visualizzare solo i siti in lingua inglese: non apparve nulla.

«Pensi di riuscire a trovare il numero telefonico dello scienziato?» domandò allora Peter.

«P-potremmo anche cercare in Rete q-qualcuno in grado di t-tradurre i siti dall'italiano all'inglese.»

«Ottima idea, lo faremo senz'altro, se non riuscirai a trovare il numero telefonico.»

Hideo lavorò sui siti italiani per una decina di minuti scoprendo che lo scienziato si chiamava Alessandro e viveva a Milano, quindi individuò numeri e indirizzi di tre Alessandro Collinari residenti in quella città.

Pochi istanti dopo, Peter bussava allo studio di Karen.

«Sì?» rispose la psicologa.

Peter socchiuse la porta. «Scusi il disturbo, potrei usare un telefono?»

In breve le raccontò cos'aveva scoperto e come l'avevano aiutata gli altri ragazzi.

«Sei davvero riuscito a convincerli tutti a collaborare?» domandò Karen incredula. «Fantastico! Devi avere un talento naturale!»

Peter arrossì. «Le assicuro che non ho dovuto insistere molto.»

«Be', ne sono ancora più contenta. Evidentemente far breccia nei loro cuori è più facile di quanto non credessi! Dunque, adesso in Italia sono le...» guardò l'orologio. «Direi dieci di sera... Secondo me, puoi chiamare.» Gli indicò il telefono sulla sua scrivania.

Peter provò con il primo dei tre numeri, sperando che l'interlocutore conoscesse l'inglese.

Nessuno rispose. Provò con il secondo. Questa volta udì la voce di un uomo. Peter gli parlò lentamente in inglese e, con suo sollievo, l'interlocutore rispose con naturalezza nella stessa lingua.

«Sì, sono il geologo» disse.

«Mi chiamo Peter Peaky e sto chiamando dagli Stati Uniti. Sto... Sono un appassionato di geologia e sto conducendo degli studi a titolo personale... Vorrei sapere qualcosa di più circa la geomelodia. Purtroppo su Internet non sono disponibili siti in lingua inglese al riguardo.»

«Accidenti, sono davvero lusingato di essere chiamato da così lontano! Sì, quella della geomelodia è una teoria che ho elaborato di recente. Iniziò tutto per caso... Sai, sono un musicista dilettante e durante una *jam-session* in un locale conobbi un altro giovane musicista e informatico, Gabriele Verdetti. Una sera gli parlai di un mio chiodo fisso, un'idea che avevo sempre avuto in testa: far suonare la Terra. Creammo un programma che chiamammo Frankie, da Frankenstein, perché era una sorta di mostro assemblato pezzo per pezzo man mano che l'idea della geomelodia prendeva forma. Uno dei nostri primi esperimenti riguardò i *flysh*. Sai cosa sono?»

«No, purtroppo.»

«In effetti mi sarei stupito del contrario... Dunque, i *flysh* sono una successione stratificata di torbiditi. La torbidite, per fartela breve, è uno strato di arenaria formatosi sul fondo del mare con i detriti trasportati dalla corrente o da un terremoto. Una serie di *flysh* quindi non rappresenta altro che una successione di maremoti o di terremoti, più o meno violenti, ripetutisi nel tempo. Mi segui?»

Peter cercava di prendere appunti mentre ascoltava. Karen azionò il vivavoce, così lui poté posare la cornetta. «Direi di sì.»

«Benissimo. Se per ogni spessore si assegna una nota che varia in una scala musicale, si ottiene una melodia, a volte gradevole e orecchiabile. Musica, insomma. Ascoltandola, udiamo la traduzione musicale di movimenti tellurici realmente avvenuti in un lontano passato.»

«Geniale» commentò Peter.

Il geologo rise. «Per me era soprattutto suggestivo. Dopo

quell'esperimento mi sono divertito a far "suonare" i crateri originatisi dalla caduta di meteoriti e la formazione dello Stretto di Gibilterra avvenuta circa sette milioni di anni fa!»

«Su Internet ho trovato una suoneria per telefonino che un utente ha tratto da una delle sue musiche...»

«Ma non mi dire! Allora sto diventando famoso!»

«Posso fargliela ascoltare? L'ho registrata.»

«Volentieri!»

Peter accese un riproduttore di file *midi* e lo accostò al vivavoce.

A brano terminato, il geologo rise di nuovo. «Sì, è proprio la mia musica, anzi, per essere corretti, è meglio dire che è la musica della Terra. In effetti è stata una scoperta curiosa...»

«Ha ancora qualche minuto per accennarmene?»

«Sicuro! In breve ho scoperto che, fra tutte le melodie ricavate finora, questa sola si ripete in diverse occasioni, in lontanissime zone del pianeta, in certe catene montuose o nei fondali marini... Ripeto, davvero curioso.»

«Quanto le sto per dire potrebbe sembrarle incredibile e sicuramente si tratta solo di una coincidenza, ma...» Peter s'interruppe imbarazzato.

«Ehi, va' avanti. Ormai, hai solleticato la mia curiosità!»

«Questa mattina, alla radio, stavano trasmettendo un servizio sugli sconvolgimenti che stanno interessando varie zone del globo...»

«Sono fenomeni davvero bizzarri. Provocano mutamenti nella conformazione della crosta terrestre... Fortunatamente interessano per ora solo località disabitate!»

«A un certo punto hanno trasmesso un collegamento via satellite con uno scienziato intento a studiare il fenomeno fra i ghiacci del Polo Nord. La trasmissione era disturbata a causa del vento impetuoso... Sullo sfondo lo si sentiva spirare fra i ghiacciai e per un attimo mi è quasi sembrato di riconoscere la sua musica!»

Il geologo fece una pausa, poi riprese in tono scherzoso:

«Mah, sarà senz'altro come hai detto, una coincidenza: Come ti dicevo, ho ricavato quella melodia su strutture geologiche che hanno impiegato milioni di anni ad assumere la loro forma».

«Ovvio. Mi scusi se gliene ho parlato.»

«Nessun problema. Mi è venuta un'idea. Di recente ho rilasciato un'intervista a un giornale inglese. Mi hanno inviato il file e un ampio servizio sulla geomelodia. Se mi dai il tuo indirizzo e-mail, te lo posso inviare.»

Peter ringraziò e gli diede il suo indirizzo personale.

«Be'» commentò Karen. «Di certo non ve ne siete stati con le mani in mano. Complimenti!»

«Grazie, anche se per ora le nostre scoperte non ci aiutano molto... Pumpkin potrebbe aver ascoltato quel motivo per caso ed esserne rimasta tanto colpita da ricordarlo.»

«Mmm, è un'ipotesi.»

Pensieroso, il ragazzo si diresse verso la porta. Si fermò sulla soglia. «Posso chiederle di chiamarmi, se i miei amici telefonano? Vorrei poter parlare con loro di persona.»

Karen sorrise. «Sta' tranquillo. Posso capire quanto tu sia impaziente di avere loro notizie. Non preoccuparti. Il dottor Claremont è un tipo a posto.»

In realtà Peter sapeva che le probabilità che chiamassero erano poche, poiché c'era il rischio che il telefono della casa famiglia fosse sotto controllo. Tuttavia era impaziente di raccontare a Crystal quanto aveva scoperto. Magari si trattava davvero di coincidenze senza importanza, ma lei sarebbe forse riuscita a coglierne un nesso. Si era sempre dimostrata piena di risorse.

Decise pertanto di contattarli servendosi di uno dei piani d'emergenza degli Invisibili.

Ringraziò Karen e imboccò le scale, ma, arrivato al pianterreno, si diresse verso l'esterno dell'edificio.

In Italia, il geologo Alessandro Collinari si coricò per la notte, ma continuò a rimuginare a lungo su quanto gli aveva detto il ragazzo sulla musica dai ghiacci polari. Riuscì a riposare solo qualche ora e si alzò prima dell'alba esclamando: «Bah, del tutto assurdo!»

La moglie, dall'altro lato del letto, emise un mormorio interrogativo e continuò a dormire.

L'uomo raggiunse il computer nel suo studio e lo accese; andò alla cartella "Mutamenti" e l'aprì visualizzando decine di file con lettere e filmati inviatigli da suoi amici studiosi per conoscere un suo parere sui recenti sconvolgimenti atmosferici e tellurici.

«Eccome, se ne ho sentito parlare» disse sempre ad alta voce.

Per quanto non volesse, il tarlo del dubbio lo stava punzecchiando.

«E se...» mormorò.

Con un brivido d'eccitazione iniziò ad aprire tutti i file con i rapporti dettagliati e prese a confrontare le modifiche della crosta terrestre. Con GigaZip decompresse i filmati e li riesaminò uno per uno.

Qualche ora dopo, sua moglie lo chiamò per la colazione, ma le rispose che non poteva interrompersi e le chiese una spremuta d'arancia. Lavorò per tutta la mattina, telefonando in mezzo mondo e scambiando e-mail in maniera sempre più concitata.

«Mi prenda un accidente» fu il suo commento quando ricavò i primi risultati. «Forse quel ragazzo aveva ragione!»

Accese l'altro computer, quello collegato al sintetizzatore musicale e avviò Frankie.

# 17

## *Nuove esperienze*

La prima cosa che Crystal vide quel mattino, quando riaprì gli occhi, fu il viso di Douglas ancora profondamente addormentato. Sembrava una mummia, avvolto com'era nel sacco a pelo, con solo la testa fuori. La ragazza sorrise tristemente e si chiese per l'ennesima volta che cosa provasse Doug per lei. Le era parso che in diverse occasioni lui stesse per confidarle il suo affetto, ma quell'avventura così movimentata non concedeva spazi alla loro intimità... Quello stato d'incertezza le bruciava dentro. Ne era anche sorpresa, perché era convinta di non avere tempo e interesse per le... relazioni sentimentali. Forse alla fin fine questa novità aveva anche un aspetto positivo, dopotutto significava che era solo umana. Ma doveva proprio starci così male?

Per un attimo fu tentata di leggere nella mente di Douglas. Sarebbe bastato così poco, così poco...

Si riscosse vergognandosi profondamente di se stessa: aveva promesso che non lo avrebbe mai fatto... Lo aveva promesso!

Cercò di distrarsi. Il suo pensiero ritornò all'ospedale... quel muro che si avvicinava opprimendola. L'unica spiegazione possibile era che si fosse trattato di un attacco psichico. Evidentemente gli inseguitori di Pumpkin avevano dalla loro parte un telepate. E anche molto potente. Rabbrividì considerando l'eventualità d'incontrarlo ancora: questa volta le era andata bene grazie ai suoi amici che l'avevano sottratta alle sue grinfie. Ma cosa sarebbe accaduto se non lo avessero fatto?

Provò a scuotersi da quelle riflessioni. Si voltò a guardare se gli altri dormivano ancora. Adam sì, ma il sacco a pelo di Pumpkin era vuoto. Si alzò sui gomiti e notò calze e scarpe della ragazza accanto alla porta. Strano... era uscita a piedi nudi con il freddo autunnale?

Aprì la cerniera del proprio sacco a pelo e cominciò a srotolare il giro di spago avvolto intorno al polso destro. L'altro capo era legato a quello di Douglas: una precauzione che lui aveva voluto prendere nel caso fosse stato colto da una delle sue crisi di sonnambulismo e avesse cercato di andare a spasso su Tea.

Quando fu libera si vestì silenziosamente e uscì per raggiungere Frank e Roxanne. Aveva bisogno di un po' d'aria fresca.

Li trovò a confabulare sul *treezebo*, il viso rivolto verso la cima della sequoia, a una sessantina di metri da terra.

«Ehilà, ben svegliata» la salutò Frank.

«Dormito bene?» domandò Roxanne.

«Come un ghiro in letargo... Cosa guardate?»

«Che tu sappia, Pumpkin ha esperienza di *tree-climbing*?» le chiese lo psicologo.

«Non abbiamo avuto molta occasione di parlare, è piuttosto taciturna. Perché?»

«Be', l'ho vista arrampicarsi rapida come una scimmia. Ora è fuori portata... Forse è arrivata in cima.»

«Ma dài!» ribatté Crystal scrutando a sua volta attraverso le fronde, troppo fitte per riuscire a vedere oltre pochi metri.

Roxanne rise rientrando in casa. «Boh, se l'ha fatto è

perché si sentiva sicura di sé, immagino. Tranquillo, Frank, andrà tutto bene. Sta solo facendo conoscenza con Tea. Venite a fare colazione?»

Frank la seguì. «Non mi sento tranquillo per niente. Dopotutto è sotto la mia responsabilità e...»

«Sta bene» disse Crystal.

«Come?»

«Riesco a *sentirla*. È lassù in cima ed è serena.»

Frank ebbe un gesto di stizza. «Non m'importa. Il prezzo d'una distrazione sarebbe fatale. Puoi contattarla e chiederle di scendere?»

«Non mi ascolterebbe e non credo di avere il diritto di forzarla. Però posso provare a raggiungerla per fare quattro chiacchiere. Intendo dire arrampicandomi anch'io.»

Lo psicologo la squadrò severo. «Ottimo, così anziché una, ne avremo due lassù... Hai esperienza?»

«A Misty Bay abbiamo una palestra di arrampicata. Ho preso qualche lezione, pensavo che mi sarebbe potuto tornare utile. Roxanne, posso provare?»

La donna la guardò. «Non è a me che devi chiedere il permesso. Se te la senti, ti posso dare l'attrezzatura, così almeno non devi salire a mani e a piedi nudi come Pumpkin.»

«Forse è meglio che ci provi io» obiettò Frank.

«Perché, anche tu pratichi l'arrampicata?» domandò Roxanne.

«Be', no, ma...»

«Allora lascia perdere e fa' provare Crystal. Rispetto a te ha due vantaggi: primo ha preso lezioni, secondo è una ragazzina e perciò ha un istinto naturale che temo tu abbia perso da un pezzo, caro mio. In più è una femmina e questo non guasta, perché la natura è femmina.»

Frank non voleva rassegnarsi, ma quando Crystal gli promise per l'ennesima volta che non sarebbe stata imprudente, si lasciò convincere.

Attraverso una botola nel tetto della capanna, le vide

portare l'attrezzatura sulla torretta d'osservazione, dalle cui finestre senza vetri sbucava un cannocchiale. Nel tetto della torretta si apriva un'altra botola attraverso cui ci si poteva arrampicare sul tronco di Tea.

«Lo sai cos'è un nodo Prusik?» domandò Roxanne mentre aiutava la ragazza a infilare guanti e imbragatura (una specie di cintura che le cingeva la vita con dei passanti adattati a gambe e ascelle) e moschettoni d'acciaio.

«Sì, ce l'hanno insegnato» ribatté Crystal e annodò tre volte una fune.

«Perfetto.»

La donna spiegò nei dettagli l'utilizzo dell'attrezzatura, con cui la ragazza mostrò subito familiarità. Quando fu soddisfatta di come lei si muoveva sul fusto della pianta, disse: «Ora fa' attenzione: scalare un albero è diverso dallo scalare una parete di roccia. Devi imparare ad ascoltarlo, a *sentirlo*. Capire quanto peso puoi appoggiare su un ramo. Diffida di quelli con gli aghi più secchi: sono vecchi e quindi più fragili. E soprattutto attenta al vento. Lassù soffia forte e può coglierti impreparata. Sei sicura di volerci provare?»

Crystal guardò verso l'alto l'imponente fusto della pianta e fu colta da profonda emozione. «Sì» rispose risoluta.

Cominciò ad arrampicarsi. Con le braccia allentava la corda, si sollevava, si raddrizzava e poi tornava ad allentare, mentre i piedi scalavano conficcando i rampini nella spessa corteccia.

Dapprima era talmente concentrata da non rendersi conto della stanchezza o dell'altezza alla quale si trovava. Ma a una trentina di metri dal suolo fu investita da una folata di vento e perse l'equilibrio. La mano guantata mancò un ramo, i rampini delle scarpe persero la presa e scivolò per un metro e mezzo, prima di fermarsi con i piedi su un ramo più in basso. Improvvisamente si rese conto della propria precarietà.

Sfinita, appoggiò la fronte sudata al tronco per riprendere fiato e rallentare i battiti del cuore. Le gambe le tremavano, un po' per l'affaticamento e un po' per la paura. *Sono stata imprudente*, si rimproverò. *Adesso non ho più il coraggio né di salire né di scendere!*

S'impose di mantenere la calma. Si concentrò e tentò di rilassarsi.

«Cosa ci fai lì imbragata come un salame?»

Crystal riaprì gli occhi e guardò in su. Spaventata com'era, non aveva avvertito la presenza di Pumpkin, una decina di metri più in alto. Per la prima volta la ragazza sembrava felice, a proprio agio: si spostava da un ramo all'altro con naturalezza, come se non avesse mai fatto altro.

«Guardo il panorama, ecco cosa faccio» replicò secca Crystal.

«Guarda come sei sistemata tu, piuttosto. Non hai un solo centimetro di pelle a contatto con Tea. Lo credo che sei in difficoltà. Fa' come me, lasciati guidare. Ascoltala.»

*Ascoltare* una pianta? Crystal non ci aveva mai pensato. Era convinta che le piante fossero creature viventi e perciò degne di rispetto, ma non ci si era mai approcciata con l'atteggiamento di consapevolezza e intimità mostrato da Pumpkin.

«Cosa... Cosa dovrei fare?» le domandò.

«Per prima cosa calmati. Poi togliti quella roba, compresi guanti e scarpe, ed entra in contatto con lei.»

Crystal chiuse gli occhi e respirò profondamente. Dopo qualche minuto li riaprì e cercò un ramo abbastanza spazioso per potersi sedere e togliere l'imbragatura senza rischiare di perdere l'equilibrio. Ne individuò uno circa tre metri più in alto. Lentamente lo raggiunse e si liberò dei guanti, dell'imbragatura, dei rampini ai piedi e delle scarpe.

«Ci sono!» urlò a Pumpkin.

«Brava! Adesso abbraccia Tea, entra in sintonia con lei e lascia che ti guidi.»

Seduta a cavalcioni, Crystal si sporse in avanti e allungò le braccia facendo scorrere i polpastrelli sul fusto, quindi fece la stessa cosa con i piedi nudi e tornò ad appoggiare la fronte.

La corteccia era morbida e rigida a un tempo, con sorprendenti disegni a vortice. Licheni grigiastri e funghi minuscoli si annidavano nelle sue rugosità; ampie zone della corteccia erano rivestite di un muschio verde e soffice, il profumo era intensissimo. Per accrescere il senso di condivisione con la pianta, la ragazza immaginò la propria energia penetrare nel legno; allora molta più energia le tornò indietro e l'avvolse in un abbraccio tonificante che la lasciò colma di meraviglia.

Un senso di calore l'attraversò e, piano piano, cominciò a far scorrere le dita sul tronco alla ricerca di spaccature, fessure, nodi cui aggrapparsi. Senza quasi rendersene conto ricominciò a salire, prima lentamente, poi con sempre maggiore facilità.

A un tratto avvertì la sensazione di un'altra presenza nel flusso energetico fra lei e Tea. Volse il capo e si ritrovò a pochi centimetri dal viso di Pumpkin.

Si guardarono per un momento, poi esplosero in una risata.

Frank e Roxanne erano a tavola e sgranocchiavano frutta secca. A un tratto la donna s'irrigidì. «Ehi, hai sentito?... Anche tu hai sentito...»

«Forte e chiaro, un messaggio di Crystal. Tutto okay, ma si fermeranno su ancora per un po'. Lo dicevo, adesso ne abbiamo su due! Chissà quanto ci metteranno a tornare giù!»

La scienziata rise. «Donne! Che vuoi farci? Adesso è ora di pensare anche ai maschietti, però.»

«Senti, Roxanne, apprezzo che tu stia cercando di distrarre i ragazzi e tenerli su di morale, ma... Cos'hai in mente? Di spedirli con *Mamy* ad attraversare l'Atlantico??»

«Non esageriamo, non sono mica un'irresponsabile. Devono prima cimentarsi con le *bubbles*.»

«Le *bubbles*?»

«Già volano meno in alto e sono molto meno pericolose di *Mamy*» ribatté lei con aria furba.

«Non ci penso proprio» dichiarò Douglas deciso.

Era già rimasto male quando, svegliandosi, aveva scoperto di non aver fatto solo un brutto sogno, ma di trovarsi davvero in una capanna appesa a una sequoia a venti metri d'altezza. A fatica aveva dovuto ingoiare la colazione a base di frutta secca (l'aveva sempre odiata), poi, come se non bastasse, Roxanne aveva condotto lui e Adam in un prato poco distante e aveva chiesto a loro e a Frank di aiutarla a trascinare fuori da un casotto di tronchi due strani involucri che sembravano tanto delle *Mamy* in miniatura.

«Le *bubbles* sono mini palloni aerostatici da fissarsi sul dorso. Le ho acquistate da certi miei amici naturalisti ed entomologi francesi che le hanno usate nelle foreste del Madagascar, insieme ad ampie zattere di rete da sistemarsi sulle fitte cime degli alberi per studiare i livelli più alti della foresta nel parco di Masoala...»

«Idea geniale» l'aveva interrotta Adam ammirando le *bubbles*. «Farebbero la felicità di ogni documentarista! Ma come fanno a portarle lassù, quelle zattere? Con le *bubbles*?»

«No, le reti sono troppo pesanti... Usano un dirigibile a elio. Ah, e ho comprato anche un *icos*, un laboratorio da appendere agli alberi, in plastica e metallo leggerissimo. Fantastici, ci si può dormire e cucinare!»

«Ti serve tutto per i tuoi studi?»

«Non solo: li noleggio ai ricercatori per osservare gli uccelli e gli animali che nidificano sulle sequoie a novanta, cento metri da terra. L'*icos* comunque è il più gettonato. Forse ne acquisterò un altro... Sono tutti introiti destinati a finanziare il mio parco. Allora, volete provare una *bubble*?»

«Certo!» aveva risposto Adam.

E Douglas: «Non ci penso proprio».

Roxanne rise. «Non sarà pericoloso, perché Frank e io vi terremo allacciati a una fune per non farvi allontanare troppo e per aiutarvi ad atterrare. Dài, Adam, comincia tu. Dopo magari si convince anche Doug.»

*Sarà difficile*, pensò quest'ultimo. *Che noia, questa donna non conosce pace!* Gli sembrava d'essere alle prese con uno di quegli animatori – entusiasti e citrulli – dei villaggi vacanze. Mai che lo lasciassero tranquillo a leggere fumetti.

Adam indossò le cinghie per fissare la *bubble* e Roxanne aprì la valvola dell'erogatore. L'elio fischiò gonfiando in un attimo un pallone di tre-quattro metri di diametro che si sollevò portando con sé il ragazzo. I due adulti strinsero saldamente la corda per non fargli prendere troppa quota.

«Come va, Adam?» urlò la scienziata.

«Uàuuu!» ululò lui per tutta risposta.

«Credo abbia detto che gli piace» commentò sarcastico Douglas.

Adam si sgolava esaltato. «Mollatemiii! Voglio volare fin sopra le nuvole!» Il vento lo faceva roteare su se stesso e lo dondolava qua e là.

A Douglas venne il mal di mare, solo guardandolo. «Ehm, Roxanne» disse. «Non vorrei offenderti, ma temo di non farcela proprio, sai?»

Roxanne allora scoppiò a ridere, dando un po' di corda ad Adam. «Stai tranquillo, Doug. Non sei costretto, se non vuoi.»

«Però una cosa mi piacerebbe farla...»

«Dimmi!»

«Hai detto di avere un collegamento a Internet via satellite, vero...»

«Certo. Usalo pure! Fa' come se fossi... nella tua casa sull'albero!»

Felice di avere scampato il volo con la *bubble*, Douglas tornò di corsa da Tea e, a occhi chiusi, salì la scala a chiocciola della capanna.

Poco dopo si sedeva alla postazione del computer. Esaminò ancora con curiosità la struttura in legno e raccolse il mouse di cartapesta.

*Roba da matti*, pensò esaminandolo con un sorriso.

Provò a concentrarsi per inviare un messaggio mentale a Crystal. I primi tempi aveva incontrato parecchie difficoltà, del resto non era esattamente come parlare al telefono. Insieme al messaggio cui stava effettivamente pensando, le inviava anche un sacco di altri pensieri che in quel momento gli affollavano la mente, come panini superimbottiti... e molte immagini imbarazzanti provocate dalla novità di trovarsi in contatto così intimo con una ragazza, senza protezione alcuna.

Le parole su cui stavolta si concentrò erano: "Crys... Crys! Mi sto collegando a Internet. Vuoi venire?"

Ripeté il messaggio un paio di volte e finalmente Crystal gli rispose: "Ciao, Douglas. Stai diventando bravo a parlare telepaticamente!"

Insieme alla voce della ragazza gli era arrivata anche una profonda sensazione di serenità.

"Uhm... Grazie e allora? Ti decidi a scendere?"

"Fra un momento, Doug. Scusa, ma è un'esperienza troppo bella. Puoi cominciare tu?"

"*Uff*... Va be', non preoccuparti... Sennò a che servono i compagni di squadra?"

"Sei grande, Doug. E... chi sarebbe..."

"Dimmi, sono tutt'orecchi... mentali."

"...Chi sarebbe la *gaia citrulla*?"

Douglas arrossì. "Ehm, niente, niente... Cose mie. Dev'essersi trattato di un'interferenza."

Crystal rise e interruppe il contatto.

Il ragazzo accese il computer.

Gli Invisibili avevano tanti piani di emergenza per scambiarsi messaggi, nel caso in cui non avessero potuto parlarsi direttamente. Uno consisteva in una casella postale su Internet, con l'indirizzo *invisibili@molmail.com*.

Impostò nome utente (CDMPS, cioè l'acronimo delle iniziali dei membri della banda: Crystal, Douglas, Magica, Peter e il micio Spooky) e password (Noi5) ed ebbe accesso alla casella. Come sperava, c'era un messaggio di Peter.

L'amico lo informava che stava scrivendo da un Phone Center, perciò, se anche la linea della casa famiglia fosse stata sotto controllo, non avrebbero potuto intercettare *quella* e-mail.

Douglas lesse con attenzione il racconto dettagliato delle sue indagini sorridendo di tanto in tanto, ripetendo: «E bravo il nostro cervellone!» Dovette però rileggere più volte la parte in cui veniva descritta la geomelodia ed ebbe un brivido quando l'amico fece riferimento alla corrispondenza, forse del tutto casuale, fra il suono provocato dal vento nelle gole dei ghiacciai del Polo Nord e il motivo intonato da Pumpkin. La lettera si chiudeva con la raccomandazione di non rispondere per evitare che gli inseguitori riuscissero a risalire alla località nella quale si erano rifugiati.

Douglas si rammaricò per quest'ultima raccomandazione, perché moriva dalla voglia di confidarsi con qualcuno circa i tormenti cui lo sottoponeva quella gaia citrulla della loro ospite, ma si rassegnò e cominciò a riflettere.

La musica della Terra... davvero strano. Doveva raccontare tutto a Crystal al più presto: forse lei sarebbe venuta a capo di quell'enigma!

«Avanti, perché ti sei fermata, hai paura?» s'informò Pumpkin vedendo Crystal restare indietro.

«Ero in contatto telepatico con Doug» ribatté Crystal recuperando terreno.

«Tutte scuse!» la provocò l'altra maliziosamente. «Mancano ancora dieci metri alla cima. Che ne dici di una gara?»

«Ci sto!» ribatté ansimando Crystal. «Comincia pure!»

«Ma se non riesci nemmeno a respirare!»

«Tu va' avanti. Vedremo chi mollerà prima!»

Crystal raccolse tutte le sue forze e accrebbe la lunghezza e la profondità dei respiri. Il vento era forte, lassù. Ripensò alla raccomandazione di Roxanne: «Attenta alle folate improvvise!» Una presa per la mano, un appoggio per il piede, per l'altra mano e per l'altro piede ancora, un metro dopo l'altro. Ormai saliva sicura, a ritmo sostenuto, e provava anche meno fatica.

*Dove sarà Pumpkin?*, si chiese. *L'avrò superata?*

«C-Crystal!» a un tratto le giunse dal basso la voce flebile dell'amica.

Crystal si fermò e guardò giù. La vide accoccolata su un grosso ramo in posizione fetale.

«Pumpkin! Cosa succede?» Nessuna risposta, perciò aprì la sua mente per lasciare entrare le sensazioni dell'altra. Una serie d'immagini indistinte la investì... e di nuovo quell'appello disperato: "Aiuto! Aiutatemi! Aiuto!".

...Una foresta fitta, una vegetazione rigogliosa e sconosciuta. Ma le piante si piegavano, si spezzavano con scricchiolii che sembravano grida di dolore. Macchine avanzavano distruggendo tutto ciò che trovavano sul loro cammino.

La straziante sensazione di angoscia era troppo intensa; Crystal ruppe il collegamento.

«Gli diamo ancora più corda?» domandò Frank vedendo il divertimento di Adam che prendeva via via più sicurezza con il mini-pallone. Non sentendo nessuna risposta, si voltò verso Roxanne e trasalì: teneva gli occhi chiusi ed era pallida. «Roxanne, stai bene?»

«Tiriamolo giù, Frank. La *bubble* serve a me.»

«Come? Cosa sta...»

«Un messaggio di Crystal» lo interruppe la scienziata cominciando a riavvolgere la fune. «Pumpkin sta male, rischia di cadere! Devo andarla a prendere!»

# 18

## *Violazione*

Peter pensava che non sarebbe andato al Phone Center fino all'indomani, ma un messaggio del geologo Alessandro Collinari, arrivato nel pomeriggio, gli fece cambiare idea.

Si scusò con Hideo e il Guastatore, agguantò il cappotto e corse fuori dal laboratorio di audiovisivi: era impaziente d'inviare un'altra e-mail a Crystal e Douglas, anche se lo preoccupava non sapere se avessero o meno la possibilità di collegarsi a Internet.

Hideo lo guardò andarsene, poi, senza un cenno di saluto al Guastatore, corse a sua volta nel laboratorio d'informatica, dove si collegò a *Fantoms*, il suo gioco di ruolo virtuale. Essersene privato tanto a lungo gli aveva procurato un senso di astinenza intollerabile e, quando digitò il nome utente e la password per accedere al sito, non poté fare a meno di sfregarsi le mani emozionato mormorando: «Eccomi, compagni! Eccomi! Eccomi!»

Ronin, l'eroico cavaliere, era tornato a dare man forte ai compagni d'armi. In un attimo si dimenticò del mondo reale per immergersi in quello virtuale dell'universo fantasy.

Il Guastatore scosse il capo e riprese a lambiccarsi il cervello sul testo per il commento del filmato. Voleva a tutti i costi ultimarlo prima del ritorno di Adam: l'avrebbe lasciato di stucco!

Peter intanto stava percorrendo il centinaio di metri necessari per arrivare al Phone Center. Ancora una volta ringraziò il momento in cui l'aveva visto dall'auto di Karen mentre raggiungevano la casa famiglia. Era il luogo ideale per sfuggire alle eventuali intercettazioni dei misteriosi inseguitori di Pumpkin.

Giunse all'ingresso guardandosi alle spalle, perciò non si accorse di un uomo anziano che stava per entrare e gli sbatté contro.

«Oh, mi scusi, sono mortificato!» esclamò.

L'anziano gli diede un'amichevole pacca sulla spalla. «Sei impaziente di chattare con qualche amichetto, eh? Ti capisco, io pure ci ho messo un po' a capire come funzionava questa diavoleria di Internet, ma ora non posso farne a meno. Dopotutto è molto più economico di una telefonata in Europa!»

Peter ricambiò il sorriso e lo precedette all'interno per tenergli la porta aperta. *Accento straniero*, rilevò distrattamente. *Forse portoghese.*

«Prego, si accomodi» lo invitò.

«Perbacco» disse l'anziano grattandosi la barba grigia «non capita spesso di trovare giovani così educati. E in questo quartiere, poi!»

Una volta dentro Peter mostrò la sua tessera precaricata al banco, oltrepassò le cabine dove i clienti erano impegnati in telefonate con Paesi di tutto il mondo e raggiunse una delle poche postazioni Internet libere. Ce n'erano venti, sistemate a due a due, una di fronte all'altra, affinché gli utenti fossero faccia a faccia e non potessero sbirciarsi i monitor vicendevolmente. In questo modo la privacy era assicurata.

Il ragazzo inserì la tessera e sullo schermo apparvero le caselle Nome Utente e Password. Digitò in entrambe

User4, il numero del proprio terminale, ed ebbe accesso al sistema operativo. Caricò il browser, si collegò al sito segreto degli Invisibili e scrisse il messaggio.

Stava già per estrarre la tessera, quando sul suo display comparve una scritta che lo lasciò senza fiato.

Se vuoi sapere qualcosa di più su questa faccenda, vieni domani alle dieci sotto l'OCCHIO del centro commerciale Futura. Ma attenzione: la casa famiglia è sorvegliata. Fa' in modo che non ti vedano uscire.
Se accetti, alzati come se niente fosse e saluta la persona al banco con un "a presto!"

Un brivido di paura gli corse giù per il collo. Non solo non era riuscito a mantenere l'incognito, ma chi lo spiava si trovava con lui in quella sala!

Sfilò la tessera cercando di non far trapelare la propria inquietudine e, lanciando occhiate qua e là, si diresse verso l'uscita. Chi poteva essere? Le postazioni adesso erano tutte occupate da utenti che apparentemente non gli prestavano la minima attenzione. Per un momento i suoi occhi si posarono sull'anziano che era entrato insieme a lui. Capigliatura e barba grigia, occhiali... L'ideale per un camuffamento. In fondo alla sala, un uomo sulla quarantina dall'aria patita lo stava osservando, ma quando i loro occhi s'incontrarono abbassò rapido lo sguardo e digitò qualcosa sulla tastiera.

Peter raggiunse la porta e l'aprì, ma prima di uscire si rivolse alla commessa, indaffarata al proprio computer.

«A... a presto!» la salutò.

Lei parve scuotersi dai propri pensieri e ribatté: «Altrettanto... cioè: a presto!»

Peter fece un rapido cenno con la mano e chiuse la porta a vetri dietro di sé.

Mentre si allontanava, si voltò e, per un attimo, incontrò lo sguardo della donna attraverso la parete trasparente. Lo stava ancora fissando.

# 19

## *L'Ipotesi Gaia*

«Cos'è successo?» esclamò Douglas vedendo entrare Frank con Pumpkin in braccio priva di sensi seguito dagli altri.

«Ha avuto un'altra percezione» spiegò Crystal «forte quasi come quella durante l'esperimento!»

«Ancora la richiesta d'aiuto?» domandò lui raggiungendoli, mentre Frank adagiava la ragazza sul letto di Roxanne.

«Già, l'ho sentita anch'io. Questa volta ho visto più chiaramente la foresta e gli alberi che venivano abbattuti dalle ruspe...»

«Ha la febbre» constatò Roxanne tastandole la fronte sudata.

«Sì» confermò Frank. «Alta, anche. Mi prenderesti una pezza imbevuta in acqua fredda?»

«Subito.»

La donna corse a procurare l'impacco e lo psicologo glielo applicò sulla fronte. Roxanne l'avvolse con cura nelle coperte.

«Se non migliora in fretta, dovremo portarla in ospedale e al diavolo la cautela... Anche se non so cosa potrà fare in casi come questo la medicina tradizionale.»

Sfiniti e preoccupati, si sedettero tutti quanti al capezzale della ragazza. Roxanne preparò una tisana calda, che nessuno rifiutò. A tratti, il vento freddo fischiava, facendo vibrare la capanna.

Dopo un po' Douglas provò a inviare telepaticamente a Crystal un altro messaggio: "C'era un'e-mail di Peter".

"Forse possiamo parlarne ad alta voce, mi fido di loro. Soprattutto la sensibilità di Roxanne potrebbe offrirci un aiuto prezioso."

Douglas mise allora tutti al corrente delle scoperte dell'amico, concludendo: «Questo è tutto, anche se mi pare che ciò aggiunga mistero al mistero».

Seguì una lunga pausa meditativa.

Fu proprio Roxanne a parlare per prima: «Potrebbe fornirci uno spiraglio di luce, invece».

Tutti gli occhi si posarono su di lei che fissava assorta il pavimento. Si riprese e alzò lo sguardo. «Non so se avete mai sentito parlare dell'Ipotesi Gaia.»

«È stata formulata da quel biochimico inglese... James Lovelock» rispose Frank. «Affascinante... Ormai è stata accettata dalla maggioranza della comunità scientifica.»

«Io invece non l'ho mai sentita» ribatté Crystal.

«Io nemmeno» disse Adam.

«Idem come sopra» ammise infine Douglas.

«Come ha detto giustamente Frank» riprese Roxanne «James Lovelock è un biochimico e nei primi anni Sessanta fu incaricato dalla NASA di effettuare degli studi per verificare la possibilità che su Marte ci fosse la vita. Elaborò allora una teoria grazie alla quale non è necessario visitare un altro pianeta per sapere se ospiti o meno esseri viventi.»

«Però!» commentò Adam sporgendosi in avanti e appoggiando i gomiti sulle ginocchia. «E come funziona?»

«Be'... fece un mucchio di esperimenti e scoprì che, per quanto strane possano essere le forme di vita su un pianeta, esse comunque assumerebbero, elaborerebbero ed eliminerebbero energia e materia, provocando reazioni chimiche.»

«...E su Marte le reazioni chimiche mancavano, giusto?» azzardò Douglas.

«Bravissimo, proprio così.»

Il ragazzo si gonfiò di soddisfazione. «Modestamente qualche intuizione ce l'ho anch'io.» Lanciò un'occhiata di superiorità ad Adam.

Crystal si rivolse a Roxanne. «Perciò, molto prima che le sonde arrivassero a darcene una prova scientifica, lui conosceva già la risposta: niente vita. Vai avanti.»

«Trascorsero alcuni anni e Lovelock fu molto colpito dalle considerazioni dei primi uomini nello spazio... Guardando il nostro pianeta avevano tutti la stessa sensazione: di osservare un organismo vivente.»

«Forte!» esclamò Douglas. «Non so come tutto questo c'entri con noi, ma è interessante.»

«Grazie, Doug» replicò la scienziata. «Ci sto arrivando... Lovelock pensò allora di analizzare il nostro pianeta come già aveva fatto con Marte e scoprì...»

«...Scoprì una valanga di reazioni chimiche» disse Adam.

«Sì, però completamente assurde!»

«*Bum*!» sbottò Douglas.

«L'ossigeno, per esempio, è un gas altamente reattivo, perciò dovrebbe essere prontamente assorbito da altri elementi chimici fino a scomparire. Eppure non avvenivano né questa, né altre reazioni chimiche che si sarebbero verificate in laboratorio. Perché? Quali fattori esterni entravano in gioco?»

Douglas fece per alzare la mano, ma cambiò idea.

Roxanne continuò. «L'unica spiegazione era che dai virus alle balene, dalle alghe alle querce, tutta la materia vivente sulla Terra facesse parte di un sistema capace di regolare la temperatura e la composizione di aria, mare e suolo...»

«...in modo da garantire la vita!» concluse Adam per lei. «Voglio farci un documentario...»

«E questa è l'Ipotesi Gaia, giusto?» intervenne Douglas, ansioso di tenergli testa.

La donna annuì. Altra pausa riflessiva del gruppo.

«Fammi capire bene» aggiunse Adam. «È un po' come un essere umano, no? Cioè... funziona come il nostro corpo, che sviluppa la febbre per debellare i virus che lo hanno attaccato.»

«Insomma» disse Crystal «Lovelock ipotizza che Gaia sia... viva!»

«Più o meno» ammise Roxanne. «Ma potremmo spingere il ragionamento anche più in là, supponendo che si tratti anche di un essere senziente!»

«E quindi tu vorresti dire... vorresti insinuare...»

«Mio Dio» commentò Frank.

«Sarebbe logico!» esclamò Adam battendosi un pugno sul palmo della mano.

Douglas guardò gli altri angosciato. «Insomma, volete spiegare anche a me?»

«L'eventualità che vorrei proporvi, Doug, è questa...» precisò Roxanne. «Se la richiesta d'aiuto non fosse stata inviata da un essere umano, ma dalla Terra stessa?»

«Vi rendete conto delle implicazioni della teoria di Gaia, se la nostra società ne prendesse atto?» domandò eccitato Adam.

«Innanzitutto» replicò Roxanne «farebbe ricredere quanti asseriscono che in natura vige la legge del più forte. In realtà l'evoluzione sarebbe il risultato di una dinamica basata più sulla collaborazione e l'integrazione che sulla prevaricazione. Questo avrebbe delle conseguenze anche sul nostro modo di pensare.»

«Già» concordò Adam. «Per esempio non potremmo più dire: prima noi e dopo i Paesi del Terzo Mondo...»

«Se è per questo» interloquì Crystal «non potremmo nemmeno più dire prima gli uomini e dopo gli altri esseri viventi, perché rivestiremmo tutti la stessa importanza!»

«Sì, ma c'è un problema» riprese amara Roxanne. «Ed è proprio perché il nostro Governo non ha voluto riconoscere questo problema che me ne sono andata... Con il nostro modo di vivere stiamo danneggiando irreversibilmente il pianeta!»

«Un momento» obiettò Adam. «Non hai detto poco fa che la Terra è in grado di autoregolarsi? Allora, come un ammalato, dovrebbe essere anche in grado di guarire!»

«Hai ragione. In effetti Gaia reagisce alle modificazioni indotte dall'azione dell'uomo, ma seguendo le leggi della cibernetica.»

«Alt!» s'intromise Douglas. «Traduzione, prego.»

Ci provò Frank: «I tempi di risposta sono quelli dei sistemi di retroazione, cioè molto lunghi. Prima che ce ne rendiamo conto, la situazione potrebbe peggiorare in modo pericoloso, rendendo vano qualsiasi nostro tentativo di rimediare efficacemente in tempi brevi ai guai combinati».

«Grande» sbottò Douglas. «Allora tanto vale incrociare le braccia e rassegnarci, giusto?»

«Oppure persuadere la gente a cambiare, ad assumere una maggiore consapevolezza» prospettò Roxanne.

«Seee, campa cavallo.» Douglas ci pensò un po' su e aggiunse: «Sai cosa, Crys? Rimpiango i cattivoni come Angus Scrimm e il rettore Talbot! Almeno lì sapevi con chi prendertela, e fine!»

«Douglas ha ragione» replicò sconfortata la ragazza. «Voglio dire, come facciamo noi da soli ad aiutare Gaia? Ad aprire gli occhi alla gente? È impossibile!»

«Sempre che la gente voglia farsi aprire gli occhi» ribatté Adam.

Seguì un altro lungo silenzio carico di preoccupazione.

Alla fine Douglas non ce la fece più a sopportare quei musi lunghi. «Ehi, gente, su con la vita! C'è sempre l'Ipotesi Douglas che ci può aiutare!»

«E quale sarebbe l'Ipotesi Douglas?» domandò Crystal spiazzata.

«Che l'idea di Roxanne sia una grossa cavolata – scusa Roxanne – e non c'entri niente con tutta 'sta faccenda!»

La ragazza si limitò a guardarlo male e risprofondò nella sua depressione.

«Va be', io resto della mia idea» fece lui.

Ritornò il silenzio.

Erano quasi le due ormai e Roxanne cominciò a preparare il pranzo, aiutata da Crystal e Frank. Il pasto fu consumato in silenzio.

*Cibo perfetto per questo clima di lutto generale*, considerò Douglas osservando svogliatamente l'insipido contenuto della sua forchetta.

Dopo pranzo riassettarono e tornarono a sedersi meditabondi.

Il computer era rimasto acceso sulla casella postale degli Invisibili. Improvvisamente un *BIP!* annunciò l'arrivo di un'e-mail.

Douglas si precipitò a leggerla sperando in buone notizie. «È di Peter» disse a Crystal. Lesse il testo ad alta voce.

Cari amici,
poco fa mi è arrivata un'e-mail del geologo Alessandro Collinari. Mi ringraziava per avergli messo "la pulce nell'orecchio". In seguito alla mia telefonata ha effettuato delle ricerche sulle zone del pianeta in cui si stanno manifestando più acutamente gli stravolgimenti climatici. Tenetevi forte: sapete cos'ha scoperto? In ognuna di queste località la crosta terrestre sta assumendo un aspetto che il programma Frankie traduce nella melodia intonata da Pumpkin!
Amici miei, forse quanto sto per dirvi vi sembrerà incredibile e manderà Crystal in fibrillazione, ma il mio sospetto è che sia la Terra stessa a cercare d'inviarci un messaggio!

Crystal guardò Douglas inespressiva e poi si trascinò al divano dove si lasciò sprofondare mestamente.

Il ragazzo rimase a osservarla. Di solito era lei a infondere in loro entusiasmo per le imprese più rischiose. Lo feriva vederla ora così scoraggiata.

A un tratto una ruga si disegnò sulla sua fronte e la ragazza esclamò con rabbia: «Come abbiamo potuto essere tanto egoisti e irresponsabili?»

Per un po' nessuno rispose, poi Adam mormorò: «In realtà... questo è soprattutto l'atteggiamento delle culture più avanzate. È come se il cosiddetto progresso ci allontanasse inesorabilmente dalla natura... A differenza invece dei nativi americani, dei boscimani africani, degli aborigeni australiani, dei maori neozelandesi o degli altri popoli naturali».

«Non possiamo farci niente» commentò Crystal. «Qualunque cosa ci venisse in mente, non avrebbe il minimo impatto sul nostro modo di vivere. Gaia ha sbagliato a rivolgersi a noi. Non possiamo aiutarla... Non siamo in grado di aiutare Pumpkin, figuriamoci l'intero pianeta!»

Douglas fu colto da un moto d'impotenza. Doveva pur esserci qualcosa di fattibile, altrimenti che senso avrebbe avuto quella storia? Si arrovellò tentando di riordinare gli elementi in loro possesso. Tornò a girarsi verso il computer e iniziò a stilare un elenco puntato. C'era la canzone di Pumpkin, le visioni premonitrici, quelle della foresta abbattuta e poi le strane parole pronunciate dalla ragazza...

«Ehi, Crys» disse. «Stavo pensando alle parole di Pumpkin durante l'esperimento. Non possiamo sapere cos'è questa "catena", ma Nemo? Forse l'aiuto ci arriverà proprio da Nemo!»

«Oppure dovremmo essere noi ad aiutarlo, mentre non riusciamo a sapere nemmeno dove si trova...»

«Poi c'è la faccenda della musica. A quanto dice Peter, gli sono arrivati un sacco di messaggi da gente che ce l'ha in testa. E se fossero persone in qualche modo *più vicine* alla natura? Forse non siamo soli come credi!»

«In effetti» intervenne Frank «tra la gente sta nascendo una coscienza nuova... Qualcosa sta cambiando. Secondo me, voi ragazzi con facoltà parapsichiche siete la punta di un iceberg, la manifestazione più appariscente di qualcosa che in realtà tutte le nuove generazioni hanno dentro di loro, anche se non lo sanno!»

Una scintilla di vitalità tornò a lampeggiare negli occhi di Crystal. «Le visioni di Pumpkin...» iniziò, poi s'interruppe per riflettere, quindi proseguì: «...Questa volta erano più precise. Si sono concentrate esclusivamente sulle immagini di quella foresta... Come se fosse particolarmente importante...»

Douglas colse la palla al balzo. «Forse Gaia non si aspetta affatto che noi cambiamo improvvisamente la testa alla gente, forse da noi vuole un aiuto più concreto e immediato!»

«Magari sta accadendo un evento particolarmente grave» ipotizzò Roxanne. «Qualcosa su cui è possibile intervenire prima che si arrivi al collasso ambientale, da cui non saremmo in grado di tornare indietro.» Si alzò di scatto e andò a prendere dei CD-Rom. «Contengono foto ed enciclopedie sulla natura» spiegò a Crystal. «Riusciresti a riconoscere il tipo di foresta delle visioni, se te ne mostrassi qualcuna simile? Tu stessa l'hai definita strana.»

«Posso provarci» disse Crystal alzandosi. «E posso anche provare a instaurare un nuovo collegamento mentale con Pumpkin nel caso le visioni tornassero a manifestarsi!»

Douglas lasciò loro il posto al computer. Finalmente tornava a vedere la Crystal di sempre, piena di energia, la ragazza che conosceva.

Fu pervaso da un forte senso di ammirazione per lei. Se solo avesse osato guardare meglio dentro di sé, avrebbe riconosciuto la vera natura di quel profondo affetto.

Ma adesso l'attenzione nei propri confronti era di secondaria importanza. Adesso a contare veramente era quel nuovo miraggio di speranza.

E che gli Invisibili avevano ripreso a lottare.

# 20

## *La quiete prima della tempesta*

Era notte inoltrata quando Peter salì in camera di Hideo per riposarsi un po'.

Il Guastatore se n'era andato a letto già da parecchio, il giovane hacker aveva invece preferito rimanere al computer. Karen aveva dato loro il permesso di lavorare quanto avessero desiderato e lui non intendeva perdere quell'occasione: era proprio dopo mezzanotte, quando si faceva più sottile il confine tra sonno e veglia, sogno e realtà, che lo coinvolgeva di più giocare a *Fantoms*. Sempre più impaziente, aveva aiutato Peter a compiere ulteriori ricerche e a inviare altri appelli a Nemo in vari ritrovi telematici per hacker, ma finalmente poteva deporre la sua identità di ragazzo perdente ed emarginato, come lui si vedeva, per assumere quella dell'eroico Ronin.

Peter intanto stava entrando nella sua camera, si sfilava le scarpe e si lasciava cadere sul letto indicatogli da Hideo («M-mi raccomando: q-quello accanto alla fi-finestra!»). Era troppo sfinito per sperare di addormentarsi, perciò pensò di rimanere lì finché non fosse riuscito a rilassarsi, prima di andare in bagno a lavarsi e infilarsi sotto le lenzuola.

Rifletté sul misterioso messaggio che gli dava appuntamento per il giorno dopo. "Vieni sotto l'OCCHIO"... Cos'avrà voluto dire?

Non ne aveva parlato né a Karen né agli altri, non voleva metterli in pericolo più del necessario. D'altronde la donna non lo avrebbe mai lasciato andare.

Un rumore proveniente dall'esterno lo fece sobbalzare. Con cautela si affacciò e attraverso i vetri scorse un'ombra che si arrampicava su per la scala antincendio.

Aprì la finestra e si sporse fuori. Alla debole luce della luna, che occhieggiava da un cielo nuvoloso, non vide nessuno. Si rinfilò le scarpe, scavalcò il davanzale e posò i piedi sulla piattaforma metallica. Guardò in giù, poi di nuovo in alto e questa volta riuscì a distinguere una figura piccola e snella appoggiata al parapetto dell'ultimo piano della scala. Apparentemente guardava verso l'asta della bandiera, una pertica lucida di umidità che s'innalzava dal terreno a pochi metri dall'edificio.

All'improvviso la figura guardò in basso e Peter intravide il bianco degli occhi su un viso nero come la notte. Lo riconobbe: era quel ragazzo scalmanato in cui s'era imbattuto con Karen quella mattina. Ricordò le parole dell'educatore: "Stanotte abbiamo sorpreso Gregor mentre scendeva per la scala antincendio..."

E adesso eccolo di nuovo là, Gregor. Ma perché era salito in cima e se ne stava dritto immobile? Forse l'educatore si sbagliava. Forse a lui non interessava scappare, ma qualcos'altro...

Peter si domandò se non dovesse informare Karen, ma qualcosa nello sguardo del ragazzo lo tranquillizzò e gli fece cambiare idea. Gregor distolse gli occhi dai suoi e tornò a fissare il buio.

Peter fece altrettanto, ma riuscì a scorgere solo il muro di cinta al limitare del giardino e i palazzi al di là della strada deserta.

Rabbrividì per una folata di vento gelido. Lanciò ancora un'occhiata al ragazzo e si ritirò chiudendo la finestra.

Andò in bagno e si concesse una lunga doccia calda. Tornato in camera recuperò una maglietta nel cassetto, seguendo sempre le istruzioni di Hideo. Finalmente s'infilò nel letto e programmò la sveglia sul suo orologio da taschino elettronico.

Quasi subito udì il ronfare sommesso delle fusa del gatto.

«Ciao, Spooky» sussurrò con un filo di voce.

Riempiendolo di fusa, il micio si mise a "fare la pasta" con le zampe anteriori sul suo stomaco. Il ragazzo ricambiò grattandolo sul petto, dove una macchia bianca a forma di medaglione spiccava sul pelo nero. Poco dopo sprofondò in un sonno senza sogni.

Seguitando a ronfare, il micio gli si sdraiò accanto, a vegliare per lui.

Karen posò la penna stilografica e si stropicciò gli occhi stanchi. Aveva scritto per tutta la sera sul diario, facendo un resoconto di quanto era accaduto nella giornata.

In particolare l'aveva lasciata senza forze la telefonata con i genitori di Pumpkin.

Negli ultimi anni la vita si era accanita fin troppo su di loro. Aveva cominciato ad andare tutto a rotoli quando la falda acquifera, cui attingevano per irrorare i loro campi, era stata inquinata da una fabbrica di pesticidi. Naturalmente avevano intentato causa, ma l'industria si avvaleva di illustri avvocati: la discarica delle taniche responsabili di aver avvelenato la falda risiedeva su un terreno intestato a una società fantasma, pertanto non era stato possibile attribuirne la proprietà alla fabbrica.

I genitori di Pumpkin avevano perso la causa ed erano rimasti senza un soldo. Allora avevano pensato che per la figlia fosse meglio vivere per qualche tempo in un ambiente più sereno.

Erano venuti a conoscenza da alcuni amici della casa

famiglia di Karen e l'avevano pregata di occuparsi della loro figlia, finché la situazione non fosse migliorata.

E quel giorno Karen aveva dovuto dare loro la terribile notizia della sua scomparsa...

La psicologa si sentiva sfinita e frustrata. Non era abituata a un ruolo passivo e ancora una volta ebbe un moto di risentimento nei confronti di Frank.

Si domandò dove fosse e cosa sperasse di fare con la polizia di tutto lo Stato alle calcagna.

*Telepatia... Traffico di minori*, rifletté. Scosse energicamente il capo e si alzò.

Era meglio andare a dormire. L'indomani sarebbe di certo stata un'altra lunga giornata. Aprì il cassettino segreto sotto il ripiano della sua scrivania e vi fece scivolare il diario.

Nella capanna su Tea, Pumpkin parlava nel sonno, accudita da Roxanne che le sostituiva ogni tanto l'impacco freddo sulla fronte. Continuava a pronunciare il nome della Cascata di Lipa e a invocare quello di Nemo, a ripetere che la foresta era in pericolo.

«Devo andare!» aveva urlato a un certo punto, afferrando Roxanne per i vestiti. «Mi sta chiamando, capisci? Devo andare!» Poi era tornata a sdraiarsi in stato di semi-incoscienza.

Qualche ora prima la donna aveva mostrato diverse immagini di boschi a Crystal e avevano concluso che dovesse trattarsi di una giungla pluviale, africana o amazzonica. E "il sangue della Terra"? Le sembrava appunto di aver letto di una tribù in Amazzonia che chiamava così il petrolio... Sostenevano fosse *vivo*, che racchiudesse l'energia della Terra e che gli uomini non avessero il diritto di estrarlo. Si ripromise di fare delle ricerche su Internet l'indomani mattina.

Nella capanna/ripostiglio Douglas, Crystal, Adam e Frank (che aveva lasciato il suo posto a Pumpkin) dormivano un sonno agitato, popolato da incubi inquietanti. Facevano da sfondo la melodia intonata da Pumpkin e una disperata sensazione d'urgenza. A un tratto si materializzò nella loro mente l'immagine di Peter in fuga attraverso un centro commerciale. I misteriosi individui sbucati dal fuoristrada all'esterno dell'ospedale lo inseguivano, disperato e sanguinante. Implorava aiuto, ma la gente non interveniva.

Nell'angolino vigile della loro psiche, si ripromisero di ricordarsi quella scena: avrebbero cercato di avvertire Peter di quel pericolo, di non mettere piede fuori dalla casa famiglia...

Ma il risveglio avrebbe cancellato ogni ricordo dalle loro menti.

# PRIMO INTERMEZZO

In Australia, il vecchio aborigeno sedeva in cima alla rupe di Uluru, in un deserto di arida terra rossa. Quel luogo aveva lo stesso aspetto di come era apparso nelle sue visioni... Il Sogno dell'Acqua. Gli tornò alla memoria un'altra immagine: un'onda gigantesca spazzava via una città di case così alte che sfioravano il cielo.

In Siberia, la donna sciamano stava raggiungendo una località precisa in cima al monte Argolyk, sferzato da una bufera di neve. Per quanto fosse stato faticoso, il viaggio era finalmente terminato. Riconobbe la catapecchia di tronchi e si mosse in quella direzione. All'interno avrebbe trovato il necessario per compiere il rito: l'*ovaa*, il piccolo altare votivo fatto di legni di betulla, un copricapo di penne d'aquila e un mantello di pelle di renna da cui pendevano frecce di metallo, campanellini, strisce di stoffa multicolori. Soprattutto, avrebbe trovato il tamburo sacro.

In Africa il saggio boscimano Unabe, depositario del sapere e della tradizione della sua tribù, sedeva a pochi metri da un branco di leoni. Gli animali l'osservavano svogliati, mentre recitava parole di un'arcana cantilena.

In Asia, in Europa, in Nuova Zelanda e negli Stati Uniti d'America si ripetevano scene simili. I Guardiani della Terra raggiungevano un posto ben preciso e iniziavano a compiere il rito.

In Colombia, nella foresta amazzonica, il giovane Kuwaruwa raggiungeva un'ampia radura in una zona inesplorata della foresta, proibita al suo stesso popolo. Aveva temuto di giungere in ritardo: a ovest era stato costretto a una deviazione per evitare l'area dove i bianchi stavano abbattendo gli alberi. Erano distanti e in cuor suo pregò che la loro bramosia non li spingesse fino a quel luogo sacro.

Quella era una bella giornata e il vento lieve portava fino a lui le microscopiche gocce dell'acqua nebulizzata.

L'acqua che precipitava dal grande salto della Cascata di Lipa.

# PARTE SECONDA

## *Per il sangue della Terra*

# 1

## *L'appuntamento*

La sveglia di Peter suonò alle 5.30 e lui la spense subito per non svegliare Hideo. Vestendosi di soppiatto si accorse che il ragazzo non era nel suo letto. *Meglio così*, pensò appendendo la catenella dell'orologio a un passante dei calzoni e facendolo scivolare in tasca.

Rifece il letto e lasciò un messaggio per Karen nel caso qualcosa gli avesse impedito di rientrare. Cercò di mettere a tacere il senso di colpa: non aveva certo la naturalezza di Crystal nel contravvenire alle regole degli adulti.

Infilò il cappotto e aprì piano la porta affacciandosi sul corridoio. Nessuno.

In punta di piedi raggiunse il pianterreno e si diresse spedito alle cucine dove un'uscita dava sul retro. Infilò la chiave, la serratura scattò.

«D-dove vai?»

La mano sospesa a mezz'aria, Peter si voltò e nella penombra riconobbe Hideo. Tirò un sospiro di sollievo. «Immagino tu stessi salendo in camera» gli disse riacquistando il self-control. «Buon riposo, allora. Ci vediamo al mio ritorno.»

Hideo lo afferrò per un braccio. «F-fai una passeggiata m-mattutina?»

Peter lo guardò. «Perché non mi lasci andare? È meglio per te, se non sai niente.»

Il giovane sorrise. «La c-curiosità è il mio difetto p-peggiore. Be', diciamo u-uno dei peggiori. Come u-uscirai?»

«Non so... Proverò a scavalcare il muro di cinta.»

«Non è più c-comoda l'uscita s-secondaria?»

Peter sollevò un sopracciglio.

Hideo andò a un armadietto accanto alla porta della dispensa e prese un mazzo di chiavi.

Poco dopo i due raggiungevano un vecchio cancello arrugginito in fondo al boschetto.

«Come facevi a sapere di questa uscita?» domandò Peter.

«Q-qui la conoscono t-tutti, l'uscita. L-la dottoressa Wright s-si fida troppo della g-gente.»

La vecchia serratura fece qualche capriccio, ma alla fine il cancello si aprì di alcuni centimetri, con un forte cigolio.

«D-di più non va» disse a Peter.

«Ci passo, grazie.» Quando fu fuori si voltò verso di lui. «Ti sono nuovamente debitore.»

«Q-questo vale a-almeno tre punti. Faremo un c-conto unico alla fine.»

Peter gli strinse la mano e attraversò correndo la strada deserta costellata di vecchie auto in sosta. In lontananza i pompieri stavano spegnendo un cassonetto da cui s'innalzava una nuvola di fumo.

Guardandolo mentre si allontanava Hideo pensò: *Sarà già tanto se riuscirà a uscire da Tenderloin con i suoi costosi abiti addosso!*

Rimase pensieroso al cancello anche quando Peter era già scomparso dietro un angolo. Una parte della sua mente stava ancora giocando a *Fantoms*... Forse avrebbe dovuto seguirlo. Chissà, magari poteva essere l'occasione di vivere in *questa realtà* un'impresa avventurosa...

Bah, ma quali avventure poteva vivere quel damerino occhialuto? Probabilmente la sua indagine l'aveva solo un po' esaltato e voleva fare il misterioso...

Stava per rientrare quando vide un'auto in fondo alla via mettersi in moto lentamente a fari spenti e svoltare all'isolato dietro al quale Peter era scomparso: se quello fosse stato un film di spionaggio avrebbe sospettato che lo stessero seguendo.

Voleva andarsene e rimaneva lì. Be', se anche lo avessero davvero seguito, non sarebbero stati affari suoi, giusto? Meglio non impicciarsi, di guai nella sua vita ne aveva avuti troppi. Le imprese eroiche poteva riservarsele per *Fantoms*.

Peter era a poche decine di metri dall'ingresso della metropolitana. Il cielo cominciava a rischiarare. Per strada si vedevano le prime auto e i camion dei rifiuti.

Di lì a poco sarebbe stato sul treno e si sarebbe sentito più al sicuro. Sì, perché da un paio di isolati aveva l'impressione di essere seguito.

Sciocca paranoia, aveva pensato, ma non aveva potuto fare a meno di voltarsi un paio di volte. Un'auto lo aveva insospettito, perché procedeva a fari spenti, tuttavia lo aveva superato senza rallentare.

Finalmente scorse in lontananza il cartello d'ingresso alla stazione. Per raggiungerla avrebbe dovuto attraversare un ampio slargo. Se davvero qualcuno lo seguiva, quello sarebbe stato il posto giusto per fermarlo.

Si guardò intorno un'ultima volta, poi s'incamminò.

Qualcuno lo afferrò trascinandolo in un vicolo buio. Gli mise una mano sulla bocca.

«C-calma, sono Hideo!» sibilò.

Peter fece segno di averlo riconosciuto e il giovane hacker tolse la mano lasciandolo riprendere fiato.

«Non nascondo una certa sorpresa» esclamò l'Invisibile con il cuore ancora su di giri.

Hideo guardò verso l'uscita del vicolo. «U-una macchina è partita appena sei u-uscito. Non credo m-molto a tutta 'sta faccenda da servizi s-segreti, ma tanto v-valeva metterti in guardia.»

«Molto gentile» replicò Peter. «Ora immagino tornerai all'istituto...»

L'altro continuava a guardare in strada. «M-meglio evitare quell'ingresso della m-metro. Questo v-vicolo fa il giro della piazza r-restando sempre nascosto tra i p-palazzi. I-il prossimo ingresso non è molto d-distante.»

Peter lo fissò con gratitudine. «Mi pare un'ottima idea.»

«P-però raccontami in che g-guaio mi sono c-cacciato.»

Il centro commerciale Futura si trovava nel quartiere più lussuoso di San Francisco. Occupava un palazzo di quindici piani con negozi d'informatica, computer games, accessori video, hi-fi, strumenti musicali, CD e Home-Video e una libreria; oltre a una multisala cinematografica e a diversi bar e ristoranti.

Quando Peter e Hideo varcarono la soglia, rimasero a bocca aperta per le imponenti installazioni futuristiche, come una parete alta dieci metri rivestita di schermi, ognuno dei quali riproduceva un tassello delle immagini di un video musicale. Grandi altoparlanti diffondevano il sonoro.

«V-voglio vivere qui» fece Hideo. «È il p-posto dei miei sogni!»

«Parli come il mio amico Douglas. Dovresti conoscerlo.» Peter estrasse l'orologio dalla tasca.

«S-scherzi?» sbottò l'altro indicandogli giganteschi display a cristalli liquidi con l'ora delle più importanti capitali mondiali.

«Mancano quasi due ore all'appuntamento» disse Peter. «Temo dovremo attendere... Qualche idea per trascorrere il tempo?»

Hideo lo guardò con occhi scintillanti. «Ne a-avrei almeno un centinaio!»

«Va bene, ma prima dobbiamo scoprire cosa intendeva il nostro ospite con "Vieni sotto l'OCCHIO"...»

Hideo lo tirò per una manica. Peter guardò nella direzione che gli indicava e vide un enorme orecchio sospeso sopra un ampio corridoio costellato di negozi.

Spostarono lo sguardo e individuarono l'occhio, sopra l'ingresso di una scala mobile che portava al piano superiore.

«Percorsi tematici!» esclamò Peter. «Seguendo l'orecchio si accede ai negozi di musica e audio in generale, mentre l'occhio indica quelli relativi alla vista... Dovevo arrivarci prima! Accertiamoci che sia l'unico occhio dell'edificio.»

Stavano incamminandosi verso la scala mobile, quando Peter urtò qualcuno cui fece cadere... una pallina gialla, tipo quelle da tennis, ma di gomma liscia.

«Oh, mi scusi» disse il ragazzo correndo a raccoglierla.

«Guarda chi si rivede, il gentiluomo di Tenderloin!»

Peter riconobbe l'anziano con il cappotto scozzese con il quale si era scontrato all'ingresso del Phone Center.

L'uomo rise grattandosi la barba grigia. «Indubbiamente coltiviamo lo stesso interesse per le diavolerie moderne!»

Il ragazzo esibiva un sorriso incerto. Gli restituì la palla senza riuscire a spiccicare una parola.

«...Però ascolta il consiglio di un vecchio: è sempre meglio prepararsi anche una via di fuga! Sai qual è la mia?»

«No...»

«Lo squash, caro il mio giovanotto!» fece volare la palla riprendendola al volo. «Ci gioco almeno una volta alla settimana! Be', allora a presto. Sai come dice il proverbio: "Non c'è due..."»

L'uomo si allontanò facendo rimbalzare sul pavimento la palla da squash.

«C-chi era?» chiese Hideo. «S-sembra tu abbia visto un f-fantasma.»

«No, ma ho già incontrato quell'uomo anziano al Phone Center... In questo momento sono ipersensibile alle coincidenze.»

«Mmm, p-pareva un vecchietto i-innocuo... Ma potrebbe anche e-essere il tuo contatto m-misterioso. C-cosa ne dici?»

«Che è meglio stare all'erta. Questa situazione non mi piace.»

I ragazzi fecero colazione, offerta da Peter. Quindi Hideo lo trascinò in una trafelata maratona attraverso tutti i negozi di videogiochi e computer che gli fu possibile.

Le due ore trascorsero in un lampo. Alla fine a Peter girava la testa per il bombardamento di linguaggi mediatici che ripetevano tutti lo stesso ossessivo messaggio: "Compralo, ne hai bisogno, NE HAI BISOGNO!"

Alle dieci, Peter si recò al luogo dell'appuntamento, mentre Hideo lo teneva d'occhio dal tavolino di una gelateria.

I minuti passavano, ma non arrivava nessuno. Il ragazzo tornò a controllare l'orologio: le dieci e dieci. Si guardò intorno preoccupato. Forse era successo qualcosa... Oppure era soltanto una trappola per attirarlo fuori dalla casa famiglia. A quale scopo, però?

Trascorse qualche altro minuto a fare congetture, poi tornò a guardare l'orologio.

«Non voltarti. Sono dietro di te» disse a un tratto la voce di un uomo. Non sembrava il vecchio. Nessun accento straniero. «Mi aspettavo che venissi solo. Chi è il tuo amico dagli occhi a mandorla?»

«Lui è...»

«Non importa. Quando sarò sulla scala mobile, seguitemi all'ultimo piano. C'è un Internet Café. Vi aspetto là.»

Peter lo guardò salire. Gli era bastata un'occhiata per riconoscere quel viso cereo e tirato dietro gli occhiali da sole. Era l'uomo sulla quarantina in completo scuro che lo aveva osservato per un attimo al Phone Center.

# 2

## *L'anello debole della catena*

«Non pensate che sia fantascienza. Qualsiasi cosa, dal trasferimento dei dati, alle telefonate via cellulare fino ai bancomat e alle radioline portatili che controllano le culle dei neonati... Tutto viene captato dalle antenne e dai satelliti della Corporazione.»

«Lo s-sapevo!» esclamò Hideo. «N-noi hacker abbiamo sempre s-sospettato che il Grande Fratello ci controlli t-tutti!»

L'uomo in completo scuro lo squadrò senza togliere gli occhiali da sole. «Ragazzo, mi spiace deluderti, ma sto parlando di una cosa molto al di sopra di qualsiasi Grande Fratello.»

Un brivido corse lungo la schiena di Peter. Si guardò intorno: ai tavolini esterni dell'Internet Café, all'ultimo piano del centro commerciale, apparentemente c'erano solo comuni avventori. Ogni tavolino aveva una postazione dotata di monitor, mouse e tastiera, molto più lussuosa di quelle del Phone Center vicino alla casa famiglia. Ovunque monitor e pannelli panoramici riproducevano filmati con video musicali e "prossimamente" cinematografici. Lungo le pareti o sospese nell'aria, scritte luminose scorrevano sciorinando costantemente le caratteristiche degli ultimi accessori multimediali.

La sua attenzione ritornò all'uomo. L'aspetto malaticcio del giorno prima non era migliorato: la pelle lucida era diventata quasi trasparente e le mani scheletriche tremavano, mentre spegnava un mozzicone nel posacenere. Accese immediatamente un'altra sigaretta.

«Mi scusi signore» disse la cameriera posando sul tavolino il suo caffè «qui non è consentito fumare.»

«Certo, certo» replicò l'uomo spegnendo la sigaretta. Riprese il suo racconto: «La Corporazione si è costituita negli anni Sessanta e ha cinque basi dislocate in varie zone del mondo...»

«D-dove?» domandò Hideo.

L'altro ebbe un gesto di stizza. «Non ho questa informazione... Ci dicono il meno possibile.»

Peter rifletté ad alta voce: «Cinque basi collegate fra loro... Così come voi siete collegati alle basi. Tanti anelli di una catena...»

L'uomo lo guardò con una smorfia che voleva essere un sorriso. «Se vuoi puoi anche chiamarla così. In realtà la Corporazione ha tanti nomi e nessuno, altrimenti sarebbe più facile individuarla...» Scolò d'un fiato il suo caffè senza zucchero. «Può contare su una miriade di satelliti spia e su una griglia di supercomputer in rete, ribattezzati "dizionari", dislocati nelle cinque basi segrete. Periodicamente vengono inserite parole chiave e i dizionari filtrano enormi quantità di messaggi digitali e analogici, estrapolando quelli dove compaiono quelle parole, decodificandoli e inviandoli automaticamente alle basi. Così la Corporazione identifica gli individui e le iniziative potenzialmente pericolosi per i suoi scopi.»

Hideo si rivolse a Peter: «P-parole chiave e c-criteri di ricerca, come quando c-cercavo su Internet la musica di P-Pumpkin!»

«Già, ma su scala mondiale» precisò l'uomo. «Fra parentesi abbiamo seguito con attenzione le vostre ricerche. Non vi hanno portato a molto di concreto, mi sembra, però sono state condotte con acume... con acume, sì...» Si sfilò gli occhiali per passarsi una mano tremante sugli occhi arrossati. Per un attimo diede l'impressione di essersi smarrito.

«C-come??» chiese teso Hideo. «C-credevo di conoscere tutti i t-trucchi per accorgermi s-se qualcuno v-viola il mio c-computer!»

«Certo. Voi credete ciò che vuole la Corporazione.»

Peter era disorientato. «Però... a cosa serve tutto questo controllo?»

L'agente tornò a indossare gli occhiali. «A manipolare l'informazione. A indurre l'opinione pubblica a pensare a quello che vogliono loro, affinché non mettano i bastoni fra le ruote o compromettano il loro principale interesse.»

«Ovvero?»

Spazientito, l'agente fece un movimento circolare con la mano. «Cos'è che fa funzionare tutto questo? Qual è la nostra principale fonte di energia?»

I due ragazzi rifletterono. Poi risposero all'unisono: «Il petrolio!»

«Esatto. Chi ha in mano il petrolio ha in mano il pianeta. Può ricattare le nazioni.»

«Ma... Ormai si investe sempre di più nella ricerca di fonti energetiche alternative ed ecologiche!» ribatté Peter.

Questa volta sulle labbra dell'uomo apparve un sorriso più ampio. «Certo, ma non vi permetteranno mai di rinunciare completamente al petrolio. E poi, come vi ho detto, quello è solo uno dei loro interessi. Gli investimenti economici sono infiniti. L'acqua, per esempio, sarà il bene più prezioso del XXI secolo... Per la Corporazione il mondo non è che un colossale supermercato, dove ogni cosa ha il suo prezzo. Voi siete solo ingranaggi per far girare questa macchina. E fanno in modo che ne siate pure contenti!»

Hideo esplose: «I-io non sono per niente c-contento di

considerare ambiente, a-animali e foreste come p-prodotti di un g-gigantesco supermercato! N-non faccio p-parte della vostra m-macchina, io!»

L'uomo rimase per un attimo in silenzio. «Dunque, tu saresti l'esperto di Internet, non è così? L'hacker. Allora dimmi, hacker. Ti piace questo posto? Guarda questa splendida tecnologia, scommetto che al piano dell'informatica la maggior parte dei computer è più aggiornata di quello che usi tu alla casa famiglia, non credi?»

«Be', c-certo» ribatté cauto Hideo. «A-appena se ne compra uno, q-quello è già o-obsoleto. La ricerca è in c-costante evoluzione.»

«Perciò ti piacerebbe poter avere l'ultimissimo modello, no? Quello che per superarlo ci vuole almeno qualche mese.»

«C-che domande, rimanere a-aggiornato è davvero essenziale per...»

«Oh, certo: ne hai *bisogno*! Negli anni Settanta un computer durava dieci anni e oggi poco più di tre; un telefono cellulare viene sostituito in media dopo un anno e mezzo... Significa che, se fossero messi in fila, i milioni di telefonini che vengono gettati ogni anno coprirebbero la distanza fra l'Europa e l'Australia. Lo sai dove finisce tutta la nostra spazzatura elettronica "da non disperdere nell'ambiente" perché altamente tossica?»

«In p-parte vengono r-riciclati!»

«Questa è l'informazione da far pervenire alla *preziosa* opinione pubblica, ma il cadmio, il piombo, il bromuro e il berillio di cui i cellulari sono pieni non si riciclano... e ti faccio presente che il cadmio di una sola batteria può inquinare seicentomila litri d'acqua! Be', ti dico io che fine fanno molti di questi apparecchi: vengono caricati su grandi bastimenti e portati nei Paesi dei cosiddetti Terzo e Quarto Mondo, in Africa o in America Latina. Lì si scavano grandi buche e si seppellisce tutto dentro. Ogni giorno. Sapresti quantificare l'impatto sull'ambiente? O pensi che tutto questo resti lì innocuo, come la polvere sotto al tappeto?»

I due ragazzi si guardarono accigliati. L'agente diede loro il tempo di metabolizzare quanto aveva detto.

«Perché ci sta raccontando tutto questo? E cosa volete da Pumpkin?» chiese Peter.

L'uomo fece cenno alla cameriera di portare un altro caffè. «Ovviamente la Corporazione è venuta a conoscenza delle parole pronunciate da Pumpkin durante l'esperimento. Ha capito subito a cosa si riferissero e ha compreso le potenzialità delle facoltà telepatiche della vostra amica.» Notò lo sguardo meravigliato dei due ragazzi e si affrettò ad aggiungere: «La Corporazione sa perfettamente che sempre più giovani sviluppano facoltà parapsichiche. Ora, provate a pensare al potere di cui disporreste se poteste avere alle vostre dipendenze una squadra di... fenomeni. Di telepati, in particolare...»

«Può già intercettare le e-mail e le telefonate» proseguì per lui Peter. «Ma con i telepati leggerebbe direttamente nei pensieri della gente, degli uomini di potere... Potrebbe condizionarli!»

L'agente riprese: «Pertanto stanno catturando i soggetti più dotati di cui vengono a conoscenza per sfruttarli ai propri fini di controllo globale, come il telepate che ha disturbato le percezioni della tua amica all'ospedale».

«Cosa?»

«Perché credi che lei abbia fatto cilecca? Comunque, per rispondere alla domanda su Pumpkin, la Corporazione la vuole per metterla al proprio servizio... Soprattutto per non lasciare in giro qualcuno potenzialmente in grado di compromettere i suoi piani in Amazzonia.»

Peter ricordò le visioni descritte da Douglas e Crystal sulla foresta abbattuta dalle macchine. «Cosa sta accadendo in Amazzonia?»

«Si sta costruendo il più grande oleodotto mai realizzato. Attraverserà più Stati...»

«...e sarà la causa dell'abbattimento di un'ampia fetta di

foresta, uno dei polmoni della Terra!» concluse Peter per lui.

«Se è per questo, l'oleodotto costituirà solo la testa di ponte: esistono già accordi con industrie del legname, colossi dei fast food e multinazionali chimiche e farmaceutiche. Una volta aperta la pista, avranno via libera per spartirsi la foresta. In un supermercato ci si serve a piacimento, no?»

«E tutte le popolazioni indigene? Anche loro sono merce da supermercato?»

«Quelle popolazioni non usano macchine o luce elettrica, non fanno parte dell'opinione pubblica economicamente *interessante*.»

«C-com'è possibile che non se ne s-sappia nulla?» obiettò Hideo. «Su I-Internet dovrebbero essere già s-sorti decine di c-comitati di protesta, r-raccolte di firme...»

«Questo è l'asso nella manica della Corporazione: i *ticks*.»

«*Ticks*? N-nel senso di "zecche"?»

«Sono dei programmi nascosti in tutti i computer. Gli utenti non si accorgono della loro presenza perché rimangono "dormienti" finché non ricevono l'ordine di attivarsi. Quando la Corporazione compie qualche operazione che l'opinione pubblica non deve conoscere, le Zecche sviano le ricerche dagli argomenti giudicati pericolosi, e all'utente appare semplicemente la schermata "File not found".»

«E n-nessuno si è mai i-insospettito? N-non posso crederci!»

«Perché? Ora che te l'ho detto, credi che sapresti individuarne uno?»

«D-dove si annidano queste Z-Zecche?»

L'uomo gli rivolse un ghigno lugubre. «Diciamo in un posto irresistibile per gli utenti: un programma gratuito di cui nessuno riesce più a fare a meno...» Si fece più serio. «Oh, prima o poi si verrà a sapere dell'oleodotto, chiaro. Ma per allora si saranno già sciolti i nodi più... imbarazzanti. Quelli che potrebbero urtare la sensibilità della preziosissima opinione pubblica internazionale.»

A Hideo venne l'impulso di correre a collegarsi a

Internet per informare tutti gli hacker dell'esistenza dei *ticks*: la gente doveva sapere!

Eppure ancora non capiva cosa volesse da loro quell'agente. «N-non ha risposto a-all'altra d-domanda» disse. «P-perché rivela t-tutto questo a-a noi, due r-ragazzi?»

Nel frattempo era arrivato l'altro caffè. L'uomo trangugiò anche quello senza curarsi di lasciarlo raffreddare. Parlò perlustrando i dintorni con lo sguardo. «Non riesco più a dormire.» Si lasciò sfuggire un mugolio di frustrazione. «Dal giorno dell'esperimento di telepatia ho la febbre alta... vedo delle cose, per la maggior parte proprio le visioni di cui parlava la vostra amica... Alberi abbattuti, sangue che scaturisce dalla Terra dilaniata... Anche voi due continuavate a restarmi in testa. A un tratto ho temuto d'impazzire se non vi avessi parlato... Finalmente comincio a sentirmi un po' meglio, ma...»

«È proprio questo il punto, non capisce?» domandò Peter. «È *lei* a provocare tutte queste visioni! L'unico modo per farle smettere è aiutarci!»

L'uomo lo afferrò per il colletto. «Chi? Chi diavolo è a provocarmi tutte queste visioni?»

«La Terra!»

«La... Terra?»

«Ascolti, ho motivo di credere che la Terra abbia sfruttato l'esperimento di telepatia per cercare d'inviarci un messaggio d'aiuto. Da anni siamo sull'orlo di un collasso ambientale causato dall'inquinamento, dal buco nell'ozono... La costruzione dell'oleodotto potrebbe farci oltrepassare la soglia di sicurezza, oltre la quale andremmo verso l'autodistruzione!»

L'agente lo lasciò andare e ricadde sulla sedia. Scosse la testa, poi prese a ridacchiare, scosse ancora la testa ed esplose in una sonora risata senza riuscire a smettere. «La Terra?» sbottò fra i singulti. «È la Terra che mi sta facendo impazzire? La Terra che chiama aiuto, eh?»

Peter lanciò un'occhiata a Hideo che lo ricambiò con

espressione interrogativa. «Ascolti, lo so... È difficile da credere, però...»

La risata dell'uomo andava scemando. «Difficile da credere? Puoi giurarci, ragazzino!»

Agguantò Peter per i capelli sbattendogli un lato del viso sul tavolino. Due ragazze sedute vicine notarono la scena e si allontanarono in fretta. Hideo era senza parole.

«Sta' fermo, muso giallo, se non vuoi fare la conoscenza della mia pistola» gli ordinò l'agente fuori di sé, alludendo alla mano infilata nella tasca del giaccone. Poi tornò a rivolgersi a Peter: «Sai invece cosa mi sembra più credibile? Che le tue amichette Pumpkin e Crystal mi abbiano preso di mira e ora mi stiano incasinando la testa per farmi passare dalla vostra parte!»

«È assurdo» bofonchiò Peter. «Io... non so nemmeno dove siano e...»

L'uomo gli sussurrò all'orecchio: «Ascoltami bene. Se adesso non fai immediatamente qualcosa per dire a quelle streghe di lasciarmi in pace, io...»

La stretta sul capo di Peter si allentò e l'uomo cadde faccia in giù sul tavolino.

«Cosa...» domandò il ragazzo alzando la testa. Una goccia scura colava da una lente dei suoi occhiali. Se li tolse e la goccia cadde sulla sua guancia, rigandogli il viso di rosso.

«È... è m-morto!» esclamò Hideo alzandosi in piedi. «Gli... hanno s-sparato con il s-silenziatore!»

Peter si alzò a sua volta, facendo quasi cadere la sedia. «Oddio... Oddio... Oddio...»

Alcuni degli altri clienti lo guardarono, incuriositi dalla sua agitazione. Nessuno sembrava essersi accorto di quanto fosse accaduto. «N-noi saremo i p-prossimi» farfugliò Hideo.

«No, se avessero voluto, saremmo già morti...» disse Peter come in trance.

L'amico allora lo afferrò scuotendolo energicamente. «S-scappiamo!»

Sbirciando di qua e di là, i due ragazzi notarono uomini in completo scuro avvicinarsi da due lati.

Peter e Hideo si lanciarono verso la scala mobile. Gli agenti si mossero verso di loro, ma senza correre.

Mentre scendevano, Peter si domandò ad alta voce: «Perché non ci sono corsi dietro?»

Giunti al piano inferiore, il quattordicesimo, si preparavano a passare sull'altra scala mobile in discesa, ma si fermarono appena in tempo: due uomini, vestiti come i precedenti, li aspettavano di sotto, mentre altri due salivano dalla scala a fianco.

«Q-questo risponde alla tua d-domanda?» disse Hideo indietreggiando.

Avvenne, allora, un fatto inatteso. Tutte le scale mobili si bloccarono e ripresero poi la marcia in senso inverso. Sia gli agenti in discesa sia quelli in salita si trovarono spiazzati e presero a correre per contrastare la direzione della scala.

«Vieni!» urlò Peter agguantando l'amico per la manica. Corsero attraverso il piano fino a fermarsi trafelati dietro a un chiosco di bibite e frullati.

«E a-adesso?» fece Hideo. «Sono d-dappertutto!»

«Ci sto pensando! Dovremmo...»

«Guarda!»

Peter scrutò nella direzione indicata dall'amico e gli apparve una di quelle scritte pubblicitarie scorrevoli. Rimase senza parole. Il testo diceva:

PETER E HIDEO! PRESTO, AGLI ASCENSORI! PETER E HIDEO! PRESTO, AGLI ASCENSORI! PETER E HIDEO!...

«Chi...» Peter esitò, ma l'altro lo interruppe.

«C-cosa importa? G-gambe!»

Si precipitarono all'ascensore più vicino.

«Eccoli! Di là!» urlarono dietro di loro.

Le porte si spalancarono.

«C'è da fidarsi?» domandò Peter.

«A-abbiamo scelta?»

Quattro agenti si avvicinavano di corsa. I ragazzi saltarono nella cabina e le porte si chiusero.

Peter pigiò rapido il pulsante del pianterreno, la cabina si mosse invece verso l'alto.

«C-ci sta riportando s-su!» fece Hideo.

Peter non commentò. Appena le porte si aprirono una voce elettronica risuonò dall'altoparlante dell'ascensore: «Peter e Hideo. Tornate alle scale mobili. Seguiranno altre istruzioni».

Obbedirono senza esitare. Le scale si erano rimesse in moto. Appena montati, si accovacciarono per non essere visti. Risaliti al quattordicesimo piano, si affacciarono sulle altre scale per scendere al tredicesimo. Non li attendeva nessuno. Montarono accosciandosi di nuovo.

«Fermi o sparo!» Il grido li accolse al piano inferiore.

A pochi metri da loro, un uomo teneva un'arma spianata. La gente attorno urlò gettandosi a terra.

«F-fregati!» mormorò Hideo. Alzò le mani, subito imitato da Peter.

L'uomo avanzava. Un violento getto d'acqua proveniente dai bocchettoni antincendio sul soffitto lo investì facendolo scivolare.

«Via!» esclamarono i due giovani balzando sulla scala mobile che scendeva. Scrutarono i dintorni alla ricerca di altri messaggi.

«Là!» disse Peter.

La scritta era apparsa sull'enorme schermo appeso a un dirigibile sul soffitto.

L'USCITA DI SICUREZZA!

Le luci del piano si spensero, lasciando illuminato un percorso serpeggiante fra le scaffalature di CD e DVD.

Si lanciarono in quella direzione, mentre le luci si spegnevano al loro passaggio, lasciando il piano tutto al buio.

Spinsero il maniglione antipanico e si precipitarono giù per le scale. Scesero in questo modo altri piani. Le ultime rampe erano al buio, tranne che per la luce sulla porta di ferro che dava accesso al secondo piano: informatica.

L'aprirono correndo verso le scale mobili; sui monitor di tutti i computer lampeggiava la stessa scritta:

ASSISTENZA CLIENTI!

Raggiunsero il bancone in fondo, lo aggirarono e, nonostante le proteste delle commesse, s'infilarono nel corridoio vietato al pubblico. In fondo c'era l'ascensore del personale. Si spalancò ed entrarono. Li portò al pianterreno. Corsero fuori dagli uffici nell'ampio atrio dell'ingresso. Sull'alta parete rivestita di monitor si stagliò l'immagine gigantesca degli agenti della Corporazione che piantonavano l'uscita principale.

«D-di là non si p-passa!» urlò Hideo.

Altri uomini in completo scuro stavano correndo verso di loro.

«Ci sarà un'uscita secondaria!» disse Peter guardandosi intorno.

Le luci crebbero all'improvviso d'intensità, sempre di più, finché tutti non furono costretti a chiudere gli occhi. Un botto ovattato e l'atrio piombò nel buio. La gente cominciò a urlare.

«E o-ora? Non ci v-vediamo nemmeno n-noi! Ehi, m-ma tu luccichi!»

«Cosa?»

Peter si accorse che il palmo della sua mano sinistra emetteva un tenue bagliore.

In un lampo gli tornarono alla mente la pallina gialla del vecchio e le sue parole: "È sempre meglio prepararsi anche una via di fuga! Sai qual è la mia?"

«Lo squash!» sussurrò.

«Eh?» fece Hideo. «S-senti, sarà meglio c-cercare di...»

«Zitto e seguimi!»

Peter lo prese sotto braccio e si fece largo al buio fra la gente disorientata.

«C-così rischiamo di girare i-in tondo!»

«Eccole!»

«C-cosa? Cosa vuoi...» Hideo s'interruppe. Sul pavimento c'erano delle macchie fluorescenti a circa un metro di distanza l'una dall'altra.

I due ragazzi le seguirono, dirigendosi dalla parte opposta rispetto al chiarore proveniente dalle porte d'ingresso. Laggiù il buio era ancora più fitto e le macchie sempre più visibili. Le luci si riaccesero, ma ormai mancavano pochi metri all'uscita di sicurezza. Spinsero il maniglione e sbucarono in un vicolo.

Un furgoncino grigio inchiodò davanti a loro. Un portello si aprì su un fianco rivelando un interno zeppo di monitor e aggeggi elettronici: alla guida un uomo sotto la trentina.

«Salite, svelti!» ordinò.

I due ragazzi esitarono, poi Peter vide appesi a un gancio un cappotto scozzese e una barba grigia...

Disse: «Il signor Nemo, presumo».

L'uomo al volante si spazientì. «Ora che ci siamo presentati, possiamo andare?»

## 3

## *Nemo*

L'unica traccia rimasta a Nemo del camuffamento da vecchio era l'accento portoghese. "Brasiliano" aveva precisato a Peter, senza aggiungere altri particolari sulla propria identità: "Ho rinunciato molti anni fa ai dati anagrafici. Adesso la mia unica patria è il pianeta, al di là dei confini imposti dagli uomini. E intendo fare del mio meglio per proteggerlo".

Un'altra cosa era diversa: lo sguardo del vecchio era dolce, mentre quello di Nemo tradiva un'espressione assorta e segnata da chissà quali drammatiche esperienze.

Aveva i capelli neri e scarmigliati, con lunghe basette a incorniciare il viso. Anche i suoi abiti erano neri, di taglio sportivo, e portava un paio di occhiali da sole a specchio.

Dopo essere sfuggiti agli agenti della Corporazione, i tre avevano parcheggiato il furgoncino fra gli altri mille veicoli di un garage e preso al suo posto un fuoristrada.

«Signor Nemo, come abbiamo potuto eludere così facilmente i nostri inseguitori?» domandò Peter sporgendosi dal sedile di dietro. «Pensavo potessero contare sui più potenti mezzi d'intercettazione.»

«Nessun "signor", ragazzo. Chiamami solo Nemo.

Avevamo su di noi l'obiettivo di un satellite-spia, ma sul furgoncino ho un apparecchio dell'esercito in grado di confondere qualsiasi segnale. Comunque ho preferito essere previdente e sostituirlo con questo fuoristrada. Nella peggiore delle ipotesi, rintracceranno il furgoncino e dovrò rinunciare a un mucchio di giocattoli utili... Bah, ho una decina di rifugi sparsi per il mondo pieni di quella roba.»

Peter notò che Hideo, seduto al posto del passeggero, osservava Nemo come se fosse stato al cospetto di un mito vivente. In un certo senso era così.

Si stavano dirigendo verso l'autostrada.

«Non stiamo andando alla casa famiglia» constatò Peter.

«Ormai siete bruciati» si limitò a replicare Nemo.

Peter esitò. «...Perché sappiamo della Corporazione?»

«No, sanno che nessuno darebbe ascolto a un ragazzino. Il mondo è pieno di svitati pronti a inventarsi qualche complotto internazionale... Vi vogliono perché sperano di potervi usare per arrivare a Pumpkin. Prima si sono limitati a spiarvi, ma ormai le carte sono scoperte.»

«Anche tu ci sorvegliavi. Da quanto tempo?»

«Più o meno dal giorno dell'esperimento. Anch'io ho avuto visioni simili, anche se meno sconvolgenti di quell'agente... E qualche strano incubo, ma se non altro riesco a dormire. Volevo incontrare Pumpkin e il dottor Claremont per capire cosa mi stesse succedendo. Per raggiungervi ho dovuto attraversare metà Stati Uniti. Quando sono arrivato a San Francisco, Claremont e gli altri si erano già volatilizzati, perciò ho deciso di tenere d'occhio te alla casa famiglia. All'insaputa della Corporazione, ho messo anch'io sotto controllo la vostra linea Internet. Quando ti ho visto uscire per andare a collegarti dal Phone Center, mi è venuta l'idea del camuffamento. Da un'altra postazione sono penetrato nella tua rete e ho letto il messaggio di quell'agente...»

Peter notò lo sguardo abbattuto di Hideo. Non doveva essere facile per lui: li avevano tenuti costantemente sotto controllo senza il benché minimo sospetto da parte sua.

Nemo proseguì: «Ricordi cosa ti dissi, quando ero travestito, sul lasciarsi sempre una via di fuga? Ho impiegato ieri sera e tutta la notte per preparare il vostro arrivo al centro commerciale. Ormai in queste strutture i computer controllano quasi tutto, a cominciare dalle telecamere a circuito chiuso grazie alle quali ho seguito ogni vostra mossa. Una volta risolti questi dettagli, mi sono camuffato e ho fatto in modo di scontrarmi con te...»

«...per farmi prendere in mano la palla sulla quale avevi appiccicato la vernice fluorescente.»

«Infatti. In caso di imprevisti, avrei tolto la luce all'edificio. Siete svegli, avreste capito il trucco. Anche quando ti ho urtato al Phone Center ti ho lasciato un regalino: una "cimice" di quelle usate dalla polizia. Controlla, dovresti averla ancora attaccata sotto il colletto del cappotto.»

Peter se lo sfilò e trovò una specie di bottoncino nero sul retro del colletto.

«Con quella ho ascoltato i vostri discorsi alla casa famiglia e il racconto di quell'agente. Purtroppo sulla Corporazione non ha detto niente più di quanto io non sapessi già. Sono sulla loro pista ormai da parecchio, ma non sono ancora riuscito a individuare nessuna delle sue basi segrete. So che i suoi capi si riuniscono almeno una volta all'anno per decidere i destini del mondo, ma lo fanno negli alberghi, nel corso di finti congressi di rappresentanti o qualcosa di altrettanto anonimo. Io infatti li chiamo il "Club degli Hotel"...»

Sul ciglio della strada c'era una volante della polizia. Nemo rallentò sensibilmente l'andatura. «Comunque, due nuovi elementi su cui indagare li ho, finalmente!»

«Ovvero?»

«Primo, i *ticks*. Non uso i sistemi operativi tradizionali, ma devo ammettere di essermi fatto sorprendere...»

Peter ricordò: «"Un programma gratuito di cui nessuno riesce più a fare a meno." Non ci ha rivelato altro».

«Mmm... Poi c'è la faccenda dell'oleodotto in Amazzonia. In quest'ultimo anno si sono dati molto da fare in giro per il mondo. Hanno alzato un bel polverone e ora so cosa c'era dietro.»

Nemo guardò Peter dallo specchietto retrovisore. «Senti, parlami un po' di te. Da quanto ho capito, le tue e-mail andavano agli altri membri della tua banda, gli Invisibili. I ragazzi presenti con te all'esperimento, vero? Douglas e Crystal.»

«...e Magica» aggiunse Peter «ma lei è al sicuro in Africa in compagnia dei genitori. Fanno parte di Medici Senza Frontiere.»

«Tipi in gamba, quindi...» A un bivio una strada secondaria si dirigeva verso le montagne. Nemo la imboccò. «Tornando al Club degli Hotel... Sono a conoscenza delle loro ricerche sui poteri parapsichici. Io stesso ho avuto prova dell'incrementarsi del fenomeno. I tuoi amici ne sono dotati, non è così?»

«Solo Douglas e Crystal...» Peter raccontò alcuni momenti delle loro avventure.

Quando ebbe terminato, Nemo emise un fischio d'ammirazione. «Tipi così potrebbero esserci di grande aiuto in questa faccenda... Peccato siano solo ragazzini.»

Risentito, Peter tacque per qualche minuto. Poi osservò: «L'uomo della Corporazione ha insistito molto sull'importanza dell'opinione pubblica. Perché? Cos'ha da temere dalla gente comune un'organizzazione tanto potente?»

«Prova ad arrivarci da solo, hai tutti gli elementi per darti una risposta.»

C'era un passaggio a livello chiuso. Nemo decelerò fino a fermarsi.

«I miei amici saranno in pena» disse Peter. «Desidererei contattarli per aggiornarli sugli ultimi avvenimenti, a voce, se possibile. Vorrei avvisare anche la dottoressa Wright. Sarà in pensiero per la nostra scomparsa.»

«Lì dietro ho un computer portatile a ricezione satellitare. Prendilo e invia un messaggio alla dottoressa e agli altri Invisibili, per precauzione non usare nomi. Ai tuoi amici chiedi anche se dispongono di una Web-cam o di un microfono. Nel caso, gli darai appuntamento sulla Rete.»

Peter trovò il portatile sul sedile e si affrettò ad attivarlo, mentre cercava nelle tasche il biglietto da visita di Karen. In pochi minuti inviò i due messaggi, profondendosi in scuse con Karen per essere uscito senza il suo permesso, trascinando anche Hideo con sé.

«Un'altra cosa» riprese Nemo. «Mentre proseguiamo il viaggio, perché non mi parli di questa tua teoria sulla Terra che chiede aiuto?»

Più tardi Nemo svoltò in una strada che s'inoltrava fra gli alberi. Un cartello annunciava: QUIET HOTEL. BUNGALOWS E CHALETS IMMERSI NELLA NATURA.

Nemo accostò, prese parrucca e barba bionde dal cruscotto e un paio di occhiali con spesse lenti e dedicò molta cura nell'indossarli. «Nascondetevi lì dietro sotto la cerata. Meglio che il gestore dell'hotel non vi veda.»

Hideo e Peter si nascosero nel retro comprendosi con la coperta di plastica.

Poco dopo l'auto si fermò e Nemo scese. Lo udirono mentre salutava il gestore con voce esile e un lieve accento tedesco: si era calato in un nuovo personaggio.

«Buongiorno, signor Rommel» lo salutò il gestore. «Gli affari procedono bene?»

«Ottimamente, signor Patton... Ma non vedevo l'ora di tornare in quest'oasi di pace!»

Il gestore rise. «Di pace qui ce n'è quanta ne vuole, senza contare che il suo chalet è il più appartato. A proposito: hanno consegnato il suo gommone. Mi sono permesso di sistemarlo nella rimessa per le barche, vicino al torrente.»

«Mi sta viziando! Finalmente potrò appurare se la pesca qui è davvero buona come diceva il suo sito!»

«Ne rimarrà entusiasta, è l'autunno più mite da molti

anni a questa parte e i pesci sono numerosi. Se vuole seguirmi in ufficio, le consegno la chiave.»

Le voci di Nemo e del gestore si allontanarono, poi, dopo qualche minuto, tornarono a farsi sentire.

«Il mondo dell'alta finanza per me è davvero incomprensibile» diceva il gestore. «Immagino sia molto stressante passare intere giornate a vagliare dati davanti a un terminale, eh?»

«Oh, non può immaginare quanto, Patton. Non può proprio immaginare...»

Nemo salì in auto e sussurrò: «Restate nascosti. Vi farò uscire quando saremo al riparo degli alberi».

Poco dopo Nemo aprì lo sportello posteriore del fuoristrada. Si trovavano in una piazzola dov'erano parcheggiate altre due auto. «Muovetevi. Il mio chalet è quello laggiù. Il gestore non riesce a vederci qui in fondo, ma è meglio non rischiare.»

Correndo a testa bassa, Peter e Hideo si rifugiarono nel portico di una casetta di tronchi a un solo piano, posta su un'altura affacciata sul torrente.

Aprirono la porta e rimasero di stucco.

«Dentro» li sollecitò Nemo spintonandoli e chiudendo l'uscio dietro di sé.

L'arredamento, un tavolo con quattro sedie, due poltrone e un divano, era stato ammucchiato da una parte per lasciare spazio a tre postazioni di computer con relative stampanti e una poltroncina a rotelle. Un groviglio di cavi serpeggiava sul pavimento, collegando alle postazioni anche il televisore.

«Restate lì seduti e non toccate nulla» ordinò Nemo indicando il divano. Si sfilò parrucca bionda, barba e occhiali gettandoli sul letto.

I ragazzi obbedirono senza fiatare, mentre il cyberattivista accendeva i computer sfrecciando da uno all'altro sulla poltroncina a rotelle.

Per sedersi dovettero spostare numerosi libri su argomenti disparati, dall'economia alla geopolitica, oltre a mucchi di quotidiani di varie nazionalità, a un lettore CD con cuffie e alcuni CD con corsi di lingua cinese e araba. Uno slogan sulle custodie recitava: "Apprendete le lingue dormendo!"

Mentre aspettava che le macchine si avviassero, Nemo notò il loro sguardo incuriosito. «Il tempo non basta mai, no?» poi si collegò a Internet digitando agilmente in un motore di ricerca le parole: "oleodotto + Colombia".

Dopo pochi secondi comparve un elenco di siti di compagnie petrolifere o di viaggi turistici in Colombia.

Tentò altre combinazioni: "oleodotto + Ecuador", "oleodotto + Amazzonia"... Tutte le volte il risultato era sempre un elenco interminabile di siti, nessuno dei quali conteneva informazioni nemmeno lontanamente ricollegabili a quanto aveva affermato l'agente della Corporazione.

«Diavolo...» mormorò fra sé.

Quasi sfiorando la tastiera, inviò dei messaggi ad alcuni contatti in America Latina, chiedendo informazioni sull'oleodotto. Nel frattempo raccolse un sacchettino di plastica trasparente da uno scatolone sotto la scrivania: sembrava contenere frutta disidratata. Ne trasse una manciata e se la portò alla bocca.

Occhieggiando l'interno della scatola, Peter vide altri sacchetti con pezzetti di frutta dai colori diversi, oltre a noci, noccioline, pistacchi sgusciati e così via. Un brontolio nella pancia gli ricordò che era passata da parecchio l'ora di pranzo, tuttavia non osò chiedergliene un po'.

La sua attenzione si spostò sul pavimento, dov'era sparsa una quantità di pagine strappate da giornali. Su una era stato attaccato un post-it con la scritta INVIARE FINANZIAMENTI. Lo raccolse staccando con cautela il foglietto giallo e lesse il primo articolo: "Urgono fondi in Congo per la creazione di un ospedale per i profughi e di un campo di accoglienza per ricongiungere alle proprie famiglie i bambini dispersi..."

Passò all'articolo successivo: "Greenpeace progetta una

nuova iniziativa: tre navi in tre continenti per differenti emergenze ambientali. Indagheranno sulle catture 'accidentali' di cetacei, sulla distruzione delle foreste primarie in Papua Nuova Guinea; in Patagonia un rompighiaccio effettuerà una spedizione scientifica per monitorare lo scioglimento dei ghiacciai..."

C'erano molti altri articoli. Peter allora si chiese dove Nemo trovasse i finanziamenti per tutte le sue imprese, poi notò un altro plico sul cui post-it era scritto: DONATORI INVOLONTARI...

Il primo articolo: "Ecco l'elenco delle multinazionali a più alto impatto ambientale..."

Nemo intanto aveva ricevuto un messaggio in portoghese su un canale criptato:

> Fratello, qui da noi stanno accadendo fatti molto gravi. In Colombia, Ecuador e Brasile stanno scomparendo uno dopo l'altro i maggiori attivisti per l'ambiente che indagavano su un progetto internazionale chiamato semplicemente l'Affare Oleodotto.
> Noi stessi abbiamo provato a creare siti per informare l'opinione pubblica mondiale, ma nessuno riesce a collegarcisi. Ugualmente, le e-mail da noi inviate all'estero non sono mai giunte a destinazione. Anche i nostri canali criptati, come quello da cui ti scrivo ora, hanno vita breve perché vengono presto intercettati.
> Dovremo sparire per un po', ma speriamo di farti avere al più presto altre notizie. Per ora ti incollo qui di seguito la documentazione che sono riuscito a reperire riguardo all'Affare Oleodotto.
> Stai in campana.

Nemo lesse avidamente le informazioni riservate. Era ancora peggio di quanto avesse temuto. L'oledotto si stava effettivamente costruendo: si trattava di un'opera colossale che avrebbe attraversato Brasile, Ecuador e Colombia per migliaia di chilometri. Sarebbe stata compromessa la quasi totalità delle falde acquifere dei tre Stati; sarebbero stati minacciati centinaia di chilometri quadrati di boschi primari tropicali, fra cui la Valle di Mindo, definita dagli ornitologi "la capitale mondiale degli uccelli"; si sarebbero sfiorate zone ricche di vulcani attivi e ad alto rischio sismico...

L'uomo rabbrividì pensando alle conseguenze: la foresta amazzonica era vitale per il ciclo delle piogge in tutta la regione, essendo l'acqua costantemente riciclata attraverso l'evaporazione e la pioggia. Il disboscamento stava già causando sensibili mutazioni nel microclima e incrementando il fenomeno del riscaldamento globale. Ora tutti questi eventi sarebbero stati accelerati.

Inoltre molte delle tribù indigene che sarebbero state coinvolte avevano avuto pochi contatti con l'esterno e, quindi, erano vulnerabili al contagio di malattie non pericolose per i bianchi, ma mortali per loro. In precedenti casi tra gli indios si era registrata una mortalità fino all'80%.

Sì, era decisamente peggio di ogni previsione.

Intanto Peter stava mostrando i ritagli trovati sul pavimento a Hideo, che li guardava distrattamente. Per lui doveva essere incredibile il fatto di trovarsi al cospetto del suo idolo. Cercava di sbirciare ciò che Nemo faceva, per non perdere nessun passaggio e apprendere i suoi trucchi.

«Peter» chiamò a un tratto Nemo senza distogliere gli occhi dallo schermo. «È ora di collegarti con i tuoi amici. Puoi utilizzare quella postazione. Ha la Web-cam.»

Il ragazzo si alzò. «Posso farmi aiutare da Hideo?»

«Mmsì, sì. D'accordo.»

Il giovane hacker lanciò a Peter un'occhiata colma di sorpresa e gratitudine.

Presero due sedie e si sistemarono davanti al computer.

«Scrivi tu?» domandò Peter a Hideo e gli diede l'indirizzo degli Invisibili. L'altro lo trascrisse rapidamente.

Peter emise un sospiro di sollievo: finalmente avrebbe potuto parlare con Crystal e Douglas!

# 4

## *Scelte e decisioni*

«Come? Sei con Nemo il cyberattivista?» esclamarono insieme Douglas e Crystal parlando nel microfono della Web-cam. «Dov'è? Faccelo conoscere!» Sullo schermo i due ragazzi vedevano l'immagine di Peter e alle sue spalle Hideo, il giovane giapponese che gli aveva appena presentato. Adam, Frank e Roxanne fissavano il monitor, mentre sulla branda Pumpkin continuava il suo sonno irrequieto.

«Mi spiace, ma ha detto che non desidera essere ripreso» spiegò Peter. Tentò di fare un resoconto degli ultimi avvenimenti, soffermandosi in particolare su quanto gli aveva rivelato l'uomo della Corporazione.

Gli altri stettero ad ascoltare. Non era una storia facile da mandar giù.

«Così questa misteriosa organizzazione esiste davvero» commentò Roxanne.

«Con chi ho il piacere?...» s'informò Peter. Crystal fece le presentazioni.

«Un mio vecchio amico, il senatore Howell, sospettava da tempo l'esistenza di un gruppo di potenti in grado di condizionare le scelte politiche degli Stati» riprese Roxanne.

«Circolano troppe informazioni che poi si rivelano contraffatte, come orchestrate da una sola mente il cui intento principale sembra quello di ostacolare la promulgazione di leggi atte a salvaguardare l'ambiente. Cercano di conformare l'opinione pubblica ai propri interessi occultando verità fondamentali e addormentando le coscienze... Ogni pista per risalire a loro conduce sempre in vicoli ciechi!»

«Non stento a crederlo» ribatté Peter.

Frank si rivolse a Roxanne: «Adesso sappiamo che le nostre supposizioni erano esatte. Le visioni di Pumpkin portano all'Amazzonia e, dalle ricerche su Internet, abbiamo scoperto che nella giungla colombiana esiste davvero una località chiamata Lipa, dove potrebbe trovarsi una cascata. Potresti informare questo tuo amico, fare in modo che si mandi qualcuno a indagare».

«Ci vorrebbe chissà quanto» obiettò Adam. «Se questa... Corporazione è potente come sembra, prima cercherà di nascondere i suoi piani sull'oleodotto, poi, grazie agli infiltrati, farà il possibile per ritardare la spedizione governativa...»

Crystal gli diede man forte: «Peter, tu supponi che l'agente fosse "l'anello debole della catena", io la penso diversamente. In questa faccenda siamo coinvolti tutti. Abbiamo condotto la Terra sull'orlo di una catastrofe e adesso stiamo ad aspettare qualcuno che ci tiri fuori dall'impiccio, un eletto, un predestinato disposto a sacrificarsi per noi. Be', dobbiamo perdere quest'abitudine! Io penso che l'anello debole della catena siamo noi. Voglio dire tutti quelli che si rendono conto delle proprie responsabilità e non intendono chiudere gli occhi. Non possiamo aspettare che il Governo faccia qualcosa, dobbiamo farlo noi. Spezziamo questa catena, una volta per tutte!»

«Uàu!» esclamò Douglas infervorato dal suo discorso.

«Tipa tosta» mormorò Nemo.

«Professoressa Rigby» disse Peter. «Credo di aver capito cosa intende dire Crystal: occorre qualcuno armato di videocamera da inviare immediatamente in Colombia a documentare l'abbattimento della foresta. Adam è il candidato ideale. Potrebbe accompagnare laggiù Crystal e Pumpkin. Noi resteremo qui per ricevere le loro immagini e cercheremo di diffonderle via Internet in tutto il mondo!»

Allora Frank: «No... è troppo pericoloso per dei ragazzi».

«E Pumpkin?» esclamò Crystal. «Non vedi che sta male? Deve andare laggiù! Qualcuno o qualcosa la sta chiamando e non abbiamo il diritto d'impedirle di rispondere. Sta molto male e potrebbe morirne, ci hai pensato?»

«Ci ho pensato» mormorò Frank guardando la ragazza distesa sul letto.

«Verrai con noi» disse Adam allo psicologo. «Faremo le riprese e torneremo a casa in un baleno, d'accordo?»

Roxanne si alzò per prendere la sua rubrica dalla libreria. «Frank, i ragazzi hanno ragione. Dio solo sa come vorrei che ci fosse un altro modo, ma la Terra ha chiesto aiuto a loro e, ci piaccia o no, dobbiamo rinunciare alla nostra autorità di adulti per metterci al loro servizio. Li aiuterai?»

«Al diavolo!» sbottò Frank alzandosi in piedi e affacciandosi alla finestra. Da quel lato Tea dava sulla valle e sulle montagne arrossate dal tramonto.

«Ragazzi, dobbiamo salutarvi» disse Roxanne a Peter e Hideo. «Ma vi ricontatteremo al più presto.» Poi rivolta a Crystal: «Ho qui il numero diretto del senatore, con questo programma si possono fare anche semplici telefonate?»

«Sicuro» replicò lei. «Detta pure il numero.»

Nemo stava fissando Peter con un'espressione strana. L'aria di sufficienza mostrata fino a poco prima aveva lasciato il posto a un'altra vagamente minacciosa.

«Sbaglio o i tuoi piani comprendono anche me?» domandò Nemo a bruciapelo.

Il ragazzo esitò. «Ascolti, io...»

«Ti ho già detto di darmi del tu. E un'altra cosa: tutte quelle tue belle idee sul diffondere le immagini in Internet, sempre che quel senatore sia talmente fuori da spedire davvero dei ragazzini in Amazzonia... Be', come conti di poterlo fare? Pensi che il Club degli Hotel non sarebbe in grado d'intercettarle?»

«S-se lo facciamo n-noi, forse sì, m-ma non se lo f-fai tu» sbottò Hideo.

«Oh, allora la lingua ce l'hai anche tu! Cosa ti fa credere che io sia al vostro servizio?»

Il giovane hacker arrossì. «S-se non ci vuoi a-aiutare, hai solo d-da non farlo! C-ce ne andremo a c-cercare qualche p-posto per poterci c-collegare. F-forse riusciremo a t-tornare alla casa famiglia d-di nascosto e...»

«Senti, nemmeno io avevo mai visto in azione gli uomini del Club e ti assicuro che siamo già stati fortunati ad avere salvato la pelle! Li hai presi per dei dilettanti?»

«Poco fa» ricominciò Peter «mi hai chiesto di riflettere sul perché il Club temesse l'opinione pubblica. Ci ho pensato e ho concluso che con tutto il loro potere non sarebbero niente senza la gente. Per questo preferiscono ingannarla e illuderla di pensare con la propria testa, piuttosto che costringerla. Creare consumatori inconsapevoli rende molto di più.»

Nemo si limitò a fissarlo in silenzio, così Peter proseguì: «Tu vuoi cercare di decifrare il codice dei *ticks*, scoprire in quale parte dei sistemi operativi si annidino. Puoi farlo da solo oppure accettare l'aiuto di Hideo, che è molto più esperto di quanto tu non creda, e metterci molto meno tempo. In cambio ci aiuterai a diffondere le immagini sulla costruzione dell'oleodotto. Vogliamo la stessa cosa, no? Informare la gente, farli ragionare con la loro testa! Sei convinto che non siamo in grado di aiutarti, ma in fondo cosa ti costa? Ti chiedo solo di mettere Hideo alla prova!»

Nemo rimase impassibile per qualche istante, poi si voltò verso il giovane hacker. «Quattro anni fa ho penetrato il sistema della Wood International. Sul server principale girava la versione 3.5 di FreeBSD ed era protetto dal Cisco PIX Firewall 5.1 che permetteva l'accesso solo a determinati computer con un preciso MAC Address...

Come ho fatto ad accedere al server con privilegi di root?»

Peter non aveva capito quasi nulla.

Hideo, invece, rispose senza battere ciglio: «L-lo so eccome, ho studiato con a-attenzione tutte le tue i-imprese. Hai creato u-un exploit che c-consentiva di eseguire un codice m-malevolo su FreeBSD 3.5, p-permettendoti così di p-prendere il controllo del s-server... M-ma avresti fatto m-meno fatica sfruttando u-un bug da me scoperto nel Cisco PIX Firewall c-che consente di a-aggirare la sua protezione s-senza il bisogno di u-utilizzare la complicata t-tecnica dell'ARP Spoofing c-come tu hai fatto p-prima di sferrare l'attacco v-verso FreeBSD».

Nemo ribatté risentito: «Pensi di essere più in gamba di me? Quanti anni hai?»

«Q-quattordici.»

«Io tredici in più, sai che cosa significa in termini di esperienza?»

«I-in un mondo in c-costante evoluzione come I-Internet, essere giovani ha il v-vantaggio che si rimane s-sempre al passo c-con le novità, ci sei i-immerso dentro, n-ne fai parte, s-sei in *sintonia.* T-tu hai più esperienza, ma sei a-anche vecchio.»

Nemo sbatté furioso il pugno sul tavolo. «Be', la vuoi sapere una novità?!»

Peter chiuse gli occhi pensando: *È finita.*

Nemo inspirò, poi cambiò idea ed esplose in una sonora risata. «Vecchio, eh? Prendi un frutto.»

Prese la scatola con i sacchetti di frutta secca e gliela porse. «Sono l'ideale per i periodi di superlavoro, non devi cucinare!»

Hideo esitò, alla fine scelse un sacchetto con pezzi di papaya. La scatola fu offerta anche a Peter che fece altrettanto. Prima di posarla, Nemo scelse il suo frutto. Tirò fuori un altro scatolone da sotto la scrivania e con una pedata lo spinse al centro. Era pieno di succhi e integratori.

Scartarono, masticarono e bevvero studiandosi in silenzio.

Il primo a parlare fu proprio Nemo: «Questi *ticks*, le Zecche informatiche...» esordì rivolto a Hideo. «Ti sei fatto qualche idea, al riguardo?»

Il ragazzo gli si avvicinò con la sedia. «P-per prima cosa c-contatterei i miei vecchi compagni d-della cybergang con un m-messaggio criptato, c-così, anche se il C-Club riuscisse a b-bloccare te e me, avremmo altre p-persone informate in grado di p-proseguire il nostro lavoro!»

«Mi pare una precauzione ragionevole» s'inserì Peter. «Inizio subito a battere un resoconto di quanto ci ha raccontato l'uomo del Club, poi tu aggiungerai i dati tecnici.»

«Come si chiamava la tua cybergang?» chiese Nemo.

«I C-Cavalieri Della Rete.»

«Non mi dire, facevi parte dei CDR?»

«L-li ho fondati i-insieme a un altro hacker i-incontrato in una chat.»

«Ho seguito le vostre azioni contro i gruppi di cracker, gli Angeli del Caos e le Tarantole del Weblog...» Negli occhi del cyberattivista c'era una scintilla di rinnovato interesse. «Siete spariti da più di un anno, mi pare.»

«M-mi sono un po' perso» ribatté Hideo abbassando lo sguardo. Lo rialzò subito. «Ma o-ora i Cavalieri Della Rete hanno una n-nuova sfida degna di l-loro. Li avvertirò c-che, quando qualcuno di noi s-scopre qualcosa, la c-comunichi subito agli altri. Si e-entusiasmeranno, ne sono c-certo. Soprattutto quando s-sapranno che lavoreremo p-per te!»

Nemo scosse il capo. «No, per ora è meglio non fare il mio nome in questa faccenda. Digli pure che lavori con un pezzo grosso, ma niente di più. Peter, mi hai sentito anche tu?»

«Certo, capo» ribatté lui seguitando a scrivere su computer. «Non farò il tuo nome.»

«Adesso diamoci da fare» disse Nemo tornando a girarsi verso il terminale. «Finora il Club ha vinto tutte le battaglie, ma quella decisiva inizia solo ora. E dobbiamo vincerla.»

# 5

## *Vecchi amici*

Roxanne aveva appena finito di raccontare al senatore Michael Howell quanto avevano appreso sulla misteriosa Corporazione e sul progetto del colossale oleodotto in Amazzonia. Frank e i ragazzi ascoltavano ansiosi: da quella telefonata poteva dipendere l'esito dei loro piani.

L'uomo all'altro capo del filo rimase in silenzio.

«Michael, sei ancora lì?» domandò Roxanne.

Dal vivavoce il politico rispose eccitato: «Mi hai appena confermato ciò che sospettavo da anni! Questo cyberattivista, Nemo... Credi si fiderebbe di parlare con me?»

«Glielo chiederemo senz'altro. Ora però dobbiamo agire in fretta, Michael, e tu sei l'unico a disporre dei mezzi per aiutarci. I miei uomini devono partire immediatamente per l'Amazzonia.»

«I tuoi uomini?»

«Sono in cinque, gente esperta. Andranno laggiù armati di videocamere e raccoglieranno le prove sullo scempio della foresta. Puoi mettere a disposizione il tuo aereo privato?»

I ragazzi si scambiarono un'occhiata: finalmente si era arrivati al punto.

«Per andare in Colombia??» replicò incredulo il senatore.

«So di chiederti molto, ma presentandosi al check-in di un aeroporto rischierebbero troppo. La Corporazione ha diffuso false accuse su uno di loro e, per quanto camuffati e con documenti falsi, la polizia potrebbe riconoscerli e arrestarli! Ormai ci sono telecamere ovunque collegate ai database dei ricercati... Senza contare che individuandoli la Corporazione scoprirebbe i nostri piani.»

Un'altra lunga pausa. «Mmm, d'accordo, accidenti, d'accordo! Però alla fine voglio tutte le informazioni di cui sarete venuti in possesso su questa fantomatica Corporazione, intesi? E voglio che giriate a Nemo un'e-mail da parte mia. Te la spedirò al più presto.»

Roxanne esitò prima di trovare il coraggio di aggiungere: «C'è dell'altro. I miei uomini hanno bisogno di un'attrezzatura speciale per effettuare le riprese. Contatterò personalmente i fornitori che la recapiteranno all'aeroporto, ma non ho i soldi per pagarla!»

«Di bene in meglio. Dove e quando ti servirà l'aereo?»

«Aeroporto di Reno, domattina.»

«Domattina?? Impossibile.»

«Michael, è una situazione disperata.»

«Ho capito, dannazione! Ti richiamerò al più presto. Dammi il tuo numero.»

«Inviami un'e-mail e ti richiamo io. Ah, Michael...»

«Che altro c'è?»

«Grazie.»

«Bah, ho sempre protestato in Parlamento per i privilegi del Governo a spese dei contribuenti. Almeno adesso avrò la possibilità di restituire un po' di quel denaro! Se i vostri sospetti si riveleranno fondati, sarò io a doverti ringraziare.» Il senatore Howell troncò la comunicazione.

«Grande Roxanne!» gioì Crystal. «I "tuoi uomini" sono fieri di te!»

La ragazza l'abbracciò insieme a Douglas e Adam.

«Cavoletti» fece Douglas «se ti sapevo così convincente,

ti dicevo anche di chiedergli il primo numero originale dell'*Uomo Ragno*!»

Si concessero tutti una risata liberatoria.

Crystal corse al capezzale di Pumpkin. «Ci andremo, sai? Ti porteremo in Amazzonia!»

La ragazza aprì gli occhi gonfi e arrossati. «Dici davvero?»

«Sicuro! Resisti, presto starai bene!»

Frank si avvicinò. «Speriamo davvero che questo le serva a qualcosa!»

Crystal replicò: «Ne sono convinta. È come per l'uomo della Corporazione: è stato male finché non si è messo in contatto con Peter... La Terra stessa sta chiamando Pumpkin laggiù, per un compito ancora sconosciuto. Quando sarà là ad assolverlo, starà bene, vedrai!»

«Purché questo "compito" non sia superiore alle sue forze. Dopotutto è solo una ragazzina!»

Poche ore dopo il senatore Howell inviò un'e-mail e Roxanne lo ricontattò.

«Per prima cosa ti do conferma della disponibilità dell'aereo per domani alle 12.00» disse il politico. «Comunque ho svolto delle indagini. In effetti esiste un Affare Oleodotto in Amazzonia, finanziato da un mucchio di colossi internazionali. Il punto è che sulla carta risulterebbe di proporzioni più ridotte rispetto a quanto dite... Ripeto, se si scoprisse che avete ragione, scoppierebbe un bello scandalo. Ho il piano dettagliato delle zone di foresta presumibilmente interessate dal progetto. Te lo mando via Internet insieme alla mail per Nemo.»

«Mi auguro di avere torto, Michael.»

«Già... Ti comunico ora e luogo di atterraggio in Colombia. Un mio uomo laggiù ha detto di conoscere un esperto aviatore in grado di condurvi vicino all'area dove prosegue l'abbattimento degli alberi. Se c'è qualcuno in grado di atterrare in quell'intrico di vegetazione... quello è lui.»

«Ancora grazie, non ce l'avremmo fatta senza di te.»

«Però di' ai tuoi uomini di essere prudenti. Non voglio ricevere notizie di "incidenti" mortali, mi sono spiegato?»

«Non so voi» disse Douglas al termine della conversazione «ma io farò il possibile per non dargli un dispiacere!»

A pochi chilometri, nello chalet vicino al torrente, Hideo stava cercando di mettersi in contatto con Prozac++, il suo vecchio compagno dei Cavalieri Della Rete.

Nemo gli aveva raccomandato di utilizzare sempre un *anonymizer*, un software capace di bloccare qualsiasi tentativo di rintracciare un navigatore mentre si trova in linea, facendolo apparire come qualcuno che si collega da un altro luogo. Così Hideo aveva inserito il suo vecchio *nickname* Otaku e si era collegato nella *chatroom* sull'*hacking* preferita dal suo amico: se in quel momento fosse stato in Rete, avrebbe visto il messaggio.

Aveva digitato e sugli schermi di tutti gli utenti collegati alla *chatroom* erano comparse le seguenti parole:

Otaku: Ehi Prozac++ ci sei?

«Ancora niente?» chiese Peter. Da quando aveva digitato per la prima volta il messaggio era trascorsa più di un'ora.

Hideo scosse il capo. Nemo nel frattempo era assorto nel tentativo d'individuare il *tick*, la Zecca, in un sistema operativo.

Quando ormai stavano per perdere le speranze, giunse il messaggio.

Prozac++: Ehi Otaku ancora vivo?

«Eureka!» esultò Peter.

Otaku: Sì amico scusa se sono sparito per un po'.
Prozac++: Sparito per un po'? Ti ho cancellato dalla mia rubrica "amico".

Otaku: Ehi Proz. Hai ragione. Scusa ma ho passato un pessimo periodo. Sono andato un po' in crisi.

Prozac++ impiegò quasi un minuto, prima di decidersi a rispondere.

Prozac++: Che ti è successo?
Otaku: Un lutto. I miei. Ora sto in una casa famiglia.
Prozac++: Accidenti mi spiace. Scusa ma io e i compagni ci siamo rimasti proprio male. Pensavamo ci avessi traditi.
Otaku: NO. È colpa mia avrei dovuto darvi spiegazioni. Sempre in contatto con gli altri?
Prozac++: Ci scriviamo di rado.
Otaku: Ascolta che ne dici di passare in IM? Devo parlarti di una cosa importante.

L'IM – Instant Messaging – avrebbe escluso qualsiasi altro utente dalla loro conversazione.

Poco dopo una finestrella si aprì sullo schermo di Otaku.

Prozac++: Dimmi tutto.
Otaku: Grazie amico. Sta succedendo un fatto molto grave. Pane per i Cavalieri Della Rete.
Prozac++: Cracker?
Otaku: Molto peggio. C'è in atto un complotto per tenere all'oscuro la gente di un disastro ambientale che si sta compiendo nella foresta amazzonica.
Prozac++: Cosa! Come lo sai?
Otaku: Non posso dirlo. Lavoro per qualcuno di importante. Stiamo cercando di fare qualcosa. Ci stai a collaborare?
Prozac++: Come sarebbe che non puoi dirmi per chi lavori? Non sarà mica l'FBI? Stai cercando d'incastrarmi?
Otaku: NO. Ascolta t'incollo a seguire tutta la storia. Leggila e dimmi se ci stai.

Peter aveva terminato il testo con il resoconto dettagliato del racconto dell'agente. Otaku lo copiò e lo incollò in calce al proprio messaggio.

Dopo alcuni minuti, Prozac++ tornò a farsi vivo:

Prozac++: Fantascienza amico. Mi prendi in giro.
Otaku: No purtroppo. Stiamo cercando di decriptare il codice delle Zecche. Ci stai a darmi una mano?

Altra pausa.

Prozac++: Ci sto. Avverto subito gli altri.
Otaku: Lo sapevo. Ascolta appena uno di noi scopre qcs lo posta agli altri intesi? Con il nostro codice criptato, mi raccomando. E usate un *anonymizer*.
Prozac++: Amico se è tutto vero ci giochiamo la pelle.

Hideo lanciò un'occhiata a Peter.

Otaku: Pensateci bene.
Prozac++: Mi faccio sentire.

Il collegamento s'interruppe.

«Cos'ha risposto?» domandò Nemo.

«P-penso che ci s-stia.»

L'uomo si compresse con il palmo delle mani gli occhi stanchi. «Questa faccenda rischia di diventare un po' troppo grande, ma forse hai ragione tu. Forse è un bene. Più gente sa, meglio è. Però mi piacerebbe fregare le Zecche prima che al Club si rendano conto che qualcuno ha mangiato la foglia.» Guardò fuori dalla finestra. Il sole era ormai tramontato. «Cosa ne dite di dormire un po'?»

Hideo parlò senza guardarlo negli occhi. «P-posso vederti in azione per un po', se s-sto zitto?»

Nemo fece un mezzo sorriso. «D'accordo, ma solo per un po'.»

Peter andò in bagno e si concesse un'altra doccia. Non avendo abiti di ricambio, dopo essersi asciugato, si rinfilò la T-shirt e andò a coricarsi sul letto matrimoniale.

Nella penombra della stanza, né Nemo né Hideo si accorsero di un gatto nero che s'infilava sotto le coperte per accoccolarsi accanto al corpo di Peter.

Alla casa famiglia, Karen Wright spense il computer del suo ufficio, mettendo fine a un'altra giornata sfibrante.

Non solo aveva dovuto dire ai genitori di Pumpkin di non avere ancora notizie certe sulla figlia, ma adesso doveva tenere a bada anche quelli di Peter Peaky. Cosa era saltato in mente a lui e a Hideo di scomparire così? Quando aveva creato quella casa famiglia si era aspettata d'incontrare problemi con i ragazzi, aveva perfino messo in conto che qualcuno avrebbe cercato di svignarsela, dopotutto quella non era una prigione e non c'erano grandi sistemi di sorveglianza... Ora tuttavia le sembrava che la sua vita fosse sprofondata nel caos e le cose stessero sfuggendo al suo controllo.

Spense la luce sulla scrivania e rimase a lungo al buio cercando di rilassarsi. Alla fine riaccese la luce e aprì il cassettino segreto dove teneva il diario.

Cominciò a scrivere, chiedendosi se un giorno avrebbe riletto quelle pagine con un sorriso.

A Serendipitree la situazione era più o meno quella della notte precedente.

Nonostante l'eccitazione per l'impresa che li attendeva, nella capanna/ripostiglio Frank, Douglas e Adam cercavano di riposare, mentre nella capanna su Tea Roxanne vegliava accanto a Pumpkin, di nuovo in preda alla febbre. Questa volta però c'era anche Crystal con lei. Aveva detto che si sarebbe fermata poco, ma era già trascorsa più di un'ora. Gli occhi le si chiudevano, eppure cercava d'inviare immagini serene alla mente dell'amica per darle un po' di conforto, anche se la stanchezza rendeva l'operazione sempre più difficile.

«Non ti conviene andare a dormire?» sussurrò Roxanne. «Resto io con lei. Domani per te sarà un giorno faticoso!»

La ragazza la guardò. Aveva gli occhi rossi e segnati. «Hai ragione... dovrei andare, però...»

«Però niente. Sciò, sciò, fila via. Non vedi che non riesci a tenere gli occhi aperti?»

Crystal sorrise. Esitò ancora, poi si alzò. «Vado. A domattina, Roxanne.» S'incamminò per uscire.

«Crys, aspetta.»

La ragazza si voltò.

«Vorrei darti una cosa.» La donna andò alla libreria e prese un libriccino tascabile.

«Cos'è?» domandò Crystal incuriosita.

«Sono scritti di San Francesco. C'è anche il *Cantico delle Creature*...»

«Oh, Roxanne... So bene quanto ci tieni, non lo posso accettare!»

«Ci tengo tantissimo, per questo mi fa piacere che l'abbia tu. Ti piacerà, vedrai. Sarete d'accordo su un sacco di cose!» Sorrise.

La ragazza l'abbracciò forte.

Prese il libro guardandola con occhi lucidi e uscì dalla capanna senza aggiungere altro.

Un groppo in gola, Roxanne tornò a sedersi accanto a Pumpkin.

Ora i momenti di agitazione della ragazzina si alternavano ad altri di serenità. Nel sonno mormorava qualcosa. La donna si piegò in avanti cercando di distinguere le parole: «Stiamo arrivando, Gaia! Stiamo venendo a salvarti!»

## 6

## *In partenza!*

Alle prime luci dell'alba Frank, Crystal, Douglas, Pumpkin e Adam avevano già raccolto le loro cose.

Senza dire una parola, Roxanne li precedette scendendo la ripida scala a chiocciola.

Frank si caricò Pumpkin sulla schiena e il gruppo s'inerpicò per il bosco fino a raggiungere l'altipiano dove avevano lasciato il pallone aerostatico.

Aiutata dagli altri Roxanne gonfiò l'involucro.

«Il vento soffia nella direzione giusta» commentò mentre salivano a bordo. Sganciò i sacchetti di sabbia e il pallone decollò.

Quando atterrarono poco distante dalla loro auto, Roxanne li guardò triste. «Come vorrei venire con voi! Crystal, tu puoi "sentire" che dico la verità...»

La ragazza annuì.

«Una vecchia come me vi sarebbe solo d'intralcio e inoltre non oso lasciare Tea e Serendipitree... Almeno avessi già trovato un guardaboschi... io... io...»

«Hai già fatto tantissimo, Roxanne» disse Frank. «Ti siamo grati per tutto e cerca di non stare troppo in pena, okay?»

Con le lacrime agli occhi, la donna li abbracciò a uno a uno, mentre smontavano dalla cesta. Quando si voltò verso Pumpkin, che a stento si reggeva in piedi, la ragazzina ricambiò l'abbraccio con forza sussurrandole: «Grazie!»

«Sì...» rispose Roxanne.

In silenzio ognuno di loro si chiese se si sarebbero più rivisti.

Salve, Nemo.

Sono il senatore Michael Howell.

So che a te i politici non vanno molto a genio. Talvolta sono difficili da digerire anche per me che sono uno di loro.

Tuttavia esistono anche politici onesti impegnati ad agire per il bene del nostro ecosistema, posponendo perfino quelli che, a occhi miopi, appaiono come gli interessi del nostro stesso popolo.

Dopotutto di pianeti ne abbiamo uno solo e il nostro primo dovere è quello di lasciare ai nostri figli e ai nostri nipoti un mondo ancora vivibile.

Ti scrivo questa lettera per offrirti il mio appoggio per la tua crociata in difesa dell'ambiente e per pregarti di sottopormi le informazioni da te raccolte sulla Corporazione la quale, a quanto sembra, condiziona la vita di noi tutti.

Lottando da solo puoi forse scalfire il suo potere, ma insieme potremmo contribuire a indebolirla.

Ti chiedo solo di considerare la mia proposta.

Con stima.

Michael Howell

Conclusa la lettura, Peter raggiunse Nemo e Hideo a tavola, dove lo attendeva una pizza fumante.

Sedendosi, Peter domandò a Nemo: «Gli risponderai?»

«Al senatore? Non penso proprio.»

«Mi sembra sincero.»

«Certo, è il mestiere dei politici. Non mi fido. Sono solo parole.» Stappò la seconda lattina di birra cambiando bruscamente discorso: «Aah, un vero pasto, finalmente!» Si riempì il bicchiere. «Ne volete un goccio?»

«Meglio di no» rispose Peter. «Non faccio uso di alcolici, preferisco avere la mente lucida.»

L'uomo rise sonoramente. «Noi usiamo una minima parte del nostro cervello, ragazzo. Chi ti dice che una buona birra non ti aiuti a visitare zone inesplorate? Hideo, ne vuoi?»

«S-solo un po', g-grazie.»

«Così mi piaci» ribatté Nemo facendogli traboccare il bicchiere di schiuma. «Allora» riprese poi più serio «perché non proviamo a usarlo, questo cervello? L'uomo del Club ha detto che le Zecche si annidano in un programma freeware di cui nessuno riesce più a fare a meno... Quale potrebbe essere?»

«Qual è l'utilizzo principale di Internet?» domandò Peter.

«F-forse l-lo scambio di informazioni... d-di e-mail...»

Nemo scosse il capo. «Ci sono molti programmi gratuiti per la posta elettronica, ma nessuno insostituibile.» Addentò un altro boccone di pizza e ci bevve sopra una sorsata di birra.

«Diversi utenti scaricano musica» disse Peter «o anche film. Ormai la velocità di connessione dei computer è talmente elevata da permettere il download di file di centinaia di MegaByte in poco tempo.»

«Riproduttori di file audio e video...» considerò Nemo. «Ma anche in questo caso i programmi disponibili e utilizzati sono decine, senza contare che la banda larga non è alla portata di tutti.»

Hideo sembrò intuire qualcosa. «O-oppure ci vuole un b-buon compressore di d-dati!»

Nemo annuì sorridendo, come invitandoli a proseguire.

Peter ci provò: «Da più di un anno viene distribuito gratuitamente in Rete un compressore, adatto a ogni piattaforma, che ha reso possibile lo scambio dei dati a circa il doppio della velocità, sbaragliando la concorrenza!»

«G-GigaZip!»

Nemo posò l'ultima fetta di pizza e volò al computer.

Hideo fece altrettanto, ma tornò indietro per riempirsi un altro bicchiere di birra.

Rimasto solo, Peter considerò se, da persona educata, dovesse smettere anche lui di mangiare. Osservò Nemo e Hideo che da due diverse postazioni cercavano di risalire al linguaggio macchina di GigaZip. Davano l'impressione di essere così assorti da non accorgersi nemmeno se fosse volata via la casa... Purché fossero rimasti loro i computer, ovvio.

Fece spallucce e tagliò un altro pezzo di pizza. Afferrò una lattina di birra, lesse gli ingredienti e ne versò due dita.

Un *PING!* annunciò a Hideo l'arrivo di un messaggio.

«Buone nuove?» gli domandò Nemo senza smettere di digitare.

«E-eccome! È di Prozac++. L-lui e il resto della b-banda accettano di c-collaborare!»

«Benissimo, ma alle Zecche pensiamo noi... Tu di' loro che comincino a registrare degli spazi Web. Ci serviranno per trasmettere le immagini in diretta dall'Amazzonia, sempre che i vostri amici riescano a inviarcele. Se il mio piano funziona, avremo bisogno di un numero di *mirror* capace di accogliere gli utenti dell'intero pianeta...»

I *mirror* erano dei duplicati di siti creati in altri spazi Web. Uno dei motivi per cui si generavano era di evitare l'intasamento del sito originale per i troppi contatti nello stesso momento.

Otaku: Ehi Proz. Avete sempre delle password di accesso agli FTP per disporre di spazio Web libero?
Prozac++: Naturale.
Otaku: Okay. Dovrete mettere in linea più *mirror* possibili del sito che vi forniremo.

Prozac++: Cos'hai in mente?
Otaku: Non posso ancora dirti altro ma dobbiamo prepararci a gestire un bel po' di traffico.
Prozac++: Quanto?
Otaku: TANTO. Direi per tutti i *mirror* che riuscirete a creare. Ti contatterò appena potrò dirti di più. Buon lavoro amico.
Prozac++: Anche a te Ot. Bentornato.

Nemo si rivolse a Peter: «Di creare il sito ti occuperai tu. In quel CD troverai il mio logo con il Nautilus da inserire in testa alla pagina. Dovrai informare la gente sul Club e su come ci tenga sotto controllo. Parla anche dei *ticks*, di come funzionano, e lascia uno spazio per il filmato. Ehi, tutto bene? Mi hai capito?»

Peter scrollò la testa cercando di rimettere la vista a fuoco. Guardò la tavola davanti a sé e si accorse solo allora di essersi bevuto tre lattine di birra.

Sbatté il pugno sul ripiano tuonando: «Puoi scommetterci il tuo sottomarino, che ti ho capito... *ips*! Lo faccio subito!»

Si alzò di scatto, ma le gambe gli cedettero e ricadde seduto. «*Ips*! Lo sto per fare... *ips*!»

«A-accidenti a te!» gli urlò Hideo. «G-guardati, ti sei scolato q-quasi tutta la b-birra!» Afferrò una lattina.

Peter ribatté: «Morditi la lingua... *ips*!! Sto solo esplorando la parte più recondita della mia mente!» Gli strappò la lattina di mano e bevve una lunga sorsata.

Senza smettere di digitare, Nemo scosse il capo e mormorò: «Ragazzi».

Durante il viaggio per l'aeroporto di Reno, Frank e gli altri restarono immersi nei loro pensieri, tranne Pumpkin che si era riaddormentata.

Lo psicologo annunciò: «Siamo arrivati al parcheggio Airport 2000. In base alle istruzioni del senatore Howell, dovremo lasciare qui l'auto. All'ingresso troveremo un'altra vettura con i vetri oscurati che ci permetterà di entrare in aeroporto da un accesso secondario, evitando di passare attraverso il normale check-in».

All'ingresso del parcheggio, individuarono senza difficoltà l'auto dai vetri scuri, che li aspettava su una piazzola.

Scesero due uomini in giacca e cravatta.

Parlò il più anziano: «I signori Claremont, Cooper, Laserson, Lindenlaub e Macleod?»

«Siamo noi» rispose Frank porgendo i documenti.

Li esaminarono senza fare commenti.

«Prego, salite» disse alla fine quello che aveva parlato.

Obbedirono e l'auto si diresse verso l'aeroporto.

In un hangar, li stava attendendo il velivolo personale del senatore.

Il pilota andò loro incontro. Lanciò un'occhiata incuriosita ai ragazzi e porse la mano a Frank. «Buongiorno. Le attrezzature richieste sono già state recapitate e ho provveduto a farle caricare a bordo, desidera controllare che ci sia tutto? Gli altri intanto cominceranno la visita medica.»

«Visita medica?» ripeté Douglas.

«Già, innanzitutto dovremo sincerarci che siate perfettamente sani, onde evitare che rischiate di contagiare le tribù locali. Dopo vi saranno somministrate le vaccinazioni.»

«Vaccinazioni??» Douglas era impallidito.

Neanche Crystal e Pumpkin erano entusiaste all'idea: avevano ancora impresso nella memoria il ricordo del falso medico dell'ospedale.

«Certo» ribatté il capitano. «L'effetto serra ha provocato un incremento di malattie tropicali, come la malaria. Il senatore ha disposto che vi venisse praticata una profilassi per prevenire qualsiasi imprevisto.»

«Coraggio» li esortò Adam con un sorriso. «Fare i turisti nella foresta amazzonica val bene qualche sacrificio!» Si tolse il giubbotto e si rimboccò una manica.

«*Gné, gné, gné*» gli fece il verso Douglas di nascosto,

rimboccandosela a sua volta. «Credi abbia paura?» Poi, più piano, rivolto a Crystal: «Mamma, che paura! Non potresti rifare quel giochetto mentale della passeggiatina in riva al mare?»

Frank controllò il materiale assicurandosi che ci fosse tutto. Prese solo una delle videocamere, con relative istruzioni, per portarla ad Adam.

«Grazie Frank!» esclamò il ragazzo. «Uàu, l'ultimo modello! Con questi gioiellini non potremo certo fare riprese scadenti!»

Di lì a pochi minuti erano a bordo dell'aereo che già stava rollando sulla pista.

«Siamo partiti» dichiarò Douglas, senza rivolgersi a nessuno in particolare.

Sembrava un'osservazione scontata, ma gli altri capirono perfettamente cosa intendeva dire: fino a pochi istanti prima, sarebbe bastata una parola per rinunciare al viaggio. Dal momento in cui le ruote si erano staccate da terra era già troppo tardi.

I loro sguardi s'incrociarono in un dialogo che non aveva bisogno di parole. Erano partiti insieme e insieme sarebbero andati fino in fondo. Qualunque fosse il prezzo da pagare.

# 7

## *Amazzonia!*

L'aereo privato del senatore Howell atterrò verso sera all'aeroporto di Arauca, Colombia. Un agente del DAS, preventivamente allertato, si premurò di accogliere con discrezione i forestieri "in incognito", controllando personalmente i loro documenti.

Douglas fu il primo a uscire dal portello: non amava nemmeno gli aerei, per quanto ai suoi occhi apparissero molto più sicuri di *Mamy* o delle *bubbles* di Roxanne.

Sulla piattaforma metallica, lo avvolse un'ondata di calda umidità, tale da mozzare il respiro. «Mamma mia! Preparatevi, ragazzi» disse ai compagni di viaggio che lo stavano raggiungendo. «Se fosse ancora un po' più umido, dovremmo indossare una maschera da sub!»

Appena finito di parlare un tuono annunciò lo scatenarsi di un acquazzone. La pioggia era così fitta da non permettere quasi di vedere i gradini. «Cavoli, queste non sono gocce, sono pietre, aiuto!»

«Svelti! Da questa parte!» li chiamò una figura indistinta, facendo segno di seguirli.

Corsero fino a un hangar dove trovarono riparo. Pochi

secondi sotto l'acqua, eppure erano zuppi fino al midollo.

«Che roba!» esclamò allora Adam, strizzandosi gli abiti gocciolanti.

«Davvero!» concordò Frank. «Speravo fosse già iniziata la stagione secca!»

Il loro ospite rise. «L'avete preceduta di un soffio!» Si trattava di un uomo tarchiato fra i trenta e i quaranta. «Benvenuti in Colombia. Mi chiamo Akawë e in passato ho fatto da guida agli attivisti di Greenpeace.»

«Sono lieto di sentirtelo dire, Akawë. La nostra spedizione non sarà precisamente una scampagnata e...»

«So già dove vorreste ficcanasare» lo interruppe l'altro facendosi improvvisamente serio. «Sono nato nella giungla e farei qualsiasi cosa per salvaguardarla. Piuttosto sono io a dovervi mettere in guardia. Molti attivisti locali stanno tentando da mesi di avvicinarsi alla zona dove si svolgono i lavori, ma la compagnia petrolifera ha assoldato dei mercenari. Non è molto difficile trovare gente disposta ad ammazzare per pochi soldi qui. Dopo cinquant'anni di scontri fra guerriglieri ed esercito, originati dagli interessi economici di grandi compagnie internazionali, tutti hanno paura di tutti, e molti cercano di guadagnarci dalla guerra... I mercenari dell'oleodotto sparano a vista su chiunque si avvicini.»

«Ehi!» sbottò Douglas. «Dovrebbe essere proibito, no?»

«In realtà noi la sorvoleremo soltanto, quella zona» spiegò Frank. «La nostra vera meta è la Cascata di Lipa.»

La guida lo scrutò a fondo. «Per le tribù locali è un luogo sacro.»

«Siamo in missione per conto della Terra!» s'intromise Douglas.

Akawë si limitò a guardarlo, poi rivolto a Frank: «Inoltre non credo sia una spedizione adatta a dei ragazzini».

«Ragazzini a chi?» proruppe Douglas.

Allora Crystal si fece avanti. «Akawë, ti prego, devi aiutarci. La Cascata di Lipa è in pericolo. Siamo qui perché qualcuno ci ha chiesto di venire. Vogliamo solo aiutare, non certo mancare di rispetto alla sacralità del luogo.»

Akawë replicò severo: «Di solito i bianchi non hanno troppi riguardi».

Crystal non rispose, ma lo guardò in modo che l'uomo leggesse la sincerità nei suoi occhi.

Ci fu un lungo silenzio. Alla fine Akawë le porse la mano. «Chi sei, ragazza dai lunghi capelli rossi?»

Improvvisamente timida, si scostò le ciocche appiccicate al viso: «Mi chiamo Crystal».

Akawë li esaminò attentamente. Solo in quel momento sembrò vedere Pumpkin. «E tu?»

Lei si fece avanti. «Mi... chiamo Cheryl, ma gli amici mi conoscono come Pumpkin.»

L'indio parve rammentare qualcosa. «Ti ho vista, Pumpkin. Ti ho vista in sogno.»

Douglas non si trattenne: «Be', questo aggiusta tutto, o no?»

L'altro lo squadrò in modo serio, ma poi sulle sue labbra si disegnò un sorriso. «Come ti chiami, ragazzo-che-non-sa-tacere?»

Rosso come un peperone, Douglas ricambiò il sorriso. «Immagino che ragazzo-che-non-sa-tacere vada benissimo, ma puoi chiamarmi Doug.»

Si scambiarono una stretta di mano.

«E io sono Adam, incaricato delle riprese.»

Akawë lo squadrò con rispetto. «Allora tu sarai gli occhi del mondo, Adam. Hai un compito molto importante.»

«Eccì!» fece a un tratto Douglas, togliendosi il giubbotto inzuppato. «Amo già questo Paese.»

«Sì, anch'io» disse Crystal scuotendo i capelli. «Se fossimo rimasti ancora un po' sotto quella pioggia torrenziale, saremmo affogati!»

«Quale pioggia?» domandò Douglas guardando fuori. Non cadeva più una goccia.

Akawë sorrise. «Dovrete farci l'abitudine: a volte la pioggia dura settimane, altre volte pochi minuti.»

«Be', ci ha dato il benvenuto!» scherzò Adam.

A Frank parve che la diffidenza iniziale della guida si fosse attenuata. Azzardò: «Hai già trovato il pilota? Vorremmo partire domattina presto».

«L'ho trovato» rispose Akawë. «Ma adesso non c'è. Ha detto che sarebbe andato a festeggiare con l'anticipo.»

«Mmm, peccato. Avrei voluto cominciare a caricare il materiale sul suo aereo.»

«Se è per questo, si può fare ugualmente. Il piper è laggiù e io ho le chiavi. Posso anche trovare qualcuno per aiutarci.»

Considerata la mole delle attrezzature, Frank accolse volentieri la proposta. In un batter d'occhio quattro magazzinieri scaricarono il velivolo del senatore e trasportarono tutto fino al piper.

«E questo sarebbe il nostro aereo?» brontolò Douglas. «Sembra un pezzo d'antiquariato!»

«Infatti è vecchio» ammise Akawë. «Ma a Jerry va bene così. Considera quelli moderni poco affidabili.»

«Mi sembra proprio di capire che nemmeno lui sia un... giovanotto.»

La guida aprì lo sportello del piper e i magazzinieri iniziarono a caricare. «Nessuno conosce esattamente la sua età, ma sembra abbia vissuto parecchie avventure negli anni Cinquanta...»

«Quand'era in fasce?» fece Adam. «O esagera un tantino o dovrebbe essere vecchissimo!»

«Nella giungla amazzonica ci sono molti misteri. Qualcuno giura di averlo visto precipitare nella foresta una quarantina d'anni fa e che, quando è ritornato pochi anni or sono, sembrava appena un po' invecchiato.» Akawë sorrise scuotendo il capo. «Ho provato a chiedere direttamente a Jerry, una volta, ma lui ha riso e mi ha confidato di aver fatto solo un favore a un vecchio sciamano. Non ho mai capito se scherzasse o se fosse serio.»

«Strano tipo» commentò Frank. «Sarà affidabile?»

«Gli ho affidato più volte la mia vita. Conosce la selva amazzonica meglio di qualunque altro pilota. Dall'alto, ma anche dal basso.»

«A questo punto sono curioso di conoscerlo. Sai dove sia andato a... festeggiare?»

«Oh, non te lo consiglio. I locali che frequenta Jerry non sono roba da turisti!»

«Non preoccuparti» intervenne Douglas. «Anche se non lo diamo a vedere, siamo ossi duri!»

Gli altri risero.

Frank insistette. «Vorrei cominciare a discutere con lui del viaggio, appena possibile.»

«D'accordo» replicò Akawë. «Poi non dite che non vi avevo avvisati!»

Cominciarono il giro delle bettole vicine all'aeroporto. Frank aveva tentato di convincere i ragazzi a rimanere in albergo. Come al solito, non c'era riuscito. Adesso però, sotto gli occhi di ubriachi e di gruppetti di giovani dall'aria poco raccomandabile, non si sentivano affatto tranquilli. Meno male che con loro c'era Akawë!

Il pilota era conosciuto in tutti i locali e la risposta dei gestori era più o meno sempre la stessa: «Qui non c'è, per fortuna. Ma se lo vedete, chiedetegli quando passa a saldare il conto!»

Nel frattempo si era fatto buio.

Il bar successivo era un posto davvero infimo.

«Speriamo sia qui» disse Adam. «Comincio a non poterne più!»

Dall'interno del bar proveniva un fracasso di oggetti e vetri infranti. Un uomo venne scaraventato fuori da una finestra e piombò al suolo svenuto.

«Mmm, forse ci siamo vicini» sospirò l'indio.

«Forte! Una rissa come nei film!» gongolò Douglas, allungando il collo per sbirciare dall'apertura. Gli altri lo imitarono.

Cinque figuri circondavano un uomo snello e brizzolato che, da come incespicava, sembrava ubriaco fradicio. Era tanto se riusciva a reggersi in piedi, figuriamoci affrontare quegli energumeni!

«Caray, Gringo!» tuonò quello più grosso. «Non avresti dovuto alzare le mani su mio fratello. Adesso preparati a pagarla cara!»

Akawë sussurrò: «Cosa vi dicevo? Eccolo, vi presento Jerry!» Frank si allarmò: «Come? Il nostro pilota? È quello in mezzo?... Dobbiamo chiamare aiuto! La polizia! Quei bestioni lo faranno a pezzi!»

«La polizia non ama frequentare i bassifondi e prima che arrivi sarà tutto finito.»

«Ci mancava questa!» Frank strinse il braccio di Akawë. «Quante possibilità abbiamo di trovare un altro pilota?»

«Be'... Esperto come lui, non saprei...»

«Ho capito. Allora... Allora... dobbiamo aiutarlo!»

L'indio lo squadrò scettico. «Frank, io non sono molto in forma e tu...»

«Sono uno psicologo. So come ragionano questi bruti. Basta farsi credere più cattivi di loro. Se riesco a spaventare il più grosso, il capobranco, anche gli altri se la daranno a gambe, è scientifico!» Si voltò verso i ragazzi increduli: «Voi statene fuori, è un ordine!» Ed entrò.

«Signorsì!» ribatté Douglas.

«Aspetta!» intervenne Crystal. «Potrei cercare di...»

Inutile: Frank aveva già afferrato una sedia e, con un urlo possente, l'aveva sfasciata su un tavolo, attirando immediatamente l'attenzione degli energumeni.

Brandendo a due mani lo schienale rimastogli in mano, ruggì: «Le risse non mi piacciono. Se volete battervi, fatelo con me!»

Adam bisbigliò agli amici: «Morirà, lo sapete, sì?»

Per nulla impressionato, l'omaccione tuonò: «*Como*??»

Agguantò una bottiglia per il collo e la infranse trasformandola in un'arma mortale.

«Ho detto... Ho detto di battervi con me! ...Sempre che non preferiate considerare chiusa la faccenda, perché da parte mia...»

L'altro si accingeva a saltargli addosso: all'improvviso si congelò. I compari si guardarono fra loro meravigliati, mentre il coccio di bottiglia gli cadeva di mano.

"Tranquillo, Frank: lo tengo!" gli comunicò telepaticamente Crystal.

Rinfrancato dalla notizia, lo psicologo si rivolse agli altri ceffi: «Il vostro amico ha sale in zucca. Qualcun altro vuole sfidare la sorte?!»

Gli uomini cominciarono a indietreggiare.

Frank sorrise spavaldo. «Peccato, perché mi prudevano le mani! E in questi casi io...» sollevò bruscamente il pezzo di schienale: un frammento si staccò volando fuori dalla finestra, verso il viso di Douglas. Lui, nello scansarsi, travolse Crystal. Caddero a gambe all'aria.

Il bestione tornò in sé, riprendendo da dove si era fermato, cioè correndo verso Frank. Lo psicologo gli lanciò il pezzo di schienale, ma l'uomo l'afferrò al volo brandendolo a sua volta. Frank si diede alla fuga tra i tavoli urlando: «Crystal! Che succede, Crystal?!»

Lei sedeva sul selciato massaggiandosi energicamente la nuca, mentre Akawë e i ragazzi la soccorrevano.

Il pilota era stato a guardare la scena barcollando. All'improvviso si gettò a testa bassa contro l'addome del più vicino che arretrò sfondando un tavolo.

Un altro l'acchiappò per il giubbotto di jeans, lui si voltò fulmineo sfilandoselo, agguantò un boccale di birra e gliela gettò in faccia. Il terzo roteò una sedia. Jerry spiccò un goffo balzo per scansarla, piombando in braccio al quarto che, sorpreso, lo sostenne, girando su se stesso e prendendosi la sedia sulla schiena.

«Scusa, Ramòn!» esclamò quello che l'aveva tramortito.

Il pilota rotolò sul pavimento, raccolse una forchetta e gliela conficcò nel piede.

L'uomo strillò, lasciando cadere la sedia e saltellando su una gamba.

Quello della birra in faccia s'era intanto pulito gli occhi: un uppercut del pilota al mento glieli richiuse definitivamente.

Dall'altra parte del locale, Frank venne afferrato dal suo inseguitore e sollevato di peso.

«Ora sentirai molto male!» minacciò l'omaccione puntando verso la specchiera dietro al bancone.

«Ehi!»

Un'altra sedia si fracassò sulla testa dell'omone: barcollò senza mollare la preda.

«Non basta, Akawë!» strillò allora Frank. «Ce ne vuole un'altra!»

L'indio si guardò intorno, ma le sedie a portata di mano erano tutte in pezzi.

«A te!» » gli urlò il pilota passandogliene una al volo.

Akawë l'afferrò. All'improvviso...

«*Muy bien*!» tuonò l'omaccione rimettendo giù Frank e massaggiandosi la nuca. «*Muy bien*, si faceva per discutere, ma quando si comincia a essere violenti non mi diverto più. *Vamos, hermanos*!»

Raccolse l'amico svenuto e se lo caricò in spalla. Gli altri lo seguirono all'uscita borbottando e massaggiandosi le parti malconce.

In lontananza risuonavano le sirene della polizia.

Il pilota lanciò al barista un mazzetto di banconote. «Prendi, Arlindo! Era ora che rinnovassi la mobilia di questa topaia!»

«*Por todos los diablos*!» ribatté furioso il barista. «E gli arretrati? Quando me li paghi gli arretrati?!»

«*Vamonos*, gente!» urlò Jerry rivolto a Frank e Akawë.

Si lanciarono verso una porta secondaria sbucando in un vicolo. Dietro, Douglas e gli altri che sorreggevano Crystal.

Una corsa lungo stradine buie li condusse a parecchi isolati di distanza, finché il pilota non si fermò.

«Okay, penso basti così!»

Si piegarono in avanti per riprendere fiato.

Il primo a parlare fu Akawë: «Jerry, ti presento i tuoi passeggeri: il dottor Frank Claremont, Crystal, Pumpkin, Douglas e Adam».

Il pilota scoppiò in un'allegra risata: «Per l'animaccia mia, non ho mai visto un salvataggio più scombinato!»

«Come sarebbe?» protestò Frank paonazzo. «Se non fosse stato per noi...»

«Okay, okay, non è il caso di scaldarsi. Estéban se l'era presa solo un po' per un tiretto che ho giocato a suo fratello, ma abbaia tanto e morde poco!»

«Tiretto?!» replicò lo psicologo. «Allora avevano ragione ad avercela con lei!»

«Bah, c'entrava una ragazza, un matrimonio sfumato... Sciocchezze con cui non voglio annoiarvi... Comunque avete ragione, sono stato un po' ingrato. Chiedo umilmente scusa.»

Prese una mano di Crystal e la baciò.

«*'Ta' bom*» proseguì «ci vediamo domattina all'aeroporto. La notte è ancora giovane e conosco qualche altro localino...»

Douglas era allibito. «Ma se un momento fa non ti reggevi in piedi! Vuoi continuare a bere?»

«Eeeh, ragazzo, è un bel guaio. Qualche anno fa ho fatto un favore a uno sciamano e adesso ubriacarmi è molto più difficile, mi passa subito! Be', per dirla tutta, mi riprendo in fretta anche da "incidenti" più spiacevoli... e mi sento ancora un giovincello... Però rimanere appena un po' alticcio è un lavoro che ormai m'impegna quasi a tempo pieno, parola mia!»

«Volevo discutere del viaggio di domani, concordare il luogo di atterraggio...» protestò Frank.

Il pilota si stava allontanando, ma si voltò. «Per oggi ho "discusso" abbastanza! Domattina datemi una destinazione e io vi ci porto. Non solo: vi faccio pure atterrare! Ma non voglio sapere niente dei guai in cui andrete a cacciarvi.»

«Cosa intende dire?» replicò Frank.

L'altro si fece più serio. «Quella dell'oleodotto è gente che non si ferma davanti a nulla e qui ci sono in ballo miliardi di dollari.» Il sorriso tornò ad affacciarsi sulle sue labbra. «Nella mia vita ho compiuto qualche bella impresa, però adesso voglio godermi gli anni che mi restano e la prima regola, in questi casi, è: "Tira dritto e pensa ai fatti tuoi"!» Riprendendo ad allontanarsi disse ancora: «*Buenas noches, amigos*. Fatevi un bel sonno, vi rimetterà in sesto dalle emozioni di stanotte!»

Scomparve nell'oscurità di un vicolo.

«Che insopportabile egoista!» si lamentò Douglas.

Crystal ribatté: «Sì, ma sa come ci si comporta con una signora!» Ostentando svenevolezza, si portò al cuore la mano baciata.

«Non ci posso credere!» urlò Douglas avviandosi dalla parte opposta. «Non ci posso proprio credere!»

Ridendo, gli altri lo seguirono. Su una cosa concordavano con il pilota: per quella sera le emozioni erano state fin troppe!

# 8

## *Assalto alla casa famiglia!*

Quella notte Karen era rimasta alzata a lavorare più a lungo del solito.

Era già suonata la mezzanotte quando finalmente spense il computer, dopo una serata trascorsa a rileggere per l'ennesima volta le schede dei suoi ragazzi. Avrebbe dovuto aggiornarle, annotando minimi, significativi piccoli passi in avanti compiuti da molti di loro.

Invece quelle schede erano rimaste in bianco. Gli avvenimenti di quei giorni l'avevano completamente sconvolta e distratta dal suo ruolo. Passava le giornate nel suo studio in attesa di ricevere notizie che non si decidevano ad arrivare. Si rendeva conto di aver perso il controllo della situazione al punto che ormai risse e litigi erano all'ordine del giorno.

Aveva lavorato tanto per ottenere quel rifugio e adesso che aveva sottratto quei ragazzi alle loro vite sbandate li stava abbandonando.

Sul foglio davanti a sé aveva scritto una parola: famiglia.

Come poteva quella parola, che lei considerava così importante e piena di speranza, lasciarle dentro una sensazione di disperata solitudine?

Ancora una volta le venne naturale il confronto con Frank Claremont. Per quanto non approvasse il suo comportamento, lui non aveva esitato a mettersi contro tutto e tutti per quello che pensava fosse il bene dei ragazzi. E loro avevano accettato di seguirlo, di stare dalla sua parte.

Scacciò una lacrima e aprì il cassetto a scomparsa della scrivania. Il diario l'aspettava, come sempre.

Lo prese in mano, ma invece di proseguire la stesura, girò distrattamente le pagine, tornando indietro a due giorni prima, quando Pumpkin era scomparsa.

Iniziò a leggere a caso e un brivido le corse lungo la schiena. Non erano quelle le parole che ricordava di avere scritto... eppure la calligrafia era la sua!

Chiuse gli occhi, come per scacciare quella visione, ma quando li riaprì nulla era cambiato. C'erano pagine e pagine nella sua calligrafia... pagine e pagine che non aveva mai scritto!

Prese coraggio e cominciò a leggere.

*Dottoressa Wright, sono Crystal.*

*Mi scuso infinitamente per essermi inserita a forza nella sua intimità, ma a questa distanza non sono in grado di inviare i miei pensieri al lato conscio della sua mente.*

*Posso però parlare al suo inconscio e farle scrivere queste righe sul suo diario.*

*So che lei non crede alle facoltà extrasensoriali e il comportamento del dottor Claremont l'ha molto contrariata.*

*Eppure, vede, sta succedendo qualcosa al cui confronto noi piccoli umani siamo poca cosa.*

*Mi rendo conto che l'abbiamo messa in una situazione terribile. Mi dispiace perché sono convinta che lei sia una brava persona. Perciò tenterò ogni sera di aggiornarla su quanto sarà accaduto.*

*Oh, dov'ero rimasta? Mi sono distratta. Douglas, accanto a me, sta canticchiando nel sonno... Ho paura, dottoressa Wright. Vorrei che questa storia fosse già finita, vorrei rag-*

*giungere Douglas nel sogno, tenergli compagnia. Mi scusi, sto divagando...*

*Comincerò il racconto dal principio, dall'esperimento in cui è stata coinvolta anche Pumpkin.*

Karen proseguì la lettura con emozione crescente. Lesse del messaggio di aiuto, di Roxanne e della capanna sulla sequoia, della geomelodia, dell'Ipotesi Gaia e della Corporazione. Le parole di Crystal trattenevano ancora vive le emozioni, la colpivano nel profondo, commuovendola quando la ragazza si commuoveva e riempiendola di eccitazione quando descriveva la scalata di Tea. In breve giunse al termine del racconto.

*Dottoressa Wright, queste sono le ultime parole che le trasmetterò.*

*Domattina partiremo per l'Amazzonia e temo che i miei poteri non riusciranno a raggiungerla da laggiù.*

*La saluto e spero di poterle raccontare di persona il resto dell'avventura!*

*Con affetto.*

*Crystal*

Karen chiuse il diario e se lo strinse al cuore.

Continuava a piangere, senza riuscire a smettere. Si sentiva sopraffatta dalle emozioni appena vissute, dalla preoccupazione per la sorte dei ragazzi e dall'essersi improvvisamente affacciata su un mondo del tutto nuovo, che fino a quella sera aveva creduto esistesse solo nella fantascienza.

Avrebbe avuto bisogno di tempo per riprendersi, eppure il peggio doveva ancora venire.

E sarebbe avvenuto quella notte stessa.

Il primo ad accorgersi di qualcosa di strano fu Gregor.

Stava in cima alla scala antincendio, come ogni notte.

Avrebbe potuto scappare in qualsiasi momento, ma di

certo la madre non l'avrebbe ripreso in casa e non aveva un altro posto dove andare. Se almeno avesse avuto dei soldi... Magari poteva cercare di scoprire se Karen custodisse dei risparmi nel suo appartamento all'ultimo piano. Doveva averne per forza, ma se fossero stati in una cassaforte? Un'alternativa poteva essere spacciare nella casa famiglia, per quanto, se l'avessero scoperto, stavolta se la sarebbe vista ancora più brutta. Al momento però non era nelle condizioni di fare il difficile. Avrebbe potuto vedere se poteva alzare la sua percentuale di guadagno, dopotutto ora rischiava di più...

Come al solito fissava l'asta della bandiera che s'innalzava dal prato a sovrastare l'edificio. Era lì a portata di mano, a non più di un paio di metri.

Da quando quel poliziotto l'aveva trascinato via dai giardini dove praticava il parkour con Ian, non era più riuscito a esercitarsi. Pensava di non averne più diritto: era stata una delle poche cose pulite della sua vita, ma l'aveva appresa con l'inganno.

Tuttavia gli era rimasta in testa quell'idea, la sfida che non era stato in grado di vincere. Era come se saltare nel vuoto e afferrare quel pennone gli avrebbe potuto permettere di superare in una volta sola tutti i suoi errori, le sue angosce.

Tutte le notti se ne stava lì, al freddo, come ipnotizzato, fissando la pertica lucida di umidità.

Quella notte qualcosa lo distolse dai sui pensieri, attirando il suo sguardo verso il giardino.

Per un po' non accadde nulla di strano, ma a un tratto fu come se le ombre degli alberi e dei cespugli si frammentassero in tante direzioni. Confluivano in altre ombre per ripartire poco dopo. Convergevano sulla casa famiglia.

I dodici uomini raggiunsero l'edificio dai quattro punti cardinali.

Indossavano passamontagna neri e occhiali con lenti agli infrarossi per vedere al buio. Stringevano armi in pugno, alcuni portavano una mitraglietta appesa al collo. Erano veloci e silenziosi.

Avevano delle ricetrasmittenti collegate a un auricolare dotato di microfono, nascosto sotto il passamontagna.

«Numero 1, siamo in posizione» gracchiò una voce attraverso l'auricolare, mentre l'uomo sbirciava all'interno da una finestra della cucina.

Il Numero 1 ribatté: «Sembra tutto sotto controllo. I rilevatori mostravano che gli ospiti della casa si trovano per lo più al primo e al secondo piano, nelle camere da letto, fatta eccezione per la direttrice, nel suo studio al terzo piano e per il guardiano notturno al pianterreno, nella guardiola. Attività elettromagnetica e suono di altoparlanti indicavano che probabilmente stava guardando la televisione. Gli infrarossi evidenziavano anche un debole segnale in cima alla scala antincendio. Numeri 3 e 4, mi ricevete?»

«Forte e chiaro, Numero 1.»

«Occupatevi del guardiano notturno. Mettetelo fuori combattimento, intesi?»

«Ricevuto. Procediamo.»

Dalla sua postazione sopraelevata Gregor aveva assistito all'avvicinarsi del commando. In strada si era fermato un furgone nero. Forse fungeva da base operativa del gruppo... Ma cosa cercavano in una casa famiglia? Lassù non l'avevano visto di sicuro, poteva raggiungere il tetto ed entrare dalla botola che dava sulla soffitta. L'aveva usata già un'altra volta per sfuggire al guardiano notturno.

Sembrava ci fosse in ballo qualcosa di grosso e lui voleva capire di cosa si trattasse.

Karen alzò lo sguardo, ancora velato di lacrime, e intravide una figura alta e massiccia sulla porta dello studio.

S'irrigidì sullo schienale.

«Ehilà, ti ho spaventata?» domandò allegra la figura.

La psicologa mise a fuoco il viso con le folte sopracciglia e la zazzera da cui sbucavano orecchie enormi.

«Mickey!» esclamò sollevata. Andò verso di lui parlandogli con gentilezza: «Cosa fai in piedi a quest'ora? Perché non sei nella tua stanza?»

Il ragazzone continuò a sorridere. «Quelli in giardino mi hanno svegliato.»

«Cosa? C'è qualcuno in giardino?»

«Forzavano il cancello piccolo là in fondo. Ero a letto e li ho visti.»

«Vuoi dire che stavi sognando?»

«Nooo. Li vedo anche ora. Hanno messo a dormire il guardiano e stanno aprendo ai loro amici.»

Karen si fece seria e tornò alla scrivania. Raccolse la cornetta del telefono e la portò all'orecchio: non dava alcun segnale. Provò con il cellulare: muto anche quello. Sul display non c'erano più le tacchette del campo.

Lo posò e fece il giro della scrivania andando ad aprire un cassetto da cui prese una torcia. Prima di tornare dal ragazzo, ripose il diario nel comparto segreto e ve lo chiuse.

«Mickey, li vedi ancora?» domandò raggiungendolo.

«Certo, certo, adesso stanno salendo le scale. Forse vogliono fare uno scherzo ai ragazzi! Meno male che me non mi trovano!»

«Hai ragione, Mickey. È per questo che devi restare qui, d'accordo? Anche se senti gridare, non devi muoverti.»

Il ragazzo allora sollevò le sopracciglia. «Gli faranno il gavettone?»

«No, se riesco a impedirlo. Tu però resta qui.»

Karen uscì sul pianerottolo e con cautela si affacciò sulla tromba delle scale. A parte il lieve chiarore delle luci d'emergenza, era tutto buio.

Cominciò a scendere silenziosamente, senza accorgersi che un paio d'occhi la osservavano dalla porta della soffitta: era Gregor. Lentamente si avvicinò a sua volta alle scale, senza scendere. Ebbe quasi l'impulso di avvertire Karen di quanto aveva visto, ma lei era troppo in basso per non rischiare di essere udito anche dagli uomini del commando. Inoltre, da come la donna si muoveva furtivamente, dava l'impressione di essersi già accorta di tutto.

La psicologa arrivò al piano delle ragazze. C'era un corridoio su cui si affacciavano le stanze. Sembrava tutto tranquillo. Oltrepassò la doppia porta, le cui ante restavano sempre spalancate, per raggiungere la prima camera, senza ancora sapere di preciso che cosa avrebbe fatto.

Braccia vigorose l'afferrarono tappandole la bocca, altre le ammanettarono i polsi dietro la schiena.

«Stia calma, dottoressa» le ordinò una voce soffocata dal passamontagna. «Vogliamo solo sapere dove sono due dei suoi ospiti, Peter Peaky e Hideo Miyazaki. Se le libero la bocca, ce lo dirà?»

Gli occhi sgranati, lei fece segno di sì, ma quando l'uomo la lasciò libera si mise a urlare: «ATTEN...»

L'altro la colpì alla nuca facendola cadere in ginocchio. «Peggio per i tuoi ragazzi» mormorò e poi nel microfono: «Qui Numero 1, radunate tutti di sotto, nell'ingresso. Niente cortesie».

Le luci si accesero e gli agenti del commando, ripartiti sui due piani, si misero a sparare in aria abbattendo a calci le porte delle camere. Abbagliati dalle torce elettriche, i ragazzi presero a urlare dallo spavento. Gli uomini li afferrarono per i capelli, li spintonarono costringendoli a uscire nei corridoi e poi sulle scale, senza curarsi se qualcuno inciampava e cadeva.

«Sono tutti minorenni!» protestò Karen rimettendosi in piedi. «Non potete...»

Il comandante la colpì di nuovo mandandola a sbattere contro la parete e si girò verso due agenti. «Occupatevi delle due presenze che il segnalatore indicava al piano superiore. Andate a controllare.»

Barcollando, Karen implorò: «C'è un ragazzo che è come un bambino di cinque anni, non fategli male!»

«Dopo di lei, dottoressa» disse il comandante spintonandola verso le scale.

Al piano di sopra, Gregor stava correndo verso la porta che conduceva alla soffitta.

«Fermo o sparo!» tuonò una voce.

Il ragazzo aveva quasi raggiunto la porta, ma si fermò alzando le mani.

«Così mi piace, muso nero. Ora arretra piano, niente movimenti bruschi.»

Gregor obbedì, mentre sentiva le grida di terrore di Mickey e quelle di protesta di un altro uomo: «Sta' zitto, scemo! E muoviti!»

Il Numero 6 adesso vedeva bene Gregor, gracile e di bassa statura. Si concesse una distrazione guardando il Numero 4 trascinare con fatica Mickey, che si era buttato per terra. Gregor ne approfittò per balzare oltre la balaustra nella tromba delle scale.

«Ehi, sei pazzo?!...» sbottò il Numero 6 sporgendosi. A bocca aperta l'osservò atterrare sul corrimano del piano inferiore e scomparire alla sua vista con una giravolta.

Imprecando, l'uomo iniziò a scendere tre gradini alla volta. Fece appena in tempo a scorgere il ragazzo che sgusciava fuori da una finestra in fondo a un corridoio. Si trovavano a quindici metri dal suolo.

L'uomo del commando risalì svelto il corridoio e guardò all'esterno. Con la coda dell'occhio scorse Gregor, alla sua destra, procedere velocemente sullo stretto cornicione, afferrare la grondaia, darsi lo slancio e, con un movimento a ventaglio delle gambe, scomparire dietro l'angolo del palazzo.

«Dannazione, è incredibile!...» disse il Numero 6. Si portò rapidamente sul lato dell'edificio dove si aspettava di trovare il giovane sul cornicione. Spalancò la finestra scrutando fuori. Il cornicione era vuoto, però... l'asta della bandiera vibrava ancora leggermente. Abbassò lo sguardo verso il giardino e riuscì a distinguere una figura minuta che raggiungeva il muro di cinta, lo scavalcava. L'uomo mormorò incredulo: «Non è un ragazzo, quello. È un demonio!»

Giù nell'ingresso gli altri ospiti della casa famiglia erano stati costretti a inginocchiarsi con le mani sopra la testa.

Poco dopo, il Numero 1 arrivò spingendo Karen davanti a sé e disse: «Ve lo chiedo una volta sola: dov'è il vostro compagno Hideo Miyazaki?»

I ragazzi si guardarono spauriti.

L'uomo sparò una raffica poco sopra le loro teste.

«*Cabrón*!» bisbigliò El Chupacabra.

«Come hai detto?» Il Numero 1 fece segno a due dei suoi uomini di tirarlo fuori dal gruppo. «Dategli una lezione.»

«No!» protestò Karen.

Gli uomini lo misero in piedi e cominciarono a strattonarlo e a schiaffeggiarlo finché non cadde a terra. Lo presero a calci.

«Vigliacchi!» Il Guastatore uscì dal gruppo e volò su uno degli uomini afferrandolo e sbattendolo a quattro metri di distanza. Cinque agenti del commando piombarono su di lui. All'inizio riuscì a tenerli a bada, ma alla fine venne sopraffatto. Uno lo colpì al capo con il calcio della mitraglietta e quando cadde a terra gli riservarono lo stesso trattamento di El Chupacabra.

«Basta!» urlò Karen. «Nessuno di noi sa dove siano Hideo e Peter! Se volete sfogarvi prendetevela con me!» Si lanciò sul Guastatore per proteggerlo con il suo corpo, i polsi ancora ammanettati dietro la schiena.

«Siete solo dei vigliacchi!» gridò l'educatrice facendo per alzarsi, ma una canna di mitraglia alla testa la costrinse a rimanere in ginocchio.

In quel momento il Numero 6 e il Numero 4 arrivarono a pianterreno trascinando Mickey in lacrime.

«Un ragazzo è fuggito gettandosi dalla finestra» disse il Numero 6. «Forse è andato a chiamare aiuto!»

Il Numero 1 rise. «Chiamare aiuto? Ne dubito, ma meglio non rischiare. Il laboratorio informatico è al piano di sotto. Voglio che voi e gli agenti dal 5 al 12 scendiate giù e lo svuotiate completamente. Muovetevi!»

Nel frattempo Gregor correva dirigendosi verso la metropolitana. Si guardava alle spalle, terrorizzato dall'idea di essere inseguito.

Si fermò nella piazza deserta e si guardò intorno. Per strada non c'era anima viva. Erano passate un paio di auto, però, nonostante le sue segnalazioni, non avevano nemmeno rallentato.

A un tratto dei fari sbucarono da una strada laterale risalendo lentamente la via. Gregor si coprì gli occhi con una mano e riconobbe una volante della polizia.

Quando lui e gli agenti raggiunsero la casa famiglia, il furgone che aveva visto dalla scala antincendio non c'era più e le luci erano spente. L'uscita sul retro scardinata.

I poliziotti gli ordinarono di attendere in strada i rinforzi, mentre compivano un giro di perlustrazione. Nemmeno un minuto dopo che erano entrati, il giovane li seguì.

L'ingresso della casa era spalancato. Frammenti di vetro scricchiolarono sotto le sue scarpe mentre saliva i gradini.

I due agenti avevano riattivato la corrente. Alcuni ragazzi erano seduti a terra terrorizzati, ma la maggior parte si era raccolta intorno a qualcuno sul pavimento.

Quando vide Gregor, l'educatrice gli fece segno di avvicinarsi. C'era silenzio, a parte un agente che parlava in una radio portatile e il pianto sommesso di qualche ragazza.

Gregor si fece largo e a terra, immobili, riconobbe Karen, il Guastatore ed El Chupacabra.

«Ti ho visto fermare l'auto dei poliziotti, sai?» Mickey si tamponava con una pezza umida il viso tumefatto. Fece un pallido sorriso. «Gliel'ho detto... L'ho detto a Karen mentre la colpivano.»

# 9

## *L'ultimo paradiso*

«Allacciate le cinture di sicurezza, ragazzi!» annunciò il pilota salendo a bordo del piccolo aereo. «Andiamo a farci largo fra quegli uccelli, lassù!»

Quel mattino l'aria era limpida e il sole caldo. Il vento aveva portato via gli ultimi nuvoloni.

Frank occupava il posto del passeggero, mentre i ragazzi e Akawë si erano sistemati dietro, con il carico.

Erano tutti di buonumore, all'infuori di Douglas che non si fidava molto di quella "carretta con le ali" come aveva ribattezzato il vecchio piper. Cercando di non farsi notare, controllava e ricontrollava la cintura di sicurezza.

Jerry pigiò il pulsante di avviamento, ma anziché un potente rombo, si levò un flebile *BZZZ!* dal pannello comandi.

«Coraggio, vecchio mio» mormorò il pilota. «Non vorrai farmi fare brutta figura con i nuovi clienti, eh?»

*BZZZ! BZZZ!*

Douglas, che aveva chiuso gli occhi, ne aprì uno.

Frank considerò: «Si direbbe che stamattina non abbia molta voglia di volare».

«Storie» ribatté l'altro smontando dall'aereo «fino a poco fa funzionava perfettamente!»

Sfilò da una tasca del giubbotto di jeans una chiave inglese e aprì la carlinga. «Si tratta senz'altro di una cosa da niente...» Lavorò sul motore per una manciata di minuti e alla fine... «Ecco fatto!»

Rimontò in cabina e premette di nuovo il pulsante.

*BZZZ! BZZZ! BZZZ!*

Douglas mugugnò. «Forse è un segno... Forse significa che dobbiamo cercare un altro mezzo... Una bella jeep...»

«Mmm, con la jeep non riuscireste ad avvicinarvi alla zona degli scavi» ribatté il pilota. «Fulminacci, finora sono stato gentile, ma so ben io cosa ci vuole!»

Mollò una sonora pedata sotto il cruscotto.

Il motore tossì. Un'altra pedata e rombò a pieno ritmo.

«Ah! Ah! Ah!» sbottò Jerry. «Con le buone si ottengono molte cose, ma ogni tanto un sano calcione fa ancora il suo effetto... Il mio amico è solo un po' capriccioso!»

L'aereo si avviò lungo la pista e, poco dopo, iniziò la manovra di decollo. Nonostante qualche esitazione, riuscì ad alzarsi in volo, appena una decina di metri prima della fine della pista. Le ruote potarono qualche foglia alle cime degli alberi.

«Yippeee!» gioì il pilota. «Chi l'avrebbe detto, riesce ancora a volare!» e poi, rivolto ai passeggeri: «Scherzavo, gente! Cos'è quell'aria preoccupata? Questo aereo vi porterà a destinazione senza altri problemi, parola mia!»

In effetti, a dispetto del laborioso decollo, il viaggio procedette senza intoppi. Sotto di loro si andava delineando lo spettacolo maestoso della foresta amazzonica.

«Guardate!» esclamò Pumpkin. Entusiasta, aveva slacciato la cintura di sicurezza e si era inginocchiata sul sedile per affacciarsi dal finestrino. «È proprio come dicono... sembra un oceano verde!»

Accanto a lei, anche Crystal guardava incantata. «Ti senti meglio, vero?» le domandò.

«Sto bene, finalmente! È una sensazione strana... Come se stessi tornando a casa! Eppure, fino a pochi mesi fa, non mi ero mai allontanata dalla fattoria dei miei in California!» Prese Crystal per mano e, come quando si stava arrampicando su Tea, quest'ultima fu investita da un'ondata di energia.

Fino a poco prima Crystal aveva avvertito un senso d'inquietudine, come un cupo presagio. Adesso però si sentiva di nuovo piena di ottimismo: forse avrebbero potuto davvero fare qualcosa per salvare quel paradiso.

«Paradiso...» ripeté Pumpkin, come se le loro menti si fossero congiunte per un attimo.

Akawë annuì. «Dici bene, è un paradiso, ma a volte può trasformarsi in un inferno.»

Gli sguardi di tutti si spostarono su di lui e l'indio proseguì: «La foresta poggia su un suolo povero. Ricava la maggior parte delle sostanze nutritive dalla caduta delle foglie, dei semi, dei frutti e dei tronchi d'albero. A qualsiasi altezza si autoalimenta con le piante che imprigionano i resti vegetali; all'alba la condensazione notturna si trasforma in bruma. Questa, evaporando, darà luogo a nuove piogge che ricadranno qualche ora dopo quasi nello stesso punto. Solo chi si inserisce nel ciclo vitale non rischia di spezzare questo delicato equilibrio...»

Anche il pilota intervenne nel discorso, e nella sua voce non c'era traccia del solito tono scanzonato: «A quegli squali delle multinazionali interessa poco il "ciclo vitale". Si ostinano a ronzare da queste parti come mosconi, ma la foresta amazzonica ha la testa più dura di loro: le strade appena costruite si dissestano, le aree disboscate per lasciare spazio ai pascoli delle catene di fast food si trasformano in uno sterile deserto rosso, i parassiti devastano le piantagioni...»

«Parole un po' appassionate» lo punzecchiò Crystal «per uno che dice di badare solo agli affari propri.»

L'uomo rise e cambiò tono: «Colpito, bambola. Devo

starci attento, le vecchie abitudini sono dure a morire!»

«Sembra fatto apposta» mormorò Douglas sovrappensiero. Si accorse di avere attirato l'attenzione degli altri e spiegò: «È come se la Terra avesse creato di proposito un ambiente ostile per ostacolare la nascita di grandi città...»

«Hai ragione» ribatté Crystal. «Sembra "voluto"... come se in qualche modo Gaia avesse cercato di mantenere inviolato uno dei suoi polmoni più grandi...»

«Ehi, guardate laggiù» fece Adam. Nel verde della vegetazione un'enorme ferita si allargava e proseguiva a perdita d'occhio.

«I lavori dell'oleodotto» spiegò Akawë. «Come vedete, fanno sul serio.»

Frank puntò un potente binocolo. «Fanno sul serio eccome. Guardate qui.»

Lo passò indietro e lo prese Crystal. La ragazza mise a fuoco una zona disboscata piena di camion e TIR: alcuni portavano via il legname, altri erano carichi di grossi tubi. Centinaia di uomini erano al lavoro. Un attimo dopo vide ciò che probabilmente aveva impressionato Frank: tre colossali macchine gialle simili a enormi scavatrici, con lame rotanti sul davanti, aprivano un varco nella foresta, falciando gli alberi a velocità sconvolgente. Gli operai raccoglievano i tronchi abbattuti e li trascinavano verso i TIR.

«Quei mostri fanno il lavoro di decine di taglialegna!» commentò passando il binocolo ad Adam. Il ragazzo stava zoomando con l'obiettivo della videocamera, quando Pumpkin ne approfittò e strappò il binocolo di mano a Crystal.

«Dio mio» sussurrò individuando le "falciatrici".

Frank si rivolse al pilota: «Possiamo passarci sopra? Vorrei dare un'occhiata da più vicino e Adam potrebbe fare delle riprese».

«Sarebbe molto utile» confermò il ragazzo con la videocamera già accesa.

«Ci provo» rispose Jerry virando in quella direzione.

Non si erano avvicinati di molto, quando scorsero un elicottero a due eliche alzarsi dagli alberi e puntare dritto su di loro.

«Che vuole quello?» chiese Frank.

«Non certo darci il benvenuto» replicò il pilota. «Quel giocattolo devono averlo comprato dall'esercito, con tanto di mitraglie pronte a far fuoco!»

«Non oseranno!» esclamò Adam senza smettere di riprendere. «Per quanto ne sanno, siamo semplici turisti!»

L'elicottero li raggiunse prima che l'aereo riuscisse ad allontanarsi. Una voce minacciosa gracchiò dalla radio di bordo: «*CRR*...Questa è una zona *off-limits*. Andatevene subito o apriamo il fuoco! *CRR*...»

Jerry afferrò il microfono. «Calma, ragazzi. Sto solo facendo il mio lavoro. I turisti volevano dare un'occhiata!»

La voce replicò: «*CRR*... Nessuna occhiata. Motivi di sicurezza. Allontanatevi immediatamente. *CRR*...»

«Okay, okay. Come non detto!»

L'aereo effettuò una brusca virata.

«Hanno la coda di paglia» commentò Adam.

Frank disse: «Comunque è meglio obbedire e proseguire verso la Cascata di Lipa. Manca molto, Jerry?»

Akawë rispose al suo posto: «No, e purtroppo sembra proprio sulla traiettoria degli scavi».

In effetti, dopo pochi minuti il pilota annunciò: «Eccoci arrivati!»

Dall'immensa pianura verde s'innalzava solitaria e maestosa una formazione granitica dalla quale una cascata precipitava in un lago.

«La Cascata di Lipa» proclamò Akawë con deferenza.

«Che meraviglia!» esclamò Crystal. «Non c'è da stupirsi che sia ritenuto un luogo sacro.»

Akawë sorrise. «È uno spettacolo unico anche per un panorama vasto come l'Amazzonia.»

Frank allora chiese al pilota: «Vedi qualche posto per atterrare?»

«No, ma qualche chilometro più a est c'è un'ampia radura. Possiamo darci un'occhiata.»

«D'accordo, però seguiamo il piano: paracadutiamo qui l'attrezzatura più voluminosa, così, anche se saremo costretti ad atterrare lontano, non dovremo portarci tutto in spalla!»

Jerry guardò la foresta di alberi altissimi: era talmente fitta che nemmeno uno spillo sarebbe riuscito a raggiungere il suolo. «Mmm, sorvolerò il lago. Siete certi che l'acqua non farà danni al materiale?»

«Spero proprio di no. I rivestimenti sono impermeabilizzati e la maggior parte dell'attrezzatura non dovrebbe patire comunque.»

«*'Ta' bom*. Pronti a scaricare quando vi do il via.»

L'aereo sorvolò il lago un paio di volte e finalmente il pilota diede il segnale.

Frank e Akawë spinsero fuori il primo pacco. Il paracadute si aprì e poco dopo l'involto precipitò nel lago, tornando subito a galla.

«Bravi!» esultarono Crystal e Pumpkin a una voce. Douglas sorrise pallido. Quel girare in tondo gli stava dando la nausea.

I lanci furono ripetuti altre quattro volte.

«Perfetto!» disse alla fine il pilota. «Adesso cerchiamo la radura.»

Non tardarono a individuarla: una sorta di corridoio naturale abbastanza lungo da offrire qualche possibilità di atterraggio.

Jerry compì un paio di passaggi a bassa quota per controllare le condizioni del terreno.

«Akawë, spero tu abbia le tasche gonfie dei tuoi monili portafortuna» scherzò.

«Sempre, quando sono con te» ribatté l'indio ricambiando la battuta.

Finalmente poi, dopo un'ultima virata, l'aereo iniziò a planare.

«Mammissima mia» mugugnò Douglas. Crystal si sporse in avanti cercando la sua mano e lui ricambiò la stretta con entrambe.

Sfiorando pericolosamente la cima degli alberi, il piper si calò sopra lo stretto corridoio. I passeggeri percepivano i colpi e gli scossoni causati da liane e fogliame recisi dalla punta delle ali.

Le ruote cominciarono a sfiorare il terreno erboso cosparso di pietre e alberi caduti. L'esperto pilota non si lasciava sorprendere e, dopo una serie di sobbalzi e di frenate, il piccolo aereo rallentò la sua corsa arrestandosi intatto!

«Uàuuu!» Un unico grido di gioia si levò e i passeggeri sfogarono la tensione con un applauso.

Frank porse la mano a Jerry. «Sei stato in gamba! Confesso che ti avevo sottovalutato!»

«Ah! Ah! Hai ragione, qualche volta mi sorprendo anch'io! E per festeggiare...» il pilota estrasse dal cruscotto una bottiglia con un liquido biancastro «...propongo un bel brindisi!»

Frank abbozzò un sorriso. «Che roba è? Immagino sia superalcolica!»

«Un toccasana, dottore... Un autentico nettare del luogo. Lo chiamo "il mio scacciapensieri". Provane un sorso!»

Nel silenzio generale Frank svitò il tappo e, dopo un'ultima occhiata al pilota, ne mandò giù una sorsata buttando la testa indietro. Il viso gli avvampò, mentre esplodeva in un violento accesso di tosse, accolto da una risata generale.

Jerry salvò la bottiglia levandogliela di mano.

Quando ritrovò un filo di voce, Frank mugolò: «Ma... è alcol puro! Come fai a berlo?»

«Ve l'ho detto, no? Ormai non è facile farmi ubriacare. E poi questo nettare mi ha salvato la vita in più di un'occasione. Una volta ero rimasto senza carburante... Ho versato nel serbatoio un paio di queste bottiglie e l'aereo mi ha riportato fino a casa, parola mia!»

«Non... non ne dubito.» Poi lo psicologo si fece serio. «Jerry, sei sicuro di non voler venire con noi? Uno come te ci farebbe proprio comodo.»

Lui esitò pensieroso. «Scusate, ma non posso proprio accettare.» Tacque per qualche istante e riprese: «Sapete, dopo la guerra mi sentivo disgustato e mi ritirai in Amazzonia per poter vivere in pace il resto della mia vita... Per la precisione, scelsi come meta Manaus, in Brasile, uno degli ultimi posti, mi avevano assicurato, sufficientemente isolato dal resto del mondo». Alzò lo sguardo su di loro, poi riprese: «Ma anche laggiù venni coinvolto in un mucchio di avventure e ancora una volta mi trovai faccia a faccia con la morte. Decisi allora di ripartire e per molti anni ho vissuto fra gli indios...» Bevve una lunga sorsata. «Ormai mi limito a scarrozzare i turisti avanti e indietro e, soprattutto, mi sono ripromesso di starmene lontano dai guai... No, gente: mi spiace, io resto qui.»

I passeggeri si caricarono in spalla gli zaini, Frank e Akawë si armarono di machete. Poi tutti si voltarono per un ultimo saluto al pilota che si preparava a girare l'aereo per quando sarebbero ripartiti.

Frank urlò: «Speriamo di cavarcela in un paio di giorni!»

Jerry si affacciò dal finestrino mostrando la bottiglia di liquore. «Fate con calma, amici. Là dietro ho un'intera cassa di queste a tenermi compagnia!»

Il primo colpo di machete al muro di liane e felci segnò l'inizio della vera e propria missione di salvataggio di Gaia, e dell'ultima tappa dell'avventura.

# 10

## *La Cascata di Lipa*

La traversata della giungla si rivelò una continua sorpresa. Sembrava un altro mondo. La selva era diversa dai boschi che i ragazzi conoscevano, con piante così fitte da lasciar trapelare solo qualche raggio di sole che conferiva un suggestivo splendore, con sfumature di verde e oro, a tutto ciò che illuminava. Per il resto si muovevano in una penombra pregna di profumi, di fischi degli uccelli e dell'eco dei litigi delle scimmie. Di tanto in tanto riprendeva a piovere e, quando smetteva, l'acqua catturata dal fogliame seguitava a cadere in gocce e rivoli. Fino a un nuovo acquazzone.

All'inizio Douglas era contento di aver indossato una giacca a vento impermeabile, ma ben presto, tra l'umidità e il sudore, si ritrovò ugualmente fradicio.

Poi c'erano le zanzare, i *mosquitos* e ogni sorta d'insetti volanti a tormentarli senza tregua. Avevano anche smesso di parlare per evitare di trovarsi la bocca piena di moscerini. Le labbra erano tumefatte per le punture.

«Paradiso, eh?» sbottò Douglas spruzzandosi per l'ennesima volta con l'antizanzare. «Allora spero proprio di non conoscere mai l'inferno!»

Nessuno gli rispose, erano tutti esausti. A ogni passo i piedi sprofondavano nel pantano e la fatica raddoppiava.

«Akawë, tu come fai?» domandò il ragazzo esasperato. Oltre allo zaino, l'indio indossava solo un giubbotto color kaki senza maniche, un paio di jeans, degli scarponcini e un cappellaccio dalla tesa larga, del tipo calzato anche dagli altri. Si apriva la via a colpi di machete senza dare segni di fatica, mentre Frank si alternava con Adam.

L'indio si voltò con un sorriso. «La foresta è casa mia» dichiarò solenne. «E poi ho un segreto: mastico pezzi di tabacco e, quando le zanzare si fanno più insistenti, me lo spalmo addosso.» Se ne sputò un po' in mano e glielo porse. «Vuoi provare?»

I capelli di Douglas si rizzarono sotto il cappello. «Scherzi? Che schifo!»

L'indio rise e si spalmò la poltiglia sulle braccia. «Coraggio, ci farai l'abitudine ai *mosquitos*!»

«Dammene un po'» azzardò Adam. «Qualsiasi cosa pur di far finire questo tormento!»

Akawë si sfilò di tasca un pezzo di tabacco e glielo gettò. Adam lo agguantò e provò a morderlo. Arricciò il naso con aria di disgusto.

«*Puah*! È amarissimo!» Tuttavia resistette all'impulso di sputarlo, cercando di masticarlo il più a lungo possibile. Quando non ce la fece più, sputò la poltiglia in un palmo, se la passò sulle mani e qua e là sul viso. «Ho la bocca anestetizzata» bofonchiò.

Continuarono a camminare. Dopo qualche minuto Douglas e Crystal gli domandarono all'unisono: «Come va?»

«Be'... Mi pungono sempre... Però meno, mi sembra... Sì, leggermente meno.»

I due ragazzi si affrettarono a chiedere ad Akawë il tabacco.

Dopo un paio d'ore giunsero a un fiume dall'acqua bruna. Uno stormo di pappagalli arara, gialli, azzurri e vermigli, si levò spaventato dal loro arrivo.

L'indio annunciò: «Possiamo fare una pausa e mangiare qualcosa, vi va?»

«Sì, ti prego!» esclamò Douglas. «Ero quasi rassegnato a lasciarmi cadere a morire in qualche cespuglio!»

Si sfilarono gli zaini e si sedettero senza forze chi su un tronco abbattuto, chi su una grossa pietra.

Erano stravolti, eccetto Pumpkin: a ogni ora trascorsa nella foresta, sembrava più carica di energie. Si tolse scarpe e calze e immerse i piedi nel fiume.

«Posso tuffarmi?» chiese ad Akawë.

Frank stava per obiettare, ma si trattenne. Non voleva fare sempre l'adulto iperprotettivo, sperava però che l'altro la dissuadesse.

Akawë lo deluse: «Basta che non ti allontani».

«Evviva!»

«Ma fa' attenzione ai *babillas*!»

«*Babillas*?» s'informò Douglas addentando una merendina al cioccolato e mandorle.

«Caimani, ma piuttosto piccoli.»

«Cosa??» Si alzò di scattò guardandosi attorno.

Ridendo, Pumpkin si sfilò tutto tranne canottiera e mutandine e si tuffò nell'acqua.

«Fantastica!» commentò Crystal. La invidiava, lei non si sentiva ancora così in confidenza con quell'ambiente sconosciuto. Preferì unirsi agli altri a mangiare frittelle di mais tostate e *los patacones* comprate al mercato. Era affamata!

«Non preoccuparti» mormorò Akawë a Frank sistemandosi sulla riva «non la perderò di vista.»

Sciogliendo il nodo al sacchetto dei panini, Adam notò: «Dagli strilli e dai rumori sembra che siamo circondati da animali, ma non sono ancora riuscito a vederne quanti mi aspettavo e voi?»

«Devi farci l'occhio» ribatté l'indio. «Guarda lassù...»

Una specie di scimmione grigiastro con lunghe braccia e unghioni si muoveva fra le palme quasi "al rallentatore", con grazia straordinaria. Si fermò capovolto sotto un tronco.

«È un bradipo» spiegò.

«Che buffo! Appeso a testa in giù, sembra un'amaca!» osservò Douglas.

«Riposa» ribatté Akawë.

«Messo così? Non starebbe più comodo sdraiato sul ramo, anziché sotto?»

«Non con la sua particolarità: ha gli organi interni capovolti, spostati verso il dorso. Starebbe male se facesse il contrario!»

«Quello cos'è?» s'informò Adam. Un uccello si era appena tuffato nel fiume.

Gli rispose Frank: «Questo forse lo so perfino io: è un martin pescatore, giusto Akawë?»

«E quelli?» urlò Douglas indicando allarmato due lunghe sagome scure che scivolavano verso Pumpkin sul pelo dell'acqua. «Non sono caimani, quelli??»

Akawë sorrise. «Tranquillo, niente caimani.» Poi, rivolto alla ragazza: «Pumpkin, stai per avere visite!»

Con un gorgheggio femminile le lontre schiaffeggiarono l'acqua, girando festose intorno alla ragazza. Lei, ridendo, cominciò a piroettare insieme a loro.

«Accidenti!» esclamò Adam mollando i panini e cercando di estrarre la videocamera dallo zaino.

Crystal e Douglas corsero in riva al fiume.

«Ma dài, che invidia!» disse Crystal facendo per spogliarsi a sua volta, poi percepì un'ondata di apprensione provenire da Frank che li aveva raggiunti sulla riva e, rassegnata, si limitò ad ammirare lo spettacolo.

Uno strano squittìo spinse tutti a voltarsi: tre scimmiette stavano contendendosi il sacchetto dei panini di Adam.

«Ehi! Il mio pranzo!» rise zoomando con la videocamera.

Anche Douglas scoppiò a ridere. Crystal gli carpì la merendina e andò loro incontro. «Piano, lasciate qualcosa anche al povero Adam! Provate questa, invece.»

Le scimmie si dileguarono tra i cespugli lasciando cadere il sacchetto.

«Ehi, tornate qui! Non volevo spaventarvi!» Si accovacciò, allungando fra il fogliame la mano con la merendina. La ritrasse vuota poco dopo. «Però! Non me ne sono nemmeno accorta!»

Douglas si avvicinò. «Sono anche buongustaie, era la mia preferita!» Ne estrasse un'altra dal taschino della blusa. «Per fortuna me ne sono portato una certa scorta!»

In un attimo le tre scimmiette gli furono addosso, allontanandosi subito dopo con la merendina che teneva in mano e con un'altra che aveva in tasca.

«Borseggiatrici nate!» esclamò stupefatto.

«Meraviglia! Riproviamoci con le mie banane fritte!» rise Crystal correndo allo zaino.

Un'ora più tardi il gruppo riprese la marcia nella foresta.

Da un po' non pioveva, ma una densa bruma sollevata dal calore del sole prendeva alla gola.

«Rimanete l'uno vicino all'altro» raccomandò l'indio. «Nella giungla ci vuol poco a perdersi. Qualche anno fa hanno trovato degli esploratori morti di sete. Avevano costeggiato per ore un lago senza riuscire a scorgerlo attraverso la boscaglia!»

Proseguirono in silenzio e lentamente la nebbia si diradò.

«Akawë, fai altri lavori, oltre alla guida?» s'informò Crystal.

«Sono guardia ecologica per una riserva. Controlliamo che venga rispettato il principio di "estrattività" di Chico Mendes: le risorse locali sono solo per le comunità residenti. Vigilo che non ci siano pescatori o cacciatori di frodo e non circolino forestieri dall'aria sospetta... Con i soldi guadagnati, mi pago gli studi di Legge. Voglio saperne di più per aiutare la mia gente ad affermare i propri diritti.»

«Cosa intendi per "forestieri dall'aria sospetta"?»

«Da quando giunsero in queste terre, i bianchi hanno cercato di sfruttarle in vari modi: per l'oro, per gli smeraldi, per il legname, più di recente per il petrolio... L'ultima novità sono i procacciatori di brevetti.»

«In che senso?» intervenne Douglas. «Vengono qui a rubare delle invenzioni?...»

«No» ribatté Adam. «Vogliono impadronirsi della biodiversità della foresta amazzonica.»

Akawë provò a chiarire: «Le persone del Terzo Mondo sono sopravvissute perché, per quanto espropriate di oro e di terre, hanno ancora la biodiversità: semi, piante medicinali, foraggio hanno permesso loro di avere accesso al commercio».

«Il guaio è che nella giungla non ci sono uffici brevetti» proseguì Adam. «Non possono andare a registrare le decine di tipi di mais che impiegano da centinaia d'anni!»

L'indio si voltò a guardarlo. «Bravo. Ti tieni aggiornato, vedo.»

«Ci provo... Vorrei informare la gente sulle ingiustizie che si compiono nel mondo nei confronti di chi non ha voce.»

L'uomo annuì e riprese a lavorare di machete e a raccontare: «Come ha giustamente suggerito Adam, le multinazionali s'impadroniscono dei semi liberamente conservati, scambiati, usati da sempre dai contadini... Vorrebbero costringerli ad acquistare da loro i semi ogni anno, creando un nuovo mercato per l'industria globale delle sementi».

«Ma è ridicolo!» sbottò Douglas. «È come se un giorno ci dicessero che dobbiamo pagare per respirare perché qualcuno ha avuto l'idea di brevettare l'aria prima di noi! Non si può fare, no?»

Nessuno rispose.

«Si può fare??» insistette lui.

Adam replicò: «Meglio non dare nuove idee a certa gente.»

Douglas borbottò: «Comunque noi "gente civile" non perdiamo l'occasione di fare una bella figura! I *conquistadores* ci sono ancora: hanno solo barattato elmo e armatura con giacca e cravatta!»

Per l'ora successiva non parlarono più. Era ripreso a piovere e stavolta continuò a lungo. Quando cessò, i *mosquitos* tornarono alla carica, più bellicosi di prima.

Improvvisamente Akawë fece cenno di fermarsi. L'ultimo fendente aveva aperto uno squarcio nel muro del fogliame e attraverso questo si riversavano i raggi del sole.

«Siamo arriv...» cominciò Frank, ma l'altro lo zittì.

Dopo qualche secondo lo psicologo sussurrò: «Cosa c'è? Mi pare tutto tranquillo...»

«*Troppo* tranquillo. Avanziamo lentamente. Niente movimenti bruschi, mi raccomando.»

Uscirono dalla boscaglia e ai loro occhi si presentò uno spettacolo mozzafiato: un lago cristallino, ai piedi di un'alta rupe da cui precipitava una cascata. Grossi uccelli bianchi giocavano a sfiorare la superficie dell'acqua per poi riprendere quota.

«La Cascata di Lipa!» esclamò Crystal.

«È... È propio come nelle visioni!» confermò Pumpkin. Si separò dal gruppo correndo verso il lago.

«Aspetta, non allontanarti!» Frank la rincorse seguito dagli altri.

Sul bordo del lago, la ragazza cadde in ginocchio in preda a una crisi di pianto. «Sono qui. Sono arrivata. Sono qui!»

Lo psicologo le si fermò accanto e fece per toccarla, ma Crystal lo precedette inginocchiandosi a sua volta. La abbracciò.

«Hai visto?» le domandò la ragazzina singhiozzando. «Hai visto?»

«Sì, Pumpkin, sì! Sei arrivata. Ce l'hai fatta! Sei stata bravissima!» le sussurrò Crystal tenendola stretta.

Anche Adam si avvicinava per confortare l'amica, ma il suo sguardo fu attirato da qualcosa in lontananza. «Frank, quella non è la nostra roba?»

Lo psicologo guardò e scorse i rivestimenti lanciati dall'aereo qualche ora prima. Erano stati tirati in secca e i teli di plastica erano squarciati.

«Chi li avrà recuperati?» domandò il ragazzo avviandosi in quella direzione.

«Adam, fermati.»

Era la voce di Frank. Sembrava teso.

Il ragazzo si voltò.

Centinaia di indios li fissavano dal margine della foresta.

«Rimanete calmi e immobili» disse Akawë.

Per un lungo momento nessuno si mosse. Gli indios sembravano di provenienza diversa. La maggior parte erano uomini, ma c'erano anche donne, bambini e anziani. I più caratteristici vestivano abiti bianchi, altri erano seminudi, e altri ancora indossavano semplici pantaloni e magliette.

Uno di questi ultimi si fece avanti. Dall'espressione degli occhi, non c'era da aspettarsi nulla di buono.

Disse qualcosa in tono alterato e Akawë replicò tranquillo. L'altro non sembrava convinto.

«Cos'ha detto?» domandò Frank.

«Che siamo arrivati in questo luogo senza adempiere ai sacri riti. L'abbiamo profanato. Ci chiede se la roba gettata dall'aereo sia nostra.»

Frank ribatté: «Rispondigli che ci dispiace di avere violato questo luogo. Siamo venuti per aiutarli perché sono in pericolo. Presto le macchine e gli uomini dell'oleodotto saranno qui. Se restano, rischiano la vita!»

Akawë tradusse. Allora l'indio replicò in inglese: «Se volete aiutarci perché siete venuti qui da prepotenti? Avete violato il sacro lago e mirate solo a recuperare le vostre cose!»

«No!» disse Frank. «Dentro quegli involucri c'è l'attrezzatura per documentare cosa sta accadendo qui. Vogliamo farlo sapere alla nostra gente. Se il resto del mondo lo saprà, gli uomini dell'oleodotto non potranno continuare impunemente ad abbattere la foresta!»

«Menti! Se fossi sincero, non tenteresti di farci allontanare da qui. Rimarresti con noi! Sapresti che preferiamo morire, piuttosto che abbandonare la Terra, nostra madre, nelle mani di chi vuole succhiare il suo sangue!»

Un grido echeggiò da un masso ai piedi della cascata. Tutti si voltarono. A gridare era stato un altro indio. Balzò giù dal masso e si diresse correndo verso di loro.

Douglas sussurrò: «Ahi, ahi... e questo chi è?»

«Zitto» gli intimò Akawë.

Sembrava piuttosto giovane. Indossava solo un perizoma e tutto il suo corpo era ricoperto di disegni e tatuaggi. Quando l'indio li raggiunse disse qualcosa all'uomo che aveva parlato. Poi si avvicinò ai ragazzi, li osservò a uno a uno e si fermò dinanzi a Pumpkin.

Akawë spiegò: «È un *werjaya*, lo sciamano custode della Cascata. A quanto pare ci aspettava. Soprattutto aspettava la ragazza con i capelli del colore del mais...»

Il giovane sciamano e la ragazza si osservavano in silenzio.

«Cosa fanno?» mormorò Douglas a Crystal.

«Si stanno parlando. Ma non a voce perché non si capirebbero... Parlano con la mente e con il cuore. Lo sciamano sta dicendo a Pumpkin che l'aspettava e gli chiede di seguirlo affinché lui la prepari per quando verrà il momento...»

«Quale momento?» intervenne Frank. «Non possiamo lasciarla andare da sola. Digli che andrò anch'io!»

Akawë cominciò a parlare. Lo sciamano sorrise.

Pumpkin si tolse gli abiti. Quando arrivò a maglietta e mutandine, si sfilò anche quelle.

«Però!» si lasciò sfuggire Douglas avvampando all'istante. Si augurò che Crystal non lo avesse udito.

«Un momento» protestò Frank facendosi avanti. «Che sta succedendo?...»

Come dal nulla, un nugolo di vespe calò su di loro. Si posarono sulla pelle di Pumpkin ricoprendola completamente. La ragazza non sembrava avere paura. Porse la mano allo sciamano, lui la strinse e la condusse via.

Degli indios immobilizzarono Frank e, nonostante le sue proteste, lo trascinarono lontano.

«Dove lo portano?» chiese Adam allarmato.

«Davanti al Consiglio. Deciderà della nostra sorte.»

# 11

## *Notti bianche*

«El Chupacabra ha aperto gli occhi!» annunciò Lucas, un ragazzo biondiccio dalla pelle pallida, sporgendosi dalla finestra. «Ha qualche frattura, però è cosciente. Karen e il Guastatore invece sono ancora in prognosi riservata.» Si ritirò subito dopo per tornare dagli altri giù nell'atrio.

Da quando si era fatto buio, Gregor era salito come le altre notti in cima alla scala d'emergenza della casa famiglia, ma i suoi occhi non erano più puntati sull'asta della bandiera. Ora non smetteva di scrutare il giardino, dove la notte prima aveva visto il commando avvicinarsi all'edificio.

Nel corso della giornata, gli educatori e i ragazzi avevano lavorato per cancellare le tracce dell'irruzione della notte precedente. Il silenzio veniva rotto ogni tanto da qualche pianto sommesso.

I danni maggiori erano stati arrecati al laboratorio d'informatica, a quello video e allo studio di musica, svuotati delle apparecchiature elettroniche. Gli uomini del commando si erano accaniti anche negli altri locali, seminando caos ovunque.

I ragazzi si sentivano smarriti e vulnerabili. Chi erano

quei tipi mascherati? Perché li avevano trattati così? E soprattutto perché cercavano Hideo? Il giovane giapponese era un hacker... Che avesse violato il computer di un'organizzazione malavitosa?

L'atteggiamento di Gregor era diverso. Il suo era di puro rancore e desiderio di rivalsa. Quegli uomini li avevano trattati come se fossero stati rifiuti umani, senza diritti e senza importanza. In pochi minuti avevano distrutto o rubato gran parte di ciò che Karen si era sforzata di costruire!

Karen... L'unica persona estranea, a parte Ian, che gli aveva offerto qualcosa senza pretendere niente in cambio. Non era giusto!

Lui e gli altri ragazzi della casa famiglia si sarebbero presi la loro rivincita, in un modo o nell'altro!

In un modo o nell'altro...

«Mai più!» mugugnò Peter per l'ennesima volta rigirandosi fra le coperte.

Aveva smaltito i postumi della sbornia andando avanti e indietro fra letto e bagno.

Nemo e Hideo avevano lavorato sodo: erano riusciti a penetrare nel linguaggio macchina di GigaZip, senza tuttavia scoprire nulla di più delle righe di codice necessarie per far funzionare il compressore.

«F-forse quello che c-cerchiamo è in un posto i-inaspettato» aveva commentato Hideo «d-dove nessun curioso a-andrebbe normalmente a f-frugare...»

«Può essere un'idea» aveva ribattuto il cyberattivista e l'aveva aiutato ad accedere al linguaggio macchina dell'Help, programma autonomo in cui s'illustrava il funzionamento del compressore con semplici animazioni.

Il ragazzo aveva cominciato a scorrere anche quel codice.

Era trascorsa qualche ora e ormai Peter trovava davvero intollerabile stare lì a languire mentre gli altri si davano da fare.

Si alzò e barcollò fino al terminale dove stava lavorando al sito.

«Sei in piena forma!» scherzò Nemo vedendolo sedersi. «Vuoi un caffè?»

«Gentilissimo, ma sto bene così, grazie.»

Pensò di controllare la casella di posta elettronica degli Invisibili, prima di rimettersi al lavoro.

C'era un'e-mail, in effetti. Veniva da Roxanne Rigby...

L'aprì ed emise un sibilo di sorpresa.

«Cosa c'è?» domandarono Nemo e Hideo.

«Un messaggio dalla professoressa Rigby. Il senatore Howell si è rifatto vivo. Ha detto di avere svolto ricerche sulle multinazionali che finanziano in incognito la costruzione dell'oleodotto.»

«E?...» domandò Nemo.

«È riuscito a procurarsi l'elenco. Può servirci?»

Il cyberattivista diede una spinta alla sua poltroncina a rotelle e si avvicinò. «Eccome! Hideo, cambio di programma: devi occuparti dell'elenco!»

«O-okay, tanto anche in q-questo codice non c'è n-nulla di strano. È s-solo più impreciso dell'altro...»

«Cosa vuoi dire?»

«Q-qua e là hanno d-dimenticato delle parole, p-pezzi di codice i-inutili. Niente d'importante.»

Nemo l'aveva raggiunto. Controllò a sua volta. «Mmm, penso che tu abbia ragione... Senti, ti dico quale sarà il tuo compito con l'elenco di Howell. Devi inviarlo ai tuoi amici hacker. Prepara una lettera con il mio logo, dove spieghi come queste multinazionali collaborino alla costruzione di un oleodotto che minaccia la foresta amazzonica e chi ci vive... Ti passo un file inviatomi da un mio contatto con informazioni più dettagliate.»

«E l-loro dovranno i-inviarlo ai giornali, g-giusto?»

«Giusto, ma non solo. Dovranno fare in modo che queste informazioni arrivino al maggior numero possibile di persone. Tutti dovranno esserne informati.»

«S-secondo te la gente a-avrà voglia di fare q-qualcosa?»

Nemo tacque per un attimo. «Lo spero. Perché, senza l'aiuto degli altri, tutti i nostri sforzi potrebbero risultare inutili!»

Douglas, Crystal, Adam, Frank e Akawë si trovavano in piedi davanti al Consiglio composto dai rappresentanti di ogni tribù. Nonostante gli acquazzoni della giornata, al centro della scena c'era un grande fuoco acceso.

Douglas ne fu particolarmente lieto: considerata l'escursione termica delle notti amazzoniche, un po' di tepore non guastava di certo.

Akawë aveva appena terminato un lungo racconto nel quale aveva spiegato perché i forestieri si trovassero lì. Seguì un'accesa discussione fra i membri del Consiglio. Gli indios erano di tribù diverse, le più numerose delle quali appartenevano agli Arawako, ai Warao, ai Kariña, agli Akawaio, ai Pemon e agli U'wa.

Era appunto un U'wa l'uomo che li aveva accolti parlando inglese. Si era presentato semplicemente come Berito. Finalmente si rivolse loro, esprimendosi questa volta in tono più amichevole: «Se le parole del nostro fratello corrispondono a verità, le vostre azioni vi rendono onore. So bene quanto sia importante informare il vostro popolo di quanto sta accadendo qui. Riconosco che non tutti i bianchi sono avidi e forse, anche se lontani, possono fare qualcosa».

Frank ribatté: «Ti ringrazio, Berito. Faremo la nostra parte, come voi la vostra... Tuttavia ho visto molti bambini insieme a voi. Molti anziani e molte donne... Non sarebbe il caso di farli allontanare? Gli uomini dell'oleodotto sono pericolosi».

L'indio abbozzò un sorriso. «I nostri popoli saranno uniti nell'opporsi a chi vuole rubare *ruiría*, il sangue della Madre Terra. Se lo si estrae, le si sottrae la forza e lo spirito: il mondo si contaminerà e la Terra non potrà sopravvivere.»

«Cos'è *ruiría*?» sussurrò Douglas.

«Il petrolio» rispose Akawë.

Berito aveva sentito la domanda. Si rivolse al ragazzo: «Noi crediamo che la Terra sia viva. È nostra madre. Per questo rispondiamo ai bianchi che non vogliamo né possiamo venderla... Ma loro non capiscono. Presto o tardi finiranno per bere il veleno del loro stesso fiele, perché non si può tagliare un albero senza che muoiano le foglie... In natura nulla è indipendente, tutto è collegato. A ogni specie estinta, l'uomo si avvicina di più alla propria estinzione».

«Mmm, i discorsi filosofici non faranno molta presa su quelli dell'oleodotto...» replicò amaro Douglas.

«Se sarà così, l'uomo violerà ancora una volta le leggi di Sira, quelle della Terra e anche le proprie leggi. Però non potrà evitare la vergogna dei figli nei confronti dei padri, responsabili di avere danneggiato il pianeta. Forse la nostra lotta sarà stata vana, ma almeno l'avremo condotta per il futuro di tutti, con dignità.»

«Sira è Dio, nella tua lingua» sussurrò Akawë a Douglas.

«L'avevo capito» replicò il ragazzo sfiduciato. Quello degli indigeni gli sembrava un sacrificio inutile.

«Berito, ascoltami» intervenne Frank. «Quegli uomini hanno assoldato mercenari armati. Per voi sarà difficile difendervi. Sarà un suicidio!»

«L'indio sacrifica la propria vita per la vita, il bianco per il denaro. Chi è più pazzo?» Il suo sguardo si abbassò sul fuoco. «Senza la Terra e la foresta, noi indios saremmo condannati comunque. Non siamo venuti qui per combattere. Alcuni dei nostri fratelli hanno archi, ma li useranno solo per cacciare. Le nostre armi sono il pensiero e la parola, il nostro potere è la saggezza. Se voi riferirete le nostre parole alla vostra gente, il sacrificio allora non sarà stato vano.»

Un altro capo indio parlò nella propria lingua indicando Douglas, Crystal e Adam.

«Io non sono d'accordo» replicò Crystal quando ebbe terminato.

I suoi amici la guardarono con sorpresa e allora spiegò:

«Non comprendo la sua lingua, ma percepisco le sue intenzioni. Offre a Douglas, Adam e me l'occasione di allontanarci. Non vuole sentirsi responsabile anche della nostra incolumità... Non so gli altri, ma io non ci sto. Oggi ho visto un mucchio di ragazzi della mia età e anche più giovani. Se loro rimangono, allora resto anch'io».

«Anch'io» ribatté prontamente Adam.

Douglas li guardò. «Uff, certo che rimango anch'io, non voglio mica essere l'unico con del sale in zucca!»

Crystal proseguì: «Inoltre, vedendo dei ragazzi bianchi, gli uomini della Corporazione forse non oseranno aprire il fuoco».

Douglas scosse il capo. «*Forse* è la parola chiave, in tutta 'sta faccenda...»

I membri del Consiglio ripresero a parlottare, ma, prima che si esprimessero, Crystal conosceva già la loro decisione.

# 12

## *Scoperte*

Kuwaruwa, il giovane sciamano, aveva trascorso tutta la notte a tracciare complicati disegni sul corpo di Pumpkin. Mentre lo faceva, le trasmetteva la propria conoscenza attraverso il pensiero. Il fumo del fuoco le penetrava nelle narici, inducendola in uno stato quasi ipnotico.

"Esistono luoghi sacri in tutto il pianeta" spiegava lo sciamano. "In ognuno di questi luoghi c'è un Guardiano incaricato di aiutare la Terra in momenti di crisi, quando questa si ammala. È accaduto in passato, e anche allora i Guardiani si sono recati nei luoghi sacri e hanno pregato, hanno cantato. Hanno ridato forza e vigore alla Terra."

"E tu?" domandò Pumpkin. "Sei anche tu uno dei Guardiani?"

"Sì, lo sono. È esistito uno di noi fin dall'alba dei tempi. Quando un Guardiano sente che sta diventando troppo vecchio, sceglie un successore. È sempre stato così e sempre sarà."

"Come fai a sapere che in luoghi lontani esistono altri come te?" replicò la ragazza.

"Talvolta riesco a sentirli, mentre pregano, ognuno nella

propria lingua... Come se fossimo tutti insieme in uno stesso luogo. Di recente ho percepito anche la tua presenza. Sapevo che stavi arrivando."

"Perché mi trovo qui?"

"In ogni epoca nascono persone che hanno poteri più grandi degli stessi Guardiani. Tu sei una di queste persone."

"Ma io non so cosa devo fare..."

"Io ti istruirò. È importante che i nostri fratelli riescano a fermare i devastatori della foresta. Non devono giungere alla Cascata di Lipa, altrimenti il luogo verrà contaminato e tutto questo sarà stato inutile, si creerà uno scompenso irrimediabile nell'equilibrio, un punto di non ritorno e la Terra ne soffrirà."

"Ho fiducia nei miei amici. Non lasceranno che accada. Insegnami. Voglio essere pronta, ma ho paura."

"Non devi averne. Imparerai a diventare parte della natura, a percepirla in tutti i suoi aspetti. Solo allora potrai essere un suo strumento."

Lo sciamano le diede da bere un infuso amaro e iniziò a cantare. Pumpkin riconobbe la melodia udita durante l'esperimento e fu profondamente felice. Aveva trovato qualcun altro con cui condividerla!

Le sembrò di levitare, di staccarsi dal suolo circondata da un nugolo di figure geometriche scintillanti. Più in basso vedeva il proprio corpo ancora accovacciato.

Kuwaruwa le porse la mano, lei l'afferrò. La condusse fuori dalla grotta, sotto di loro c'era il lago. Gli odori, il suono del vento, il calore del sole... Erano così intensi, come se la ragazza li percepisse per la prima volta.

In quel momento si rese conto che stava volando.

Avendo ottenuto il diritto di rimanere fra gli indios, Douglas, Crystal, Adam, Frank e Akawë avevano trascorso il resto della notte insieme a loro, utilizzando le amache di fasce di corteccia da loro offerte. Akawë vi aveva aggiunto delle zanzariere.

Douglas fu svegliato dalle grida di bimbi e ragazzi che giocavano a palla sulle rive del lago. S'inseguirono fin dentro all'acqua e di colpo il gioco diventò pallanuoto. Vide Akawë in piedi che li osservava divertito e gli urlò: «Oh, no! Non dirmi che il calcio è arrivato fin qui!»

Seduto sull'amaca, fece per infilarsi le scarpe, ma si ricordò le raccomandazioni: mai infilarle prima di avere controllato di non avere ospiti indesiderati!

Con il piede le rovesciò. Infastidito, un grosso ragno nero e peloso uscì dalla scarpa sinistra. Douglas rabbrividì fino al midollo. Continuò a dare loro calcetti e a toccarle con un ramoscello per parecchio tempo, prima di osare prenderle in mano per controllare meglio.

Udì la risatina di Crystal: lo sbirciava dalla sua amaca.

«Voglio vedere te, quando dovrai infilartele» ribatté lui piccato.

«Dài, non prendertela. Ridevo perché sei un po' buffo, tutto qui.»

«Buffo?»

«E anche carino.»

Il ragazzo arrossì. «Ehm... anche tu...»

«Davvero? Sono piena di fango e ho tutti i capelli appiccicati.»

«No, sei bellissima.»

Crystal abbassò lo sguardo. Douglas si sentiva il viso in fiamme, ma ritenne che ne fosse valsa la pena.

Le grida dei ragazzi attrassero la loro attenzione. Si sbracciavano saltando nell'acqua.

«Cosa dicono?» domandò Douglas ad Akawë.

«V'invitano a giocare!»

«Come? Io... non sono capace e...»

«Forza, pigrone» lo spronò Crystal controllando con il piede i propri scarponcini. «Facciamo un po' di moto!»

«Sono ancora tutto rotto dalla camminata di ieri! E non ho fatto ancora colazione e... le mutande possiamo tenerle?»

Akawë rise. «Come preferite!»

Douglas guardò Crystal e vide che si stava spogliando. «Che fai?» le urlò.

«Mi adatto ai costumi del luogo» ribatté lei con un sorriso di sfida.

«Ma ti vedranno tutti!» Si rese immediatamente conto della sciocchezza appena detta.

Crystal non replicò e seguitò a spogliarsi, reggiseno e mutandine comprese. Gli scarponcini però se li infilò.

*Com'è bella!*, pensò Douglas e poi: *Cioè, cosa sto pensando? E se mi "sente"? No, non devo pensare questo... Non devo proprio pensare! Ma come faccio a non pensare? Forse se sbatto la testa contro l'albero...*

«Allora, vieni?» Crystal lo chiamava. Ragazzi e bambini l'avevano circondata. I più piccoli cercavano di toccarle i lunghi capelli rossi, lei si piegò per agevolarli. I più grandi invece dicevano qualcosa e ridevano, evidentemente facevano battute.

«Se fossi in te, andrei» disse Akawë a Douglas.

«Certo! Come no! Intanto in me ci sono io!» Cominciò a spogliarsi anche lui, immediatamente aggredito da sciami di *mosquitos*. Quando arrivò ai boxer, decise però di tenerseli.

«Vergogna, Doug!» gli disse Crystal, sguazzando nel lago sempre circondata dai bambini.

«Be', che c'è? Non posso tenermi almeno le mutande? Dove sono le creme solari?»

«Dài, Doug!»

Rintracciò le creme nello zaino e cominciò a cospargersi. «Arrivo! Arrivo!»

Adam si avvicinò correndo. «Akawë, le videocamere e il resto dell'attrezzatura sono pronte. Vieni a far pratica?»

«*Seguro*!»

A quel punto Douglas domandò speranzoso: «Serve una mano?»

Adam sorrise guardando lui e Crystal già coinvolta nel gioco. «No, no. Stai tranquillo. Ce la caviamo da soli! Ciao, divertiti!»

«Oggi tutti spiritosi» mugugnò Douglas, correndo verso il lago. Urlò: «Ehi, Crys, e le regole? Te le sei fatte spiegare, le regole?»

Gregor, all'ospedale di San Francisco, sedeva al capezzale di Karen. Lei e il Guastatore, nella camera accanto, non avevano ancora ripreso conoscenza dopo le percosse.

La psicologa aveva un braccio ingessato, per il resto il suo corpo era indenne. Semplicemente, non voleva saperne di risvegliarsi. Più grave sembrava la situazione di Boston. A parte tre costole, un polso e una caviglia fratturati, aveva ricevuto dei colpi alla testa ed era entrato in coma.

La porta della stanza si aprì.

Era Sonny, l'educatore con cui Gregor andava meno d'accordo.

«Ciao...» lo salutò Sonny. «Come sta Karen?»

Il ragazzo non rispose né lo guardò.

L'altro posò su un tavolino un mazzo di fiori e, ottenuto un vaso con dell'acqua da un'infermiera, ve lo immerse sistemandolo con cura.

«Non devi preoccuparti» disse a Gregor. «Karen è forte. Presto aprirà gli occhi, vedrai.»

«Perché?» gli domandò Gregor. «Perché hanno potuto fare questo? Chi erano per trattarci così?»

«Non... non lo so...» ribatté l'educatore.

Il ragazzo si alzò e si avviò verso la porta.

Sonny avrebbe voluto dire qualcosa per farlo stare meglio, ma non trovò le parole. Tutti alla casa famiglia erano confusi e spaventati, ma questa storia aveva finito per avvicinarli.

Gregor invece era rimasto in disparte e non aveva minimamente contribuito a rimettere in ordine...

Ancora una volta, l'educatore si augurò che Karen riprendesse conoscenza. Ora più che mai i ragazzi avevano bisogno di una guida.

Nello chalet in riva al fiume, Nemo stava esaminando i file secondari di GigaZip, mentre Peter aveva quasi concluso il sito che presto avrebbero dovuto mettere in Rete. Hideo, insieme ai suoi amici hacker, si occupava di diffondere l'elenco delle multinazionali finanziatrici dei lavori dell'oleodotto.

Il cyberattivista aveva cercato di scovare altrove le Zecche del Club degli Hotel. Tuttavia un dubbio lo arrovellava: GigaZip si presentava come un programma geniale e innovativo. Gli ideatori lo avevano progettato con cura... Allora perché lasciarsi indietro sporcizia come quelle righe inutili di codice rinvenute da Hideo nell'Help?

Era riuscito a risalire al linguaggio macchina di un'altra applicazione di secondaria importanza, distribuita insieme a quella principale: l'Uninstall, il disinstallatore.

Lo aveva analizzato riga per riga e finalmente aveva scovato un altro pezzetto di codice apparentemente dimenticato. Più avanti ce n'era un altro.

Lo copiò e lo incollò in un file di testo a parte, tornò indietro e fece altrettanto con il frammento precedente e con tutti quelli che riuscì a trovare. Riaprì l'Help e fece la stessa cosa, cercando sempre più febbrilmente frammenti di codice a prima vista inutili in tutti i programmi secondari presenti nella cartella di GigaZip.

Ben presto il file di testo arrivò a contare pagine e pagine.

Fu come un lampo. Nella sua mente i tasselli del puzzle cominciarono a combinarsi, ad assumere un senso.

Passò del tempo prima che Peter e Hideo udissero le parole tanto attese: «Ragazzi, forse ci siamo...»

# 13

## *L'ultima notte*

Al tramonto, sulla riva del lago di Lipa, i canti e le preghiere degli indios si confondevano con le voci e i rumori della giungla.

Appena Crystal e Douglas avevano iniziato a giocare nell'acqua, erano arrivate due delle vedette inviate da Berito in avanscoperta. Non recavano buone notizie: grazie alle tre gigantesche macchine falciatrici, attive giorno e notte, gli uomini dell'oleodotto erano avanzati a una velocità maggiore del previsto. Sarebbero arrivati l'indomani, probabilmente a mattino inoltrato.

Gli indios, ragazzi compresi, avevano subito dato corso alle cerimonie religiose di canti e balli e da allora non avevano più smesso.

Frank, Adam e Akawë si sentivano ormai a loro agio con le videocamere e il resto dell'attrezzatura. Grazie al palmare satellitare, collegato via *wireless* alle videocamere, avevano provato a inviare qualche ripresa a Nemo e il test aveva funzionato alla perfezione. Ora stavano cercando di individuare i punti dove piazzarsi per effettuare le riprese migliori. Per fortuna le apparecchiature erano impermeabili:

durante l'intera giornata il sole si era alternato ad acquazzoni. All'occorrenza, le videocamere potevano riprendere anche in acqua, a diversi metri di profondità.

Douglas si sentiva inutile in tutta quella vicenda. Anche Pumpkin non si era più vista, ma di certo al momento opportuno si sarebbe rifatta viva. Lui invece non aveva un ruolo preciso, né era in grado di dominare il proprio potere, come invece riusciva a fare Crystal con la telepatia...

Fra l'altro, aveva perso di vista anche lei.

Cercandola fra i diversi gruppi tribali, intenti ai propri riti, la trovò appollaiata a gambe incrociate in cima a uno dei grandi massi in riva al lago. Mormorava qualcosa, tenendo un piccolo libro vicino agli occhi per riuscire a leggere nella semioscurità.

«Ciao, Doug» lo salutò. Non aveva bisogno di voltarsi per *sapere* che era lui.

«Ehi, Crys. Come va?» Le si sedette accanto.

«Un po' preoccupata e tu?»

«Fifa blu. Cosa leggevi?»

Gli mostrò il libro. «Sono pensieri e parole di un santo italiano. Si chiamava Francesco d'Assisi. È stata Roxanne a regalarmelo e le sono molto grata. Posso leggerti qualcosa?»

«Volentieri.»

Lei iniziò. Era una specie di poesia che parlava del sole, delle stelle, degli animali e della natura. Erano parole molto belle. Commoventi. Mentre ascoltava si guardava intorno, il lago ormai coperto di lucciole, la cascata che si stagliava contro il cielo stellato. Si chiese come si potesse concepire di violare un luogo meraviglioso come quello.

Quando la ragazza terminò la lettura, le prese la mano. «Sai, nonostante tutto, sono contento di essere qui... insieme a te. Sei una persona eccezionale e io... io...»

Lei posò il libro e gli tolse i capelli dalla fronte, gli carezzò il viso. Quando le sue dita gli sfiorarono le labbra, Douglas le baciò.

Ora i loro visi erano vicini.

Il ragazzo le diede un bacio sulla fronte. E poi altri sulle guance.

Finalmente le loro labbra si unirono e scivolarono entrambi nella felicità assoluta.

Nemo ricontrollò un'ultima volta le righe dell'applicativo appena messo a punto. Lo aveva predisposto affinché fosse multipiattaforma e si adattasse a ogni tipo di sistema operativo. Il Club aveva riempito i computer degli utenti di tutto il mondo con le Zecche? Benissimo, li avrebbe sconfitti con le loro stesse armi, sfruttandole come cavalli di Troia! Con quella sua *utility*, le ricerche sarebbero state ancora deviate, ma questa volta sul sito creato da Peter. Lì, la gente sarebbe stata informata su quanto stava accadendo e, soprattutto, avrebbe assistito alle riprese in diretta.

Le immagini trasmesse da Adam nel pomeriggio erano giunte nitidissime.

Tutto era pronto, insomma. Bisognava solo inviare quell'applicativo agli altri Cavalieri Della Rete, affinché provvedessero a diffonderlo a macchia d'olio e si autoscaricasse, andando ad attaccare le Zecche nascoste dentro GigaZip quando qualsiasi utente si fosse connesso a Internet.

Si voltò verso il letto e vide i due ragazzi profondamente addormentati.

Fece per andare a svegliare Hideo, ma poi cambiò idea. *Ragazzi*, pensò.

Raggiunse il computer del giovane hacker e lo avviò. Aveva visto come accedere al canale criptato dei Cavalieri Della Rete. Avrebbe potuto farlo lui.

Si versò dell'altro caffè e lo trangugiò, poi s'immerse nel lavoro.

Peter era nel dormiveglia. Pensava a Magica, ormai non si sentivano da diversi giorni. Quell'assenza lo esasperava. Si chiese come stesse e sospirò, sperando che non si fosse cacciata anche lei in qualche guaio. Uffa, perché farsi venire in mente idee del genere? Era con i suoi, in qualche riserva. Non aveva altro da fare se non fotografare leoni e zebre... Massì, certo. Stava bene. Era di Douglas e Crystal che avrebbe dovuto preoccuparsi.

Quasi percepisse la sua inquietudine, il gatto scivolò fuori dalle lenzuola dove stava accoccolato. Gli si strusciò sul viso con insistenza, facendo le fusa. Era come se avesse voluto dirgli qualcosa.

«Tutto bene, Spooky. Sono al sicuro, io...» gli sussurrò accarezzandolo. «Sono preoccupato per Douglas e Crystal. Temo siano in pericolo, sai?»

Il micio l'osservò a lungo. Poi il suo pelo nero si confuse con l'oscurità, lasciando luccicare solo gli occhi. L'attimo seguente era scomparso.

«Stagli vicino, Spooky» mormorò Peter prima di arrendersi al sonno.

A eccezione del refettorio al pianterreno, dove si erano sistemati i ragazzi, l'intera casa famiglia era deserta e al buio.

Per questo Gregor, dalla sua postazione di sentinella sulla scala antincendio, notò subito quella flebile luce alla finestra dello studio di Karen. Chi poteva essere? Qualche educatore? Difficile, nessuno di loro ci aveva più messo piede dopo il sopralluogo della polizia. Avrebbero riordinato l'indomani: anche lì il commando aveva portato via il computer e le altre apparecchiature, buttato all'aria gli schedari...

Allora chi c'era adesso?

Silenzioso come un gatto, il ragazzo rientrò attraverso la finestra e si diresse furtivamente verso lo studio. La porta era socchiusa, la luce tracciava una striscia sbiadita sul pavimento. Doveva trattarsi della lampada sulla scrivania...

Si sentiva un leggero rovistare, come di chi cercasse di aprire qualcosa.

Con cautela, Gregor si sporse attraverso lo spiraglio.

«Mickey!» esclamò spalancando la porta.

Il ragazzone lo guardò allarmato e cominciò ad ansimare in preda allo spavento.

«Ehi, calma, amico. Sono io, sono Gregor.» Gli andò incontro e l'altro sembrò tranquillizzarsi.

«Ne ha parlato tutto il giorno» disse Mickey con tono di scusa.

«Di cosa? Che stai cercando?»

«L'ho vista nel letto dell'ospedale. Dormiva, ma le sue labbra si muovevano e continuava a ripeterlo...»

Gregor si accigliò. «Chi hai visto? Karen?» Poi decise di cambiare domanda: «Cos'è che continuava a ripetere?»

«Parlava del suo diario, di Pumpkin e di un'altra ragazza... Crystal. È un nome buffo Crystal.»

Diario? Così Karen teneva un diario? E se ci avesse scritto qualcosa d'importante? «Hai ragione... è proprio buffo. Sai dov'è il suo diario?»

«No, non so dov'è il diario di Crystal... Però so dov'è quello di Karen. Qui nella scrivania. Ma non riesco ad aprire il cassettino...»

«Fammici provare.»

Gregor fece scorrere le dita sotto il ripiano. Dapprima non sentì nulla di strano, poi trovò una specie di fessura. Con cautela provò a tirare e a poco a poco riuscì ad aprire il comparto segreto.

«Bingo!» esclamò.

«Ce l'hai fatta!» gioì Mickey.

«Sì, ma per merito tuo. Sei stato bravo. Proviamo a dare un'occhiata.»

«Karen non si arrabbierà?»

«Non penso. Credo sperasse che tu lo trovassi.»

«Be', allora sarà proprio contenta!»

Gregor posò il diario sulla scrivania e cominciò a sfogliare le pagine. Non trovò nulla d'interessante, fuorché una parte dove la psicologa parlava di lui chiedendosi se fra loro si sarebbe mai instaurato un dialogo. Fece un sorriso amaro e seguitò a scorrere le pagine.

Finalmente s'imbatté nelle righe "dettate" da Crystal.

Rimase stupefatto, o la psicologa era più fuori di lui, oppure...

«Me lo leggi?» domandò Mickey.

Gregor lesse ad alta voce e non si fermò finché non ebbe finito.

«Che stranezza!» commentò allora il ragazzone grattandosi la testa con entrambe le mani. «Non ti sembra una stranezza?»

L'esperimento di Pumpkin... Il messaggio di aiuto... La Corporazione... Nemo il cyberattivista...

Era strano, sì. Ma se era tutto vero, l'attacco del commando cominciava ad avere un senso!

«Vieni, Mickey» disse Gregor dirigendosi fuori dalla stanza.

«Dove andiamo?»

«Seguimi e vedrai.»

Scesero velocemente le scale fino al pianterreno. Anche laggiù le luci erano ormai spente, eccetto quella della stanzetta del guardiano notturno.

Raggiunto il refettorio, Gregor accese il lampadario.

I ragazzi trasalirono e strillarono per lo spavento.

«Tranquilli, sono io... Gregor» esordì. «È importante che vi legga qualcosa.»

In quel medesimo istante, all'ospedale, Karen apriva gli occhi.

## 14

## *Nemo in trappola!*

In piena notte, il gestore del Quiet Hotel ebbe un brutto risveglio.

Si ritrovò una mano guantata premuta sulla bocca e il letto circondato da uomini armati in tute nere e occhialini agli infrarossi.

«Stia calmo, signor Patton» intimò quello che sembrava il capo. «Gruppi speciali. Siamo qui per arrestare un pericoloso criminale, ma non si preoccupi: con noi è al sicuro, mi ha capito?»

Il gestore annuì. Quando riprese fiato si drizzò impaurito: «Criminale? Fra i clienti del mio hotel?»

«Il nostro obiettivo lavora spesso su Internet e il segnale proveniva da qui. Purtroppo non possediamo sue fotografie, ma sospettiamo si tratti di un maschio sulla trentina. Ha clienti che corrispondano a questa descrizione?»

Ci pensò su. «Al momento ci sarebbe solo il signor Rommel... È per caso tedesco, il vostro uomo?»

«Assume identità sempre diverse. Ci indichi la camera.»

«Ha affittato uno chalet sul torrente, in fondo al bosco... Le mostro la mappa.»

Accese la lampada sul comò, scese dal letto e indossò la vestaglia. Con un tramestio di scarponi militari, gli agenti si scostarono per farlo passare.

*Va tutto per il meglio*, pensò il Numero 1 seguendolo nella stanza accanto. *Non ha nemmeno chiesto di vedere i nostri distintivi fasulli dell'FBI. Sei fregato, Nemo!*

Peter si svegliò. Spooky non c'era più. Ne sentì la mancanza: si era abituato ad avere il micio sempre accanto mentre dormiva, gli dava sicurezza. Vide Nemo ancora al computer. Si chiese dove trovasse quell'energia. Controllò l'ora.

Nemo si voltò, aveva gli occhi stanchi. «Non riesci a dormire?»

«Pensavo fosse già mattina...»

«No, hai dormito solo un paio d'ore. Sono quasi le due.»

Peter allora sbadigliò indossando gli occhiali. «Tu non dormi mai?»

«Mai, non ne ho mai il tempo.» Sorrise strizzandogli l'occhio.

«A che punto sei con il programma?»

«Funziona! A quest'ora i Cavalieri Della Rete lo staranno diffondendo in tutto il mondo.»

«Ottimo! Allora è fatta, no?»

«Già, ormai nessuno ci può fermare.»

I dodici uomini dei corpi speciali stavano circondando lo chalet. Erano equipaggiati e armati di tutto punto. Doveva essere un'operazione rapida e precisa. Nemo avrebbe dovuto essere un fantasma per riuscire a eludere un simile sbarramento.

«Ragazzi, vi ricordo le consegne» sussurrò il Numero 1 nel microfono del passamontagna. «Cerchiamo di prenderlo vivo. Ma la priorità è che non scappi. A nessun costo. Non danneggiate le sue apparecchiature, i nostri programmatori non vedono l'ora di metterci le mani. Siete pronti?»

Allora a una a una gli giunsero le risposte. Ed erano tutte affermative.

Hideo mormorò: «D-di cosa p-parlate a quest'ora?»
«Nemo ce l'ha fatta! Il suo programma funziona!» gli disse Peter seduto sul letto.
Anche lui si rizzò a sedere. «Cosa?» Saltò giù e corse verso la propria postazione. «A-allora devo s-spedirlo a Proz. D-dobbiamo farlo c-circolare! D-devo...»
«Calma» gli disse Nemo. «Già tutto fatto.»
«Ah...» replicò il ragazzo un po' deluso.

Fuori il comandante del commando ordinò: «Numeri dal 7 al 12 in posizione. Gli altri pronti a muoversi... ORA!»
Balzarono in avanti, portandosi ognuno a una finestra. Il Numero 1, assistito dal 2, raggiunse la porta.
Con le dita segnalò: meno 5, 4, 3...

«Uff» si lamentò Hideo infilando i jeans. «O-ormai non ho più s-sonno. Almeno ti a-aiuto a diffondere i *ticks* modificati, n-non s-sopporto l'inattività.»
In quel momento gli venne in mente che, da quando aveva deciso di seguire Peter, non solo non aveva più giocato a *Fantoms*, ma non ne sentiva nemmeno la mancanza! Sorrise fra sé indossando la felpa.
Già vestito, Peter si diresse alla finestra.

Con un pesante calcio il Numero 1 aprì la porta, irrompendo ad armi spianate, in un'esplosione di vetri delle finestre sfondate dagli altri agenti.
«Fermo, Nemo!» urlò.
Poi rimase di sasso in mezzo a una stanza vuota.
«Dannazione, com'è possibile?» esclamò. Tutto era in ordine, il letto intatto. La luce proveniva da una lampada sulla cassettiera.
«Portatemi il gestore!» ruggì.

«Comandante, guardi qui.» Era il suo vice, accovacciato vicino alla porta a studiare un apparecchio dalle dimensioni di una scatola di fiammiferi, con una spia lampeggiante.

«È un dispositivo d'allarme!» disse il Numero 1. «Ormai sa che siamo qui!»

«Ecco il gestore, comandante.» Due agenti lo spinsero nella stanza.

«Non... non capisco...» farfugliò il signor Patton pallido come un cencio. «È arrivato qui un paio di giorni fa! Ha pure ordinato delle pizze...»

«Chi sono gli altri clienti?» lo interruppe il comandante.

«Siamo in bassa stagione... Due famigliole di cui una con un bambino, un gruppo di una decina di uomini d'affari giapponesi e due donne sulla sessantina. Ci sarebbe anche un anziano scrittore che l'altro ieri ha prenotato uno chalet per tutto il mese, ma da allora non è più tornato...»

Il comandante si rivolse al Numero 9: «Presto, il visore!»

L'agente sganciò dalla cintola un apparecchio simile a un palmare e glielo porse. Il Numero 1 lo accese e armeggiò per qualche secondo. Sullo schermo scorrevano le immagini, riprese dall'alto, di Peter che s'incontrava con l'agente al centro commerciale. Fece scorrere indietro il filmato al momento in cui il ragazzo si era urtato con Nemo travestito. Bloccò l'immagine e zoomò sul mezzo busto del vecchio.

«È il suo cliente?»

Il gestore alzò le sopracciglia sconcertato. «L'ho... l'ho visto portare dei computer nello chalet, ma mi ha detto che gli servivano per scrivere!...»

«Dov'è?!» tuonò il comandante.

Quando irruppero nello chalet dove fino a poco prima stavano Nemo e i ragazzi, non trovarono nessuno. Un suono intermittente simile al segnale di una sveglia stava ancora vibrando.

Gli uomini iniziarono a tossire: un fumo acre fuoriusciva dagli hard-disk dei computer.

«Maledetto, ha fuso tutto!» imprecò un agente.

«Sono fuggiti da qui!» gridò un altro sporgendosi dalla finestra del bagno che si apriva sul torrente.

Il Numero 1 scavalcò il parapetto. «La sua auto è ancora all'altro chalet, non può essere lontano!»

Nel buio quasi assoluto, Peter e Hideo riuscivano a stento a non perdere di vista Nemo, gettatosi a precipizio fra i cespugli del sottobosco. Sbucarono sulla riva del torrente e lo videro correre verso un imbarcadero. Spalancò il portone e vi entrò.

Quando i due ragazzi irruppero a loro volta lo trovarono intento a srotolare un involto di gomma grigia: un gommone sgonfio.

Si affrettarono ad aiutarlo.

All'interno del gommone era nascosta una grossa bombola. Nemo collegò il tubo alla camera d'aria e, con un forte sibilo, il battello iniziò a gonfiarsi.

«Tre pagaie!» ordinò ai ragazzi.

Peter e Hideo si voltarono: una serie di remi da canoa erano appoggiati lungo la parete. Ne afferrarono tre, mentre lui scollegava il tubo della bombola: il canotto era gonfio.

«Andiamo!» ordinò l'uomo trascinandolo per una maniglia.

I ragazzi buttarono dentro le pagaie e via di corsa sulla ghiaia del torrente, verso l'acqua.

Dal bosco rumori di rami spezzati e urla concitate. Gli uomini del commando si avvicinavano.

Nemo, Peter e Hideo spinsero il gommone in acqua, contendendolo alla corrente.

«Dentro!» e i ragazzi obbedirono afferrando le pagaie.

«Eccoli! Sono laggiù» gridò qualcuno. Il terreno e il pontile dell'imbarcadero furono spazzati da una grandinata di proiettili.

«Vieni, presto!» urlò Peter a Nemo. Lo vedeva dubbioso.

L'uomo si voltò e sorrise. Sfilò una busta in plastica blu

dalla camicia e la buttò a Hideo che l'afferrò al volo. «Ora dipende da te!» gli disse.

«NO!» urlò Peter.

Fra i proiettili che saettavano sempre più vicini, Nemo spinse con forza il gommone nella corrente. «State giù! Forse non sanno che ci siete anche voi!»

«Nemo!» gridarono a una voce i due ragazzi.

L'uomo si lanciò di corsa a risalire la riva, mentre un gruppo di figure scure sbucava dal bosco. «Sta scappando sul gommone!»

«No, è lassù! Sparate!»

Erano ancora lontani per prendere bene la mira. Il cyberattivista aveva raggiunto un punto del torrente dove le due rive distavano non più di quattro metri, un masso in mezzo faceva da isolotto.

Mentre le rapide impetuose sballottavano l'imbarcazione contro le sponde di granito, i ragazzi videro Nemo saltare.

Una raffica lo colse a mezz'aria. Atterrò sul masso premendosi il petto. Perse l'equilibrio e l'acqua lo trascinò via.

«NOOO!» gridò Hideo, mentre il gommone veniva risucchiato da una rapida.

Non ebbero il tempo di piangere l'amico scomparso. Pagaiarono senza sosta per impedire al gommone di ribaltarsi nelle rapide o di squarciarsi contro le rocce affioranti. Il buio rendeva tutto più difficoltoso. Il torrente curvava, si torceva, si restringeva. I ragazzi tentavano di pilotare al meglio, ma le loro inesperte pagaiate si rivelavano poca cosa contro la forza della corrente che li sferzava con ondate gelide. Il gommone s'inclinava su una fiancata, per poi scagliarli al centro, l'uno contro l'altro, costringendoli a lottare per non essere sbalzati fuori. Gli occhiali di Peter corsero innumerevoli rischi.

Quando, tre quarti d'ora dopo, poterono concedersi una pausa nel corso ormai tranquillo del torrente, avevano le mani escoriate, i polsi e le braccia in fiamme.

Accostarono in un'ansa per riprendere fiato.

Hideo esplose in un pianto dirotto. «È finita! È finita!» ripeteva. «S-senza Nemo non p-potremo più trasmettere il f-filmato dei tuoi a-amici! Siamo s-spacciati!»

Peter taceva sconvolto. Non riusciva ad accettare che Nemo fosse morto e che tutto fosse perduto.

No, uno come Nemo vagliava sempre ogni eventualità. Forse aveva considerato la possibilità di essere messo fuori gioco e che qualcun altro dovesse portare a termine il lavoro...

«Cosa c'è in quella busta?» domandò a Hideo.

L'amico parve non capire, poi sfilò la maglietta dai jeans ed estrasse la busta di plastica che Nemo gli aveva gettato.

Tirando su con il naso, l'aprì. Trovò un mazzetto di biglietti da cento dollari, dei documenti e una ricevuta.

Peter la esaminò. «È di un parcheggio di San Francisco... Quello dove Nemo ha lasciato il furgone!»

«Q-qui ci sono a-anche le c-chiavi!»

Peter s'illuminò. «Hideo, il furgone di Nemo era equipaggiato con postazioni computerizzate, tu sapresti farle funzionare?»

«C-credo di sì...»

«Certo che ne saresti capace, per questo Nemo ti ha detto "ora dipende da te". Contava su di te per portare avanti la sua opera, capisci?»

Il giovane hacker lo fissò. Aveva smesso di piangere e nel suo sguardo stava nascendo una nuova determinazione.

Peter asciugò gli occhiali alla meglio, sforzandosi di tornare padrone di se stesso. Poi dichiarò: «Il piano di Nemo è ancora valido. Diamoci da fare!»

# 15

## *L'ultimatum*

Alle prime luci dell'alba, un uomo corpulento emerse dalla boscaglia insieme a guardaspalle armati di tutto punto.

Le sentinelle indios ne avevano annunciato l'arrivo, perciò Berito e gli altri rappresentanti lo stavano aspettando.

«Mi chiamo Kevin Thorpe e sono il responsabile dei lavori dell'oleodotto» esordì arrogante, poi notò Crystal e Douglas nel gruppo dei ragazzi indios e aggiunse divertito: «Guarda guarda, cos'abbiamo qui?»

Loro non risposero.

«Fatemi indovinare: boy-scout?» li canzonò l'uomo.

«I giovani bianchi hanno deciso di stare con noi» disse Berito facendosi avanti.

«Immagino che tu sia il famoso Berito, giusto? Il leader di questi selvaggi.»

«Sono il portavoce dei popoli della foresta» ribatté l'indio. «Quello dove vi trovate è un luogo sacro. Siamo qui per chiedervi di rinunciare a estrarre il sangue della Terra.»

Il bianco rise ammiccando ai suoi tirapiedi. Poi tornò a rivolgersi a Berito: «Ascoltami bene: questo posto cambierà un bel po' d'aspetto, dovrete rassegnarvi. Abbiamo comprato dal vostro Governo il diritto non solo di costruire l'oleodotto, ma anche di prelevare il petrolio dal grande giacimento che si nasconde sotto il lago!»

«Non l'avete ottenuto dalla Terra questo diritto e noi non avremmo il potere di concedervelo: la Terra è nostra madre e non possiamo venderla...»

L'altro si rabbuiò. «Ti avverto, le nostre macchine passeranno di qui. Falceranno tutto quanto si troveranno di fronte e, vedendole in azione, questi bambocci bianchi se la daranno a gambe. Se vorrete rimanere, fate pure. Vorrà dire che, oltre a qualche scimmia e a qualche bradipo, avremo fatto fuori anche qualche indio. A chi volete che importi?»

«A me, per esempio» disse Frank facendosi avanti con la videocamera accesa.

«E a noi pure!»

La voce arrivava dall'alto. Gli uomini dell'oleodotto guardarono in su e rimasero a bocca aperta. Appesi alle *bubbles* di Roxanne, c'erano Adam e Akawë, ognuno con una videocamera puntata. Adam puntò i piedi su una pianta e si diede lo slancio spostandosi di una decina di metri in un paio di balzi. Ora poteva riprendere da un'angolazione opposta a quella dell'amico indio.

Frank proseguì: «Come vede, siamo equipaggiati in modo da catturare ottime immagini. Di certo, troveremo anche qualcun altro interessato».

Thorpe fece un passo indietro. Esitò per un momento e replicò: «Questo non cambia nulla. Abbiamo un piano di lavorazione e lo rispetteremo».

«Anche noi il nostro» rispose Frank.

Senz'aggiungere altro, l'uomo ritornò sui suoi passi seguito dai tirapiedi.

Adam esultò: «Grande, Frank! Li abbiamo spiazzati!»

«È impallidito!» gioì Douglas battendo le mani.

Crystal, al contrario, continuava a essere preoccupata. «Già, ma non credo basterà a fargli cambiare idea.»

«Gliel'hai letto nel pensiero?» chiese Douglas.

«Ho visto il suo sguardo. Non prometteva nulla di buono.»

«Temo che Crystal abbia ragione. Non ci resta che aspettare» convenne Frank spegnendo la videocamera. Si allontanò insieme a Berito.

Douglas si rivolse a Crystal. «Bah, secondo me adesso ci andranno più cauti... e poi ci sei tu, no? Mal che vada, t'impadronirai delle menti di chi sta alla guida delle falciatrici.»

La ragazza si sforzò di sorridere, non voleva preoccuparlo. Come faceva a dirgli che aveva provato a leggere il pensiero del direttore dei lavori e non ci era riuscita? Nella sua mente era di nuovo apparsa quella muraglia che le impediva di usare i suoi poteri!

Senza farsi vedere, si pulì la mano sporca di sangue.

«Signor Thorpe, lei non deve preoccuparsi di nulla. Da adesso subentriamo noi.»

Un'ora dopo, nel lungo camper adibito a quartier generale dei lavori, il direttore sedeva alla scrivania. Ansimava in preda all'agitazione, sudando abbondantemente.

A parlare in tono tranquillizzante era stato il Numero 1, il comandante di uno dei reparti speciali agli ordini diretti della Corporazione. L'agente era appena stato gratificato di una ricompensa per avere eliminato uno degli avversari più pericolosi: il cyberattivista Nemo.

Poi era stato mandato in missione in Amazzonia per fermare il dottor Claremont e le due ragazze che possedevano facoltà parapsichiche.

«Lei fa presto a parlare» disse Thorpe asciugandosi il sudore con un fazzoletto fradicio. «A quanto ne so io, sta succedendo il finimondo. Quel Nemo è riuscito a rendere pubblico l'elenco delle multinazionali finanziatrici del progetto e ora c'è il rischio che qualcuna si tiri indietro per non perdere la faccia davanti all'opinione pubblica!»

L'agente sogghignò. «Lei si occupi di far avanzare i lavori. Penseremo noi a impedire di realizzare qualunque filmato.»

«Crede di riuscirci? Questi indios esaltati sono pronti a sacrificarsi, pur di impedirci di passare, e se qualche immagine dovesse raggiungere Internet...»

«Gliel'ho detto, non ci sarà nessuna immagine da trasmettere. Se poi si spargesse la voce del massacro, sosterrete di essere stati attaccati e di esservi difesi. Voi dovrete negare che fra gli indios ci fossero donne e bambini, ma per gli attivisti non ci saranno immagini da utilizzare come prova. I lavori dell'oleodotto si fermeranno per un po' ma poi riprenderanno più rapidi di prima.»

«Lo crede davvero?»

«Che la gente smetterà di pensare a voi? Stia tranquillo: hanno la memoria corta e impedir loro di pensare è la nostra specialità. Apparirete sempre meno sui media: truccheremo qualche risultato per rendere più appassionanti i campionati di football, metteremo in piedi un paio di scandali internazionali dove saranno coinvolti personaggi di spicco, aumenteremo il prezzo del petrolio... I quotidiani traboccheranno di notizie "interessanti", vedrà.»

Il direttore inghiottì un paio di pasticche per la pressione. Il clima umido e la tensione lo stavano sfibrando.

«D'accordo» disse alla fine. «Le falciatrici sono già quasi sull'obiettivo. Offrirò agli operai paghe doppie per gli straordinari, più un premio se riusciranno ad arrivare alla Cascata di Lipa entro il primo pomeriggio.»

Il Numero 1 sorrise soddisfatto. «Filerà tutto liscio.»

Thorpe si alzò per impartire i nuovi ordini al capo cantiere. «Lo spero, altrimenti finiremo tutti a spasso.»

Quando il direttore fu uscito dal camper, l'agente si diresse al veicolo. Un bambino di circa otto anni era seduto a occhi chiusi nella penombra. Si sarebbe detto addormentato, non fosse stato per la posizione, con gli avambracci sul tavolo e i palmi delle mani aperte rivolti verso il basso.

«Bravo, ragazzo» gli sussurrò l'uomo appoggiandogli una mano sulla spalla.

# SECONDO INTERMEZZO

In zone prestabilite del pianeta, i Guardiani della Terra eseguivano i loro riti, cicliche iniezioni di energia praticate per secoli dai Guardiani che li avevano preceduti.

Tuttavia questa volta il loro intervento sembrava non essere sufficiente...

In Alaska, in Africa, in Asia, in America... Cicloni e trombe d'aria si abbattevano inarrestabili. Le gole e i profili dei ghiacciai, i canyon e le dune dei deserti si erano trasformati in imponenti strumenti musicali che il vento e l'acqua dei fiumi o degli oceani facevano risuonare, dando voce alla medesima melodia.

La gente comune ignorava tali fenomeni. La stampa e le televisioni non ne davano risalto per non creare allarme.

Eppure c'era una sensazione diffusa che qualcosa non andasse.

Non erano episodi numerosi al punto da balzare subito all'occhio. Semplicemente, sempre più spesso nelle strade si incontravano persone disorientate e stava aumentando il numero di individui che preannunciavano la fine del mondo.

Tutti sembravano cercare una risposta alla domanda angosciosa: “Cos’è questo vuoto dentro di me?”

E in tutti nasceva una strana sensazione, come se quella risposta fosse a portata di mano, sulla punta della lingua...

Douglas e Crystal si tenevano per mano e per mano erano uniti agli altri indios in una barriera di corpi.

I due ragazzi avevano ripercorso con il pensiero gli eventi che avevano portato a quel momento e adesso attendevano l’arrivo delle falciatrici.

Sapevano di rischiare la vita, eppure non c’era paura in loro. Ce n’era stata, ma ora che si tenevano per mano, ora che tutti si stringevano gli uni agli altri si sentivano sereni.

Gli occhi s’incontrarono e un sorriso incerto nacque sulle loro labbra.

Quel giorno avrebbero davvero scritto la parola fine a quell’avventura.

E qualunque fosse stata la conclusione, l’avrebbero affrontata insieme.

# PARTE TERZA

## *La battaglia*

# 1

## *Senza esclusione di colpi*

Il fragore delle macchine si avvicinava. Le voci degli animali della foresta si fondevano in un unico straziante grido di terrore.

Uccelli si levavano in massa oscurando il sole. Scimmie sfrecciavano avanti e indietro, al margine della fitta vegetazione, altre abbandonavano la selva, come una fiumana che si riversava verso l'altra parte del bosco, al di là del lago.

In quel caos, la barriera umana degli indios rimaneva immobile, le mani nelle mani.

Grazie alla ricetrasmittente, Douglas seguiva i movimenti di Frank, appostato con la videocamera nella foresta, e di Adam e Akawë, sulle *bubbles*.

«Crys, che ti succede?» domandò sentendo stringersi la presa della compagna.

La ragazza non avrebbe voluto fargli sapere nulla, ma quel muro nella mente aveva ripreso a opprimerla, a mozzarle il fiato.

«Il muro, Doug. Lo vedo di nuovo!» ammise alla fine.

Il ragazzo la guardò sconvolto. «Come sarebbe? Significa che quel tale, il telepate... è qui!»

«Ho paura di sì...»

All'improvviso l'immagine psichica si fece più scura. Crystal rimaneva in piedi, una mano nella mano di Douglas e l'altra in quella dell'indio che le stava a fianco; nella mente però le sembrava di cadere, di urtare violentemente la schiena a terra. Immaginò di allungare le braccia a toccare qualcosa. Non era più un muro, era una superficie liscia, di legno. Provò a rotolare su un fianco, poi su un altro, ma si ritrovò chiusa ai due lati da pareti imbottite.

«Oh, no...» la udì sussurrare Douglas.

Era stata sepolta viva. Era in una bara!

Con apprensione crescente, Douglas la vide ansimare, gli occhi sbarrati. Poi le sue gambe cedettero, e si accasciò sull'erba umida.

Adam intanto sorvolava la selva. Grazie al pallone, poteva correre sulle cime degli alberi, come fosse senza peso, e, contemporaneamente, riprendere con la videocamera, fissata al busto grazie a un braccio snodabile. Le immagini delle colossali falciatrici gialle a poche centinaia di metri erano agghiaccianti.

«Adam, sono Frank. Come va, lassù?»

La voce dello psicologo proveniva da una ricetrasmittente fissata nel taschino del giubbotto. Il ragazzo diede un'occhiata ad Akawë intento a riprendere in lontananza sull'altro pallone. A grandi balzi si stava avvicinando il più possibile alle falciatrici. Adam si augurò che non diventasse troppo imprudente.

«Tutto bene, Frank» rispose. «Novità da Nemo?»

«Nessuna, purtroppo. Comincio a temere il peggio.»

«Se non altro stiamo registrando tutto. A mali estremi, lo diffonderò io stesso appena torneremo a casa!»

«Già, ma per allora avranno devastato completamente questa zona! E penso che Berito parlasse sul serio, quando ha detto che gli indios sono disposti a morire, piuttosto di arretrare davanti alle macchine...»

«D'accordo, cos'altro possiamo fare?»

«Solo pregare, Adam. Buon lavoro!»

Il ragazzo fece una zoomata in avanti. In quel momento dalla zona dei cantieri vide decollare l'elicottero a due eliche. Puntava dritto su Akawë.

«Attento, Akawë! Scappa, scappa!» urlò Adam nella ricetrasmittente.

L'indio distolse lo sguardo dal mirino della videocamera e si raggelò. Cercò invano tra la fitta vegetazione un varco abbastanza grande per passare con l'aerostato. Allora puntò l'obiettivo sull'elicottero, indietreggiando sulle cime degli alberi.

«Akawë, cosa fai?!» Era la voce allarmata di Adam. «Smetti di riprendere! Allontanati!»

«Niente da fare, Adam. Cercherò di riprendere più che posso. Tu pure, non smettere di filmare, ma sta' lontano. Se mi minacceranno o apriranno il fuoco, avremo ulteriori prove contro di loro!»

Frank intervenne urlando: «Sei matto, vieni via!»

L'indio non rispose. L'elicottero era sopra di lui. Non aprì il fuoco, ma cominciò lentamente ad abbassarsi.

«Adam, che succede?» domandò Frank.

«Quei vigliacchi vogliono metterlo fuori gioco senza sparare! Vogliono farlo sembrare un incidente!»

Spinto dal vento delle pale, il pallone di Akawë scendeva velocemente verso gli alberi. L'uomo non impugnava più la videocamera, sempre accesa e saldamente fissata al busto. Cercava di districarsi come poteva, ma piedi e mani avevano la peggio contro i rami sporgenti. L'elicottero si abbassò ancora di più e il pallone prese a sobbalzare sulle fronde.

«*Por todos los...*»

L'indio veniva spinto a velocità sempre maggiore. I ramoscelli cui si aggrappava gli rimanevano in mano. Un rumore di strappo annunciò che l'involucro si era squarciato.

Attraverso il mirino della videocamera, Adam lo vide

precipitare sotto la coltre di foglie. «Akawë! Akawë!» urlò nella trasmittente. Nessuna risposta.

«Adam, vieni giù subito o il prossimo sarai tu!» tuonò Frank.

Piangendo, Adam si guardò intorno. Poco distante vide un'apertura abbastanza ampia da permettergli di scendere.

L'elicottero gli fu sopra in un lampo e cominciò ad abbassarsi.

In preda al panico, Adam aprì la valvola dell'involucro e si calò rapidamente fra gli alberi. Troppo rapidamente! Un ramo lo colpì al braccio e glielo spezzò, un altro gli provocò un profondo taglio in una coscia. La caduta s'interruppe bruscamente a pochi metri da terra, ma Adam non se ne accorse: aveva perso i sensi.

Douglas vide Frank sbucare trafelato dalla foresta. Stringeva in pugno la videocamera spenta.

«Adam e Akawë sono precipitati!» annunciò angosciato. «Non rispondono più!»

«Lo so, ho seguito tutto con le nostre ricetrasmittenti!» replicò Douglas.

Lo psicologo notò solo in quell'istante che i due ragazzi erano usciti dalla barriera. Gli indios li guardavano preoccupati: Douglas era seduto per terra con Crystal in braccio in preda a spasimi.

«Sta subendo un attacco psichico» spiegò il ragazzo vedendo l'espressione allarmata dell'uomo.

«Dannazione, va tutto a rotoli! Restate qui, mi raccomando. Io cerco di rintracciare i nostri amici!»

«Non è questo il momento di cercarli» disse Berito. Era arrivato di corsa. «Sapevano a cosa andavano incontro. Erano guerrieri.»

«Cosa... Cosa stai dicendo? Non posso abbandonarli... Adam è sotto la mia responsabilità!»

«Sto dicendo che siete venuti fin quaggiù per aiutarci, per aiutare la Terra. Adesso dovrai fare tu le riprese, testimoniare. Non puoi tirarti indietro! Le nostre vite non sono nulla in confronto alla salvezza del pianeta!»

«Al diavolo!» ribatté Frank. Lanciò il palmare satellitare a Douglas. «Tienilo al sicuro, nel caso Nemo torni a farsi vivo...» Si voltò e si lanciò nella selva.

«È in gamba» disse Douglas rivolto a Berito. «Sono certo che alla fine prenderà la decisione migliore... È solo sconvolto...»

«Me lo auguro» ribatté l'indio. «Perché altrimenti il sacrificio dei tuoi amici e della mia gente sarà stato vano.» Si allontanò.

«Cavoli! Cavoli!!» ripeté Douglas affranto. Fissò il palmare satellitare. Adam e Akawë... No, erano ancora vivi, dovevano esserlo! Appena tutto fosse finito, li avrebbero cercati insieme. Probabilmente erano rimasti appesi a qualche ramo. Del resto l'elicottero non aveva mica fatto fuoco... Già, presto Crystal si sarebbe ripresa e li avrebbe rintracciati con i suoi poteri.

«Crystal, mi senti? ...Crystal?»

Scossa dai brividi, gli occhi serrati, lei non reagì. Un rivolo di sangue le colava da una narice.

«Devi combatterlo, Crys! Affrontalo. Sei forte, ce la farai!»

Nessuna risposta.

Proprio nel momento in cui avevano più bisogno di lei, la ragazza sembrava fuori gioco.

Douglas non poteva sapere quale lotta per la vita Crystal stava affrontando.

In quella bara, evocata dalla sua mente, aveva gridato e spinto, spezzandosi le unghie contro il coperchio, mentre sentiva l'ossigeno scarseggiare.

Doveva cercare di vincere la paura, doveva reagire! Sapeva che, se fosse morta lì dentro, nel mondo esterno il suo corpo sarebbe sprofondato in un coma senza ritorno.

## 2

## *Su più fronti!*

Peter e Hideo non ebbero difficoltà a trovare passaggi per tornare a San Francisco. Furono presi a bordo prima da un camionista, sulla statale costeggiata dai boschi, poi da un rappresentante. Questi li lasciò in centro, nemmeno troppo distante dal garage dove Nemo aveva parcheggiato il furgone.

C'era una strana agitazione fra la gente. Agli angoli delle strade capannelli di persone erano impegnate in accese discussioni. Chi camminava da solo era assorto nella lettura di un quotidiano o ne teneva uno sottobraccio. Si respirava un clima da post-elezioni o da finale del campionato, quando si attendevano con ansia i risultati.

Passando davanti alle vetrine di un negozio zeppe di televisori, i due ragazzi si avvicinarono incuriositi per scoprire a quale programma stesse assistendo quella gente.

La voce della giornalista veniva diffusa anche all'esterno dagli altoparlanti: «...le multinazionali che compaiono nell'elenco diffuso dal cyberattivista Nemo sono state bersagliate da migliaia di e-mail dei consumatori, i quali minacciano di non acquistare più i loro prodotti se non si ritireranno dall'Affare Oleodotto. Le aziende si sono affrettate a negare qualsiasi coinvolgimento nel progetto...»

Hideo si voltò di scatto. «Hai s-sentito?»

«Sì, sì. Ascoltiamo...» ribatté Peter.

«...Siamo riusciti a ottenere un'intervista telefonica da uno dei responsabili dei lavori. Signor Forbes, parli pure: siamo in diretta.»

«Buongiorno, signorina. In primo luogo, vorrei tranquillizzare tutti. Sono effettivamente iniziati i lavori per la costruzione di un oleodotto in Amazzonia, per la precisione nel Nord Colombia, ma, posso giurarlo, non avrà l'estensione di cui si parla nel sito di questo pirata informatico... Nemo. Lungi da noi l'idea di minacciare la foresta o la vita dei suoi abitanti. Sono fandonie! D'altronde, questo Nemo dice di essere in grado di trasmettere un filmato che proverebbe la veridicità di quanto sostiene, no? Bene, dov'è il filmato? Ripeto, si tratta solo delle bugie di un volgare pirata informatico, che ha violato i computer della maggior parte degli utenti mondiali per sostenere una causa menzognera!...»

La giornalista replicò: «Molti intervistati reputano invece Nemo un eroe, perché in questo modo avrebbe smascherato l'esistenza dei *ticks*, le Zecche che ci controllavano. Se non fossero esistite realmente, il cyberattivista non avrebbe potuto sfruttarle come tanti cavalli di Troia per accedere ai nostri terminali».

«Non sono un informatico, ma i nostri tecnici hanno facilmente trovato una spiegazione: è stato lo stesso Nemo a diffondere le cosiddette Zecche e un giorno di questi vedremo apparire un suo messaggio dove si vanterà di averci preso tutti in giro! Ascolti: finché ci sarà un solo hacker a piede libero, i nostri sistemi informatici saranno in pericolo. Altro che paladini della libertà d'informazione, sono dei delinquenti!»

«B-bugiardo!» sbottò Hideo.

Qualcuno si girò a guardarlo storto.

«D-dobbiamo sbrigarci! T-tutto dipende da n-noi, o-ora!»

«Hai ragione» rispose Peter. «Però voglio compiere prima un piccolo esperimento...»

Il ragazzo cominciò a fischiettare il motivo intonato da Pumpkin.

Tutti si voltarono attoniti e si fissarono l'un l'altro, meravigliati del reciproco stupore.

«V-vieni, presto!» Hideo s'incamminò tirandolo per la manica.

Si lanciarono di corsa lungo una delle ripide salite di San Francisco. Peter continuava a canticchiare il motivo ad alta voce, lasciando dietro a sé persone che interrompevano smarriti quanto stavano facendo. Qualcuno provava a canticchiare a sua volta, cercando di ricordare come proseguiva.

A poco a poco, il motivo prese a diffondersi nell'aria.

Quella mattina, quando Karen Wright aprì gli occhi, si trovò circondata da diverse persone.

Alcuni li conosceva, i genitori di Pumpkin e l'ex detective Arthur Lone, ma non aveva mai visto gli altri.

«Buongiorno, dottoressa» la salutò uno di questi ultimi con piglio autorevole. «Siamo qui per sincerarci di persona di cosa stia accadendo ai nostri figli!»

La donna fece mente locale. Si era ripresa il giorno precedente dal trauma cranico arrecatole dalle percosse, ma non era riuscita a restare sveglia a lungo. Si era riaddormentata, per fare un unico sonno fino a poco prima.

«Si calmi, signor Peaky» intervenne Arthur Lone. «La dottoressa ha subìto un trauma piuttosto grave.»

«Buongiorno, dottoressa Wright» la salutarono preoccupati i genitori di Pumpkin.

«Buongiorno» disse un uomo dai capelli bianchi. «Mi chiamo Kendred Halloway e questa è mia moglie Henrietta...»

Una donna corpulenta dall'aria mite si fece avanti.

«...Siamo gli zii di Douglas Macleod e abbiamo la tutela di Crystal Cooper.»

«Io invece sono il padre di Douglas» si presentò infine un uomo sulla quarantina.

Karen rispose: «Buongiorno. Benvenuti a tutti... Sto bene, Arthur. Non preoccuparti». Si rivolse all'uomo elegante dai capelli grigi che aveva parlato per primo e alla donna al suo fianco: «I genitori di Peter, immagino».

«Precisamente» ribatté l'altro secco. «Bando ai convenevoli. I nostri figli le erano stati affidati e sono scomparsi! Abbiamo sentito le voci più assurde su possibili rapimenti da parte di pericolosi criminali. Insomma, si può sapere cosa sta succedendo?!»

Karen sospirò cercando di sollevarsi un po', ma con il braccio ingessato non le era facile.

«Avete ragione a essere adirati con me, ma vi assicuro che questa faccenda è più complicata di quanto si potrebbe pensare...»

«Ebbene, ci illumini! Siamo venuti fin qui apposta!»

«Forse posso aiutarvi a far luce sull'accaduto.»

A parlare era stato qualcuno sulla porta, un ragazzo dalla capigliatura arruffata. Nel corridoio s'intravedevano altre persone.

«Gregor!» esclamò Karen sorpresa.

Il ragazzo avanzò, con l'educatore Sonny, Mickey e altri ragazzi della casa famiglia. Per ultimo El Chupacabra, anch'egli con un braccio al collo e la testa fasciata.

La camera brulicava di persone.

«Grazie di essere venuti» disse la psicologa. Una luce di apprensione le balenò negli occhi. «Come sta Boston?»

«È ancora in coma» la informò Sonny abbassando lo sguardo.

Nel silenzio imbarazzato, gli occhi della donna si fermarono su ciò che teneva in mano Gregor: il suo diario.

«È tutto vero?» domandò lui mostrandole le pagine da lei scritte sotto la "dettatura" di Crystal.

Karen guardò i presenti. «Io... Non riesco ancora a crederci, ma...»

«È l'unica spiegazione possibile» terminò per lei Sonny. «Ecco il motivo dell'assalto del commando alla scuola, ecco perché cercavano Hideo. Speravano di risalire a Nemo!»

«Un momento» intervenne Arthur Lone. «Forse è il caso di spiegare anche a noi, non credi, Karen?»

«Leggiglielo, Greg» disse Mickey allegro.

«Sì, leggilo» lo esortarono gli altri ragazzi.

Gregor guardò Karen come a chiederne il permesso.

La donna annuì e il ragazzo iniziò la lettura.

In Amazzonia, tre uomini armati in uniformi mimetiche avanzavano nella selva. A un tratto uno di loro ordinò l'alt. La vegetazione lasciava posto a una radura, al cui limitare c'era l'aereo di Jerry.

«Eccolo» bisbigliò l'agente. «Dividiamoci. Tu lo sorprendi avvicinandoti dalla parte opposta, tu ti avvicini dal fianco destro e io punto dritto allo sportello. Per il via ci terremo in contatto radio.»

Si sfilarono lo zaino e tirarono fuori le cuffie con il microfono. Caricarono le armi e i due che avevano ricevuto gli ordini si allontanarono.

Passò qualche minuto e l'uomo tornò a parlare, questa volta nel microfono: «Numeri 4 e 7. In posizione?»

Una pausa, poi la risposta: «Numero 7 in posizione».

«Numero 4, sono pronto anch'io.»

«Benissimo. Al mio tre. Uno, due... tre!»

L'uomo balzò fuori dal cespuglio di corsa, cercando di tenersi il più basso possibile. Lo sportello dell'aereo era spalancato. Prese ad avanzare lentamente, mitragliatore in pugno, e vide il Numero 7 avvicinarsi dalla parte opposta. Gli segnalò che avrebbe tentato di entrare.

Con mossa fulminea, si affacciò allo sportello urlando: «Mani in alto!»

Nel piper non c'era nessuno.

«Attenzione, il soggetto non è a bordo, ripeto...»

«Infatti non ci sono.»

La voce proveniva dall'auricolare. L'uomo si affacciò attraverso i finestrini e vide il Numero 7 guardarsi intorno allarmato. Dall'auricolare giunse la sua voce: «Deve avere fregato il Numero 4! Sta usando la sua trasmittente!»

«Pura verità, amici» disse Jerry dall'auricolare. «Scusate, ma ero fuori a smaltire la sbornia. Se mi aveste avvertito, vi avrei lasciato un po' del mio "scacciapensieri"!»

Con un grugnito di rabbia, l'uomo al comando si sfilò l'auricolare e lo appese alla cintura. Tenendo la schiena contro la carlinga dell'aereo e il fucile spianato, fece il giro dell'apparecchio, sul lato del Numero 7. Gli segnalò di coprire il microfono.

«Tanto peggio, dobbiamo beccarlo lo stesso» gli disse. «Dividiamoci di nuovo e cerchiamolo nella boscaglia!»

«Non sarebbe meglio chiamare rinforzi?»

«Gli altri sono tutti impegnati e per arrivare qui impiegherebbero mezza giornata... Muoviamoci, invece di discutere!»

Tornò a indossare cuffia e microfono e s'inoltrò nella selva, dirigendosi verso il punto dov'era il Numero 4 prima di sparire.

Lo trovò poco dopo, privo di sensi, le mani dietro la schiena, legate con la sua stessa cintola, e disarmato.

«Maledizione! Numero 7, vedi qualcosa?»

«Difficile» rispose la voce allegra di Jerry. «Quando l'ho lasciato, aveva gli occhi chiusi!»

L'agente spense con rabbia l'interruttore della cuffia e si gettò correndo nella boscaglia. Ora erano l'uno contro l'altro. Tutto considerato, però, lui aveva un vantaggio. Fallito il loro attacco, il pilota avrebbe tentato di andare a recuperare i suoi passeggeri, mentre a lui bastava starsene nascosto e assicurarsi che l'altro non riuscisse a raggiungere il velivolo.

Si sdraiò sul ventre e puntò la canna del mitragliatore sull'aereo. Un fruscio improvviso tra i cespugli lo indusse a voltarsi sparando una raffica alla cieca. I cespugli tornarono a muoversi. Balzò al riparo di un albero e sbirciò. Vide caracollare fuori dal fogliame un grosso formichiere impaurito. Idiota! Facendosi prendere dal panico aveva rivelato la sua posizione! Doveva spostarsi di nuovo e...

«Fermo. Mitra a terra e mani dietro la testa. Niente movimenti bruschi.»

Il comandante accennò a posare l'arma, ma all'improvviso si gettò in un cespuglio sparando all'impazzata.

«*Rajos*!» imprecò il pilota rispondendo al fuoco con il fucile del Numero 4. Aveva reagito d'istinto, senza mirare... Dall'altro non giungevano segni di vita.

Con cautela, Jerry si sporse da dietro un tronco caduto. L'avversario era finito in un groviglio di rovi e si lamentava.

«Sangue di Giuda!» esclamò Jerry uscendo allo scoperto.

Trovò il comandante ferito a un braccio che si contorceva sul terreno.

Tirò un sospiro di sollievo e azzardò un bluff, puntandogli il mitra. «Non ripeterò la domanda. Che fine hanno fatto i miei passeggeri?»

Poco dopo il pilota raggiungeva di corsa il suo piper.

Da quanto aveva detto il militare, i ragazzi si trovavano in guai seri e non poteva certo starsene lì senza far nulla, né poteva correre attraverso la foresta sperando di arrivare in tempo per aiutarli... No, l'unica possibilità era l'aereo, anche se non sapeva se avrebbe trovato un posto dove atterrare.

Spalancò lo sportello e spiccò un balzo... mancando l'appoggio. Scivolò piombando sullo stomaco, mezzo dentro e mezzo fuori.

«Che il diavolo ti porti!» si rimproverò. «Sei talmente ubriaco da non vedere dove metti i piedi!»

Si arrampicò fino al sedile di guida e tentò di schiarirsi la vista.

«Come ti sei ridotto!» mormorò osservandosi le mani che non volevano smetterla di tremare. «Gli anni passano anche per te, vecchio mio...»

Fece un profondo respiro e afferrò la cintura di sicurezza. Poi ci ripensò: gli era venuta in mente una cosa importante.

In fondo alla carlinga c'era un vecchio baule. Lo scoperchiò e buttò all'aria un mucchio di cianfrusaglie, finché non trovò quello che cercava: un giubbotto di cuoio nero con un vistoso quadrifoglio su un braccio, il suo portafortuna di tante battaglie.

Indossarlo gli diede una strana sensazione, come viaggiare in una macchina del tempo che lo riportava indietro di mezzo secolo.

Adesso sì che era pronto al decollo!

Tornò al volante e pigiò il pulsante di accensione.

*BZZZ! BZZZ!*

L'elica non si mosse.

«Al diavolo! Ci risiamo con i soliti capricci, dannato rottame!»

*BZZZ! BZZZ! BZZZ! BZZZ!*

«Parti, dannazione! Non puoi tradirmi adesso!»

*TUM!*

Affibbiò un calcio sotto la cloche. «È questo che vuoi?»

*TUM!*

«...È questo che vuoi per partire?»

Ma l'elica ancora non si muoveva.

Jerry cominciò seriamente a temere che il motore avesse scelto il momento sbagliato per esalare l'ultimo respiro.

«È come cercare un ago in un pagliaio, ci vorrebbero i poteri di Crystal per rintracciarli!»

Mentre proseguiva la ricerca di Adam e Akawë, Frank teneva aggiornato Douglas via radio. Il ragazzo lo sentiva correre e ansimare.

Crystal era ancora fra le sue braccia priva di sensi, tremava lamentandosi in modo simile a Pumpkin quando stava male. Già, Pumpkin... Dove l'aveva portata quello stregone? La situazione stava precipitando e gli avrebbe fatto comodo avere un bell'asso nella manica.

Il rombo delle falciatrici si faceva sempre più vicino.

Ancora una volta provò a concentrarsi per raggiungere

la mente prigioniera della compagna. «Crystal, sono qui con te, mi senti? Coraggio, devi farcela. Cerca di reagire! Combatti!»

Buio.

C'era tanta quiete lì. Si sentiva al sicuro. Non voleva più uscire.

Da alcuni giorni Crystal aveva cominciato a sentire il peso della responsabilità di quell'avventura. Douglas aveva detto la verità all'ospedale: la banda degli Invisibili non aveva mai eletto un capo, però in qualche modo lei si era sempre fatta carico delle decisioni più difficili. Anche adesso era stata lei a insistere che si recassero in Amazzonia per aiutare Pumpkin e rispondere all'appello di Gaia...

Là dentro però c'era quiete.

Sarebbe potuta rimanere lì per sempre, finalmente in pace. Non avrebbe dovuto più occuparsi di nulla. Ci pensassero gli altri! Non sarebbe più stata una responsabilità sua.

Basta, preoccupazioni! Basta responsabilità! Basta...

*Douglas?*

*Douglas, dove sei? Ti vorrei qui, insieme a me. Invece sono sola...*

*Mamma? Papà? Perché siete morti? Perché mi avete abbandonata?*

*Nonna Susan, scusami. Anche voi, zio Ken, zia Hettie...*

*Mi sento tanto sola. Sola, senza...*

*Douglas?*

*Dove sono? La bara, certo! Il telepate!*

Crystal allungò la mano e toccò la superficie del legno.

*È lui! Lui mi sta facendo questo, mi offre... la pace, la quiete...*

*Ma è una bugia!*

*Non ci può essere pace se perderò me stessa, quello in cui credo, per cui combatto.*

*Non posso stare in pace senza di lui... senza poterlo toccare, senza poterlo sentire vicino.*

*Douglas?*

Crystal si concentrò. C'era una persona, dietro a quanto stava accadendo. Doveva esserci. Un telepate potente.

Era lì dietro. Oltre il coperchio della bara e doveva raggiungerlo se voleva sperare di salvarsi...

Le dita premettero più forte contro il coperchio. Più forte. Più forte...

Non c'era più il coperchio, solo terra sopra di lei, la terra del sepolcro. Ma era terra umida, morbida e lei poteva scavare, risalire. Anche se non aveva più fiato, anche se aveva voglia di mollare... Anche se non poteva farcela... Non ne era all'altezza... Inadeguata... Una paurosa... paurosa...

*Douglas?*

*Ti sento, Douglas. Sento il tuo amore, mi raggiunge fino a qui!*

*Sto arrivando, Douglas. Sì, sono forte. Sì, posso farcela, non mi arrendo... Non mi arrenderò, fino a uscire da...*

Crystal si trovava in uno spazio bianco, vuoto, apparentemente senza confini. La temperatura era decisamente più bassa.

Non c'era più la terra, né la bara. Si guardò le unghie aspettandosi di trovarle infangate, insanguinate. Erano pulite.

All'improvviso percepì qualcosa. Lì dentro, insieme a lei.

Tristezza. Tormento. Qualcuno piangeva, sembrava...

Un bambino, là in fondo, raggomitolato.

Crystal si avvicinò.

«Ehi, calmati» gli disse accovacciandosi accanto a lui. «Perché piangi?»

«Quanto calore» singhiozzava il piccolo. «Io non sapevo. Non lo sapevo che potesse esserci così tanto calore... Ho sempre freddo, io. Sempre così tanto freddo qui.»

Crystal lo abbracciò. «Vieni, stringimi. Ti scalderò io. Adesso ci sono io qui con te.»

Il bimbo ricambiò forte la stretta e in quel momento Crystal capì. Era lui!

Era lui che l'aveva attaccata.
Era il telepate!

«Fermo e mani in alto!»

Douglas trasalì udendo quell'ordine perentorio attraverso la ricetrasmittente. Avevano preso Frank!

«Chi siete?» domandò lo psicologo alzando le mani, la videocamera spenta ancora nella destra. Dal fogliame erano emersi quattro uomini armati, in tuta mimetica.

Un colpo ai reni con il calcio del fucile lo costrinse in ginocchio, poi gli strapparono di dosso l'apparecchiatura.

Uno di loro rispose: «Siamo quelli che vi toglieranno dalle scatole, a uno a uno. Abbiamo fatto fuori prima quelli con le videocamere. Mancavi ancora tu, ma, come vedi, abbiamo rimediato. A quest'ora anche il vostro pilota sarà già fuori gioco e, a quanto ne so, anche la ragazza di nome Crystal. Ci restano solo l'altra telepate, Pumpkin, e Douglas Macleod. Quest'ultimo, però, pare piuttosto innocuo. Avete fallito, dottore. Non ci sarà nessun testimone di quanto sta per succedere qui a Lipa».

«Siete solo dei vigliacchi assassini» replicò Frank.

L'uomo sogghignò. «E voi siete storia! In piedi, lei viene con noi.»

Poi vide la ricetrasmittente fissata al taschino della camicia. Gliela sfilò e constatò che era accesa. La portò alla bocca e disse: «Chi c'è in ascolto? Sei tu Douglas Macleod? Se è così, preparati. Stiamo venendo a prenderti».

# 3

## *Il cappio si stringe*

«F-funziona!» esclamò Hideo.

Nel furgoncino di Nemo, lui e Peter avevano trovato parecchie strumentazioni, molte delle quali misteriose anche per il giovane hacker. C'erano comunque tre computer portatili connessi a Internet grazie a un telefono satellitare, lo stesso sistema impiegato per inviare le immagini dall'Amazzonia.

Quando si erano collegati a Internet, sullo schermo era automaticamente apparso il sito creato da Peter con le informazioni sulla Corporazione e sull'Affare Oleodotto. I Cavalieri Della Rete avevano fatto un buon lavoro. Le Zecche diffuse dalla Corporazione si limitavano a deviare le ricerche degli utenti da taluni argomenti, come appunto la costruzione dell'oleodotto, ma la modifica predisposta faceva sì che, qualsiasi ricerca si effettuasse, si veniva sempre rinviati al sito di Nemo.

Tuttavia il riquadro in cui avrebbe dovuto esserci il filmato, che convalidava quanto veniva affermato, era ancora vuoto.

«Provo subito a chiamare Frank» disse Peter accendendo uno dei cellulari «purché fra questi telefoni ce ne sia uno con portata satellitare. È imperativo fare comparire al più presto le riprese sul nostro sito!»

«Peter! Come stai?» s'informò Douglas appena udita la voce dell'amico.

Si ragguagliarono a vicenda sugli ultimi avvenimenti.

«Insomma siamo in un bel pasticcio» concluse Douglas alla fine.

«Sì. Giornali e televisioni sono pieni di gente pronta ad affermare che Nemo sia in realtà un vero imbroglione. Senza le vostre immagini la gente sarà disorientata e finirà per crederci!»

Dalla cornetta, la risposta di Douglas si fece attendere.

«Sei ancora in linea?» domandò Peter.

«Sì, sì. Riflettevo. Anch'io posso riflettere, ogni tanto, mica hai l'esclusiva! Voi tenetevi pronti, io tenterò il tutto per tutto.»

«Puoi essere più esplicito?»

«Potessi, lo sarei! Tenete duro. Ciao!» Interruppe la comunicazione.

Peter rimase a osservare il telefono pensieroso.

La voce di Hideo lo richiamò alla realtà: «P-Proz mi ha r-risposto!»

Peter si avvicinò per leggere il messaggio.

> Prozac++: Fratello sei stato grande. Però potevi dirmelo che lavoravi per il mitico Nemo!

Hideo si affrettò a rispondere con il proprio *nickname*.

> Otaku: Mi spiace non me lo ha permesso. Temeva ci intercettasse l'organizzazione segreta!
> Prozac++: Okay no-problem. Ma ci state mettendo troppo! Le aziende antivirus stanno approntando un programma in grado di annullare il funzionamento delle Zecche e quindi pure della *utility* di Nemo. Presto gli uten-

ti torneranno a navigare liberamente, non guarderanno più il vostro sito e rischieremo di aver fatto tutto per nulla!

Il giovane hacker gli raccontò quello che era successo... compresa l'uccisione di Nemo.

Peter tornò a concentrarsi. Doveva esserci un modo per uscire da quell'impasse, ma quale? A chi poteva rivolgersi?

All'improvviso ebbe un'ispirazione. C'era sì qualcuno che avrebbe potuto dare una mano. Forse non tutto era perduto, se lo avesse contattato immediatamente!

Nel luogo freddo e bianco, Crystal stringeva il bambino fra le braccia. Lo cullava e, a poco a poco, era riuscita a farlo smettere di piangere, a tranquillizzarlo.

In quella calma assoluta le giunse il richiamo di Douglas: "Crystal, mi senti? Devi aiutarci, Crystal! Senza di te non ce la faremo mai!"

"Ti sento, Doug. Ora sto meglio. Cos'è successo?"

"Adam e Akawë sono precipitati! Non sappiamo più nulla di loro e Frank è stato catturato! Qualcuno mi ha parlato dalla sua ricetrasmittente: mi stanno cercando!"

Crystal sentì il bimbo nelle sue braccia muoversi. Aprì gli occhi e incontrò il suo sguardo disperato.

"Non lasciarmi" la implorò.

"Non ti lascerò" ribatté lei. "Ci terremo in contatto telepatico e ti troverò. Ti porterò via dalle persone cattive. Ora però devi essere coraggioso. Sto andando ad aiutare i miei amici, ma tornerò al più presto!"

"No! Non mi lasciare!" gridò il bambino avvinghiandosi a lei. Riprese a singhiozzare.

"Devo farlo. Ma tornerò presto, te lo prometto. Non ti lascerò!"

"No, non tornerai! Mi abbandonerai come mamma e papà! Non voglio restare con quelli. Non mi vogliono bene!"

Il bimbo cercò di abbracciarla ancora più stretto e a un

tratto si accorse di avere le mani vuote. Crystal non c'era più.

Si abbandonò a un lamento disperato, rannicchiandosi nel nulla.

«Crys!» esclamò Douglas abbracciandola appena la vide riaprire gli occhi. «Stai bene! Stai bene! Quanta paura ho avuto...»

«Anch'io, Doug. Sono riuscita a tornare solo grazie a te!»

«Grazie... a me? Ma io non ho fatto nulla!»

«Mi hai aiutata, invece. Non sai quanto!»

Si abbracciarono stretti.

«Dobbiamo sbrigarci» disse infine la ragazza sciogliendosi a malincuore dall'abbraccio. In un angolo della sua mente risuonava ancora il pianto disperato del bambino. «Cercherò di rintracciare Adam e Akawë.»

Si concentrò. «Sono vivi...»

Douglas si sentì sollevato.

«...ma sono feriti. Akawë è svenuto ed è troppo lontano... Adam invece è più vicino, è sveglio. Si trova sospeso poco distante da terra, ma un dolore acuto a un braccio gli impedisce di muoversi...»

La ragazza tacque.

«Che succede?» si allarmò Douglas.

«L'ho contattato telepaticamente. Dice che la sua videocamera funziona ancora!»

«Devi guidarmi fino a lui! Sono l'unico ancora in grado di fare le riprese!»

«Scherzi? Ci sono anch'io! E poi, se c'è da arrampicarsi per liberare Adam, tu soffri di vertigini!»

«Scordatelo! In questa storia tu sei troppo vulnerabile. E se il telepate tornasse alla carica? No, andrò io. Aiuterò Adam a scendere, poi sgancerò la videocamera dalla *bubble* e cercherò di fare le riprese da terra. Tu ti nasconderai da qualche parte e aspetterai le mie immagini da inviare a Peter!»

Crystal lo fissò. Di solito era lei a occuparsi delle imprese più rischiose e non le andava di doverci rinunciare. Non credeva che il bambino avrebbe tentato un nuovo attacco psichico... Ma, per quanto remota, la possibilità c'era sempre.

Quando la vide abbassare lo sguardo, Douglas seppe di aver vinto.

Senza la guida di Crystal, Douglas si sarebbe perso mille volte nell'oscurità del sottobosco. Privo di machete, era costretto a frequenti deviazioni per aggirare sterpaglie troppo fitte o piccoli corsi d'acqua. Scrutava l'intrico di radici e rami sul tappeto umido di migliaia di foglie in decomposizione, per evitare gli aculei delle palme o eventuali serpenti.

Ma, a parte gli insetti, non si vedeva più un animale, né si udivano le caratteristiche voci della foresta. Le macchine per la costruzione dell'oleodotto provocavano un tremito costante nel terreno che di certo li aveva indotti alla fuga.

Stremato, si fermò a riprendere fiato.

"Coraggio, Doug. Adam è molto vicino!" lo confortò Crystal in contatto telepatico. La sua voce veniva da più lontano del solito. Probabilmente dipendeva dal fatto che la ragazza era estremamente provata.

"Lo spero! Questa umidità mi taglia il fiato e..."

"Cosa c'è? Ti sento allarmato!"

Nonostante il rumore delle falciatrici e degli alberi che crollavano, al ragazzo era sembrato di udire qualcosa... come un respiro rauco.

Sì, eccolo di nuovo!

"Ricevuto, Doug. Temi che ci sia qualcuno. Ora provo a sondare la zona."

Un bagliore dorato fra le frasche gli fornì la risposta: un giaguaro! Coda compresa, il ragazzo stimò che superasse i due metri. L'animale lo aveva visto e sembrava valutarlo.

«Mamma mammissima...»

"Doug, cerca di stare calmo! Di solito i giaguari non attaccano gli uomini, l'ho visto in un documentario! Tu resta immobile e vediamo cosa fa..."

“Non ho nessuna voglia di vedere cosa fa! Me la do a gambe!”

“NO! Lo ecciteresti e ti correrebbe dietro... Sta’ fermo, fidati di me!”

In fondo per lui non era difficile obbedire. Quella vista l’aveva paralizzato.

Ci fu un boato, un altro albero abbattuto. Douglas vide il felino girarsi di scatto e scomparire nella selva.

“Forse se n’è andato... Vado dalla parte opposta!” pensò avviandosi.

“No, Doug! Percepisco qualcuno vicino a te... Tre uomini... Ti stanno cercando! Presto, torna sui tuoi passi!”

“Ma è la direzione scelta dal giaguaro!”

“Sbrigati! Sentendo gli uomini avvicinarsi, il giaguaro fuggirà!”

“Che situazione del cavolo!”

Il ragazzo si mosse e quasi subito udì un grido alle sue spalle: «Laggiù! L’ho visto!»

Douglas abbandonò ogni cautela e corse, sferzato dalle felci e dagli arbusti. Crystal aveva ripreso a guidarlo, ma gli uomini si erano separati e cercavano di accerchiarlo, perciò lei lo faceva procedere a zig-zag, a seconda che si trovasse più vicino a uno o all’altro. Fu presto evidente che gli agenti, armati di machete, si muovevano più veloci di lui.

Sbucò su una riva scoscesa. Si fermò, ma il terreno cedette. Rotolò per diversi metri, finché un albero non interruppe bruscamente la sua caduta.

“Doug! Doug!” Crystal lo implorava. “Scappa, Doug. SCAPPA!”

Senza più fiato, provò ad alzarsi, ma cozzò con la nuca contro la canna di un fucile.

«Fermo, bamboccio!»

I tre agenti lo avevano circondato.

L’uomo che aveva parlato avvicinò le labbra alla ricetrasmittente fissata sulla spalla: «Numero 5 chiama base. Abbiamo catturato anche Douglas Macleod!»

«Ottimo lavoro» rispose il Numero 1 nell'apparecchio. «Ormai ci mancano solo le due telepati. Ce ne stiamo occupando. Portate il prigioniero alla base!»

L'uomo con il fucile fece cenno a Douglas di alzarsi. «Sentito? In piedi, svelto.»

Allora il ragazzo si tirò su in silenzio. Era costernato. Aveva convinto Crystal a lasciarlo andare e aveva fallito miseramente!

Si accodò ai due agenti che si aprivano un varco, mentre la canna del fucile del Numero 5 lo spintonava da dietro.

"Doug!" lo chiamò Crystal. "Purtroppo sono troppo debole per impossessarmi della mente di questi uomini! Coraggio, non è ancora finita! Tienti pronto!"

Sconfortato, il ragazzo non le badò e quando percepì il pensiero "Buttati a terra!" rimase perplesso: perché avrebbe dovuto buttarsi...

Come un fulmine il giaguaro piombò sul Numero 5 scagliandolo al suolo. Le braccia gli ricaddero lungo il corpo.

Gli altri due agenti si voltarono brandendo i machete. Il giaguaro si spostava lentamente avanti e indietro, frustandosi i fianchi con la coda, le fauci spalancate a mostrare le lunghe zanne.

Uno gli lanciò il machete agguantando rapido il mitragliatore appeso alla spalla. Il felino scansò la lama e spiccò un balzo ad artigli scoperti. Lo gettò a terra artigliandolo con furia.

L'altro agente ne approfittò per lasciare cadere il machete e afferrare a sua volta il mitragliatore, tuttavia non osava sparare per paura di colpire il compagno.

Sconvolto, Douglas arretrava lentamente. Si voltò per fuggire, ma la vegetazione gli sbarrò la strada.

L'agente spostò su di lui il mitragliatore e il dito sul grilletto.

La distrazione gli fu fatale: il giaguaro lo raggiunse e gli affondò le zanne nella spalla finché non smise di urlare.

Quando l'uomo ricadde svenuto, il felino lasciò la presa e si voltò verso Douglas.

Al ragazzo cedettero le gambe e crollò a terra.

Il giaguaro avanzò cautamente nella sua direzione.

"Tranquillo!" fu il pensiero di Crystal. "Non percepisco più la sua furia... Mi sembra calmo, ora... Non muoverti!"

"E chi si muove?" pensò Douglas sdraiato sulla schiena.

Respirando rauco, l'animale gli si avvicinò. Sembrava osservarlo con curiosità.

Una strana calma avvolse il ragazzo, ammaliato dalla maestosità della creatura, dal lucido manto giallo cosparso di macchioline nere circondate da cerchi. A parte il busto, dove si distingueva un'ampia macchia bianca, proprio come...

Proprio come...

«Spooky?» mormorò Douglas, quasi senza accorgersene.

Il giaguaro ebbe un fremito. Con una serie di agili balzi, si addentrò nella foresta. L'attimo seguente era svanito.

Quando Adam ricevette il messaggio di Crystal sull'imminente arrivo di Douglas, ringraziò il cielo.

Si trovava ancora appeso al pallone a non più di cinque metri da terra.

Il braccio spezzato gli pulsava infliggendogli un dolore lancinante, così la gamba ferita. Scacciare i *mosquitos* che si ammassavano sul sangue era un'impresa disperata: tornavano immediatamente ad accanirsi. Era riuscito a strapparsi la maglietta e ad applicarla sulla ferita, coprendola con la mano sana.

I cespugli si mossero sotto di lui.

«Douglas!» lo salutò quando emerse dalla vegetazione.

«Adam! Come stai?»

«Non proprio in forma! Volevo sganciarmi dall'imbracatura della *bubble*, ma con gamba e braccio feriti avevo paura del salto... Pensi di farcela ad attutirmi la caduta?»

«Sicuro!» Douglas si portò sotto di lui e allargò le braccia. «Quando vuoi!»

Adam sganciò l'apertura sul davanti, dove era fissata la videocamera. Con un lamento, liberò prima il braccio ferito, rimanendo appeso solo con l'altro, poi si lasciò scivolare dondolando e chiese: «Vado?»

«Vai!»

Mollò la presa e atterrò fra le braccia di Douglas, che fece il possibile per attutirgli la caduta. Il dolore spense per qualche istante la luce nei suoi occhi. Quando li riaprì, si ritrovò sdraiato sopra l'amico.

"Bravissimi!" si congratulò mentalmente Crystal.

«Tutto bene?» s'informò Douglas.

«Tutto... okay» sospirò Adam con un filo di voce.

Douglas si rialzò e lo aiutò ad appoggiarsi con la schiena a un masso.

Guardò verso l'alto e scorse la videocamera fissata alla *bubble*. Ora doveva trovare il modo di recuperarla.

«Si può... sganciare, ma ci vogliono due mani» gli disse Adam accennando al braccio lussato. «La parte più difficile sarà arrampicarti fin lassù...»

"Forza, Doug!" lo spronò Crystal.

Il ragazzo cercò rassegnato il primo appiglio.

Sfruttando l'incurvatura del tronco e i robusti rami, dai quali pendevano barbe muschiose, riuscì ad arrampicarsi fino alla videocamera.

Con il braccio steso, però, non riusciva ad arrivarci. Avrebbe dovuto saltare e aggrapparsi.

Senza guardare in basso, raccolto tutto il suo coraggio, spiccò il grande balzo. Le mani si agganciarono alle cinghie e, con uno scricchiolio sinistro, Douglas prese ad altalenare.

«Così!» si complimentò Adam. «Adesso devi liberare le mani per riuscire ad aprire i fermi... Ti conviene indossare l'imbracatura...»

Douglas obbedì. Gocce di sudore gli colavano negli occhi per lo sforzo.

«Ehm... Doug...» lo chiamò Adam.

«Che c'è?» rispose lui cercando allora di liberare la videocamera.

«Doug?...»

«Ti ho sentito! Dimmi!»

"Oh, accidenti!..." Crystal sembrava allarmata.

In quel momento Douglas si accorse che il pallone s'era sganciato e si era avviato in un rapido movimento ascensionale.

Stava volando!

«Apri la valvola!» urlò Adam. «Ti farà scendere!»

«È proprio scendere che mi spaventa!» si lamentò Douglas.

Mollò la videocamera e strinse con le mani le cinghie che lo tenevano legato alla *bubble*.

"Coraggio, Doug! Ormai sei in ballo!"

«Io non ci volevo venireee!» strillò lui.

Un tuono annunciò lo scatenarsi di un nuovo violento acquazzone.

# 4

## *Al contrattacco!*

Quando seppe da Crystal che Douglas aveva preso il volo con la *bubble*, Peter richiamò il senatore Howell al cellulare.

Il ragazzo aveva ottenuto il numero da Roxanne e, alla segretaria, aveva chiesto di riferire che un amico della scienziata lo cercava con urgenza. Il senatore aveva risposto subito. Aggiornato sugli sviluppi, Michael Howell aveva confidato a Peter che la CNN lo avrebbe intervistato quel pomeriggio insieme ad altri politici: sarebbero stati chiamati a esprimere la loro opinione sull'esistenza della fantomatica Corporazione rivelata dal cyberattivista Nemo.

«Michael Howell» rispose l'uomo.

«Senatore, sono Peter. Desideravo informarla che forse presto disporremo delle riprese in diretta!»

«Bravi, ragazzi! Fra poco sarò in trasmissione, ma la mia segretaria avrà l'ordine di passarmi ogni tua telefonata.»

«Grazie, senatore. I miei amici ne avranno bisogno!»

Il pallone aveva proseguito l'ascesa sotto la pioggia battente, issando Douglas lungo un passaggio naturale nella foresta. Piano piano, la sua velocità stava attenuandosi e, a pochi metri dallo sbocco oltre le cime degli alberi, si fermò lasciandolo sospeso a mezz'aria.

"Doug, come vanno le vertigini?" s'informò Crystal.

«Non saprei» mugugnò lui ad alta voce. «Tengo gli occhi chiusi!»

"Coraggio, Doug. Sei la nostra unica speranza, ormai!"

«Il coraggio l'ho finito!» farfugliò lui terrorizzato.

"Ascolta: calmati, prendi fiato. Il pallone t'impedirà di cadere, Adam però mi ha riferito che non è abbastanza gonfio da portarti fino in cima! Devi aiutarti, scalare... Lascia che ti aiuti, cercherò di guidarti!"

Il ragazzo respirò a fondo. A poco a poco i pensieri della compagna si fondevano con i suoi e, presto, si scoprì ad aprire gli occhi e allungare una mano verso il ramo più vicino: era Crystal a controllarlo!

Paralizzato dalle vertigini, Douglas la lasciò fare. Metro dopo metro, la scalata ebbe inizio.

Era una sensazione strana, come assistere a un film. Le sue mani e le sue gambe si muovevano, ma non era lui a guidarle.

Funzionava e in pochi minuti si ritrovò a sorvolare il manto verde della chioma degli alberi.

Il ragazzo vide che le sue mani raggiungevano la videocamera e l'accendevano, portandola ai suoi occhi. Zoomando l'obiettivo catturò le falciatrici giunte ormai a pochi metri dallo sbocco della foresta, dove era spiegato lo sbarramento degli indios!

Sorretto dalla *bubble*, Douglas compiva lunghi balzi sul fogliame degli alberi. Il pallone si opponeva alla forza di gravità e gli sembrava di essere un astronauta in corsa sulla luna.

La videocamera continuava a riprendere.

«Eureka!» esclamò Peter vedendo arrivare le immagini.

Hideo si precipitò sulla tastiera per impartire gli ordini necessari affinché comparissero sul sito.

Immediatamente Peter chiamò il cellulare del senatore Howell.

Guidato da Crystal, Douglas era quasi giunto a inquadrare le macchine mentre si dirigevano contro gli indios.

Fu in quel momento che, nonostante il temporale, si accorsero dell'avvicinarsi dell'elicottero.

Crystal pensò in fretta. Scorse più avanti la cima della Cascata di Lipa e decise di raggiungerla: con un po' di fortuna avrebbe indotto Douglas a sganciarsi dall'imbracatura e a proseguire le riprese da lassù.

Un nuovo attacco psichico la travolse con furia, sbalzandola fuori dalla coscienza di Douglas. Si trovò a capitombolare nello spazio vuoto, fermandosi poi stordita.

"Avevano ragione" disse il piccolo telepate avvicinandosi per infliggerle il colpo fatale. "Sei cattiva, proprio come tutti gli altri! E adesso ti punirò."

Douglas tornò in pieno possesso di sé a una sessantina di metri da terra, mentre l'elicottero lo stava puntando.

Non gli rimase che urlare. Il vento generato dalle eliche aumentava esponenzialmente la potenza della tempesta facendo rotolare il pallone sul fogliame degli alberi.

Rimbalzava e veniva trascinato senza poter fare nulla se non cercare di proteggersi dai rami più aguzzi.

Pensò di essere spacciato. Chiuse nuovamente gli occhi e si preparò al peggio.

Ma il peggio non arrivò. Anzi, ebbe quasi l'impressione che l'elicottero si fosse allontanato! Cosa...

Come una vespa, l'aereo di Jerry si avventò sull'elicottero.

«Yippeee!» Il pilota gli passò di fianco a volo rasente e iniziò la virata per lanciarsi alla carica.

Per quanto Jerry non volesse ammetterlo, per la prima volta dopo tanti anni era tornato a sentirsi vivo.

Avvicinandosi alla Cascata, aveva visto prima le macchine incombere sulla catena umana, poi l'elicottero raggiungere il pallone aerostatico e accanirsi su di esso e sul suo passeggero.

Non aveva tardato a buttarsi nella mischia, ma ora l'elicottero contrattaccava, aprendo il fuoco a mitraglie spianate. Sfiorò d'un soffio il timone del piper.

«Ci vuol altro per buttarmi giù, amico» mormorò Jerry puntando il fianco disarmato del velivolo.

L'elicottero fu costretto ad allontanarsi per evitare la collisione, dando un po' di respiro a Douglas.

Il ragazzo era momentaneamente al sicuro, ma doveva pur sempre vedersela con le vertigini!

«Crystaaal! Aiutami, Crystaaal!» urlava nella pioggia.

La ragazza non rispondeva.

*Deve esserle successo qualcosa!*, rifletté.

Si costrinse a guardare verso il basso. Le falciatrici stavano abbattendo gli ultimi alberi. Di lì a poco avrebbero travolto gli indios.

*Douglas, razza di fifone, dipende da te!*, si esortò. *Non li puoi abbandonare, forza!*

Le sue mani erano ancora saldamente avvinghiate alle cinghie del pallone. Con uno sforzo estremo lasciò la presa prima con la mano destra, poi con la sinistra. L'imbracatura sola lo sosteneva.

Spalancò le braccia e urlò: «Uàuuu! Sono l'Impavido Invisibile e posso volare! Posso volare!»

Grazie al pieno di coraggio, riuscì a impugnare la videocamera e a tenerla saldamente puntata sull'obiettivo.

Il piper di Jerry zigzagava per evitare il fuoco dell'elicottero. Fortunatamente la furia dell'acquazzone rendeva difficile prendere la mira!

Planò sul lago rigandone la superficie con le ruote, inseguito dalla scia delle pallottole. Cabrò bruscamente, virando con una manovra così ardita da sorprendere l'altro pilota.

L'aereo si diresse sulla cascata e riprese poi la fuga.

*Fin qui tutto bene*, rifletté Jerry, *ma non posso sperare di seminarlo all'infinito... devo escogitare qualcosa!*

A conferma delle sue preoccupazioni, avvertì uno scossone: una mitragliata gli aveva bucherellato l'ala destra.

Virò ancora, ma ormai il pilota avversario cominciava a prevedere le sue mosse e ad acquisire precisione.

Una serie di strappi bruschi sul volante lo avvertì dell'aumentare del vento.

A poche centinaia di metri vide innalzarsi mulinelli nel cielo carico di nubi. L'aria fischiava attraverso le fessure del vecchio aereo. La bufera aveva raggiunto una potenza tale che il suo ululato sovrastava il rombo del motore.

*Sto impazzendo del tutto o... sembra quasi una melodia?*, si chiese Jerry incredulo.

L'elicottero gli era alle calcagna, così vicino da indurlo a una manovra disperata.

«È folle!» esclamò il pilota dell'elicottero. «Si dirige verso la zona delle trombe d'aria! Che faccio, lo seguo?»

La voce del Numero 1 non si fece attendere dalla radio di bordo: «*CRR*... Negativo! Quel dannato ragazzino sul pallone sta riuscendo a riprendere! *CRR*... Voglio che sia abbattuto. Subito!»

L'elicottero compì una virata. Poi accadde un fatto incredibile: l'aereo di Jerry aveva appena oltrepassato le trombe d'aria, quando queste si unirono originando un turbine.

«Maledizione» mormorò il Numero 1. Osservava sgomento la scena con un binocolo, dal finestrino del camper. Agguantò la ricetrasmittente. «Presto! La tromba d'aria sta per investirvi!»

Dall'altoparlante gli giunsero le grida degli agenti.

Travolto in pieno, l'elicottero prese a girare su se stesso, si piegò su un fianco e l'elica tranciò le cime degli alberi. Il carrello s'impigliò nei rami e l'apparecchio si rovesciò di lato. I finestrini esplosero in mille frammenti mentre la carlinga sprofondava inghiottita dalla foresta.

«Fulminacci!» esclamò Jerry che aveva visto la scena da lontano.

Repentina come si era formata, la gigantesca tromba d'aria si disperse.

A poco a poco smise di piovere.

Gli ultimi alberi stavano cadendo. Presto le falciatrici sarebbero emerse dalla selva.

Gli indios innalzarono più forti le loro preghiere. Le mani, strette le une alle altre, si sollevarono in segno di pace. Non avrebbero cercato di difendersi, ma non sarebbero neppure arretrati.

Il cuore in gola, gli alberi che si abbattevano a pochi metri, Douglas cercava di mantenere l'equilibrio sulla sommità della foresta, senza smettere di riprendere.

Al riparo delle rocce, ai piedi della Cascata, Crystal giaceva vicino al portatile sul cui schermo scorrevano le immagini.

"Non ti avevo lasciato, voglio portarti via con me!" stava dicendo la ragazza in quello spazio bianco nella mente del potente telepate.

"Bugiarda!" gridò piangendo il bimbo. "Te n'eri andata! Mi avevi lasciato solo! Hanno ragione, sei come tutti gli altri! Sei una bugiarda!"

Crystal s'inginocchiò protendendo le braccia. "Ascolta, hai ragione: me ne sono andata e ti chiedo scusa... Ma dei miei amici erano in pericolo e solo io potevo aiutarli! Però quello che ti avevo detto è vero! Quando tutto sarà finito, voglio portarti via con me!"

Una saettata nel cervello, come una freccia in fiamme, sbalzò Crystal all'indietro, le mani alla testa.

"Smettila di dire bugie!» inveì il bambino. «Dici solo bugie!"

Ignorando il dolore lancinante, Crystal replicò: "Ti prego, credimi. Se non vieni via con me, quegli uomini ti useranno, ti faranno fare cose cattive, ma tu non sei cattivo! Sei solo spaventato!"

"Non è vero! Non è vero! NON È VERO!"

Era tutto inutile. Non le avrebbe mai creduto e gli amici avevano bisogno di lei... La ragazza fece appello a tutte le sue energie. Lentamente, nella luce bianca, prese a delinearsi il contorno degli alberi, le rocce della cascata.

Ci stava riuscendo! Fra poco sarebbe stata libera.

"Mi ha detto di dirti una cosa..." disse il piccolo più tranquillo. "Se ti arrendi, ti diranno quello che vuoi sapere."

Crystal l'osservò guardinga, il mondo attorno a lei si faceva sempre più definito. "Non capisco... Cos'è che vorrei sapere?"

"Ti diranno la verità. Loro la sanno. Loro sanno tutto..."

"La verità... su cosa?"

"Su tuo papà e tua mamma!"

All'ospedale di San Francisco, Karen aveva ricevuto una telefonata di Peter che l'avvertiva di accendere subito il televisore per seguire l'intervista al senatore Howell.

Nella stanza calò il silenzio.

«Il mio appello non si rivolge solo ai cittadini americani» esordì il senatore Michael Howell negli studi televisivi della CNN. «Bensì ai popoli di tutto il mondo che in questo momento ci stanno guardando via satellite... Di recente il cyberattivista Nemo ha diffuso un sito dove rivelava l'esistenza di una misteriosa Corporazione che avrebbe in mano il controllo del petrolio e dell'economia dell'intero pianeta...»

«Frottole!» lo interruppe un altro politico. «Non si può dare credibilità a un volgare pirata informatico già reo di aver violato la nostra privacy!»

Intervenne il conduttore. «La prego, onorevole Latimer, lasci parlare il senatore. Tra poco verrà il suo turno.»

Michael Howell proseguì: «Forse non gli avrei dato ascolto, se io stesso non avessi assistito negli ultimi anni a eventi che mi hanno fatto pervenire alla stessa conclusione. La Corporazione esiste. Condiziona il nostro modo di pensare, non rinuncia a compromettere le risorse naturali e a calpestare le nostre stesse vite pur di mantenere il controllo, come testimonia quanto sta accadendo in Amazzonia in questo momento».

«Accidenti, l'ha fatto davvero!» mormorò Karen. «Ha

riconosciuto pubblicamente l'esistenza di un'organizzazione segreta internazionale!»

I suoi ospiti si guardarono increduli.

«Coraggio, spiffera tutto!» incalzò Gregor avvicinandosi al televisore.

Era nuovamente intervenuto l'onorevole Latimer: «Senatore, anche lei si è fatto abbindolare dalle farneticazioni di Nemo! Non esiste alcuna prova di quanto sostiene!»

«Invece una prova esiste» ribatté il senatore. Si rivolse alla propria segretaria dietro le quinte, impegnata al telefono cellulare con Peter. La donna annuì.

Michael Howell fissò la telecamera. «Chi tornerà a collegarsi al sito di Nemo, avrà tutte le prove necessarie.»

I giornalisti della redazione si accalcarono sui computer.

L'onorevole Latimer si alzò in piedi mettendosi davanti al senatore. Urlò rivolto alla telecamera: «Ora basta con questa storia di Nemo! Si tratta di una spudorata menzogna e...»

La sua immagine in onda fu sostituita dalle riprese di Douglas. Le macchine falciatrici avanzavano verso la barriera di indios disarmati, fra i quali si distinguevano donne e bambini.

Si ritornò a udire la voce di Michael Howell: «Amici, credetemi, è tutto vero: nella foresta amazzonica, quelle macchine stanno per travolgere degli esseri umani pronti a rischiare la vita per salvare la foresta... Per il futuro del nostro ecosistema e per il futuro nostro e dei nostri figli!»

Nella camera di Karen nessuno osava più fiatare. Erano tutti immobili, attoniti.

Il senatore proseguì: «Se non volete che questa tragedia si compia, fatelo capire: trovate il modo di esprimere il vostro dissenso! La salvezza di questa gente dipende da voi!»

Gregor sembrava non attendere altro. Si lanciò verso la porta.

«Dove vai?» disse Karen. Scese dal letto e lo raggiunse.

«L'hai sentito» replicò il ragazzo. «Voglio fare la mia parte!»

Mickey esultò: «Mi sembra proprio una buona idea!»

«Hanno ragione, andiamo!» esclamò El Chupacabra insieme agli altri ragazzi.

Gregor fissò la psicologa. «Non puoi fermarci.»

«Chi ha detto che voglio fermarvi? Ci andremo insieme!» Iniziò a vestirsi, ma il braccio ingessato la impacciava. Si rivolse al detective: «Arthur, mi aiuti, per favore?»

«Qui stanno impazzendo tutti quanti!» protestò il padre di Peter. «Ken, di' qualcosa!»

Lo zio di Douglas lo guardò, poi guardò sua moglie e disse: «Hettie, che ne dici?»

Lei raccolse soprabito e borsetta. «Scendiamo in strada.»

Il padre di Peter agguantò per un braccio lo zio Ken. «Aspettate, dove andate??»

«Richard, anch'io sono sconcertato da quanto sta accadendo, ma i nostri ragazzi rischiano la vita. Ciò che succede in Amazzonia è una porcheria e vogliamo sia chiaro che i responsabili non hanno il nostro consenso.»

Kendred Halloway e sua moglie seguirono gli altri fuori dalla camera.

Frustrato, Richard Peaky si rivolse al padre di Douglas che dichiarò: «Ha ragione Ken. Ci vado anch'io».

Prese il giaccone e uscì.

I genitori di Peter rimasero soli. Il televisore continuava a mandare le immagini.

Richard incontrò gli occhi di sua moglie.

«Lo so! Lo so!» sbottò l'uomo.

Indossarono i cappotti e corsero fuori.

# 5

## *Il canto della Terra*

I ragazzi della casa famiglia, Karen in testa, marciavano verso il centro di San Francisco.

Al loro seguito lo zio Ken e la zia Hettie, Arthur Lone, il padre di Douglas e i genitori di Peter rimasero sorpresi nel vedere per strada già parecchi manifestanti con cartelli contro l'oleodotto. A poco a poco, altri gruppi si univano al loro. Molti giovani si affacciavano dalle finestre applaudendo, per poi affrettarsi a raggiungerli in strada.

La polizia e le altre forze d'ordine pubblico all'inizio avevano provato a impedire ai manifestanti di riversarsi nel traffico, ma ben presto l'espandersi della folla e il suo comportamento pacifico li convinse a limitarsi a sorvegliare il corteo senza più intervenire.

La maggior parte delle televisioni documentavano l'evento in diretta, alternando le loro immagini con quelle riprese da Douglas. Le radio descrivevano nel dettaglio gli avvenimenti o diffondevano le parole del senatore Howell.

In tutte le città del mondo si ripeteva la stessa scena: la gente scendeva nelle strade, s'incontrava, e nei loro occhi c'era la gioia di condividere finalmente gli stessi ideali e di lottare per essi.

"Per l'Amazzonia e per la Terra" recitavano i loro slogan.

Per l'Amazzonia e per la Terra.

«Al diavolo, non me la sento proprio di ammazzare gente inerme!»

La falciatrice di Kevin Thorpe, il corpulento direttore dei lavori, incombeva ormai sulla barriera umana quando aveva incontrato lo sguardo fiero di Berito e degli altri indios, molti dei quali ragazzi. Thorpe si era messo alla guida di una delle macchine per spronare gli altri conducenti, ma alla fine un profondo senso di vergogna lo aveva spinto a premere il pedale del freno.

La macchina inchiodò e le ultime schegge dei rami triturati ricaddero come neve sugli indios più vicini.

Le altre due falciatrici, in azione sui fianchi, si fermarono a loro volta. I conducenti tirarono un grosso sospiro di sollievo.

Mentre la videocamera riprendeva, Douglas aveva chiuso gli occhi per la paura. Udendo lo spegnersi dei motori, li riaprì.

Gli indios restavano immobili.

Per un lungo momento sulla foresta cadde il silenzio assoluto, disturbato solo dal ronzio lontano dell'aereo di Jerry in avvicinamento.

Gli sportelli delle falciatrici si aprirono. Kevin Thorpe si affacciò e i suoi occhi incrociarono per un attimo quelli degli indios. Li abbassò e saltò a terra.

Gli uomini della Corporazione sbucarono dalla foresta, mitra spianati. «Dove andate? Tornate immediatamente al lavoro!»

Senza rispondere, il direttore si allontanò seguito dai due conducenti e dagli altri operai.

Allora gli agenti esplosero numerosi colpi di avvertimento, senza riuscire a ottenere alcun risultato considerevole.

Si voltarono minacciosi verso gli indios.

«Che facciamo?» domandò uno di loro.

Il Numero 2 annunciò: «Ritirata! Non dobbiamo farci inquadrare dalla videocamera! Chiederò nuove istruzioni al comandante».

Tornarono a nascondersi nella boscaglia.

Dagli indios si levò un grido di gioia, cui si unirono anche quello di Douglas e di Jerry che avevano seguito la scena dall'alto.

All'interno del camper il piccolo telepate, apparentemente addormentato, ebbe un sussulto.

Seduto alla scrivania, il Numero 1 riceveva gli ordini dal telefono satellitare.

«Sospendere l'operazione» stava dicendo la fredda voce all'altro capo del filo.

Era accaduto quanto si sarebbe voluto evitare a tutti i costi: il caso era divenuto di dominio pubblico. In tutto il mondo cortei si andavano formando nelle strade, i server Internet delle multinazionali coinvolte nell'Affare Oleodotto erano stati intasati dalle migliaia di e-mail di protesta dei consumatori...

Le istruzioni per il comandante delle forze speciali erano chiare: ritirarsi il più rapidamente possibile e lasciare il direttore Thorpe a sbrigarsela con i media e le autorità locali.

Il Numero 1 aveva udito gli ordini, ma rimaneva immobile, incapace di accettare la realtà. Com'era potuto succedere? Tenevano tutto sotto controllo, avevano le armi, ma erano stati sconfitti! L'uomo si sentì avvampare di rabbia.

Una voce gracchiò dalla ricetrasmittente. Era il suo vice, il Numero 2: «Comandante, gli uomini delle falciatrici si rifiutano di andare avanti! Dobbiamo sostituirli alla guida?...»

L'uomo esitò solo un istante. «Negativo. Raduna gli altri. Appuntamento alle jeep. Ce ne andiamo.»

«Signorsì, comandante!»

La comunicazione s'interruppe.

Il Numero 1 si alzò e raggiunse il bambino in fondo al camper. Era ancora seduto a occhi chiusi, tremante. Il viso rigato di lacrime.

Gli specialisti che lo avevano esaminato sostenevano fosse il telepate più potente al mondo...

L'agente scosse il capo. Non avevano osato sottoporlo ad addestramenti sufficientemente duri perché era un bambino. Al ritorno alla base, le cose sarebbero cambiate. Per lui e per tutti gli altri ragazzi con poteri parapsichici che vi stavano reclusi. Lo afferrò per un polso costringendolo ad alzarsi.

«Mamma?» fece il bimbo guardandosi intorno spaesato.

L'uomo lo ignorò trascinandolo allo sportello. Lo spalancò accennando a uscire e trasalì per la sorpresa.

Davanti a lui c'era Crystal, l'aria provata e il viso sporco di sangue secco. Si teneva in piedi appoggiandosi a una stampella ricavata da un ramo spezzato.

«Hai deciso di accettare la nostra proposta?» le domandò lui tornando subito padrone di sé.

«No. Credo che il vostro sia un bluff. Non c'è nulla da sapere sulla morte dei miei. Si è trattato di un incidente d'auto.»

L'altro sogghignò. «Ti sbagli. Non è stato un incidente.»

Lei esitò. Non era mai riuscita ad accettare la morte dei genitori avvenuta quando era ancora piccola. Finalmente capiva: nel profondo, una parte di sé sapeva che c'era un mistero legato alla loro scomparsa. Un mistero che forse avrebbe chiarito perché nonna Susan non era stata presa alla sprovvista quando in lei si erano manifestate le prime avvisaglie della telepatia... Era come se sapesse qualcosa... Ma cosa?

Se avesse accettato di passare dalla parte della Corporazione, forse avrebbe saputo la verità.

Ma a quale prezzo?

Dopo un tempo che parve lunghissimo, la ragazza disse: «Sono venuta per il bambino».

L'agente parve deluso. «Altrimenti? Non sei in grado di fare minacce. Non vedi? Non riesci nemmeno a stare in piedi.» Si rivolse al piccolo: «Richie, puniscila!»

Piangendo in silenzio, il bimbo ribatté. «Non voglio... Lei è stata gentile, non voglio punirla!...»

L'agente lo strattonò violentemente per un braccio. «Obbedisci o faremo i conti!»

«Vigliacco!» urlò Crystal balzando in avanti.

L'uomo le affibbiò un violento ceffone.

Crystal cadde a terra. Tornò a fissare il proprio sguardo in quello dell'agente e si concentrò.

Il Numero 1 socchiuse gli occhi accusando il colpo. Avrebbe dovuto perdere i sensi, invece resisteva senza lasciare il bambino, che cercava di liberarsi. «Ci hanno addestrati a difenderci da mostri come voi... e adesso sei troppo debole!»

La sua mano andò alla fondina ed estrasse la rivoltella.

Fece per puntarla su Crystal, ma una lunga freccia gli trafisse l'avambraccio.

L'uomo con un grido lasciò cadere l'arma. Il bambino, ormai libero, si gettò nelle braccia di Crystal.

Poco distante, Berito aveva già inserito nell'arco una nuova freccia, pronta a essere scoccata.

«Male... detto!» ruggì l'agente tentando di raccogliere la rivoltella.

Akawë spuntò come dal nulla, facendolo capitombolare con una pedata al fianco. L'indio appariva malconcio, ma risoluto. Raccolse l'arma e afferrò l'agente per il bavero costringendolo ad alzarsi. «Dammi un solo motivo e ti faccio secco, sporco vigliacco!»

Berito li raggiunse. Lo scatto dei mitragliatori che si caricavano annunciò l'arrivo degli altri agenti. Li avevano accerchiati.

«Arrendetevi! Siete sotto tiro!» intimò il Numero 2.

«Un accidente!» replicò Akawë. «Se rivolete sano e salvo il vostro comandante, buttate a terra le armi e allontanatevi! Lo lascerò andare solo quando avrete liberato Frank Claremont!»

«Comandante, quali sono gli ordini?» domandò il Numero 2.

«Fa' come ha detto, idiota!» tuonò il Numero 1.

Gli agenti lasciarono cadere le armi e arretrarono verso le jeep.

«*Ssst*, calmati. È tutto finito.» Accovacciata a terra, Crystal teneva stretto il bambino. «Sei salvo... Questa volta non me ne vado, non ti lascio.»

Peter e Hideo avevano abbandonato nel garage il furgone di Nemo ed erano scesi in strada.

Tra la folla, si guardavano intorno sbalorditi ed euforici.

Nelle strade una fiumana multicolore di persone inneggiava slogan contro l'oleodotto, cantava e ballava.

«G-guardali» esclamò Hideo entusiasta facendosi largo tra la folla. «È... t-tutto m-merito nostro?»

«Abbiamo solo fatto scoccare la scintilla» replicò Peter. «Il resto lo hanno fatto tutto da soli!»

«Be'... A-allora complimenti p-per la sc-scintilla!» disse Hideo porgendogli la mano.

Peter sorrise e gliela strinse. «Sì, complimenti!»

Scoppiarono a ridere.

Fu l'improvviso silenzio della folla a interromperli.

La gente guardava verso un megaschermo al centro della piazza. Abitualmente vi comparivano filmati pubblicitari, ora scorrevano le immagini di Douglas.

Si scorgevano gli indios in riva al lago. Avevano sospeso i festeggiamenti per fare largo a una figura minuta che avanzava fra loro. Era una ragazza nuda, il corpo rivestito di simboli arcani.

«È Pumpkin!» fece allora Peter. «Sta cantando la sua melodia!»

Era quella musica ad avere zittito la gente. Parevano tutti stupefatti, come se all'improvviso avessero trovato la risposta alla domanda che li angosciava.

Compresero di avere sempre avuto la risposta a portata di mano, sulla punta della lingua...

Una risposta da sempre nota ai Guardiani della Terra.

Anticamente i primi esseri viventi avevano stipulato un tacito patto con Gaia, un patto di rispetto e cooperazione, ormai quasi dimenticato dagli uomini.

Ma non del tutto.

Mentre in zone prestabilite del pianeta gli sciamani cantavano, il motivo cominciò a diffondersi tra gli abitanti delle città. La gente lo intonava, lo suonava, lo danzava.

Ben presto, non ci fu un solo Paese al mondo in cui quel canto non risuonasse nelle strade.

E nei più sperduti deserti, agli angoli estremi del globo, il vento, l'aria e l'acqua diffondevano la stessa melodia.

Uomo e Terra rinnovavano il patto infranto.

# 6

## *La festa*

I festeggiamenti presero il via nel pomeriggio e durarono tutta la notte.

Fu acceso un grande fuoco sulla riva del lago di Lipa.

Gli indios, ornati da splendide pitture corporali, intonarono canti tradizionali e si esibirono nelle danze. Anche i bambini si lanciarono in un girotondo intorno a Pumpkin.

Ridendo la ragazza li imitò e fece cenno ai compagni di viaggio di unirsi a loro. Crystal declinò l'offerta per non lasciare solo Richie, il piccolo telepate, che le si era assopito in grembo; Adam non avrebbe potuto nemmeno volendo per via della gamba ferita... Douglas invece stupì tutti scatenandosi in un ballo folle che contagiò gli altri ragazzi.

Crystal sorrise con tenerezza. Era contenta di vederlo allegro e su di giri, per quanto sapesse che parte della sua euforia veniva dal *masato*, un forte liquore. Ridacchiò tra sé pensando alla faccia che il ragazzo avrebbe fatto scoprendo il modo in cui le donne indie preparavano quella bevanda, masticando a turno radici e sputandone il succo in una brocca.

Dopo l'abbondante cena, lei, Adam e Frank si erano invece limitati al frullato di banane.

Perfino Jerry non aveva bevuto altro.

Il pilota era riuscito ad atterrare sfruttando l'ampio varco lasciato dalle falciatrici ed era stato raggiunto da Frank e Akawë che gli avevano gettato le braccia al collo.

A Crystal sembrava impossibile che fossero tutti sani e salvi, dopo un'avventura così densa d'imprevisti.

La ragazza chiuse gli occhi e appoggiò la schiena a un tronco con l'idea di riposarsi per qualche minuto. Lasciò scivolare via il fragore delle percussioni, dei canti e delle danze. Non si sarebbe risvegliata fino all'indomani mattina.

A uno a uno anche gli indios finirono con l'addormentarsi per il troppo *masato*, il troppo cibo o semplicemente perché esausti.

Quando anche l'ultimo si coricò, il giovane sciamano avvolse Pumpkin in una coperta e la ricondusse alla grotta segreta sulla rupe della Cascata di Lipa. Qui le rimosse delicatamente dalla pelle la pittura sacra seguitando a recitare parole cantilenanti nella propria lingua, raccontandole segreti che la mente della ragazza non avrebbe mai conosciuto. Sarebbero rimasti sepolti dentro di lei, per riaffiorare il giorno in cui la Terra avesse ancora avuto bisogno del suo aiuto.

Era pomeriggio inoltrato, quando Pumpkin raggiunse Crystal, Douglas, Adam, Frank e Akawë al piper di Jerry.

I ragazzi le corsero incontro.

«Accidenti, vestita non ti riconoscevo più!» scherzò Douglas.

«Come ti senti?» le domandò Crystal.

Pumpkin aveva l'aria stanca, ma sorrideva felice. «Bene... Però dovrete raccontarmi cos'è successo... Ho solo un vago ricordo!»

«Non basterà l'intero viaggio di ritorno, per raccontarti tutto!» ribatté Crystal.

Berito li raggiunse. «Ragazzi coraggiosi» esordì. «Siamo onorati di avervi avuto al nostro fianco...» Guardò Crystal e Pumpkin, e con un sorriso aggiunse: «Piccole sciamane».

«Io resterò qui per qualche tempo» gli annunciò Akawë. «Gli uomini dell'oleodotto hanno lasciato un bel macello e presto arriveranno le autorità, i delegati del Governo... Un quasi avvocato come me potrebbe farvi comodo.»

Berito gli diede una pacca sul braccio in segno di gratitudine.

Per ultimo si rivolse a Jerry.

«Per il momento abbiamo vinto, ma molte altre lotte ci attendono...»

Avrebbe voluto dirgli di più, chiedergli di rimanere con loro, ma non osò.

«Sei un tipo a posto» lo salutò il pilota stringendogli la mano. Guardò Akawë che rimaneva in silenzio. «Sai dove trovarmi» lo salutò.

Poco dopo il piper si alzava in volo. Il velivolo sorvolò la superficie del lago e i passeggeri scorsero gli indios sollevare le braccia gioiosi in segno di saluto.

L'apparire di quella parte della selva, dove qualche ora prima avevano rischiato la vita, rievocò nei passeggeri dell'aereo ricordi legati ai momenti più emozionanti della loro avventura.

Pumpkin si rivolse a Crystal: «C'è una cosa che vorrei chiederti... I miei poteri telepatici sembrano scomparsi. Pensi che torneranno?»

Cercando di non svegliare Richie, assopito al suo fianco, Crystal replicò: «Non lo so... Sono talmente strani e ognuno di essi sembra manifestarsi in maniera diversa. Prendi Richie, per esempio. Sono convinta che, se avesse davvero voluto, avrebbe potuto uccidermi. Guardalo ora, povero piccolo... Chissà se riusciremo mai a trovare i suoi genitori».

Frank intervenne nella conversazione: «In alcuni dei ragazzi da me esaminati le facoltà parapsichiche si sono manifestate subito con grande intensità per poi affievolirsi in seguito, come se avessero consumato in una sola fiammata la loro potenzialità. Se ti può far sentire più tranquilla, potremmo fare qualche test insieme, tornati a San Francisco. Magari con l'aiuto del professor Addock...»

«Grazie» ribatté Pumpkin. «Non saprei neanch'io cosa augurarmi... L'idea di essere una telepate come Crys un po' mi spaventa e un po' mi elettrizza!»

«A proposito» intervenne Crystal. «Douglas e io eravamo venuti al Centro Studi proprio per sapere qualcosa di più sui nostri poteri... Non è vero, Doug?»

«Uh... Sì, certo...» Il ragazzo avrebbe fatto volentieri a meno delle responsabilità legate al suo strano potere di *porta* e, come per Pumpkin, la prospettiva di studiarlo lo inquietava. Aveva sempre il timore che stuzzicandolo si scatenasse, fuori da ogni controllo.

«Indagare sulle vostre facoltà mi interesserebbe parecchio, lo ammetto» rispose lo psicologo. «Non so quanto del mio studio sia rimasto intatto, dopo l'irruzione degli agenti della Corporazione, ma quando avrete qualche giorno di vacanza potreste venire tutti quanti da me!»

Entusiaste, Crystal e Pumpkin accettarono e così anche Douglas, sebbene con qualche riserva.

Poi ognuno tornò a immergersi nei propri pensieri.

All'aeroporto di Arauca, il gruppo si congedò da Jerry.

«È stato un piacere» gli disse Frank stringendogli la mano. Gli diede una busta con il resto del compenso.

«Ehi, qui c'è molto più del pattuito!» protestò il pilota.

Frank sorrise. Aveva dato definitivamente fondo alle sue finanze, tuttavia aveva voluto aggiungere qualcosa al denaro messogli a disposizione dal senatore Howell. «Anche tutto l'aiuto che ci hai dato non faceva parte degli accordi.»

«Fulminacci, hai ragione: questi soldi in più me li sono guadagnati! Anzi, sapete che vi dico? Stasera mi darò alla pazza gioia! Scusate se scappo, ma mi aspetta qualche acquisto e poi mi toccherà caricare tutto sulla mia carretta!»

«Perché, riparti già?»

«Be', è da un po' che non vedo tanti quattrini tutti in

una volta e non mi va di sperperarli per saldare i miei arretrati nelle solite bettole... Tutto sommato, penso di trovare molta più allegria giù alla Cascata di Lipa!»

Stava già correndo, poi ci ripensò e tornò indietro a stringere la mano a tutti. Quando arrivò a Crystal si portò la sua mano alle labbra e la baciò: «*Adiós, garota*!»

Riprese a correre urlando a un addetto dell'aeroporto: «Il pieno al mio piper e della migliore!»

«Che generoso fanfarone!» commentò Adam divertito. «Scommetto che spenderà tutto in aiuti per gli indios!»

Crystal fece gli occhi dolci. «Galante e altruista... *Sigh*!»

Douglas emise un brontolio che fece sorridere gli amici.

La ragazza lo abbracciò schioccandogli un sonoro bacio sulle labbra. «Il mio cuore però è già impegnato!»

Trovarono un volo per San Francisco quella sera stessa.

Sorvolando le luci della città di Arauca, ognuno di loro diede a suo modo l'arrivederci all'Amazzonia.

Il pensiero di Crystal tornò alle parole del comandante degli agenti della Corporazione.

La morte dei suoi genitori era una ferita sempre aperta che aveva imparato a nascondere dentro di sé. Fino al giorno prima però pensava si fosse trattato di una tragica fatalità.

Sapeva che quell'uomo avrebbe detto qualunque bugia, pur di persuaderla a passare dalla loro parte, ma ciò non impediva che quelle parole continuassero a tormentarla: "Ti sbagli, non è stato un incidente".

«Mamma?» mormorò il bambino addormentato nel sedile a fianco. Le sue palpebre fremevano come se stesse facendo un brutto sogno.

La ragazza lo strinse a sé e sussurrò: «*Sst*, va tutto bene, Richie. Rivedrai presto la tua mamma...»

# 7

## *Amici vecchi e nuovi e una lettera da lontano*

Gli uragani e gli sconvolgimenti atmosferici che in tutto il mondo avevano segnato le ultime settimane si andavano acquietando.

La gente era tornata alle ordinarie occupazioni, ma la "Marcia per la Terra" aveva lasciato in loro una traccia indelebile e una nuova consapevolezza.

Douglas, Peter e Pumpkin avevano trovato i genitori ad attenderli a San Francisco, e Crystal lo zio Ken e la zia Hettie. Quando l'emozione dell'incontro si era attenuata, i ragazzi avevano chiesto il permesso di prolungare la loro vacanza per aiutare Karen, Adam, Pumpkin e gli altri a rimettere in sesto la casa famiglia. Dopo una lunga trattativa, soprattutto fra Peter e i suoi genitori, l'avevano spuntata.

I protagonisti dell'avventura si erano così ritrovati ancora una volta insieme.

Seguirono giorni sereni e pieni di buone notizie: la polizia rintracciò agevolmente i genitori di Richie, il piccolo telepate, del quale avevano denunciato la scomparsa. Il senatore Howell si interessò personalmente affinché fosse loro fornita una nuova identità. In questo modo la Corporazione non sarebbe più riuscita a mettere le mani sul bambino.

Un'altra buona nuova fu annunciata dalla stessa Pumpkin: Roxanne aveva assunto i suoi genitori come guardaboschi! Avrebbero così tirato il fiato dopo le tante traversie economiche e la ragazzina avrebbe potuto ricongiungersi a loro quando lo avesse desiderato. Pumpkin, tuttavia, chiese di rimanere ancora alla casa famiglia per cercare di scoprire, con l'aiuto di Frank, qualcosa di più sui propri poteri apparentemente scomparsi. Lo psicologo infatti aveva accettato la proposta di Karen di darle una mano a gestire la struttura, con il patto che avrebbe potuto servirsene per qualche tempo come copertura per offrire ospitalità a giovani con poteri parapsichici, come Pumpkin e Mickey. La psicologa era convinta che per i ragazzi il modo migliore per superare il trauma procurato loro dall'irruzione degli agenti della Corporazione fosse tornare al più presto alla normalità, riprendendo le attività dei laboratori e anzi aggiungendo altri corsi proposti dagli stessi ragazzi, come quello di comunicazione e giornalismo tenuto da Adam e l'altro di parkour tenuto da Gregor. Era inoltre nata l'idea di organizzare una festa nel refettorio, una sorta di nuova inaugurazione della casa famiglia.

I giorni erano trascorsi in un lampo e finalmente era giunta quella sera.

Una ragazza in cappotto nero, con i capelli neri lunghi fino ai fianchi, fece capolino all'ingresso della scuola, le mani affondate nelle ampie tasche.

Mentre aiutavano Frank a trasportare alcuni scatoloni ai piani superiori, due ragazzi si fermarono a riprendere fiato, in realtà per sbirciarla meglio: che tipo, sembrava Morticia della Famiglia Addams!

Frank si voltò. «Siete stanchi? Se volete possiamo...» Notò la ragazza.

Dietro ai capelli che le coprivano parte del viso, si celavano una carnagione abbronzata e due occhi azzurri, uniche note di colore.

«Be'? Che avete da guardare?» sbottò lei all'indirizzo dei ragazzi immobili. «Per molto meno mi hanno *pruduto* le mani!»

Frank fece del suo meglio per non scoppiare a ridere. Gli altri si affrettarono a ricaricare gli scatoloni e ripresero a salire le scale.

In quel momento Karen arrivò dal refettorio. Aveva rinunciato ai suoi tailleur, ma appariva elegante e raffinata anche in abiti sportivi. Portava ancora il braccio al collo.

«Frank!» gli sibilò, tentando di non farsi udire dai ragazzi, quando lo vide in jeans e felpa impolverati. «Pensavo di averti convinto a rimandare a domani l'allestimento del tuo studio! Manca meno di un'ora alla festa d'inaugurazione e sai quanto ci tengo a...» Si accorse della ragazza sulla porta.

«Oh, ciao... Posso aiutarti?»

Frank ne approfittò per raggiungere rapidamente i ragazzi.

«Magari. Sto cercando degli amici miei: Peter, Douglas e Crystal.»

«Oh, sicuro» sorrise la psicologa. «Sono su in camera. Ti accompagno.»

La ragazza la seguì per le scale. Zoppicava leggermente.

Ai piani superiori, Douglas si era sistemato nella camera di Adam, Peter in quella di Hideo e Crystal con Pumpkin. Per tutto il giorno avevano aiutato a riallestire i laboratori e adesso si stavano preparando per la serata. Peter era ormai vestito di tutto punto quando bussarono alla porta.

«Accomodatevi, è aperto!» disse finendo di pettinarsi davanti allo specchio in bagno.

«Ehilà, ti stai facendo bello?»

Era Douglas, seguito da Crystal. Anche loro sembravano pronti per la festa, anche se indossavano gli abiti di tutti i giorni.

Peter uscì dal bagno e li raggiunse.

«Assolutamente impeccabile!» esclamò Douglas fingendosi impressionato.

Crystal sorrise e andò incontro a Peter. Lo abbracciò forte. «Ragazzi, sono davvero felice che siamo di nuovo tutti insieme!»

Un po' imbarazzato, Peter ammise: «Anch'io, Crys».

«Non fingere» lo punzecchiò Douglas «sappiamo benissimo che il tuo cuore è spezzato perché Magica non ha potuto raggiungerci...»

«*Mordisciti* la lingua» disse la ragazza in nero sulla soglia della porta. «Magica è qui.»

«Magica!»

Rimasero tutti spiazzati per la sorpresa.

Crystal si sciolse dall'abbraccio con Peter e corse ad abbracciare l'amica. «Sei qui! Non ci posso credere!»

Magica rise, ricambiando la stretta. «I miei mi hanno messa sull'aereo stamattina. L'Africa è bella, ma non stavo più nella *buccia* dalla voglia di rivedervi!»

Douglas l'abbracciò a sua volta. «Ti è andata bene. Quando ti racconteremo la nostra avventura, ringrazierai il cielo di essertene stata tranquilla con i tuoi!»

«Già, tranquillissima!» ribatté lei.

A quelle parole, Crystal fu investita da una tempesta d'immagini: vide Magica intrufolarsi in un camion stipato di zanne d'avorio; degli uomini armati rinchiuderla in una baracca; Magica assistere un cucciolo di elefante ferito; una carica di elefanti...

Gli occhi sbarrati di Crystal incontrarono quelli dell'amica che la guardava con un sorriso enigmatico.

«Poi mi raccontate» disse «ma ora vorrei restare un po' sola con mister Peaky.»

Peter era rimasto per alcuni minuti immobile a osservarla incredulo.

«Ma... non vuoi sapere cosa ci è capitato?» insistette Douglas. «È stata quasi la fine del mondo, e non dico per dire, ci siamo stati vicini davvero e...»

Crystal lo afferrò forte per un braccio. «Vieni, Doug. Forse al refettorio hanno bisogno di una mano...»

Il ragazzo sembrava perplesso. «Uh? E perché? Abbiamo aiutato fino a poco fa a...» Poi guardò Peter e Magica avviarsi l'uno incontro all'altra, gli occhi sognanti. «Be', sì, forse serve una mano... Mentre a voi due no, mi sembra... Ehm, cioè... volevo dire...»

Crystal lo trascinò fuori dalla stanza.

«Ho capito, ho capito» sussurrò Douglas appena furono in corridoio. «Volevo solo aggiornarla!»

«Senti, perché non ci appartiamo un attimo anche noi? Pumpkin non è in camera.»

«Ma è quasi ora di cena!»

Crystal lo fulminò con lo sguardo e lui scoppiò a ridere. «Ehi, Crys. Stavo scherzando! Sicuro, mi farebbe molto...»

S'interruppe. Hideo era appena entrato di corsa nel corridoio. Sembrava sconvolto e aveva le lacrime agli occhi.

«Cos'è successo?» gli domandò.

Prima che l'altro potesse rispondere, Crystal sussurrò piano: «Doug, chiama subito Peter e Magica, si tratta di Nemo!»

Qualche giorno prima, Frank aveva portato il furgone iperaccessoriato di Nemo nel garage che stava sul retro della casa famiglia.

Hideo l'aveva trasformato nel suo quartier generale. I Cavalieri Della Rete erano, infatti, tornati in piena attività e da lì il ragazzo riusciva a gestire tutte le operazioni necessarie.

Si erano radunati tutti lì dentro insieme a lui: Crystal, Douglas, Peter, Magica, Adam e Pumpkin.

Ammassati alla bell'e meglio, stavano leggendo un'e-mail sullo schermo di un computer.

Una lettera di Nemo.

Cari Peter e Hideo,

vi scrivo questa lettera nello chalet affacciato sul torrente. È notte fonda e vi osservo dormire.

Sono stanco, ma ne è valsa la pena, perché tutto è pronto. Posso perciò prendermi una pausa per scrivervi queste righe. Invierò poi la lettera a uno dei miei server nascosti che ve la inoltrerà in automatico fra qualche giorno, quando tutto potrebbe essere finito, mi auguro, nel modo migliore.

Se la riceverete significherà che qualcosa di grave mi ha impedito di contattarvi direttamente...

Albert Einstein sosteneva: "La modernità è finita e ha fallito. Occorre costruire un nuovo umanesimo, o il pianeta non si salverà".

Nelle vesti di Nemo ho fatto mie queste parole, cercando di mettercela tutta per risvegliare le coscienze. Ultimamente, però, avevo l'impressione che in fondo la gente non avesse nessuna voglia di essere risvegliata.

Ora so che posso nutrire qualche speranza nel futuro.

La speranza siete voi e i giovani come voi.

Non amo dare consigli, preferisco fornire alle persone strumenti affinché traggano da soli le loro conclusioni...

Mi sento però di farvi un augurio e cioè che continuiate a pensare con la vostra testa e che possiate sempre essere consapevoli della vostra condizione, di quella dei vostri simili e del vostro pianeta.

Non ritenetevi soddisfatti di quanto vi dicono la televisione e gli altri media, non fidatevi nemmeno di me. Approfondite e allargate gli orizzonti. Grazie a questa straordinaria risorsa difficilmente controllabile che è Internet, le informazioni ci sono e potete reperirle per arrivare alla verità.

La Terra è malata e ha bisogno di aiuto. Là fuori ci sono tantissimi ambientalisti ed economisti che conoscono la via giusta. Imparate a distinguerli fra le miriadi di pedine al soldo del Club degli Hotel.

Vi auguro insomma di continuare a percepire il profondo legame che ci unisce gli uni agli altri: uomini, animali e vegetali in rapporto alle risorse naturali.

Questa è Gaia e Gaia siamo noi.

Se ciò accadrà, il vostro futuro non potrà essere che radioso.

Siate voi il vostro futuro.

Nemo

Quando tutti ebbero finito di leggere, Hideo ruppe il silenzio: «P-per un attimo ho p-pensato che l'avesse m-mandata adesso, che fosse a-ancora...»

Adam gli mise una mano sulla spalla. «Chi ti dice che non lo sia? Abbiamo spulciato i giornali in lungo e in largo: in quel torrente non è mai stato trovato nessun cadavere!»

«Concordo» gli diede allora man forte Peter. «Un cyberattivista del livello di Nemo potrebbe avere preventivato un attacco del genere, forse indossava un giubbotto antiproiettile...»

Seguì un lungo silenzio.

Alla fine Crystal esclamò: «Avete ragione: Nemo non può essere morto, semplicemente perché non può morire. Gli ideali non muoiono mai!»

Hideo tirò su col naso e la guardò con una strana luce negli occhi. «G-giusto! Nemo ci ha m-mostrato la strada. Forse da q-qualche parte c'è già c-chi prenderà il suo p-posto!»

L'ardore con cui aveva pronunciato quelle parole impressionò gli altri.

Fu ancora Crystal a parlare, come rivolta a se stessa: «In questa avventura noi Invisibili abbiamo capito di non essere soli... Prima credevo che Douglas e io fossimo gli unici a possedere facoltà parapsichiche, ma abbiamo scoperto che ci sono chissà quanti altri ragazzi come noi, magari molto più in gamba. Da soli possiamo fare ben poco per l'umanità, per il pianeta. Però anche quel poco può servire a convincere qualcuno a seguirci. Da oggi il mio impegno come Invisibile non si limiterà alle grandi avventure: mi impegnerò anche ad assumere una maggiore consapevolezza nella mia vita quotidiana, sapendo che ogni mia scelta causerà ripercussioni sull'ambiente e sul futuro di Gaia».

Tacque per abbracciare gli altri con lo sguardo.

Douglas le strinse la mano e lei lo guardò con gratitudine, poi proseguì: «Non sarà facile perché questo implicherà un graduale mutamento del nostro modo di vivere e molti non lo accetteranno. Ma ormai il processo è avviato e io sono orgogliosa di far parte del genere umano di questa nuova era. La Corporazione è ancora potente, ma se onoreremo il patto con la Terra abbiamo qualche speranza».

«Certo, non è mica ancora iniziata!»

A parlare era stato Mickey, affacciatosi allo sportello aperto del furgone. «Però dovete spicciarvi perché Karen ha detto che non aspetterà un minuto di più!»

Esplosero tutti in una risata e si affrettarono a scendere dal furgone.

Mickey si avviò proseguendo imperterrito: «Karen diceva che eravate spariti, ma io le ho detto che stavate qui, allora lei mi ha detto di venirvi a chiamare e di darvi l'ultimatum. Così, ha detto proprio così: ultimatum! Allora io...»

Altre sorprese attendevano i ragazzi all'ingresso del refettorio.

El Chupacabra andò loro incontro. «Fermatelo, vi prego!» scherzò. «Era meglio quando stava sempre zitto!»

«Di chi parli?» domandò Adam.

Dall'interno risuonava una voce accalorata: «...ecco perché è meglio stare uniti! Se ci aiutiamo l'un l'altro, che poi è anche la filosofia del parkour, nessuno ci potrà fermare!»

«Ma... è la voce di Gregor!» esclamò Adam sbirciando. Il ragazzo si sbracciava appollaiato in cima a una credenza, mentre gli altri, Karen e Frank compresi, lo ascoltavano con espressione un po' afflitta.

«Eccolo!» urlò allora Gregor vedendo Adam sulla soglia. «Il curatore del nostro sito Internet e, giusto da oggi, leader dei WebTV BoyZ! Il nostro motto sarà: "Noi iniziamo dove l'informazione si ferma"! Sono aperte le iscrizioni!»

«"Noi iniziamo dove l'informazione si ferma"?» sussurrò ironico alle sue spalle Douglas.

Adam arrossì. «Ehm... il motto è un'idea di Gregor...»

Entrò nel refettorio e i ragazzi applaudirono calorosamente, soprattutto perché speravano che iniziasse finalmente la cena.

Douglas e i suoi amici stavano per seguirlo, quando un'altra voce tuonò dal corridoio.

«Hideo! Il mio coma varrà almeno cento punti, giusto Peaky?»

Si voltarono e videro il Guastatore avvicinarsi con le stampelle, insieme a Sonny. Erano appena arrivati dall'ospedale. A parte la mano sinistra e il piede destro ingessati, per il resto sembrava in forma.

«Boston!» urlò Pumpkin saltandogli al collo.

Il Guastatore sorrise sorpreso: «Ehi, zucchina! Sbaglio o sei cambiata in meglio?»

Entrarono nel refettorio, accolti da un'ovazione. Hideo, Sonny e Mickey li seguirono applaudendo allegri.

«In 'sto posto sono tutti *mattiti*!» fece Magica divertita. «Mi piace!»

Gli amici risero.

Nel corridoio gli Invisibili si guardarono in silenzio.

Douglas allungò la mano e Crystal, Peter e Magica appoggiarono le loro sulla sua. Non ci furono parole, non ce n'era bisogno.

Sciolsero le mani ed entrarono a loro volta.

La cena era iniziata e l'avventura volgeva al termine.

# EPILOGO

## *Un anno dopo*

Buenos Aires. Una grande ressa premeva all'ingresso del Palazzo dei Congressi; il continuo sfavillare di centinaia di flash testimoniava la presenza di giornalisti provenienti da tutto il mondo.

Una cronista della CNN parlava in tono concitato rivolta alla telecamera: «Buongiorno, gentili telespettatori. Nella sala congressi dell'edificio alle mie spalle sta per aprirsi la giornata conclusiva della "Conferenza Mondiale sul Clima". Nei giorni scorsi è stato nominato presidente della commissione un personaggio molto amato in tutto il mondo: Michael Howell. Il senatore ha presentato alla commissione il progetto Global Impact, da lui stesso sviluppato. Tale progetto segna un'importante svolta perché il senatore si è servito, per la sua stesura, della consulenza di associazioni ambientaliste, come Greenpeace. Se sarà ratificato, avrà conseguenze sull'economia di tutto il pianeta. In questo si chiede che sia riconosciuta una volta per tutte la responsabilità umana nel fenomeno dell'effetto serra e nel conseguente innalzamento delle temperature e dei cambiamenti climatici. Si chiede inoltre che venga diminuito drasticamente l'utilizzo dei derivati del petrolio, privilegiando l'energia ricavata da sorgenti rinnovabili e naturali e che venga ridotta la deforestazione... Ma l'iniziativa che ha destato più polemiche è il previsto annullamento del commercio delle quote del Protocollo di Kyoto, in base al quale fino a oggi i Paesi più ricchi hanno potuto evitare di ridurre le emissioni inquinanti acquistando quote dalle nazioni povere e meno industrializzate».

Un boato dalla folla. La giornalista individuò l'origine del clamore nell'arrivo di un uomo dai capelli bianchi appena sceso da un'auto all'ingresso del palazzo.

«Signori, è arrivato: ecco il senatore Howell!»

I fotografi si ammassarono in un tripudio di flash, mentre i giornalisti formulavano le loro domande:

«Senatore, si aspetta che il Global Impact verrà votato all'unanimità?»

«Senatore, i nostri ascoltatori vorrebbero sapere...»

«Senatore, potrebbe parlarci...»

«Senatore, da questa parte...»

«Senatore!»

«Senatore!»

Michael Howell sorrise. «Calma, calma. Aspettiamo di conoscere il voto dei miei colleghi. Al termine della conferenza sarò a vostra disposizione per rispondere alle domande!»

Hotel Caesar Park Diving Resort, isola di Eleuthera, Bahamas.

Un cartello fuori dalla sala riunioni al pianterreno annunciava per quel giorno un convegno di informatori farmaceutici.

Al di là della porta, nella stanza dalle luci soffuse, alcuni uomini seduti intorno a un tavolo seguivano su un televisore a grande schermo l'arrivo dei ministri dell'ambiente, giunti da tutto il mondo per partecipare alla conferenza.

L'uomo anziano a capotavola annunciò: «Mentre attendiamo che abbia inizio la votazione, qualcuno desidera fare il punto?»

Un individuo calvo sulla cinquantina aprì una cartelletta con dei documenti. «La disfatta che il cyberattivista Nemo ci ha inflitto ha creato uno spiacevole precedente e ora anche la più piccola tribù della più remota zona del globo pare servirsi di Internet, i loro avvocati trascinano in tribunale le multinazionali... Tra poco verrà votato il Global Impact. Se venisse approvato, ne ricaveremmo un danno difficilmente quantificabile.»

«Non accadrà» disse con un sogghigno l'uomo a capotavola. «Con Nemo fuori gioco non impiegheremo molto a manipolare di nuovo l'opinione pubblica. Il senatore Howell e gli ambientalisti speravano di averci indeboliti abbastanza da fare approvare il loro progetto, ma si sbagliavano! Oggi per noi sarà un grande giorno: la sconfitta del Global Impact aprirà la strada della nostra rivincita, l'Affare Oleodotto riprenderà molto prima di quanto Howell e gli attivisti non si aspettino. E questa volta non ci fermeranno, perché la legge sarà dalla nostra!»

Alla "Conferenza Mondiale sul Clima" il senatore Michael Howell prese la parola: «Cari colleghi, fino a oggi le industrie ci avevano abituati a un impatto devastante sull'ambiente, da noi accettato come inevitabile in nome dello sviluppo. Forse questa realtà appartiene alla storia, perché è ormai evidente che le aziende possono guadagnare di più, *meglio*, ed essere più forti se rispettano i diritti umani, quelli dei lavoratori e non danneggiano l'ambiente».

Le più importanti televisioni erano presenti e trasmettevano in tutto il mondo le immagini in diretta.

Il senatore proseguì: «Quello che vi chiedo è un ultimo gesto di coraggio. Imporrà alle nostre nazioni sacrifici nell'immediato, ma dal documento che vi ho sottoposto spero risulti evidente che ben presto questi sacrifici si riveleranno necessari, in cambio di un pianeta più pulito dove le generazioni future potranno prosperare in armonia con l'ambiente. Come sapete, occorre almeno il 70% di voti favorevoli perché il Global Impact sia accolto. Dichiaro perciò aperto il voto».

Sulla parete in fondo alla sala scese un ampio tabellone con una riproduzione grafica delle postazioni occupate dai ministri internazionali. A mano a mano che questi votavano, una luce verde si accendeva su quelle favorevoli, mentre una rossa illuminava quelle contrarie.

La votazione ebbe inizio.

Luce verde.

Verde.

Verde.

Rossa.

Rossa.

Rossa.

Rossa.

Rossa.

All'Hotel Caesar gli uomini della Corporazione si scambiarono sguardi trionfanti.

«Caro, ingenuo, senatore Howell» disse l'uomo a capotavola. «Hai sottovalutato la portata del nostro potere!»

Verde.

Verde.

Rossa.

Rossa.

Rossa.

Rossa

Il senatore Michael Howell guardava lo schermo con preoccupazione. Pensava di avere convinto la maggior parte dei ministri, ma a ogni nuova luce rossa che si accendeva le sue illusioni si smorzavano un po'. L'assistente personale gli si avvicinò.

«Senatore» sussurrò. «Ho ricevuto una chiamata sul suo numero personale.»

L'uomo non rispose. Era troppo assorto.

La donna proseguì: «Non ha voluto rivelare il suo nome, ma mi ha raccomandato di farla collegare a questo sito Internet prima del termine della votazione!»

Gli porse un foglietto.

All'improvviso le luci sul tabellone si spensero.

Dopo qualche secondo ripresero ad accendersi, ma questa volta le rosse diventarono verdi e viceversa.

Dalla platea cominciarono a innalzarsi proteste.

Nell'ufficio stampa era scoppiato il putiferio. All'improvviso le stampanti si erano messe a riprodurre pagine e pagine in cui comparivano i nomi di alcuni dei ministri intervenuti alla conferenza.

Nella stanza in penombra dell'Hotel Caesar, l'uomo a capotavola esclamò: «Dannazione, cosa sta succedendo?»

Il suo cellulare stava squillando. Era un suo segretario: «Scusi l'interruzione, è un'emergenza! Colleghi immediatamente il portatile al sito dell'agenzia di stampa Reuters!»

Il senatore Howell si scosse all'improvviso. Prese il foglietto dalla mano della segretaria e azionò il computer davanti a sé. Compilò rapidamente i parametri per collegarsi al servizio di posta su linea criptata.

Lesse velocemente il breve messaggio. Con il cuore in subbuglio aprì l'allegato.

Sul tabellone le luci verdi e rosse si avvicendavano come impazzite.

Il senatore si alzò in piedi e annunciò: «Dichiaro sospesa la riunione!»

Ci fu un attimo di gelo, prima che i fotografi lo tempestassero di lampi al magnesio. Gli obiettivi delle telecamere si concentrarono su di lui.

«Amici, la lotta contro la misteriosa Corporazione non è

ancora finita! In questo momento le rassegne stampa mondiali sono bombardate da pagine concernenti alcuni dei ministri presenti in quest'aula! Ci sarebbero le prove della loro corruzione!»

«Come...?»

«È uno scandalo!»

Grida si levavano da ogni parte della sala.

All'Hotel Caesar tutti i presenti osservavano increduli l'uomo a capotavola mentre era intento a digitare sul computer portatile.

«Non è possibile!» sbottò lui. «Nessuno poteva arrivare a quell'elenco! Non è...»

Alzò lo sguardo verso il maxischermo e sul suo volto si delineò una tale espressione di orrore che tutti si volsero in quella direzione.

Al Palazzo dei Congressi, la telecamera inquadrava il tabellone dove le luci rosse e verdi si spegnevano e riaccendevano, fino a comporre i nomi dei ministri corrotti che andavano a delineare una sagoma lampeggiante, come un ammonimento indirizzato a loro.

La sagoma di un grande sommergibile e la scritta:

AFFONDATI!<br>
AFFONDATI!<br>
AFFONDATI!<br>
AFFONDATI!

# INDICE

## RINGRAZIAMENTI DELL'AUTORE
### PER LA NUOVA EDIZIONE RIVEDUTA E CORRETTA

In primo luogo desidero esprimere la mia solidarietà al popolo U'wa.

Ho eletto a loro portavoce il personaggio di Berito, e spero di aver riportato correttamente il loro pensiero. Gli U'wa, come altre popolazioni dell'Amazzonia, sono realmente minacciati dallo sfruttamento della foresta da parte di multinazionali petrolifere. Vorrei che questo libro contribuisse a rendere nota la loro lotta per il futuro del nostro pianeta.
Da quando ho iniziato a scrivere, posso contare sulla vicinanza partecipe di Giovanna, da venti anni mia compagna di vita. È sempre stata la mia prima lettrice e un'inesauribile fonte di idee, critiche e consigli. Spesso la sua sensibilità e la sua capacità d'indignarsi per le ingiustizie mi porta a volgere lo sguardo in direzioni che forse avrei trascurato. In particolare devo a lei l'ispirazione da cui è partita l'idea di quest'ultima avventura. Le sono quindi profondamente grato per il suo impegno quotidiano nell'aiutarmi ad allargare i miei orizzonti.
Ritengo che la libertà creativa sia un requisito fondamentale affinché un autore possa sperimentare strade nuove. Sono stato fortunato a essere stato pubblicato nel 2005 dalla Sperling & Kupfer Editori, per la prima edizione del libro, e per quella attuale, riveduta e corretta, dalla casa editrice De Agostini. Entrambi gli editori non hanno censurato i miei scritti e mi hanno permesso di proporre ai giovani argomenti complessi come quelli che avete trovato in questo libro.
In certi casi un editor può consigliare di modificare o tagliare parti del nostro lavoro per migliorarlo. A me capita sovente con la mia editor, l'instancabile Anna Lazzeri. Per queste nuove edizioni, rivedute e corrette, devo ringraziare per l'at-

tenta supervisione Giovanna Canzi, editor Dreamfarm. L'Ipotesi Gaia di James Lovelock mi ha profondamente ispirato fin da quando ne venni a conoscenza nel 1999 a Rio Maggiore al convegno "Educazione all'ecologia globale per un futuro sostenibile". Per questo sarò sempre grato alle organizzatrici e amiche: la eco psicologa, giornalista e scrittrice Marcella Danon e l'operatrice culturale olistica Nives Riva.

Devo molto anche alle discussioni con l'amica scrittrice e giornalista Selene Ballerini, che mi ha illustrato teorie come l'agopuntura della Terra e molte altre che dovranno attendere libri successivi per trovare la loro collocazione.

Un'altra idea che ho trovato suggestiva è quella della Geofonia, elaborata dal geologo Alessandro Montanari. L'ho semplificata e ho apportato qualche modifica. Le ho cambiato il nome in Geomelodia, e ho trasformato il cognome del geologo in Collinari, così come ho mutato in "Verdetti" quello di Gabriele Rossetti, il musicista informatico coautore del programma "Frankenstein". Spero che non me ne vorranno per come ho giocherellato con teoria e nomi.

Per le parti ambientate in Amazzonia, mi sono affidato alla consulenza di Monika Peruffo, coordinatrice del Programma IOM per la prevenzione, l'assistenza e la reintegrazione delle vittime della tratta in Colombia (o più semplicemente "Monika che lavora in Colombia e ama molto questo Paese" come ama definirsi lei stessa). Vi prego di attribuire a me soltanto qualsiasi eventuale inesattezza che abbiate riscontrato.

Trovo che il Capitano Nemo di *Ventimila leghe sotto i mari* e *L'isola misteriosa* sia un personaggio molto attuale. L'ho così utilizzato come modello per il mio cyberattivista, accrescendo il mio debito nei confronti del grande Jules Verne.

Il personaggio di Nemo e il giovane hacker Hideo usano Internet in maniera molto avanzata. Se avete trovato le loro scene credibili, il merito va a chi ha sempre risposto alle mie continue domande senza perdere le staffe: il sistemista Riki Presotto, l'esperto di sicurezza informatica Alberto Trivero (che ho l'onore di avere come nipote) e il giornalista Leonardo Repetto. Nel caso riscontraste delle incongruenze, dipenderanno certamente da mie esigenze narrative.

Quand'ero piccolo trascorrevo le estati da mia nonna a Castelnuovo Belbo. Il venerdì la costringevo ad accompagnarmi al mercato di Nizza Monferrato, a rovistare tra le bancarelle di fumetti usati, per i miei occhi miniere pressoché inesauribili di storie ed emozioni. C'era un fumetto che più di tutti mi entusiasmava per la sua capacità di combinare avventura, fantascienza, horror, umorismo e umanità dei personaggi: *Zagor* di Guido Nolitta. Spesso le imprese dello Spirito con la Scure si dipanavano su più albi e dovetti attendere parecchi anni per sapere come iniziavano o come finivano! Ciò rappresentava per me un piccolo dramma, ma oggi lo ricordo con piacere, una splendida occasione per la mia fantasia di sbizzarrirsi per riempire quei buchi. Provo perciò profonda riconoscenza nei confronti dello sceneggiatore Guido Nolitta, dietro al cui pseudonimo si nascondeva in realtà l'editore stesso, Sergio Bonelli. In quest'avventura degli Invisibili ho avuto finalmente l'occasione di rendere omaggio a uno dei suoi personaggi. Non si tratta di *Zagor*, bensì di un certo pilota di aerei da turismo che... Ma non voglio privarvi del piacere di scoprire voi stessi di quale personaggio io stia parlando.

L'enigma di Gaia contiene molte notizie e informazioni curiose. Se desideraste approfondire, vi consiglio di collegarvi al mio sito www.giovannidelponte.com: troverete un'apposita sezione con documenti e link sull'Ipotesi Gaia, la Geofonia, il parkour, la salute della Terra, la salvaguardia della foresta amazzonica, le attività di Greenpeace e così via. Se poi la vostra curiosità non fosse ancora soddisfatta, potrete sempre inviarmi una e-mail all'indirizzo giovannidelponte@gmail.com.

Al prossimo libro e... buone letture!

Giovanni Del Ponte

**GIOVANNI DEL PONTE**

## GLI INVISIBILI
## IL SEGRETO DI MISTY BAY

Douglas è tormentato da incubi che hanno per protagonisti una banda di ragazzi chiamata Gli Invisibili. Giunto a Misty Bay, dove vive suo zio Ken, scopre che anni prima l'uomo era uno dei membri di quella banda. Insieme a Crystal, dotata di poteri telepatici, e a Peter, Douglas ricreerà la banda degli Invisibili per investigare sul mistero che affonda le sue radici in un lontano passato.

**GIOVANNI DEL PONTE**

## GLI INVISIBILI
## LA STREGA DI DARK FALLS

Maryann è morta da anni, ma la sua maledizione grava ancora su Dark Falls. A investigare sulla scomparsa di Crystal arrivano Douglas e Peter, che per ritrovarla non esiteranno a inoltrarsi in una zona della foresta dove le acque delle cascate sono nere come l'inchiostro e una bestia minacciosa si metterà sulle loro tracce.

**GIOVANNI DEL PONTE**

## GLI INVISIBILI
## IL CASTELLO DI DOOM ROCK

Le speranze di Douglas di inserirsi nel collegio di Doom Rock sono andate deluse: è finito nella sezione dei più scadenti e non ha trovato nuovi amici. Quando gli appare lo spettro di un ragazzo, che sembra chiedergli aiuto, Douglas capisce di trovarsi in grave pericolo. Crystal e Peter corrono in suo soccorso per scoprire un segreto inconfessabile nascosto nel passato di Doom Rock.

GIOVANNI DEL PONTE

**ACQUA TAGLIENTE**

Arizona, riserva navajo. In pieno deserto viene inaugurato New Atlantis, il parco acquatico più grande del mondo. I WebTV BoyZ, un gruppo di giovani cyberattivisti, si recano sul posto per denunciare lo scempio di quello che considerano un ecomostro. La loro missione assumerà risvolti drammatici quando, nelle acque del parco, misteriose creature mutanti cominceranno a fare strage dei visitatori...